ABELS ZORN

GEBURT EINES KILLERS

SIMON HARRAK

Aus dem Englischen ins Deutsche übersetzt von Matthias J. Diaz

ISBN: 978-0-6480128-6-3

GEBURT EINES KILLERS

Prolog

ALLES WAR VORBEI NACH DEM FINALEN SHOT. Er hatte sofort gewusst, dass es ein Fehler war. Wer war überhaupt auf die Idee gekommen, Shots zu bestellen?, fragte er sich, als er benommen und mit einem Fiepen in den Ohren aufwachte. *Wie laut war die Musik in dem Laden gewesen?* Von der Linken drang Welle um Welle summender Vibrationen an sein Ohr. Sein Nacken war steif. Einige Momente lang starrte er benommen an die Decke und leckte sich über die trockenen Lippen. *Nächstes Mal: keine Shots.* Schnaps war ohnehin keine Lösung. Er verdrehte die Augen, spähte zum Nachttisch und machte sein Smartphone als den Ursprungsort der störenden Geräusche aus. Bevor er es zu fassen bekam, verstummte das Geratter. Er wälzte sich auf die Seite und checkte den Bildschirm. Sieben entgangene Anrufe. Von einer Nummer in Tartu. Ein Ruck durchfuhr ihn. Schnell richtete er sich auf und rief zurück.

„Oh, Gott sei Dank", erklang eine raue Stimme am anderen Ende. „Ich bin es. Johannes."

Ein Schauder lief über seine Haut. „Johannes?", stieß er aus. „Was ist los?"

„Du musst nach Hause kommen. Es geht um Kraas. Er hatte einen Schlaganfall."

„Was!?", entfuhr es ihm. Sein Körper versteifte sich. „Nein! Wie geht es ihm?"

„Er …“, begann Johannes und verstummte. „Ich bin nicht sicher. Ich bin bei ihm vorbeigegangen, um ihn zum Jagen abzuholen, und da lag er, auf dem Boden. Ich bin mit ihm ins Krankenhaus von Tartu gefahren. Da sind wir immer noch. Die Ärzte sind jetzt bei ihm.“

Er saß weiter wie erstarrt auf seinem Bett.

„Bist du noch da?“, fragte Johannes.

Ein Ächzen entfuhr ihm. Mit der freien Hand stützte er sich ab. In seinem Kopf drehte sich alles. „Ja“, brachte er hervor. „Ich bin noch hier. Ich bin … ich bin unterwegs! Sag ihm … sag ihm, er soll durchhalten. Bitte.“

„Beeil dich, mein Junge“, sagte Johannes und legte auf.

Er erhob sich und schaffte es nur mit Mühe, auf den Beinen zu bleiben. Sein Gesicht und sein gesamter Körper waren schweißbedeckt. Wasser. Er brauchte Wasser. Und eine Zugfahrkarte. Nein. Besser, er nahm ein Taxi. Der Weg von Tallinn nach Tartu war auch so schon weit genug. Drei Minuten später war er angezogen. *Halte durch, Kraas,* dachte er, als er durch die Tür nach draußen stürzte. *Bitte. Halte durch.*

TEIL I

1

Es war die schlimmste Überflutung in Berlin seit mehreren Jahrzehnten. Ein durchgängiger, bereits sechsunddreißig Stunden anhaltender Wolkenbruch. Charlottenburg war bisher auf unerklärliche Weise weitgehend verschont geblieben, aber der größte Teil der Stadt lag, wie in den Nachrichten zu hören war, unter Wasser. U-Bahn-Tunnel hatten sich in reißende Flüsse verwandelt. Der Verkehr war lahmgelegt. Tausende Pendler waren irgendwo gestrandet. Frederich saß gut geschützt mit einem Espresso in den Händen im Café Novalis in Charlottenburg und blickte hinaus auf die Straße. Er malte sich aus, wie einfach es gewesen wäre, in diesem Wetter jemanden zu töten.

Die Voraussetzungen waren perfekt, besonders nach Einbruch der Dunkelheit. Der dichte Regen würde die Tat verdecken. Die Leiche würde über Stunden hinweg unbemerkt unter den Fluten liegen und dem Täter eine reibungslose Flucht ermöglichen. Was noch an Spuren übrig blieb, würde von den Wasserströmen fortgespült werden. Aus zusammengekniffenen Augen starrte er ins Nichts, kaute auf seinem Daumen und vertiefte sich ganz in das Szenario. Er konnte spüren, wie sein Atem schneller ging, als er sich vorstellte, wie er im Schutz des Regens näher an sein Ziel heranschlich, ein Klappmesser in der Hand. Ein schnell ausgeführter Schnitt über die Kehle seines Opfers. Eine klaffende Wunde. Ansonsten nichts, was seine Anwesenheit verriet.

Frederich. Komm zurück. Die Stimme der Vernunft schüttelte ihn aus seinem Tagtraum. Er blinzelte und sah um sich. Ein junges Mädchen mit blondem Pferdeschwanz starrte ihn vom Nachbartisch aus weiten Augen an. Ihre Mutter war ganz in ein Gespräch mit einer anderen Frau vertieft. Frederich zog die Stirn kraus und erwiderte den starrenden Blick. Die Kleine wandte sich hastig ab und vergrub ihr Gesicht im Arm ihrer Mutter. Frederich sah wieder aus dem Fenster. Die Realität hatte ihn wieder. Mit ihr kehrte der dumpfe Schmerz in seiner Brust zurück, dem er schon seit Wochen nicht hatte entkommen können. Da war sie wieder, die Erinnerung: Kraas war tatsächlich nicht mehr da.

Die Phasen, in denen er in verstörende Fantasien abdriftete, wurden immer häufiger. Die düsteren Gedankengänge waren, dessen war er sich bewusst, lediglich Symptome für etwas, das sehr viel tiefer reichte. Etwas, das aus seinem tiefsten Inneren an ihm zehrte, selbst hier und jetzt, an diesem Tisch, auf diesem Stuhl. An jenem Tag, an dem Kraas gestorben war, war es zum ersten Mal in ihm aufgebrochen. Seitdem hatte es nicht einmal nachgelassen, auch nicht in all der Zeit, seit er vor rund sechs Wochen nach Berlin gekommen war. Wenn überhaupt, wurde es stärker. Es raubte ihm den Atem und sog an ihm wie ein Abgrund, der immer stärker drohte, ihn völlig zu verschlingen. Je mehr Zeit er allein mit dem Gefühl verbrachte, umso mörderischer und gewalttätiger wurden seine Gedanken und umso schwieriger wurde es, sie zu beherrschen.

Er wusste nicht, was er der immer weiter zunehmenden Flut in seinem Inneren entgegensetzen sollte. Anfangs hatte er manchmal daran gedacht, mit jemandem darüber zu sprechen, doch letztendlich hatte er sich dagegen entschieden. Sein unerklärlicher Hang zu Tötungsfantasien war nichts, was man sich einfach von der Seele reden konnte. Nein. Ihm blieb nichts anderes übrig, als alleine damit umzugehen. An besonders schweren Tagen spielte er mit dem Gedanken, sich seine Pistole in den Mund zu schieben, den Druck des kalten Stahls zwischen den Zahnreihen zu spüren und abzudrücken. Problem gelöst. Die Geradlinigkeit der Lösung hatte etwas Anziehendes, fast schon Verlockendes. Ein gespenstisches Gefühl der Ruhe überkam ihn, wann immer er sich ausmalte, wie es wohl sein würde, tot zu sein. Viele Stunden hatte er damit verbracht, am Rand des Abgrunds zu stehen und das Mysterium der unauslotbaren Tiefe zu bestaunen. In diesen Momenten spürte er, wie die Dunkelheit ihn anzog, ihn mit betörenden Versprechungen dazu verlocken wollte, sich ihr ganz hinzugeben, bis eine Stimme in seinem Kopf einschritt und ihm befahl, vor die Tür an die frische Luft zu gehen. Ein paar Stunden pro Tag im Café Novalis, umgeben vom Geplapper Fremder und dahinplätschernder Hintergrundmusik, verhinderten, dass er den Verstand verlor, auch wenn der Rand des Abgrunds nie allzu weit entfernt war. Die morbiden Episoden ließen sich nicht einfach abschalten. Selbst in diesem Licht, in Wärme und Gesellschaft waren sie seine ständigen Begleiter.

Eigentlich war das Café Novalis kein Ort, an dem man einen Sonderling wie Frederich erwartet hätte. Es war behaglich eingerichtet, hell erleuchtet und farbenfroh dekoriert. Die pastellfarbenen Wände, das warme Licht und die gehobene Ausstattung zogen Menschen an, die mehr wollten als nur einen schnellen Happen oder einen Schuss Koffein. Elegant gekleidete Damen plauderten in den Sitzecken und kicherten stundenlang über ihren Caffè Latte. Familien in Sonntagskleidung besetzten zur Mittagszeit die Tische. Inmitten dieser freundlichen, lebhaften Umgebung saß Frederich ganz für sich alleine, schwarz gekleidet, zurückgezogen und in Gedanken abwesend. Sein Gemütszustand und seine Launen waren, wie er selbst zugab, alles andere als gesund, doch die Besuche im Novalis waren alles, was er hatte, um dagegen anzukämpfen. Seine tägliche Routine, in dieser familienfreundlichen Umgebung Kaffee zu trinken und zu grübeln, war das Beste, was ihm einfiel. Die „Therapie" schien einigermaßen anzuschlagen. Zumindest solange die Öffnungszeiten ihm erlaubten, sich hier aufzuhalten.

Er fand den Blick des Kellners und nickte ihm zu. Der Mann nickte zurück. Das Personal war bereits vertraut mit seiner Routine. Wenige Minuten später wurde ihm ein Glas Orangensaft gebracht. Der Kellner lächelte ihm freundlich zu, bevor er sich wieder den anderen Gästen zuwandte. Die Mitarbeiter des Novalis hatten schnell gelernt, dass Frederich nicht an *Small Talk* interessiert war. Sie beschränkten sich auf ihre Rollen in dem stummen, immer gleichen Ablauf: zwei Espressi, gefolgt von einem Glas Orangensaft, alles bestellt mit Kopfnicken und stummen Gesten.

Er nippte an seinem Glas und versank wieder in seinen Gedanken. Der sintflutartige Wolkenbruch hinter den Scheiben hielt noch immer an. Irgendwann begann das Personal die Tische abzuwischen. Mit dem bevorstehenden Ladenschluss stieg die Verzweiflung wieder in ihm auf. Das Unvermeidliche ließ sich nicht länger hinauszögern. Es war Zeit für seinen Aufbruch. Für eine weitere ruhelose Nacht in der erstickenden Schwärze, gefolgt von einem Morgen ohne Trost, mit nichts, an dem er sich festhalten konnte, außer der Erinnerung an Kraas.

Widerwillig erhob er sich und sah sich um. Er war der letzte Gast. Alle Lebendigkeit war fortgewischt. Das Café fühlte sich fremdartig und verlassen an. Er zog sich seine schwarze Lederjacke über und wandte sich zum Ausgang.

Draußen war es bereits dunkel. Der Regen prasselte ununterbrochen auf den Bürgersteig. Innerhalb weniger Sekunden war er durchnässt bis auf die Knochen. Er wischte sich den feuchten Haarschopf aus dem Gesicht und beschleunigte seine Schritte. Als er den Savignyplatz erreichte und die Wasserströme sah, die sich um die Abflüsse stauten, gab es keinen Zweifel mehr: Der schlimmste Teil der Gewitterfront hatte nun auch Charlottenburg erreicht.

Auch die Straße zu seiner Wohnung war komplett überflutet. Er seufzte und begann, sich mit stapfenden Schritten einen Weg durch die Wassermassen zu bahnen. Seine Schuhe und Socken waren längst durchnässt. Die Jeans klebte ihm schwer und kalt an den Beinen. Die Sicht betrug kaum mehr als einige Meter. Das Prasseln des Regens steigerte sich sogar noch weiter, zu einer Intensität, die ihn schwindlig werden ließ. Einige Momente lang musste er innehalten, um sich zu sammeln. Frustriert legte er den Kopf in den Nacken und sah zum Himmel. Tropfen trommelten auf sein Gesicht und nahmen ihm die Sicht. Weißes Rauschen erfüllte seinen Kopf. Konnte dieser Abend irgendwie noch schlimmer werden?

Plötzlich drang ein Hilfeschrei an sein Ohr, so leise, dass er sich nicht sicher war, ob er ihn wirklich vernommen hatte. Er wandte sich um und versuchte den Ursprungsort zu lokalisieren. Mehrere Momente lang lauschte er angestrengt. Da war es wieder! Weiter vorne im Verlauf der Straße. Oder doch hinter ihm? Es war schwer zu sagen in all dem Plätschern und Rauschen. Er wartete eine ganze Zeit lang. Dann schüttelte er frustriert den Kopf. Es hatte keinen Zweck. Bestimmt hatte seine Fantasie ihm einen Streich gespielt. Er hob ein Bein aus der Pfütze und kämpfte sich weiter. Er schaffte nur wenige Meter, bevor er erneut anhielt. Da war es wieder! Kein Geräusch. Etwas anderes. Er wurde sich bewusst, dass sein Herz schneller schlug. Dass seine Haut unter den Einschlägen der Tropfen empfindlicher geworden war. Das hier war keine Einbildung.

Es war *Instinkt*. Und sein Instinkt spielte ihm niemals Streiche. Er schirmte die Augen mit der Hand ab und ließ den Blick über die Reihe der geparkten Autos schweifen, von denen viele bis zu den Kotflügeln unter Wasser standen. Nirgendwo rührte sich etwas. Er musterte die Eingänge der Wohnhäuser. Es war schwer zu sagen, ob sich dort jemand aufhielt. Noch einmal konzentrierte er sich auf die Autos. Eines davon, ein Mercedes SLK Cabrio, zog seinen Blick an. Er trat näher. Dann sah er es. Die Scheiben waren beschlagen. Im Inneren war jemand. Ohne zu zögern, trat er vor, packte den Griff der Fahrertür und riss sie auf. Ein Zucken ging durch seinen Körper. Im Fahrersitz saß ein stämmiger Mann im hellgrauen Anzug, zur Beifahrerseite gebeugt, und würgte eine junge Frau mit beiden Händen.

Der Mann fuhr herum und starrte ihm entgegen. Sein Blick war überrascht und wütend. Die breite Brust unter der Anzugjacke pumpte angestrengt auf und ab. Der Bürstenhaarschnitt und der lange, buschige Bart verliehen ihm den Eindruck eines Kriegers. Das Haar der Frau war ein Gewirr von Strähnen. Ihre tiefbraunen Augen waren aufgerissen und erfüllt von Todesangst.

„Hilf mir!", schrie sie ihm entgegen.

Ein Urinstinkt elektrisierte ihn. Er wollte zupacken, doch seine jahrelange Ausbildung hielt dagegen. *Distanz wahren. Lage abschätzen. Kämpfen nur, wenn Kommunikation nicht möglich ist.* Dann übernahm der *andere* Instinkt. Er spürte, wie der Rausch sich näherte, doch er konnte nichts dagegen tun. Wie schon beim letzten Mal. *Oh nein …* Blinde, ungehemmte Wut durchschoss ihn. Die Ränder seiner Sicht verschwammen. Alles, was in seiner Welt noch existierte, war der Mann. Alles, was er spürte, war der überwältigende Drang, ihn zu vernichten, eine Hand durch seine Brust zu rammen und das Leben aus ihm herauszureißen.

Seine Arme schossen vor. Er packte den Mann am Hemdkragen, riss ihn aus dem Wagen und warf ihn mit dem Gesicht nach unten auf die überflutete Straße. Der Mann reagierte schnell und trat nach Frederichs Beinen. Frederich verlor das Gleichgewicht. Mit einem Mal war er es, der am Boden lag. Der Mann schwang sich auf seine Brust. Der schwere Körper seines Feindes drückte ihn herab. Zwei kräftige Hände pressten gegen sein Gesicht und zwangen es unter die Wasseroberfläche. Frederich versuchte seinen Torso ruckartig aufzurichten, doch sein Widersacher gab nicht nach. Er wand sich nach links und rechts. Er zerrte an den Armen des Mannes. Der Druck blieb unnachgiebig fest. *Verdammt. Ein Straßenkämpfer.* Alles ging viel zu schnell. Ihm blieben kein Raum und keine Zeit zum Denken. Kein Zufluchtsort außer dem Abgrund. Die Dunkelheit sickerte wie Wasserströme in sein Inneres, während der Sauerstoff in seinen Lungen knapper wurde. Er wehrte sich nicht mehr dagegen. Er ließ sich mittragen, tiefer und weiter als je zuvor. Die Panik begann sich aufzulösen. Ruhe breitete sich in ihm aus. Seine Lippen teilten sich. Wasser drang in seine Kehle.

Dann vernahm er ihren Schrei. Die Frau rief etwas. Das Geräusch drang wie aus weiter Ferne an sein Ohr.

„Hör auf! Lass ihn los!"

Die Worte sandten einen Stromschlag durch seinen Körper. Zwei Leben, nicht nur eines, waren in Gefahr. Er schlug die Augen auf. Die Außenwelt nahm langsam wieder Formen an.

„Bitte!", erklang ihre erstickte Stimme.

Frederich versuchte mit frischer Kraft, sich frei zu ringen. Als es ihm nicht gelang, riss er ruckartig beide Knie in die Höhe und rammte sie dem Mann in den Rücken. Sein Gegner stürzte vorwärts, über ihn hinweg. Frederich schlang seinen linken Arm um die Schulter des Mannes. Mit einem kraftvollen Aufbäumen gelang es ihm, sich zu befreien und die Lage umzukehren. Nun war er es, der sich obenauf befand, und sein Gegner lag im Wasser. Er wusste, dass er seine Stellung nicht würde behaupten können, denn der Mann war schwerer und auch kräftiger. Frederich packte ihn am Hemdkragen, zerrte seinen Kopf empor und rammte ihm mit voller Wucht die Stirn ins Gesicht. Die Nase seines Feindes zerbrach mit einem Knirschen. Noch einmal holte er tief Luft, lehnte sich zurück und versetzte dem Mann einen Kopfstoß auf die gleiche Stelle. Dann drückte er den Kopf des Mannes unter Wasser. Dieses Mal bekam er beide Hände um den breiten Hals geschlossen und drückte ihn mit aller Kraft hinab. Blut drang an die Wasseroberfläche. Der Mann wehrte sich, doch nur noch mit einem Bruchteil seiner Kraft. Frederich drückte ihn herab und hielt ihn fest, bis sein Feind sich nicht mehr rührte. Auch dann hielt er den Mann noch eine ganze Weile unter Wasser. Er ließ erst los, als er ganz sicher war, dass er den Mann getötet hatte.

2

Ihre Augen waren starr auf den toten Körper im Wasser gerichtet, während Frederich neben ihr würgte, keuchte und um Atem rang. Noch immer schwer benommen, ließ er seinen Blick über die Umgebung wandern. Mit den Händen schirmte er die Augen vor dem Regen ab und suchte die Fenster der umliegenden Wohnungen und die Bürgersteige nach möglichen Zeugen ab. Niemand hatte sie bemerkt – zumindest niemand, den er sehen konnte.

Er hatte also eine Wahl. Er konnte die Polizei rufen oder er konnte fliehen. Er richtete den Blick zurück zur jungen Frau aus dem Wagen. Die Frau war ein Problem. Sie hatte mitangesehen, was er mit dem Mann gemacht hatte. Ein Plädoyer auf Selbstverteidigung fiel damit aus. Er *hatte* sie vor etwas beschützt, das nach versuchtem Mord aussah. Ein guter Anwalt konnte damit arbeiten. Trotzdem würde es ein Nachspiel geben. Polizeiverhöre. Ein langwieriger Prozess. Die Aufmerksamkeit der Medien. Er konnte sich kaum etwas Schlimmeres vorstellen. Lieber würde er sich einsperren lassen. Das Beste war wahrscheinlich, alle Spuren zu verwischen und sich und die Frau ins Trockene zu bringen. Die endgültige Entscheidung musste warten, bis diese Flut vorüber war. Die Polizei konnte ohnehin nichts unternehmen, solange das Unwetter anhielt.

Er beeilte sich, alle Spuren des Kampfes so gut wie möglich zu beseitigen. Zuerst nahm er sich die Tür des Wagens vor und rieb mit dem Ärmel seine Fingerabdrücke vom Griff. Er beugte sich herab und prüfte die Wassertiefe unter dem Cabrio. Der Wagen lag nicht hoch genug, um einen Körper darunter zu verstecken. Ein kurzes Stück entfernt parkte ein SUV, der ihm geeignet erschien. Er packte die Leiche und mühte sich mit ihr ab, bis es ihm gelungen war, sie unter das benachbarte Fahrzeug zu schieben. So. Das war schon einmal geschafft. Er richtete sich auf und lehnte sich gegen den Wagen, um wieder zu Atem zu kommen. Die junge Frau hatte sich noch immer nicht gerührt. Es war an der Zeit, von hier zu verschwinden.

Er trat zu ihr und legte ihr die Hand auf die Schulter. Keine Reaktion. Sie stand still und unbewegt wie eine Statue. Ihr Blick hing an dem leblosen Körper.

„Wir müssen von hier verschwinden“, rief er ihr durch den Regen zu.

Keine Bewegung. Keine Reaktion. Das anhaltende Prasseln machte die Kommunikation schwierig. Sie waren schon viel zu lange hier. Er ballte die Hände zu Fäusten. *Ruhig bleiben, Frederich.* Er trat näher und ergriff ihre Hände.

„Wir können nicht hierbleiben!“, drängte er. „Wir müssen los!“

Nun wandte sie sich ihm mit einem erstarrten Ausdruck zu. Ihre Hände zitterten.

„Bitte“, signalisierte er mit seinem Blick.

Ihre Antwort war ein leichtes Nicken. Er nickte zurück, wandte sich um und führte sie an einer Hand mit sich. Während sie davonstapften, wandte sich die Frau noch einmal zum Körper unter dem Wagen um.

Frederich zog sie mit sanftem Druck weiter. Sein Blick war entschlossen nach vorn gerichtet. Das Wasser reichte ihnen bis an die Schienbeine. Durch die Flut kamen sie nur langsam voran. Sie erreichten ohne Zwischenfälle das Straßenende. Mehr

Regen und mehr Dunkelheit. Dann hatten sie den Apartmentblock erreicht, in dem seine Wohnung lag. Der Wasser schwappte an die Stufen der Eingangstreppe. Er schloss auf, führte sie ins Treppenhaus und dann hinauf zu seiner Wohnung in der ersten Etage.

Mit sicheren Händen öffnete er die Etagentür und betätigte den Lichtschalter. Der Schein der Deckenlampen fiel auf einen Flur mit drei Türabgängen an der rechten Seite und einem weiteren ganz am Ende. Die erste Tür zur Rechten führte in ein Badezimmer; die zweite in die Küche; und die dahinter in ein mittelgroßes Schlafzimmer. Er führte sie durch den lang gezogenen Flur der Altbauwohnung geradeaus zum Wohnzimmer. Ihre durchweichten Schuhe hinterließen nasse Fußabdrücke auf den Dielen. Er geleitete sie zum Dreiersofa an der rechten Wand, wo sie sich niederließ, und schaltete die Stehlampe ein. Er versuchte zu erkennen, ob sie verletzt war. Ihre Bewegungen waren träge und mechanisch, ihr Blick ins Nichts gerichtet, doch er konnte keine äußeren Verletzungen erkennen. Unverkennbar war, dass sie noch immer unter Schock stand. Er trat zum Fenster, warf einen prüfenden Blick in den Hof und zu den umliegenden Wohnungen und zog die Vorhänge zu. Dann trat er zurück zum Sofa und ging vor ihr in die Hocke. Ihr Blick wich seinem aus. Ihr Atem ging flach und hektisch.

„Wie heißt du?", fragte er sanft.

Es dauerte eine Weile, bis sie sich ihm zuwandte und ihn ansah. Ihr Mund war leicht geöffnet und ihre Hände zitterten. Sie schluckte hart.

„Ida", sagte sie mit einer leisen, heiseren Stimme.

Er nickte, erleichtert, dass sie wenigstens mit ihm sprach.

„Ich bin Frederich", sagte er.

Sie blinzelte mehrfach, holte tief Luft, schloss die Augen und lehnte sich auf dem Sofa zurück. Frederich wartete einen Moment, bevor er sich aufrichtete und ins Schlafzimmer ging, um ihr ein Kissen und eine Decke zu holen. Als er zurückkehrte, hielt er im Türrahmen inne und wandte sich ab. Sie war dabei, sich aus ihrer durchweichten Kleidung zu schälen. Nach einiger Zeit drehte er sich um. Sie trug nur noch ihre Unterwäsche. Ihr brauner Rock, die schwarzen Strümpfe, ihr weißes T-Shirt, die braunen Plateaustiefel und die Lederjacke lagen auf dem Boden vor dem Sofa verteilt. Schnell trat er vor und legte ihr die Decke um die Schultern. Mit dem Stoff über sich ausgebreitet, streckte sie sich auf dem Sofa aus und schob sich das Kissen unter den Kopf. Sie schloss die Augen und zog die Beine an. Kurz darauf war sie eingeschlafen. Ihr Atem ging nun ruhig und stetig.

Frederich wandte sich ab und ging zurück ins Schlafzimmer. Leise schloss er die Tür hinter sich. Nach kurzem Überlegen ging er vor einer Kommode in die Knie und zog die unterste Schublade auf. Unter der Schicht aus Kleidung war eine kleine Kiste, die er hervorholte und aufs Bett stellte. Nacheinander begann er den Inhalt hervorzuholen und vor sich auszubreiten. Seine Pistole. Drei Schachteln mit Unterschallmunition. Den Schalldämpfer. Er lud die Waffe und montierte den Dämpfer. Seit seiner Ankunft in Berlin hatte er sie nicht mehr hervorgeholt. Nun aber war die Zeit gekommen. Erfahrung und Instinkt verrieten ihm, dass der Mann, den er getötet hatte, kein gewöhnlicher Zivilist gewesen war. Falls er mit seiner Ahnung richtiglag, würde der Kerl Freunde haben. Freunde mit den gleichen gewalttätigen Neigungen, die kommen würden, um nach ihm zu suchen. Er und Ida würden auf der Hut sein müssen. Im Kopf ging er die Parameter der Situation durch. Der Impuls war das Ergebnis jahrelangen Trainings. Er war sich sicher, dass er an alles gedacht und sich in alle Richtungen abgesichert hatte. Die einzigen losen Enden waren er selbst und Ida, und sie schlief tief und fest auf seinem Sofa.

Er prüfte die Pistole gründlich. Kraas hatte sie ihm geschenkt, zu seinem siebzehnten Geburtstag. Er hatte stets penibel dafür gesorgt, dass sie in einwandfreiem Zustand blieb. Für ihn war sie mehr als eine Waffe. Sie war ein Erinnerungsstück an seinen Vater. Nachdem er sich vergewissert hatte, dass alles funktionierte, wie es sollte, prüfte er doppelt, dass die Pistole gesichert war, setzte sich aufrecht auf sein Bett und legte sich die Waffe griffbereit an die Seite. Er atmete ruhig und langsam. Sein Gehör nahm jeden Laut auf, sowohl innerhalb als auch außerhalb der Wohnung. Er vernahm das Summen des Kühlschranks im Nebenraum. Die Schritte der Nachbarn in der Etage über ihm. Ein Kribbeln ging über seine Haut. Seine Schläfe zuckte. Er kannte die Anzeichen. Er war wachsam, angespannt und konzentriert; bereit, beim kleinsten Anzeichen von Gefahr zu reagieren. Er war es gewohnt, in diesem Zustand auszuharren, und er würde es so lange tun, wie es die Umstände erforderten.

Die Zeit verging langsam und eintönig. Während sich Ida im Nebenraum unruhig auf der Couch herumwarf und ein gelegentliches Ächzen von sich gab, blieb Frederich wachsam und erlaubte sich nur kurze Ruhephasen. Irgendwann begann der Adrenalinschub des zurückliegenden Kampfes nachzulassen. Seltsame Bewusstseinszustände regten sich in ihm, während die Nacht weiter voranschritt.

Die ersten Bilder kamen während einer Phase leichten Schlafes. Er sah den wütenden Blick des Mannes aus dem Wagen. Die Augen durchbohrten ihn, unnachgiebig und entschlossen. Frederich spürte, wie die Finger seines Feindes sein Gesicht gnadenlos unter Wasser drückten. Er warf sich wild herum unter dem schweren Gewicht auf seiner Brust, zuckend und sich aufbäumend, erfüllt von Panik vor dem Ertrinken. Dann aber überkamen ihn Ruhe und ein tiefer Frieden. Er senkte den Blick und sah das blutige, leblose, halb unter Wasser liegende Gesicht seines Feindes, dessen glühender Blick für alle Ewigkeit erloschen war.

Er fuhr abrupt zusammen, überwältigt von Gefühlen tiefster Trauer und Verzweiflung. Sie zogen ihn an und sandten ihn zurück zu jenem Tag, an dem Kraas gestorben war. Er sah sich wieder auf der Rückbank des Taxis sitzen, das über die Route 2 von Tallinn nach Tartu raste. Mit dem Fuß tappte er unablässig auf den Kabinenboden und trieb den bereits entnervten Fahrer dazu an, noch schneller zu fahren. Sein Handy klingelte, als er kaum noch zehn Minuten vom Krankenhaus entfernt war. Es war Johannes. Er ging sofort ran.

„Johannes! Wie geht es ihm?“

Jemand atmete am anderen Ende, doch nichts war zu vernehmen außer Hintergrundgeräuschen.

„Johannes?“, rief er noch einmal.

„Frederich“, sagte Johannes mit tränenerstickter Stimme. Frederichs Magen zog sich zusammen. „Er ist von uns gegangen. Es tut mir leid, mein Junge.“

Ein Gefühl der Schwerelosigkeit befiel ihn. Sein Körper schien unter ihm zurückzubleiben. Das Handy rutschte ihm aus der Hand. Seine Augen wurden weit und seine Lippen begannen zu zittern. Auf einen Schlag wurde er sich bewusst, wie unvorbereitet er für diesen Augenblick gewesen war. Taubheit überfiel ihn. Der gesamte Rest des Tages war, genauso wie der nächste, eine Aneinanderreihung wirrer Szenen, eine Art sonderbarer Traum. Sprachlos und benommen stand er an Kraas‘ offenem Grab, unfähig, zu weinen. Einer nach dem anderen kamen die Nachbarn seines Heimatdorfes, ganz in Schwarz gekleidet, zu ihm und bekundeten ihr Beileid. Händeschütteln.

Schulterklopfen. „Er war ein großer Mann", hieß es immer wieder. „Was für ein herzzerreißender Verlust."

Nun war es mitten in der Nacht. Es saß alleine auf dem Sofa in Kraas' Haus, in dem er aufgewachsen war, und starrte auf die Flecken des Mondlichts, das durch das Fenster fiel. Er fühlte sich leer, trostlos und verlassen wie der einzige Überlebende einer nuklearen Katastrophe. Er hatte keine Möglichkeit, die Dunkelheit, die in seinem Inneren aufwallte, zu begreifen oder zu verarbeiten. Es war, als sei ohne jede Vorwarnung der Boden unter ihm eingebrochen und er stürze kopfüber in einen Abgrund endlosen Entsetzens. Heulende Panik erfasste ihn wie noch nie zuvor. Er verspürte den überwältigenden Drang, davonzulaufen, zu entkommen, nur weg von jenem Ort, der ihn wie kein anderer an seinen Vater Kraas erinnerte. Er wusste, dass er fort musste. Aus Tartu. Sogar aus Tallinn.

Am nächsten Tag hatte er sich mit Kraas' Nachlassverwalter getroffen, um die Erbschaftsangelegenheiten zu regeln. Die Erbmasse umfasste nicht nur das Haus, sondern auch Ersparnisse. Frederich starrte auf die Summe auf dem Zettel, fassungslos und wie betäubt. 400.000 Euro. Woher kam all das Geld? Der Bürokrat auf der anderen Seite des Schreibtisches hatte dazu keinerlei Informationen. Er war lediglich angewiesen worden, für eine schnelle und reibungslose Übergabe zu sorgen. Widerwillig unterzeichnete Frederich die Papiere. Fast fühlte er sich schuldig, so als mache er mit seiner Unterschrift den Tod seines Vaters erst offiziell. Mehr Beileidsbekundungen trafen ein. Er fuhr zurück nach Tallinn, packte seine Taschen und setzte sich aus Estland ab, ohne irgendjemandem Bescheid zu sagen. Nur ein einziger Impuls trieb ihn an: wegzulaufen. In Bewegung zu bleiben.

Grüne Landschaften zogen hinter dem Waggonfenster dahin: die Gehöfte und Dörfer, Wälder und gewundene Flüsse

Estlands. Der dunkle Abgrund, der am Tag des Todes in ihm aufgebrochen war, klaffte mit jedem Tag, mit jeder Woche weiter in ihm auf, während er rastlos von Ort zu Ort zog, quer durch Ost- und Zentraleuropa, von Riga nach Warschau, von Bratislava nach Wien. Er lebte und schlief unter dem Schatten von Kraas' Tod, von Hostel zu Hostel, von Stadt zu Stadt, von Wahrzeichen zu Wahrzeichen. Ein Tag ging ohne klare Abgrenzung in den nächsten über, bis er irgendwann Berlin erreichte und etwas ihm sagte, dass es Zeit war, eine Pause einzulegen.

Während Frederich aufrecht im Dunkeln auf dem Bett seiner Berliner Wohnung saß und Wache hielt, holte ihn alles wieder ein. Ein Druckgefühl schnürte seine Kehle zusammen. Er spürte, dass der Moment gekommen war. Dass alles, was er mühsam unter Verschluss gehalten hatte, davorstand, sich zu lösen. *Scheiße*. Tränen schossen ihm in die Augen. Schnell hob er sich die Decke vors Gesicht. Er biss die Zähne zusammen. Es half nichts. Drei Monate der Erstarrung brachen wie eine Flut aus ihm heraus. Er schniefte und er heulte, als die Erinnerung an Kraas' Gesicht ihm lebhaft vor die Augen trat. Die stechenden grauen Augen würden nie wieder über ihn wachen. Nie wieder würde er den kahlen Schädel mit den weißen Stoppeln vor sich sehen. Nie wieder würde Kraas ihm im Vorübergehen über die Haare streichen, während Frederich in einem Sessel hing und las. Nie wieder würde er sich über die Geste beschweren können, obwohl es ihm insgeheim gefiel. *Ich vermisse dich*. Die Worte wiederholten sich in seinem Kopf, immer und immer wieder, wie ein Mantra der Trauer, das ihn langsam von innen heraus reinigte und die Last der Schmerzen Stück für Stück von ihm abnahm. Die Tränen durchweichten die Decke, bis irgendwann keine mehr kamen. Dann sank er ungewollt in einen tiefen Schlaf.

3

Michael Inselheim rollte die Ärmel seines Hemdes hoch und wischte sich den Schweiß von der Stirn. Sein Mitarbeiter reichte ihm eine kalte Wasserflasche aus dem Jeep. Er rollte sie sich über seinen Nacken, um sich damit zu kühlen. Als Nächstes benetzte er seine Wangen und genoss den kurzen Augenblick der Erfrischung in der Wüstenhitze. Wie schafften es manche Menschen nur, unter solchen Bedingungen zu *leben*? Er konnte sich nur schwerlich eine unangenehmere Umgebung vorstellen als die farblosen Steine, die spröde Erde und die verkümmerten Sträucher der kasachischen Wüstenlandschaft.

„Noch zehn Minuten bis zum Start", informierte ihn Shirvan, der gerade mit dem Außenteam telefoniert hatte.

Inselheim nickte.

„Sind alle Teams bereit für die Nachanalyse?", wollte er wissen.

„Selbstverständlich", antwortete Shirvan. „Der Neutralaser wird sofort nach dem Abschuss wieder unter die Erde verlegt."

Inselheim ließ den Blick über den Horizont schweifen, wo die Testrakete starten würde. Er spürte, wie der Rand seines Auges zuckte. Nach einer kurzen Pause zitterte die Haut erneut. Er *hasste* es, zu warten. Schon sein ganzes Leben lang hatte er sich geweigert, sich für irgendetwas hinten anzustellen. Er wurde sich bewusst, dass er mit dem Daumen über die bleiche Stelle an seinem Ringfinger rieb. Es war bereits drei Monate her, seit er seinen Ehering abgelegt hatte. Trotzdem fühlte sich die nackte Stelle immer noch ungewohnt an. Er fragte sich, wie Mira reagieren würde, wenn sie herausfand, dass das Projekt, das sie ihre Ehe gekostet hatte, endlich abgeschlossen war. Wahrscheinlich würde es ihr komplett egal sein. Sie schien ohnehin ganz vereinnahmt von ihrem neuen Leben in London an der Seite von Herrn Bestseller-Autor, der ihr, den Bildern nach zu urteilen, all die Aufmerksamkeit zukommen ließ, die Inselheim ihr all die Jahre schuldig geblieben war.

„Acht Minuten", verkündete Shirvan mit Blick auf seine Uhr.

Inselheim ballte die Hand zur Faust, um nicht immer wieder über seinen Finger zu reiben. Er begann, unruhig auf und ab zu gehen.

„Warum entspannen Sie sich nicht etwas?", merkte Shirvan an. „Es wird schon alles gut gehen, Herr Inselheim."

Inselheim stieß ein bitteres Lachen aus. Wenn Shirvan wüsste, wie schlimm ihre Lage wirklich war, würde er direkt neben ihm an seiner Seite nervös auf dem staubigen Untergrund herumtigern. Die Wahrheit war, dass das Überleben der gesamten Firma vom Erfolg oder Misserfolg des Neutralaser-Projekts abhing. Es gab keinen Plan B und keine Rückfalloptionen mehr. Dieser Test *musste* ein Erfolg werden – einen anderen Weg gab es nicht.

Inselheim hob den Blick zum strahlend blauen Himmel. Irgendwo dort oben bewegten sich über 1000 aktive Satelliten, Eigentum Dutzender verschiedener Nationen, durch den Orbit. Das hier war bereits der fünfte Raketenstart der Inselheim-Gruppe in nur einem Monat. Bisher hielt die Tarngeschichte dicht, mit der sie die Versuche vor der Weltöffentlichkeit rechtfertigten, doch allmählich forderten sie ihr Glück heraus.

Vor über 24 Monaten hatte Inselheim ein neues ballistisches Kurzstrecken-Raketenprogramm ausgerufen, um damit ihre wahren Absichten, die Entwicklung des Neutralasers, zu verschleiern. Bisher hatte niemand Verdacht geschöpft, doch es war nur noch eine Frage der Zeit, bis die Telefone klingelten und die Großmächte aus Ost und West begannen, Fragen zu stellen. Inselheim war stolz auf seinen Einfall mit dem Tarnprojekt. Das Ganze war ein diplomatischer Geniestreich. Er hatte seinem Team die Möglichkeit gegeben, ihre Erfindung auszuprobieren, und zugleich die Ausrede dafür geliefert, dass sie Raketen abfeuern konnten, ohne Verdacht zu erregen. Seine wahren Pläne waren andere. Anstatt dem globalen Wettrüsten einen weiteren Raketentyp hinzuzufügen, würde er die Großmächte der Welt schockieren, indem er ihnen etwas präsentierte, das die Bedrohung durch Nuklearwaffen ein für alle Mal beenden würde. Was noch wichtiger war: Der Erfolg würde den Namen Inselheim unsterblich machen. Wenn all dies hier geschafft war, würde es in jedem Geschichtsbuch umfassende Abhandlungen über das Leben und Wirken Michael Inselheims geben, Sohn von Thomas Inselheim und Retter der Welt vor dem Damoklesschwert nuklearer Vernichtung. Wenn nur sein Vater noch am Leben gewesen wäre, um diesen Durchbruch mitzuerleben.

Das Summen seines Handys unterbrach den Tagtraum. Er zog es aus der Tasche. Es war Brunswick.

„Hallo, Kimberley", sagte er und hob sich das Telefon ans Ohr.

„Hallo, Michael", erklang Brunswicks Antwort aus dem Apparat. „Wie fühlst du dich?"

„Cool wie ein Gletscher."

„*Fünf Minuten!*", erklang Shirvans Stimme aus dem Hintergrund.

„Lügner", sagte Brunswick.

„Und selbst?", fragte Inselheim.

„Ziemlich nervös.“

„Lügnerin“, erwiderte er mit einem schiefen Grinsen. Es war das erste Mal seit Monaten, dass er so etwas wie Belustigung empfand. Wenn es jemanden gab, der selbst unter Hochdruck ruhig blieb, so war es Kimberley Brunswick.

„Na ja“, räumte Brunswick ein. „Angespannt, aber zuversichtlich. Das Team ist überzeugt, dass heute alles glattgeht. Das hilft.“

„Elias Khartoum hat angerufen“, erklärte Inselheim rundheraus.

Brunswick seufzte und blieb für einige Augenblicke still.

„Was wollte er dieses Mal?“, fragte sie nach einer Weile.

„Er verlangt eine Geldübergabe am Montag. In bar.“ Inselheim fuhr sich mit der Hand über die Stirn. „250.000 Euro. Als Strafe dafür, dass wir mit den Zahlungen in Verzug geraten sind.“

„Sie ziehen uns die Daumenschrauben immer weiter an!“, stieß Brunswick aus. In ihrer Stimme klang ein Anflug von Verzweiflung. „Was sollen wir tun, Michael?“

„Ich habe das Geld“, erklärte er ruhig. „Ich fliege zurück und treffe mich mit ihm. Lass uns das hier einfach sauber über die Bühne bringen, okay?“

„Das werden wir. Aber ich muss los. Das Team ist bereit für den Start.“

„Drei Minuten!“

„In Ordnung.“

Als Inselheim auflegte, wurde ihm unvermittelt der volle Ernst ihrer Lage bewusst. Schwindel überkam ihn. Eine diffuse Angst stieg in ihm auf und sorgte dafür, dass sein Herzschlag sich beschleunigte. Es lagen zermürbende Monate hinter ihm. Er konnte nicht verleugnen, dass ihm das Tagesgeschäft der Inselheim-Gruppe nach und nach immer mehr entglitten war.

Das Neutralaser-Projekt hatte immer mehr von seiner Zeit gefressen. Die Verhältnisse in der globalen Rüstungsindustrie hatten begonnen sich zu verschieben. Während die Amerikaner und die Russen ihre Neuentwicklungen mit ungehemmter Innovationskraft vorantrieben, reagierte die Inselheim-Gruppe in diesen Tagen ungewohnt behäbig. Der schlimmste Dämpfer war die Rückrufaktion für den gerade erst auf den Markt gebrachten Transporthelikopter gewesen. Selbst kostenintensive Vor-Ort-Reparaturen hatten das Problem mit der Treibstoffversorgung nicht lösen können. Seine Ingenieure sprachen schon davon, dass das gesamte Leitungssystem neu entwickelt werden musste. Die monatelange Verzögerung, gefolgt von dem katastrophalen Absturz mit mehreren Toten in der Ukraine, hatte eine Klagewelle ausgelöst. Das Schlimmste war: Man hatte ihn schon sehr früh vor möglichen Problemen in der Auslegung der Hubschrauber gewarnt. Leichtfertigerweise hatte er angenommen, sein Team würde sie auch ohne seine persönliche Aufsicht in den Griff bekommen. In gewisser Weise war er in die Falle eines Spielsüchtigen getappt. Je mehr sich die Rückschläge und Fehler und die anfallenden Koste rund um ihn herum häuften, umso stärker hatte er alles auf eine Karte gesetzt, bis er regelrecht davon besessen gewesen war, das Neutralaser-Projekt endlich abzuschließen. Nun standen sie am Ende dieses Weges und hatten keine Spielzüge mehr übrig.

Als sei all dies noch nicht genug, mischte sich nun auch noch dieser Blutsauger Kalakia mit ein. Inselheim hatte getan, was er konnte, um ihn über das Projekt im Dunkeln zu lassen. Alle Arbeiten des Neutralaser-Teams fanden in der unterirdischen Einrichtung in Kasachstan statt, fernab jeder menschlichen Besiedlung. Die gesamte Dokumentation und Kommunikation erfolgte in einem geschlossenen System ohne Internetanschluss. Inselheim hatte nicht einmal den Anschluss an das öffentliche Straßennetz genehmigt, um ganz sicherzugehen. Paranoia war ein Muss, wenn man es mit Kalakia zu tun hatte. Der Kerl hatte seine Leute überall. Inselheim war sicher, dass er Anfang der Woche auf dem Weg zu seinem Büro beschattet worden war. Die Inselheim-Gruppe war das mit Abstand profitabelste aller deutschen Unternehmen. Zwischenzeitlich war sie sogar auf bestem Weg gewesen, die übermächtige amerikanische Waffenindustrie an Umsatz zu übertreffen. Je stärker die Unternehmensgruppe wuchs, desto höher wurden auch Kalakias Forderungen. Aus einer halben Million Euro Schutzgeld pro Woche waren drei Millionen geworden. Inzwischen musste Inselheim mehr als eine Million *pro Tag* als „Schutzgebühr" aufbringen. Einmal hatte er versucht, eine Reduzierung herauszuhandeln. Das Ergebnis war eine gebrochene Rippe, eine kleine Aufmerksamkeit von Kalakias Vollstrecker, Elias Khartoum. Inselheim hatte keine Wahl. Er würde früh am Morgen heimfliegen müssen, um sich mit Khartoum zu treffen.

„Alles bereit zum Start, Herr Inselheim", riss Shirvan ihn aus seinen Gedanken.

„Gut", brachte er rau hervor. „Weitermachen wie geplant."

Shirvan, Inselheim und der Rest des Teams setzten ihre Schutzbrillen auf und starrten erwartungsvoll in die braune Wüste. Inselheim biss die Zähne zusammen und hielt den Atem an.

„Okay", begann Shirvan. „Start in … 10 … 9 … 8 … 7 … 6 … 5 … "

„Komm schon", flüsterte Inselheim, die Hände zu Fäusten geballt.

„4 … 3 … 2 … 1 … "

Ein Blitzen, dann ein gleißender rot-weißer Schweif aus brennendem Treibstoff begleiteten den Start der nuklearwaffenfähigen ballistischen Rakete in der Ferne. Das Geschoss stieg auf einer gleichmäßigen Bahn in den strahlend blauen Himmel auf, kletterte immer weiter in die Höhe, wurde vor ihren Augen kleiner und kleiner, bis mit einem Mal ein blendend blauer Strahl vom Boden im steilen Winkel emporschoss. Es gab einen hellen Lichtblitz, dann eine Explosion am Horizont. Die Rakete war nicht mehr zu sehen. Der Glutschweif faserte aus und verschwand. Inselheims Unterkiefer sank herab. Perplex wandte er sich an Shirvan, der mit angespanntem Ausdruck am Telefon mit dem Außenteam hing. Als Shirvan auflegte, seine Schutzbrille abnahm und herantrat, spannte sich ein breites Grinsen über sein Gesicht.

„Der Test war ein voller Erfolg, Herr Inselheim", verkündete er strahlend. „Die Rakete wurde vollständig vernichtet."

Inselheim spürte, wie sich ein Kloß in seiner Kehle formte.

„Sind wir ganz sicher?", krächzte er.

„Einhundertprozentig", gab Shirvan zurück. „Ich habe gerade von Brunswick die Bestätigung erhalten. Die Neutralaser-Abschussvorrichtung ist bereits wieder auf dem Weg in den unterirdischen Tunnel. Brunswick sagt, sie hält den Champagner für uns kalt. Meinen Glückwunsch", fügte er hinzu und klopfte Inselheim auf die Schulter.

Inselheim blinzelte einige Male. Seine Hände fingen an zu zittern. Unwillkürlich begann er, glucksend in sich hineinzulachen. Sein Körper schien vom Boden aus emporzuschweben. Ein Kribbeln wie von elektrischen Entladungen lief über seine Haut. Er ballte beide Fäuste.

„Wuhuuu!", brüllte er in einem Aufschrei der Erlösung seine Anspannung aus sich heraus.

Ihm wurde schwindelig. Er musste sich auf seinen Oberschenkeln abstützen, um Halt zu finden. Tränen füllten seine Augen. Nach Monaten der Anspannung gab er sich ganz dem überwältigenden Gefühl der Erlösung hin. Er dachte an seinen verstorbenen Vater. Daran, wie Thomas Inselheim wohl reagiert hätte, wenn er diesen Moment noch hätte miterleben können. Jahrzehntelange Planungen. Jahre voller Wagnisse. Die unzähligen Rückschläge und Enttäuschungen. Der brutale, unvorstellbare Stress. Nun war es also wirklich gelungen. Michael Inselheim hatte es geschafft, sein Versprechen zu erfüllen. Die Vision seines Vaters von einer atomwaffenfreien Welt konnte erfüllt werden.

„Wir haben es geschafft", flüsterte er, das füllige rote Gesicht seines Vaters vor Augen. „Wir haben es geschafft!", schrie er in die Einsamkeit der Wüste hinaus.

4

Frederich erwachte mit einem Ruck. Tageslicht drang durch den Spalt zwischen den Vorhängen seines Schlafzimmers herein. Sofort traf ihn die Erinnerung an die Ereignisse der letzten Nacht. Er stieß einen leisen Fluch aus. Er hatte verschlafen! Er sprang aus dem Bett und tapste durch den Flur ins Wohnzimmer, um nach Ida zu sehen.

Er atmete auf und lehnte sich in den Türrahmen. Sie schlief noch. Ihre blasse, olivfarbene Haut glühte im Morgenlicht. Ihr zerzaustes braunes Haar verdeckte halb ihr Gesicht. Der Regen hatte den Eyeliner um ihre Augen und auf den Wangen verteilt. Eine rötliche Schwellung hatte sich an ihrem Kinn gebildet, die wohl von einem Schlag herrührte.

Er wandte sich zur Küche, als er sich erinnerte, dass die Pistole noch offen auf seinem Nachttisch lag. Er ging ins Schlafzimmer, verstaute sie wieder ganz unten im Schränkchen und schob die Schublade zu, bevor er in die Küche ging, um Kaffee aufzusetzen.

Er hatte gerade den Espressokocher mit Wasser und Röstkaffee gefüllt, als er ein Husten aus dem Wohnzimmer vernahm. Er schaltete die Herdplatte aus und ging hinüber. Ida saß vornübergebeugt, in die Decke eingehüllt, auf seinem Sofa und starrte auf den Boden. Einen Moment lang blieb er unschlüssig auf der Stelle stehen. Was sollte man zu jemandem sagen, der nichts von einem kannte als den Eindruck, wie man jemanden getötet hatte? Mit einem Räuspern trat er näher.

„Hey“, sagte er.

Sie hob den Kopf und bedachte ihn mit einem argwöhnischen Blick. Er schluckte und verlagerte sein Gewicht von einem Bein aufs andere.

„Hey“, gab sie zurück.

„Bist du okay?“, wollte er wissen.

Sie zog eine Grimasse und schüttelte den Kopf.

„Kann ich irgendetwas für dich tun?“

„Wasser“, sagte sie mit leichtem südamerikanischen Einschlag. „Kann ich etwas Wasser haben?

„Sicher.“

Er ging zurück in die Küche und kehrte mit einem Glas Wasser zurück. Ida bedachte ihn mit einem prüfenden Blick, bevor sie das Getränk von ihm entgegennahm und das Glas mit tiefen Zügen leerte. Er ließ sich auf das andere Sofaende sinken und beobachtete sie stumm. Sie stellte ihr Glas ab und starrte eine ganze Zeit lang ins Nichts. Dann wandte sie sich ihm zu.

„Ich kann nicht aufhören, daran zu denken, dass ich jetzt tot wäre, wenn du nicht gekommen wärst“, sagte sie. „Darum … danke.“

Frederich nickte. Sie wandte den Blick ab und schüttelte fassungslos den Kopf.

„Gott“, stieß sie aus. „Ich kann nicht glauben, dass Elias tot ist.“

„Wie gut kanntest du ihn?“

„Ich … wir haben uns seit einigen Wochen getroffen“, gab sie zurück.

„Kennst du seinen Nachnamen?“, fragte er. Schon gestern Abend hatte es ihn gedrängt, mehr über den Kerl herauszufinden.

„Nein“, sagte sie mit einem Kopfschütteln.

„Was ist da draußen passiert?“, wollte er wissen. „In was genau bin ich da hineingestolpert?“

Ihr Gesicht verdüsterte sich. „Es war … ich wollte ihn treffen“, sagte sie. „In seiner Wohnung. Ich bin spontan vorbeigegangen. Ein Nachbar kam gerade durch die Haustür, sodass ich nicht klingeln musste. Es hat sehr stark geregnet. Ich wollte einfach nur ins Trockene. Ich bin direkt zu ihm hochgegangen. Seine Wohnungstür stand ein Stück offen. Ich wollte etwas rufen, aber er war gerade am Telefon. Ich wusste sofort, dass etwas nicht stimmte. Er klang so anders. So ernst. So drohend. Ich hatte ihn noch nie so sprechen hören. Er hat immer so viel gescherzt, zumindest, wenn ich da war. Aber gestern … es klang, als hätte er jemanden bedroht. Das Letzte, was ich hören konnte, war …“ Ida unterbrach sich und legte den Kopf schief. „Etwas wie: ‚Hör mir gut zu, Inselheim. Ich verlasse dein Haus entweder mit einem Sack voll Geld oder mit einem Leichensack. Die Wahl liegt ganz bei dir.‘ Dann hat er sich umgedreht und mich gesehen.“

Frederich schwieg einen Augenblick und sah sie an. „Und dann?“, fragte er sanft. „Wie hat er reagiert?“

„Ich bin erstarrt“, brachte sie hervor. „Ich hatte keine Ahnung, was ich machen soll. Er legte auf. Sein Blick wurde so … *kalt*. Er hat nicht einmal versucht, nach Ausreden zu suchen. Er hat mich einfach nur angestarrt. Ich wusste sofort, dass ich in Schwierigkeiten bin.“

Frederich nickte stumm. Er erinnerte sich an den Blick, den ihm der Bärtige aus dem Wagen zugeworfen hatte.

„Hast du versucht wegzulaufen?“

„Nein", stieß sie aus. Tränen glitzerten in ihren Augen. „Er hatte eine Pistole. Ich hatte zu viel Angst. Er hat mir meine Handtasche und mein Handy weggenommen. Dann hat er mich an den Händen und den Füßen gefesselt und mich ins Schlafzimmer gebracht. Er hat die Tür offen gelassen. Ich habe ihn angefleht, mich gehen zu lassen, doch er hat einfach nichts gesagt. Stundenlang hat er mich dort liegen lassen. Bis es dunkel wurde. Alles ohne ein einziges Wort. Ich hatte solche Angst. Ich habe die ganze Zeit gezittert. Dann hat er jemanden angerufen. Irgendwann kam noch ein anderer Mann vorbei."

Frederich wurde hellhörig. „Jemand anderes ist vorbeigekommen?"

„Ja. Er kam mit Elias ins Schlafzimmer, um nach mir zu sehen."

„Wie sah er aus?"

„Er hatte schwarze Haare in einem Pferdeschwanz. Bleiche Haut und ziemlich groß. Er trug einen schwarzen Trenchcoat."

„Okay." Frederich nickte langsam. Jemand, der sofort vorbeikam, um bei einem Verbrechen mitzuhelfen? Die Alarmzeichen hätten kaum deutlicher sein können. „Sonst noch irgendetwas?", wollte er wissen. „Hast du irgendeine Ahnung, wer er sein könnte?"

Sie schüttelte den Kopf. „Er hat nichts gesagt. Nur genickt. Dann sind sie wieder in den Nebenraum gegangen. Sie haben irgendetwas besprochen, das ich nicht hören konnte. Durch den Türspalt habe ich gesehen, wie Elias ihm meine Sachen gegeben hat. Dann ist er gegangen."

Scheiße.

„Er hat dein Handy und deine Handtasche mitgenommen?", versicherte sich Frederich.

„Ja", gab sie zurück. Wieder brach ihre Stimme. „Mein Pass war in der Tasche", setzte sie nach. „Nach einer Weile kam Elias wieder, um mich loszubinden. Er hat gesagt, wir würden jetzt spazieren fahren. Dass ich nichts Dummes unternehmen sollte und nicht versuchen sollte zu entkommen. Seine Leute wüssten jetzt, wer ich bin. Sie würden meine Familie, meine Freunde und jeden, der mir wichtig ist, umbringen, wenn ich nicht gehorche."

Sie unterbrach sich. Ihre Lippen bebten. Frederich wartete schweigend. Als sie fortfuhr, lag Wut in ihrer Stimme.

„Ich meine, was für ein Psychopath muss man sein, um so etwas zu sagen?", stieß sie aus. „Auch die Art, *wie* er es gesagt hat. Wie er mich dabei angesehen hat. Er und dieser andere Typ. Ich wusste, dass sie es ernst meinen. Ich glaube es immer noch. Elias muss an irgendeiner schlimmen Sache beteiligt sein. Ich weiß es einfach." Idas Gesicht war in Abscheu verzogen. Dann wurde ihr Ausdruck wieder wächsern vor Angst.

Frederich schwieg und dachte nach. Seine Gedanken kreisten um den Mann namens Elias. Vermutlich hatte Ida großes Glück gehabt. Wenn der Kerl wirklich Teil einer kriminellen Bande war, konnte sie froh sein, dass sie mit dem Leben davongekommen war. Ihr war nur eine Wahl geblieben: zu fliehen und die Leben ihrer Lieben zu riskieren oder sich widerstandslos in den Tod führen zu lassen. Die Schwellung an ihrem Kinn ließ erahnen, wofür sie sich entschieden hatte.

„Du hast versucht zu entkommen, als du mit ihm im Auto warst?", fragte er.

Ida nickte. „Ich habe ihn angefleht, mich gehen zu lassen. Er hat mich einfach nur mit seinen toten Augen angesehen und gegrinst. Der Elias, den ich kannte, war verschwunden. Bevor wir losfahren konnten, hat es wieder stark geregnet. Man konnte überhaupt nichts sehen. Also haben wir gewartet. Ich glaube, er dachte, dass der Regen bald aufhört. Die ganze Straße war überflutet. Ich habe plötzlich Panik bekommen und versucht zu fliehen. Er war schneller. Ich hatte gerade erst die Hand am Türgriff, da lag er auch schon auf mir. Er hat mich geschlagen. Als ich schreien wollte, wurde er wütend und hat mich gewürgt. Ich konnte nicht mehr atmen. Dann bist du vorbeigekommen."

Wieder ging ein Zittern durch ihren Körper. Der Bericht hatte ihr Halt gegeben, etwas, an dem sie sich festhalten konnte. Nun kehrten die Schrecken der Wirklichkeit mit einem Schlag zurück. Frederich konnte sehen, wie die Nachwirkungen ihres Traumas an die Oberfläche brachen. Bisher hatte er sich allein darauf beschränkt, alles, was für ihn von Nutzen sein konnte, aus ihr herauszubekommen. Es war wohl an der Zeit, diese Haltung abzulegen.

Er rückte näher und legte ihr die Hand auf die Schulter. Zuerst brachen nur einzelne Schluchzer aus ihr heraus. Dann begann sie, in heftigen Stößen hemmungslos zu weinen. Er nahm sie in den Arm, hielt sie fest und spürte ihre Verzweiflung. Ihr vor Todesangst verzerrtes Gesicht vom Beifahrersitz kam ihm wieder in den Sinn. Er spannte die Kiefer an und ballte die Hand zur Faust. Wut durchschoss ihn, ohne dass er genau sagen konnte, warum und gegen wen. Schon beim Kampf am Wagen hatte er das Aufsteigen der dunklen Flut in sich gespürt. Er hatte die Kontrolle über sich verloren, und nicht zum ersten Mal. Es war wie damals gewesen, im Wald in Estland, als ein Einbrecher mitten in der Nacht in ihr Haus eingebrochen war und versucht hatte Kraas zu tö… *Tu's nicht*, mahnte ihn eine innere Stimme. Er konnte spüren, wie die unheilvollen Schatten näherkrochen. *Denk nicht daran zurück.* Er blinzelte und schüttelte den Kopf. Mit einem tiefen Atemzug beruhigte er sich wieder.

Er senkte den Blick und richtete seine Aufmerksamkeit zurück auf Ida. Nach ihrer Erzählung war er sicher, dass er gut daran getan hatte, nicht sofort zur Polizei zu gehen. Vorerst war es sicherer, nicht zu viel Aufmerksamkeit zu erregen, bis einige entscheidende Fragen geklärt waren. Wer war dieser Elias und worin war er verwickelt? Wie groß war die Gefahr, in der Ida schwebte? Welche Ereignisse würden in Gang gesetzt werden, sobald jemand die Leiche fand? Er konnte nur Vermutungen anstellen. Im Augenblick waren all diese Fragen nebensächlich. Noch eine ganze Zeit lang weinte Ida und er hielt sie fest, um sie zu trösten. Später würde noch genug Zeit bleiben, um sich mit dem großen Ganzen zu befassen und herauszufinden, in welche kriminellen Machenschaften dieser „Elias" verwickelt war.

5

Als Ida sich wieder gefangen hatte und noch immer schniefend, aber aufrecht auf dem Sofa saß, erhob sich Frederich, um ihr etwas Zeit für sich zu lassen und im Schlafzimmer auf seinem Laptop die Nachrichten zu durchstöbern. Er klickte sich durch die wichtigsten Seiten. Keine der Schlagzeilen nannte einen ungeklärten Mord in Berlin. Er starrte ins Nichts und tippte gedankenverloren mit den Fingern auf dem Touchpad herum. Wahrscheinlich lag die Leiche immer noch unentdeckt unter dem SUV. Für den Moment blieb ihm nichts anders übrig, als sich auf diejenigen Dinge zu konzentrieren, die er kontrollieren konnte. Er erhob sich und ging zurück ins Wohnzimmer. Ida lag wieder unter ihrer Decke auf dem Sofa.

„Möchtest du deine Familie kontaktieren?", fragte er. „Um ihnen Bescheid zu sagen, dass es dir gut geht?"

„Ja!" Sie richtete sich mit alarmiertem Ausdruck auf. „Ich meine, gerne. Aber ich weiß nicht …" Sie verstummte.

„Woher kommst du?", wollte er wissen, um zu helfen.

„Montevideo", sagte sie. „Dort wohnen meine Eltern."

„Uruguay?"

Sie nickte. „Zuletzt habe ich in New York gelebt. Aber ich bin in Uruguay geboren."

„Okay", sagte er. „Bestimmt sind deine Eltern froh, von dir zu hören. Gibt es sonst noch jemanden, der wissen sollte, wo du bist? Freunde? Arbeitskollegen?"

„Nein“, sagte sie nach kurzer Überlegung. „Ich glaube nicht. Ich war mit meiner Freundin Pia unterwegs. Aber sie ist ohne mich weitergereist. Schon vor einigen Wochen. Wir haben uns gestritten. Danach haben wir nicht mehr miteinander gesprochen.“

„Dann bist du ganz alleine in Berlin?“

„Jetzt ja.“ Sie seufzte geräuschlos. „Ich war auf Weltreise. Berlin sollte eigentlich nur ein Zwischenstopp sein.“ Sie senkte ihren Blick zum Boden.

Er betrachtete sie einige Momente, entschied sich dann jedoch dagegen, weiter nachzubohren. Es gab genügend andere Dinge, die seine Aufmerksamkeit erforderten. Eine Mahlzeit war eines davon. Sein Kühlschrank enthielt nur noch ein paar Scheiben Salami und zwei Eier.

„Okay“, sagte er. „Ich gehe kurz zum Supermarkt und hole uns etwas zu essen. Mein Laptop steht im Schlafzimmer. Ich habe einen Gastzugang für dich eingerichtet. Du kannst mein …“

Er hielt inne und unterbrach sich. Er hatte gerade sein Handy hervorholen wollen, um es ihr zu geben, doch plötzlich kamen ihm Zweifel. Wie viel wusste er eigentlich *wirklich* über sie? War die Sache mit Elias nur eine Affäre gewesen oder war sie tiefer in die Angelegenheit verstrickt, als sie zugab? Woher sollte er wissen, dass er, wenn er zurückkam, nicht in einen Hinterhalt lief?

Ida zog die Stirn kraus. „Ist alles okay mit dir?“, fragte sie. Er musterte sie und versuchte in ihren Augen einen Anhaltspunkt zu finden. Sie war … einfach nur da. Nichts in ihren Worten oder ihrem Ausdruck gab ihm einen Anlass zum Argwohn.

„Nimm mein Handy“, sagte er. „Melde dich bei denen, die wissen müssen, dass es dir gut geht. Wenn du irgendetwas Verdächtiges hörst oder siehst, ruf sofort die Polizei, okay? Ich beeile mich und bin gleich wieder da.“

Er trat durch die Haustür auf den Bürgersteig und warf einen Blick nach links und rechts. Niemand lauerte ihm auf. Kein Blaulichtgewitter und keine Polizeisirenen erwarteten ihn. Die geparkten Autos in der Nähe waren leer. Er entspannte sich ein wenig, blieb jedoch während des gesamten Weges wachsam. Die Überflutung war ein wenig abgeebbt. Vom Starkregen der letzten Nacht war nur noch ein leichtes Nieseln übrig. Schon bald würde der Verkehr wieder ins Rollen kommen. Spätestens dann würde jemand Elias' Körper finden.

Im Supermarkt erwartete ihn das übliche Samstagabend-Gedränge. Er packte einige Lebensmittel in den Korb, wobei er wie immer einen Schwerpunkt auf anspruchslose Überlebenskost legte: Fertig-Sandwiches, Proteinriegel, Bananen und Äpfel, einen Laib Brot, Erdnussbutter, Haferflocken, Milch, einen großen Beutel gemischter Nüsse, getrocknete Früchte und ein paar Zutaten für Pasta mit Soße. Er dachte an Ida und legte noch eine Flasche frischen Organgensaft hinzu. Nachdem er sich durch die lange Schlange an der Kasse gearbeitet hatte, machte er sich zurück auf den Weg zu seiner Wohnung.

Er trat durch die Apartmenttür, legte die Lebensmittel in der Küche ab und kehrte zurück ins Wohnzimmer. Zu seiner Überraschung fand er Ida komplett angekleidet auf dem Sofa sitzen. Ihre Haltung war steif und aufrecht. Sie trug sogar ihre Lederjacke und die Stiefel. Sie wandte ihm den Blick zu und musterte ihn scharf und prüfend. Jetzt sah er die Pistole, die in ihrem Schoß lag. Es war seine. Er wusste genau, wo er sie gelassen hatte. Sie konnte unmöglich zufällig darauf gestoßen sein.

„Ich habe mich nicht sicher gefühlt“, kam sie seiner Frage zuvor. „Nach allem, was passiert ist. Also bin ich in dein Zimmer gegangen. Kannst du mir erklären, was das hier ist?“

Frederich hielt ihrem Blick stand und verengte die Augen.

„Du hast meine Schubladen durchwühlt?“, fragte er.

„Was ist das hier?“, beharrte sie.

„Meine Pistole“, erklärte er frei heraus und ohne sich zu rühren. „Gibt es irgendein Problem?“

„Frederich …“ Sie zog die Stirn kraus und fuhr sich mit der Hand durchs Gesicht. „Ich weiß zu schätzen, was du für mich getan hast. Wirklich. Und ich glaube, dass ich dir vertrauen kann. Aber jetzt gerade bin ich einfach nur … ich hatte eine Panikattacke, als ich die Waffe hier gefunden habe! Ich wollte weglaufen. Aber ich habe Angst, dass sie in meiner Wohnung auf mich warten. Ich … ich weiß einfach nicht mehr, was ich tun soll“, brachte sie hervor und warf die Hände in die Luft. „Ich brauche einfach Sicherheit, verstehst du?“

„Ja“, sagte er ruhig. „Ich verstehe. Was kann ich tun, damit du dich sicher fühlst?“

„Einfach nur … ich brauche ein paar Antworten, okay? Und *bitte* sag die Wahrheit.“

„Okay“, sagte er und trat langsam näher.

„Nein! Bleib wo du bist.“ Ida hob die Waffe mit beiden Händen. Die Art, wie sie sie hielt, zeigte, dass sie noch nie eine Pistole gehalten hatte. Nicht einmal der Sicherungshebel war umgelegt.

„Okay“, wiederholte er beruhigend und hob die Hände mit den Handflächen nach außen. „Was willst du von mir wissen?“

„Kanntest du Elias?“, stieß sie aus. „Gehörst du zu irgendeiner Mafia-Gruppe?“

„Nein“, sagte er. „Ich kannte ihn nicht. Und ich gehöre auch zu keiner kriminellen Vereinigung.“

„Wie kam es, dass du in diesem Sturm einfach so aufgetaucht bist?“, drängte sie weiter. „Niemand sonst war bei dem Wetter unterwegs. Niemand außer dir.“

„Das Gleiche habe ich mich auch schon gefragt“, gestand Frederich. „Im einen Moment trinke ich noch ganz in Ruhe meinen Kaffee. Im nächsten laufe ich durch eine Sintflut und höre deinen Schrei. Ich hatte immer schon scharfe Sinne.“

„Das erklärt nicht, warum du eine *Waffe* hast. Oder wie es kommt, dass du Elias töten konntest. Er war stark. Alle hatten Angst vor ihm. Arbeitest du für die Regierung? Bist du beim Militär?“

„Nein und nein“, gab er zurück und verschränkte die Arme vor der Brust.

„Was dann?“, bohrte sie nach. „Du siehst nicht wie jemand aus, der eine Pistole hat und Leute töten kann.“

Frederich atmete tief durch. Er konnte ihre Sorgen nachvollziehen. Sie war traumatisiert. Erst vor wenigen Stunden hatte ein vermeintlicher Freund versucht sie zu ermorden. Dann hatte sie mitansehen müssen, wie Frederich ihn umgebracht hatte. An ihrer Stelle wäre er genauso misstrauisch gewesen. Er war es gewohnt, dass ihn die Leute für einen Studenten oder Künstler und nicht für einen Killer hielten. Etwas in ihm sträubte sich dagegen, ihr von seiner ungewöhnlichen Kindheit und Jugend zu erzählen. Er sprach *nie* mit anderen über seine Vergangenheit. Er leckte sich über die Lippen und ging verschiedene Optionen durch, während Ida ihn erwartungsvoll anstarrte.

„Ich gehöre zu keiner Bande und auch nicht zur Regierung“, hörte er sich sagen. „Ich hatte einfach nur eine außergewöhnliche Erziehung.“

„Was soll das heißen?“

Er spürte, wie seine Handflächen feucht wurden. Er rieb sich den Schweiß an der Hose ab und ließ sich widerwillig auf den Teppich sinken.

„Ich bin adoptiert worden“, begann er zögerlich. „Als ich sieben war. Von einem Mann namens Kraas. Er war Soldat in der Sowjetarmee. Nach dem Ende des Kalten Krieges ist er in den Ruhestand gegangen. Er war bei den Speznas, einer russischen Spezialeinheit. Ich bin in einem Dorf namens Sassväku aufgewachsen, in der Nähe von Tartu. Wir hatten ein sehr enges Verhältnis. Da draußen gab es immer nur uns beide. Als ich etwas älter war, hat er angefangen mich auf Wanderungen und zum Jagen in die Wälder mitzunehmen. Mit der Zeit, ich weiß auch nicht mehr genau, wie es passiert ist, hat er angefangen mich auszubilden. Zuerst fielen mir all die Waffen auf, die er in seiner Hütte hatte. Ich fing an ihn zu seinem früheren Leben auszufragen. Ich meine, stell dir vor … ein Waisenkind und ein ehemaliger Elitesoldat. Worüber sonst hätten wir uns unterhalten sollen? Ich lernte alles Mögliche von ihm: unbewaffneten Nahkampf. Schusswaffen. Überlebenstraining. Aufklärung. Militärische Strategie und Taktik. Politische Theorie. Wir haben Stunden damit verbracht, im Wald verschiedene Kampfszenarien zu trainieren. Ich hatte so viel Wut in mir. Kraas hat mir geholfen, damit fertigzuwerden. Sie auf die einzige Weise einzusetzen, die er kannte. Ich bin in seine Fußstapfen getreten. Er hat einen Soldaten aus mir gemacht.“

Der Raum wurde still. Ida rührte sich nicht.

„Du hältst mich für blöd, oder?“, brachte sie schließlich hervor.

„Alles, was ich erzählt habe, ist wahr.“

Ida erhob sich. Ihr Gesicht blieb ausdruckslos.

„Hör zu“, begann sie. „Ich weiß nicht mehr, was ich noch glauben soll. Ich weiß nur eines: Ich verliere hier drinnen langsam den Verstand. Ich … bin für eine Weile draußen im Hof, um frische Luft zu schnappen."

Sie marschierte an Frederich vorüber und schob sich die Pistole in die Jackentasche.

„Warte …", begann er und streckte die Hand nach ihr aus.

Ida stapfte durch den Türrahmen aus dem Wohnzimmer. Er hörte ihre Schritte im Flur. Dann wurde die Wohnungstür aufgerissen und fiel laut ins Schloss. Frederich verzog das Gesicht und kratzte sich am Kopf. Seine rot glühenden Wangen erinnerten ihn wieder daran, warum er seine Vergangenheit üblicherweise für sich behielt. *Die Waffe.* Halb war er im Begriff, ihr nachzueilen, doch seine Verlegenheit hielt ihn zurück. Sein Gesicht brannte noch immer. Er beruhigte sich damit, dass die Pistole gesichert war. Er trat zum Fenster und sah, wie Ida von der Haustür zur Bank auf der anderen Seite des Hofes lief. Er beobachtete sie noch eine Weile, nachdem sie sich dort niedergelassen hatte. Er fragte sich, wie er ihr die Geschichte sonst hätte erzählen sollen. Dann schüttelte er den Kopf. Für den Moment konnte er nichts tun, als abzuwarten, bis sie sich wieder gefangen hatte.

Seine Gedanken wanderten zurück zu dem Mann aus dem Wagen. Er wandte sich vom Fenster ab, holte seinen Laptop, warf noch einmal einen Blick in den Hof, wo Ida grübelnd auf der Bank saß, und richtete sich dann auf dem Sofa ein. Gewohnheitsmäßig öffnete er die Website der Berliner Morgenpost und überflog die Schlagzeilen.

Seine Augen weiteten sich. Er beugte sich vor. Unter „Aktuelles" war die großformatige Porträtaufnahme eines bärtigen Mannes. Es war Elias. Er hätte den stechenden Blick überall erkannt. Die Schlagzeile über dem Bild lautete: „MÖGLICHER MAFIAMORD IN CHARLOTTENBURG". Schnell klickte er auf die Überschrift und überflog den Artikel. Khartoum. So lautete Elias' Nachname. Frederich konnte sich nicht erinnern, ihn je zuvor gehört zu haben.

Der Artikel beschrieb, wie ein nichts ahnender SUV-Fahrer die Polizei gerufen hatte, nachdem er beim Ausparken Khartoums lebloses Körper überrollt hatte. Die übrigen Ausführungen beleuchteten umfassend Khartoums kriminellen Hintergrund. Die Auflistung war beachtlich. Vor fünf Jahren war ihm wegen Mordes an einem prominenten französischen Politiker der Prozess gemacht worden, doch er war wegen „verschwundener Beweismittel" freigesprochen worden. Sechs Jahre davor war er wegen Erpressung zu fünfzehn Jahren Haft verurteilt worden, von denen er jedoch nur sechs Monate abgesessen hatte, nachdem neue Beweise aufgetaucht waren, die seine Unschuld bewiesen. Zweimal hatte man ihn wegen Körperverletzung angeklagt, doch jedes Mal wurde die Klage fallen gelassen. Khartoum stand im Verdacht, Verbindungen zum organisierten Verbrechen zu haben. *Harter Bursche.* Frederich durchsuchte den Artikel nach belastenden Details, doch weder Idas Name noch sein eigener fanden Erwähnung. Wenigstens darin lag ein gutes Zeichen. Mit einem Klick schloss er das Browserfenster und setzte seine Recherche auf anderen Nachrichtenseiten fort. Überall das gleiche Bild: Die Polizei machte zum aktuellen Zeitpunkt keine Angaben zu möglichen Verdächtigen.

Er hob die Faust vor den Mund und grübelte. Dann tippte er „Elias Khartoum" in die Suchzeile des Browsers ein. Er stieß auf einen Artikel der „TZ Daily". Der Verfasser war ein Journalist namens Jochen Weisman. Die Schlagzeile lautete „Die Illuminati des 21. Jahrhunderts – Weltweites Netzwerk direkt vor unseren Augen". Aufmerksam las Frederich Weismans Ausführungen. Offenbar genoss Elias Khartoum eine bemerkenswerte Freispruchrate vor deutschen Gerichten. Weisman sah darin lediglich die Spitze eines Eisbergs. Er vermutete, dass

Khartoum eine Art Schutzengel im Hintergrund hatte, der dafür sorgte, dass ihm nichts passierte. Weisman berief sich dabei auf ein Interview mit einer anonymen Quelle, die angab, von Khartoum gefoltert worden zu sein. Der Quelle nach war Khartoum Mitglied einer international agierenden Verbrecherorganisation, die genauso undurchsichtig war wie die Illuminati. Die Quelle behauptete, dass Khartoum ihren Geschäftspartner erstochen und sie dann jahrelang erpresst hatte. Als sie sich irgendwann geweigert hatte, weitere Zahlungen zu leisten, sei sie von Khartoum stundenlang in einem verlassenen Lagerhaus in Zehlendorf gefoltert worden, bis es ihr gelungen war, zu fliehen. Weisman räumte ein, keine direkte Verbindung zwischen den von ihm aufgedeckten Einzelfällen nachweisen zu können. Trotzdem war unübersehbar, dass Khartoum über die bemerkenswerte Fähigkeit verfügte, sich der Strafverfolgung zu entziehen. Die Indizien sprachen eine eindeutige Sprache. Ganz am Ende des Artikels nannte Weisman einen Namen, der Frederich zusammenfahren ließ und dafür sorgte, dass sich kleine Härchen auf seinen Armen aufrichteten: *Kalakia*. Weisman nannte ihn den Hintermann und „Mastermind" der Organisation. Frederich konnte es kaum glauben. Er stellte den Laptop auf den Kaffeetisch, lehnte sich zurück und fuhr sich mit den Händen durch die Haare.

Kalakia. Er rief sich ins Gedächtnis, was er bisher über den Mann gehört hatte. Alle Informationen, die es zu ihm gab, basierten auf Hörensagen. Die gängige Annahme war, dass es sich bei Kalakia um einen Verbrecherboss handelte, der weitreichende Verbindungen zur russischen und italienischen Mafia unterhielt. Angeblich war seine Macht so groß, dass er sogar Regierungen erpresste und Politiker ermorden ließ. Viele glaubten, Kalakia sei überhaupt kein Mann aus Fleisch und Blut, sondern ein Mythos, eine moderne Legende, die sich über das Internet verbreitet hatte. Dieser Auslegung nach war Kalakia lediglich ein Symbol oder ein Strohmann, um von den wahren Schuldigen hinter den prominenten Morden abzulenken. Frederich wusste es besser. Er erinnerte sich an die Geschichte, die Kraas ihm erzählt hatte, als er siebzehn Jahre alt gewesen war.

Es war während eines besonders harten Winters gewesen, als er noch mit Kraas in Tartu wohnte. Er und Kraas hatten damals viele lange Abende vor dem Kamin verbracht, nach endlosen und kräftezehrenden Trainingseinheiten im Schnee. An einem dieser Abende hatten sie sich über das weltweite Problem der Korruption und den Einfluss von Lobbyorganisationen auf Regierungen unterhalten. Kraas hatte angedeutet, dass sogar die mächtigsten Lobbyisten jemandem Rechenschaft schuldig waren. Als Frederich nachgebohrt und ihn gedrängt hatte, sich genauer auszudrücken, hatte Kraas sein Glas mit Vana Tallinn aufgefüllt und begonnen, Frederich von einer Gruppe zu erzählen, die in Geheimdienstkreisen unter dem Namen „Die Liga der Vergeltung" bekannt war.

Kraas' Bericht nach hatte der Fall des Eisernen Vorhangs nicht nur eine Blüte alternativer Lebensstile und Subkulturen hervorgebracht, sondern auch einen fruchtbaren Nährboden für die Entwicklung einer neuen Form von organisierter Kriminalität geliefert. Ein aufstrebendes Syndikats-Mitglied, bekannt nur als Kalakia, war in der Wendezeit auf der Bildfläche erschienen und hatte sich Berlin als Ausgangsbasis für seine eigene, sehr spezielle Art von Unternehmung ausgesucht, deren Spezialität in der Erpressung von Politikern, Bankern und Milliardären lag. Kraas' Ansicht nach war Kalakia ein Soziopath und brillanter Taktiker, der es geschafft hatte, einige der fähigsten Killer der Welt unter seinem Banner zu versammeln.

Kraas hatte ihm detailliert erklärt, wie die Liga in Zentraleuropa groß geworden war, indem sie sich als Reaktion auf die Gefahr der Inflation und der zunehmenden Ungleichverteilung von Wohlstand in der kapitalistischen Welt präsentiert hatte. Von dort aus hatte sie sich rasend schnell über das Vereinigte Königreich, die USA, Südostasien und Südamerika ausgebreitet. Kern der Liga war ihre Doktrin, die eine weitere Konzentration von Macht und Vermögen in der Welt ohne die Einführung zusätzlicher Regelungsmechanismen für unvermeidbar hielt. Ihrer Ansicht nach war die politische Institution Nationalstaat mit dem Problem überfordert und daher nicht mehr in der Lage, der Entwicklung Widerstand entgegenzusetzen. Aus diesem Grund sah es die Liga als erforderlich an, eine neue Ordnungsmacht zu etablieren, die über die Macht verfügte, die herrschende Klasse der Reichen zu kontrollieren und angemessen zu besteuern. Notfalls unter dem Einsatz von Gewalt und gezielten Tötungen würde die Liga der internationalen Elite überschüssige Reichtümer abnehmen, um sie dann über ein Geflecht von Unternehmen wieder an die Unter- und Mittelklassen sowie an ärmere Staaten der Welt auszuschütten. Die von Kalakia erdachte Doktrin schlug in einer Welt, die sich nach Orientierung sehnte, ein wie eine Bombe. Wie ein Lauffeuer verbreitete sich die Nachricht, dass die Liga fähige Mitstreiter suchte, um ihre Vision Wirklichkeit werden zu lassen. Überall in der Welt fühlten sich Menschen von den Prinzipien der Liga angezogen, trotz und manchmal auch wegen ihrer brutalen Methoden. Scharen von Kriminellen, Militärs und sogar Zivilisten hatten ihr früheres Leben aufgegeben, um sich der Liga anzuschließen. Ihre Macht und ihr Einfluss hatten exponentiell zugenommen und einen immer größeren Schatten auf die Regierungen und Unternehmen der Welt geworfen.

Anfangs hatten die Großmächte noch Widerstand geleistet. Ein Kopfgeld von 250 Millionen Dollar war auf Informationen ausgesetzt worden, die dabei halfen, Kalakia aufzuspüren und gefangen zu nehmen. Kalakia hatte auf seine ganz eigene Art auf die Provokation reagiert. An einem Tag, der als „Der weltweite Horror" in die Geschichte einging, fielen zeitgleich Regierungsvertreter und Unternehmensführer auf drei verschiedenen Kontinenten koordinierten Mordanschlägen zum Opfer. Die Vereinigten Staaten, das Vereinigte Königreich und das gerade erst kapitalistisch gewordene Russland wurden am härtesten getroffen. Der Blutzoll betrug über 1500 Tote und versetzte die Welt in einen kollektiven Schockzustand. Die Warnung war eindeutig: Wer sich mit der Liga anlegte, musste mit furchtbaren Konsequenzen rechnen. Die neue Macht auf der Weltbühne hatte bewiesen, dass sie tödlich, allgegenwärtig, bestens organisiert und unmöglich aufzuspüren war. Widerwillig hatte sich eine Regierung nach der anderen der neuen Wirklichkeit gefügt. Die wichtigsten Medienunternehmen hatten die Anweisung erhalten, alle Liga-Aktivitäten als Konflikte zwischen rivalisierenden, international agierenden Mafiagruppen darzustellen. Sogar die Weltwirtschaft war gezwungen, sich anzupassen und sich den Forderungen der Liga zu beugen. Mit einem Mal war keine Einzelperson, keine Regierung und kein Unternehmen mehr in der Lage, Kalakia anzurühren oder auch nur öffentlich einzuräumen, dass er existierte.

In der Folgezeit war der Name Kalakia zu einem Mythos aufgestiegen. Unter den Mächtigen der Welt gab es niemanden mehr, der sich der Rechenschaft der Liga entziehen konnte. Kalakias treu ergebene Soldaten waren überall, unerkannt unter den Völkern aller Länder, bereit, sich für die Liga aufzuopfern und, falls notwendig, für sie zu Märtyrern zu werden. Mit einem Mal war Kalakia der mächtigste Mann der Welt. Die

Welt wiederum hatte verstanden, dass sie sich mit dem neuen Umstand arrangieren musste. Jeder Anschlag auf Kalakias Leben hätte unweigerlich apokalyptische Umwälzungen nach sich gezogen, darunter das rücksichtslose, massenhafte Abschlachten der globalen Elite.

Woher genau Kraas derart viel über die Liga wusste, hatte er damals in Tartu nicht verraten. Frederich war tief beeindruckt von der Erzählung gewesen. Auch er hatte die Versuchung gespürt, seine Ausbildung irgendwann in den Dienst dieser noblen Berufung zu stellen und ein Kämpfer gegen die Korruption zu werden. Er hatte Kraas mit Fragen überhäuft. Wer war dieser Kalakia? Was für ein Leben hatte er geführt, bevor er die Liga der Vergeltung gegründet hatte? Wie hatte die Liga es geschafft, sich derart schnell auszubreiten? Wie viele Mitglieder hatte sie in ihren Reihen? Wie konnte er selbst sich ihnen anschließen? Und woher genau wusste Kraas all diese Dinge?

Kraas hatte nur gegrinst und die Augen geschlossen. Kurz darauf hatte er geschnarcht, das halb geleerte Glas Vana Tallinn auf dem Tisch an seiner Seite. Frederich war den ganzen Abend wach geblieben, tief in Gedanken versunken. Kraas' Weigerung, ihm mehr zu verraten, war ihm nicht entgangen. Vielleicht war es nur der Vana Tallinn gewesen. Andererseits kannte er seinen Vater zu gut. Kraas verbarg etwas vor ihm. Am nächsten Tag hatte Frederich das Thema der Liga erneut angeschnitten, doch Kraas hatte ihn lediglich aufgefordert, ihn mit derartigen Verschwörungstheorien in Ruhe zu lassen. Noch mehrere Male hatte Frederich das Thema in den darauffolgenden Wochen angesprochen, doch Kraas hatte auf seine Versuche zunehmend gereizter reagiert. Irgendwann hatte Frederich widerstrebend aufgegeben. Seine Neugier für das Thema war jedoch nie ganz erloschen.

Jahre später, als er bereits allein in Tallinn wohnte, hatte Frederich weitere Recherchen zu den Ereignissen des „Weltweiten Horrors“ angestellt. Die Attacken waren beispiellos in der Geschichte der modernen Welt. Jeder der Mordanschläge war unverfroren in der Öffentlichkeit begangen worden und meisterhaft ausgeführt. Die Kugel eines Scharfschützen, die einen milliardenschweren Geschäftsmann am helllichten Tag in Manhattan traf. Ein Abgeordneter, der im Schlaf erstickte. Messerattentate. Autobomben. Giftanschläge. Totschlag mit Fäusten und mit stumpfen Gegenständen. Die Liga der Vergeltung war eine Terrororganisation unvorstellbaren Ausmaßes, fähig zu Gewaltakten unerhörter Brutalität. Nun, an diesem Tag in seiner Wohnung in Berlin musste sich Frederich die Frage stellen, ob er eines ihrer Mitglieder getötet hatte.

Er öffnete ein neues Browserfenster und suchte nach „Jochen Weisman“. Er klickte auf einen Artikel mit der Schlagzeile „Preisgekrönter Journalist Jochen Weisman tödlich verunglückt“. Der Beitrag war datiert auf einen Zeitpunkt rund drei Wochen nach Weismans Exposé über Elias Khartoum. Frederich schluckte trocken. Weisman war auf dem Heimweg von der Arbeit mit seinem Audi TT gegen einen Baum geprallt. Die obligatorischen Drogen- und Alkoholtests waren ergebnislos geblieben. Die TZ Daily widmete Weisman einen anerkennenden Nachruf, der ihn einen „couragierten Ausnahmejournalisten“ nannte und seine „bahnbrechenden Recherchen zur politischen Korruption und zum organisierten Verbrechen“ hervorhob. Frederich schloss das Browserfenster und legte die Stirn in Falten. Er hatte gelernt, nicht an Zufälle zu glauben.

Er spürte einen dumpfen Druck in seinem Kopf. Die Lage hatte eine gefährliche Wendung genommen, insbesondere für Ida. Für ihn selbst konnte die Sache schnell erledigt sein, solange keine unerwarteten Beweise auftauchten, die ihn mit Khartoums Tod in Verbindung brachten. Ida hatte diesen Luxus nicht. Der Mann aus Khartoums Wohnung hatte ihre Ausweisdokumente mitgenommen.

Er trat ans Fenster und blickte hinaus. Sie saß noch immer auf der Bank und starrte ins Nichts. Sie hatte keine Ahnung, dass die Dinge für sie gerade sehr viel schlimmer geworden waren. Sein Ausdruck verfinsterte sich. Das hier war vermutlich das Letzte, was sie in ihrem Leben brauchte. Sobald sie dieses Haus verließ, würde die mächtigste und skrupelloseste Verbrecherorganisation der Welt Jagd auf sie machen.

Frederichs Gedanken drehten sich immer schneller. All die Ereignisse der letzten Monate, Wochen und Tage gingen ihm durch den Kopf. Tallinn. Kraas. Berlin. Ida. Khartoum. Die Liga. Allmählich dämmerte ihm, dass er nicht weniger in diese Sache verstrickt war als sie. Er war nicht einfach nur hineingestolpert. Seine Entscheidungen hatten ihn an diesen Punkt geführt. Vielleicht war es kein Zufall, dass er heute hier stand. Nach kurzem Zögern zückte er sein Handy. Er atmete tief durch und tätigte einen lange überfälligen Anruf. Es dauerte eine ganze Weile, bis jemand abnahm.

„Hallo?“, ertönte Johannes' raue Stimme.

„Hey, Johannes. Ich bin's. Frederich.“

„Frederich?“, gab Johannes ungläubig zurück. „Oh, mein Junge. Dem Himmel sei Dank. Wir alle haben uns schon solche Sorgen um dich gemacht!“

„Ich weiß. Es tut mir leid, dass ich nicht angerufen habe.“

„Bist du in Tallinn?“

„Nein. Ich bin in …“ Er unterbrach sich. Wahrscheinlich war es klüger, niemandem zu sagen, wo er sich aufhielt. „Ich kann im Moment nicht darüber sprechen“, fuhr er fort. „Ich wollte dir nur sagen, dass es mir gut geht. Und dass ich in Sicherheit bin.“

„Oh, Frederich. Was hat das nur alles zu bedeuten? Wir hatten nie die Gelegenheit, uns zu unterhalten, seit Kraas gestorben ist."

Frederich schwieg einen Augenblick und überlegte. „Ich nehme an, es gab nicht viel zu sagen. Ich musste einfach von dort fort."

„Ich verstehe. Es war ein schwerer Tag. Geht es dir auch wirklich gut?"

„Ja. Ich bin okay. Was ist mit dir?"

„Ha!" Johannes hustete und räusperte sich. „Du kennst mich. Ich schlage mich schon durch."

Frederich grinste.

„Das ist gut zu hören", sagte er.

„Es ist seltsam, deinen Vater nicht mehr um mich zu haben", fuhr Johannes fort. „Niemand ist mehr da, um mich beim Jagen zu begleiten."

„Ja. Ich weiß", sagte Frederich sanft. „Übrigens … Johannes?"

„Ja, mein Junge?"

„Hast du je mit Kraas über mich gesprochen?"

„Über dich? Aber sicher. Die ganze Zeit."

„Ich meine, über meine Zukunft. Hat Kraas dir je gesagt, was er mit mir vorhatte?"

„Nun, ich … ich nehme an, er wusste es selbst nicht genau. Er hat sich Sorgen um dich gemacht. Aber du kennst ja deinen Vater. Er war ein Soldat. Ein sehr einfacher Mann. Er hat sich immer in die Dienste anderer gestellt, aber nie anderen vorgeschrieben, was sie mit ihrem Leben anzufangen haben."

„Ja", stimmte Frederich zu. „Klingt ganz nach ihm. Danke, Johannes."

„Kommst du bald nach Hause?"

Frederich blickte nach unten durch das Fenster in den Hof, wo Ida noch immer auf der Bank saß.

„In nächster Zeit nicht. Es gibt da etwas, um das ich mich kümmern muss.“

„Ha!“, stieß Johannes aus, erneut gefolgt von einem Räuspern. „Du klingst genauso wie dein Vater.“

Frederich lachte still in sich hinein.

„Ich besuche dich, sobald ich kann, Johannes“, sagte er. „Dann gehen wir zusammen jagen.“

„Du weißt ja, wo du mich findest“, erwiderte Johannes. „Pass auf dich auf, mein Junge.“

„Ja. Du auch.“

Frederich legte auf. *Genau wie dein Vater.* Die Monate seit dem Tag, an dem Kraas gestorben war, hatte er sich ziellos treiben lassen. Er schämte sich, wenn er daran zurückdachte, wie kurz er davorgestanden hatte, alles aufzugeben. Hätte er an diesem Abend nicht Idas Schrei gehört … wer konnte ahnen, was dann aus ihm geworden wäre? Er fühlte sich verändert. Khartoum war genau der Weckruf gewesen, den er brauchte. Der alte Frederich war in diesem Kampf im Unwetter gestorben. Er war unter der Wasseroberfläche zurückgeblieben. Ein anderer, veränderter Frederich war zurückgekehrt. Die Erinnerung, wie Ida zitternd und weinend in seinen Armen gelegen hatte, stand wieder deutlich vor seinen Augen. Nein. Er konnte diese Sache nicht einfach auf sich beruhen lassen. Er hatte die Entscheidungen getroffen. Er besaß die Fähigkeiten und die Ausbildung. Es war seine Aufgabe, diese Sache in Ordnung zu bringen.

Er begann einen Plan zu schmieden. Seine Gedanken folgten Richtungen, die ein normaler Mensch für Wahnsinn hätte halten müssen. In seinem Kopf ergab alles einen Sinn. Er nahm einen langen, tiefen Atemzug und traf eine endgültige Entscheidung. Er starrte in den Abgrund und wusste, was er zu tun hatte.

Schritt eins: Er musste einen Weg finden, um mit der Liga in Kontakt zu treten.

Schritt zwei: Er würde gestehen, dass er Elias Khartoum getötet hatte.

Schritt drei: Er würde ihnen anbieten, für sie zu arbeiten, und zuletzt

Schritt vier: Er würde einen Deal mit ihnen machen. Seine Dienste gegen Idas Freiheit.

6

Frederich trat durch die Haustür in den Hof. Ida saß zurückgelehnt, gestützt auf ihre Handflächen, auf der Bank und starrte auf die Blumenbeete. Sie schien sich nicht daran zu stören, dass ein feiner Sprühregen ihr Gesicht und ihre Haare mit glänzenden Perlen benetzte. Frederich wischte mit der Hand das Wasser von einer Stelle auf der Bank und setzte sich neben sie. Sie wandte sich ihm zu und bedachte ihn mit einem schwachen Lächeln. Offenbar hatte sie sich seit ihrer letzten Unterhaltung etwas beruhigt.

„Es ist sehr nett hier draußen", sagte sie. „Man spürt, dass jemand viel Mühe und viel Liebe in diesen Garten steckt. In die Blumen. Sogar in das Gras."

Frederich warf einen Blick zu den Beeten und nickte.

„Meine Mutter sagt immer, Gartenarbeit ist Nahrung für die Seele", fuhr Ida fort. „Sie sagt, Pflanzen zu pflegen ist ein Weg, um Liebe auszudrücken. Kommst du oft hierher?"

„Nicht wirklich", gab Frederich zu. „Nur wenn ich den Müll runterbringe."

Er musterte die Umgebung eingehender. Der leichte Nieselregen schien eher in der Luft zu schweben als zu fallen. Die gelben Blumen waren in säuberlichen Reihen angeordnet. Erst kürzlich musste jemand Unkraut gejätet haben. Das Gras war üppig, frisch gemäht und an den Ecken sorgfältig getrimmt. Alles strahlte Ordnung aus, abgesehen von den Ranken wilden

Weins, die eine kleine Fläche in der Mitte des Hofes überwucherten. Ihm fiel auf, dass er noch immer Blüten trug.

„Es ist *wirklich* nett hier unten“, stimmte er zu.

Ida wandte sich ihm zu und lächelte erneut.

„Bist du okay?“, wollte er wissen. Er fragte sich, wie er ihr von dem Weisman-Dossier erzählen sollte.

„Es geht mir besser“, sagte sie. „Ich musste gerade an eine Reise denken, die ich mit meinen Eltern unternommen habe, als ich fünf war. Wir sind die Costa de Oro hinabgefahren. Einen lang gezogenen Sandstrand an der Ostküste von Uruguay. Das war die glücklichste Zeit meines Lebens. Ich habe es geliebt. Schon allein daran zu denken macht mich glücklich. Ich glaube, ich halte so sehr daran fest, weil es die letzte Reise war, die wir zusammen als Familie unternommen haben. Ein Jahr später hat mein Vater uns verlassen.“

„Tut mir leid.“

„Mir ebenfalls“, gab sie zurück. „Diese Geschichte, die du mir über dich erzählt hast … es klingt, als ob du keine solchen Erinnerungen hast. Nichts einfach Gutes, meine ich.“

„Nein“, räumte er ein. „Ich glaube nicht. Genau genommen kann ich mich an überhaupt nichts erinnern, was passiert ist, bevor ich sieben war.“

„Wirklich an gar nichts?“, fragte sie ungläubig.

Er schüttelte den Kopf und biss sich auf die Lippe. Ihr Blick ruhte prüfend auf ihm. Dann wandte sie sich wieder den Blumenbeeten zu. Alles hier draußen war so … *friedlich*. Es widerstrebte ihm, den Moment zu zerstören.

„Meinst du, sie haben inzwischen Elias gefunden?“, wollte Ida unversehens von ihm wissen, so als könnte sie seine Gedanken lesen.

Als er keine Antwort gab, wandte sie sich ihm zu und sah ihn an. Er schluckte hart.

„Was?“, wollte sie wissen.

„Komm mit“, sagte er. „Ich muss dir etwas zeigen.“

Idas Blick war glasig. Ihr Mund stand offen. Frederich hatte sie das Weisman-Exposé über Khartoum lesen lassen und ihr alles berichtet, was er von Kraas über die Liga wusste.

„Aber … was hat das alles zu bedeuten?“, fragte sie mit schwacher Stimme.

„Es bedeutet, dass du mit deinem Gefühl richtiglagst“, sagte er. „Womit auch immer Elias in Verbindung stand: Es muss etwas sehr Großes sein.“

Idas Blicke schossen getrieben hin und her. Er bemerkte, dass ihre Hände wieder zu zittern begonnen hatten und dass ihre Lippen bebten. Sie tastete an der Wand nach Halt. Es sah so aus, als drohe sie zu stürzen. Gerade noch bekam Frederich sie zu fassen.

„Nein, nein …“, brachte sie stammelnd hervor und schob ihn fort. „Ich kann schon …“

Sie richtete sich auf und sog scharf die Luft ein. Dann wandte sie sich um, stürmte aus dem Wohnzimmer in den Flur und schlug die Schlafzimmertür hinter sich zu.

Frederich blieb, wo er war. Er hatte keine Ahnung, was er tun sollte. Schon zum zweiten Mal fühlte er sich machtlos und unfähig, ihr zu helfen. Er trat an die Schlafzimmertür und lauschte. Aus dem Inneren war nichts zu hören. Sein Griff ging bereits zur Türklinke, als er sich zurückhielt. Stattdessen wandte er sich um und ging zurück ins Wohnzimmer.

Stunden verstrichen, während er auf dem Sofa saß und die nächsten Schritte plante. Mehrfach erwog er, zu ihr zu gehen, doch jedes Mal hielt ihn eine innere Stimme zurück. Etwas sagte ihm, dass Ida, was immer sie in diesen Momenten durchmachte, die Sache allein durchstehen musste. Er würde ihr den nötigen Raum dafür geben und sich nicht einmischen. Er streckte sich auf dem Teppich aus und hing seinen Gedanken nach. Der dunkle Abgrund war zurück. Er wurde sich bewusst, dass er ihn eine Zeit lang nicht mehr wahrgenommen hatte. Ob Idas Auftauchen etwas damit zu tun hatte? Schwer zu sagen. Hinter ihm lagen bewegte 24 Stunden.

Immer wieder veränderte er seine Position auf dem Teppich, ohne eine zu finden, die dauerhaft bequem war. Er war innerlich aufgewühlt. Zweifellos hatte *sie* etwas damit zu tun. Auf einmal stieg Ärger in ihm auf. Was kümmerte er sich überhaupt so sehr um diese ganze Angelegenheit? Er kannte diese Frau ja kaum. Er hatte seine Schuldigkeit getan. Er hatte eine Gefahr erkannt und eingegriffen, um sie abzuwehren. Fertig. Abgehakt. Ende der Geschichte. Was konnte man mehr von ihm erwarten? Und überhaupt: *Sie* hatte alle möglichen Komplikationen in sein Leben gebracht. Sie hatte ihn unhöflich sitzen lassen, nachdem er sie in sein Innerstes vorgelassen und ihr von seiner Jugend berichtet hatte. Sie hatte in seinem Zimmer herumgeschnüffelt. Er schuldete ihr überhaupt nichts. Kurz dachte er daran, mit ihr zur Polizei zu gehen und aus Berlin zu verschwinden. Es war der einfachste Weg, um diese Sache hinter sich zu lassen. Vielleicht hatte sie sogar eine Chance, wenn man sie in ein Zeugenschutzprogramm aufnahm. Er würde schon auf sich selbst aufpassen können.

Er seufzte. Blieb immer noch die Sache mit der Liga der Vergeltung. Niemand wusste, wie groß ihre Reichweite wirklich war. Was er gelesen und gehört hatte, ließ ihn bezweifeln, dass die Behörden in der Lage sein würden, Ida zu beschützen. Nein. Ihm blieb keine andere Wahl, als seinen Plan in die Tat umzusetzen. Doch er konnte diese Sache nicht alleine schaffen. *Sie beide* mussten handeln. Gemeinsam. Warum wollte Ida das

nicht verstehen? Im Grunde war es das, was ihn am meisten an
ihr ärgerte: Wie hartnäckig sie sich weigerte, dem Unvermeidlichen ins Auge zu blicken. Irgendwann hatte er genug von der
Warterei. Schnaufend erhob er sich, trat vor die Schlafzimmertür, klopfte zweimal kurz an und trat dann ein.

Der Raum war still und dunkel. Ida saß auf dem Boden, den
Rücken ans Bett gelehnt, die Knie mit beiden Armen umklammert. Sie zeigte keine Reaktion und starrte mit finsterem Ausdruck auf den Boden. Er trat näher und ging vor ihr in die Hocke.

„Ich habe nachgedacht", erklärte er ruhig. „Ich habe lange
überlegt, wie ich dir helfen kann. Wie ich dich beruhigen oder
trösten könnte. Dann habe ich verstanden, dass es keinen
Zweck hat."

Mit einem Ruck schien sie zu sich zu kommen. Sie hob den
Blick und sah ihn argwöhnisch an.

„Ich bin nicht besonders gut in solchen Dingen", sagte Frederich. „Man hat mein Leben lang von mir erwartet, dass ich
alleine mit meinen Ängsten fertigwerde. Trösten, Mut zusprechen ... das waren nicht gerade Kraas' Stärken. Außerdem
habe ich selbst Angst. Jetzt gerade. Und ich habe keine Ahnung, was ich tun kann, damit sie weggeht. Doch das ist nicht
der Grund, warum ich dir mit deiner Angst nicht helfen
kann."

„Was dann?", fragte sie schwach.

„Du brauchst meine Hilfe nicht", erklärte er. „Wenn du vorhättest, einfach aufzugeben, hättest du es schon längst getan.
Doch das hast du nicht. Und ich habe das Gefühl, du wirst es
auch nicht mehr."

„Woher willst du das wissen?", gab sie gereizt zurück.

Er bedachte sie mit einem durchdringenden Blick. Dann
zuckte er mit den Schultern.

„Ich weiß es einfach", sagte er. „Ich weiß, was ich gesehen habe, als wir dort draußen auf der Bank gesessen haben. Du trägst mehr Kraft in dir, als du dir vielleicht zugestehst. Du kannst es schaffen, das hier durchzustehen. Und dafür brauchst du meine Hilfe nicht." Ohne eine Antwort abzuwarten, erhob er sich, verließ den Raum und zog die Tür hinter sich zu.

Eine ganze Zeit lang blieb die Wohnung still. Er wartete im Wohnzimmer. Als es draußen dunkel wurde, schaltete er die Lampe ein, nahm wieder seinen Platz auf dem Teppich ein und verfiel in einen nachdenklichen, meditativen Zustand. Mehr Zeit verging. Irgendwann vernahm er das Geräusch der Schlafzimmertür. Er richtete sich auf. Ida stand im Türrahmen. Ihr Kinn war erhoben und ihr Blick entschlossen. Er wartete. Sie trat zu ihm, ging in die Hocke und zog seine Pistole aus der Tasche. Sie legte sie in ihre Handfläche und hielt sie ihm entgegen.

„Okay", sagte sie mit fester Stimme. „Also. Wie gehen wir die Sache an?"

7

„Sie haben deinen Pass", erklärte Frederich und warf sich eine Handvoll Nüsse in den Mund. „Sie wissen, wie du aussiehst. Du darfst auf keinen Fall die Wohnung verlassen."

Ida und er saßen auf den gegenüberliegenden Enden seines Sofas, die Rücken an den Armlehnen und die Beine auf die Sitzfläche gezogen. Es war 01:00 Uhr nachts.

„Ist mir egal", gab Ida zurück. „Ich werde den Verstand verlieren, wenn ich noch länger hier drinnen bleiben muss."

Frederich schüttelte den Kopf.

„Viel zu gefährlich", beharrte er, den Mund voller Nüsse aus der Schale auf dem Tisch. „Du *darfst* nicht nach draußen gehen."

Ida stieß entnervt die Luft aus. „Was erwartest du von mir? Soll ich vielleicht für immer hier in dieser Wohnung bleiben?"

„Nein."

„Was dann?"

„Wir nehmen Kontakt mit ihnen auf."

„Mit wem? Mit der Polizei?"

Frederich schüttelte den Kopf.

„Mit der Liga", sagte er.

Ida kniff die Augen zusammen.

„Was soll das heißen?"

„Ich will mit ihnen reden", sagte Frederich. „Vielleicht kann ich mit ihnen verhandeln."

„Du willst zu *ihnen* gehen?“, stieß Ida ungläubig aus. „Das ist doch Wahnsinn. Wir sollten zur Polizei gehen.“

„Was glaubst du, was die Liga tun wird, wenn sie herausfinden, dass wir zur Polizei gegangen sind?“, fragte Frederich. „Selbst wenn ich aus der Sache mit Khartoums Tod irgendwie herauskomme: Glaubst du wirklich, danach werden wir sicher sein? Die Liga wird uns jagen. Du hast gehört, wozu sie in der Lage sind. Niemand wird sie aufhalten können.“

„Wenn du zu ihnen gehst, werden sie dich töten!“

„Nein, das werden sie nicht. Sie wollen dich. Und sie wissen nicht, wer ich bin. Solange du hierbleibst, kommen sie nicht an dich heran. Also werden sie zuhören müssen, was ich ihnen zu sagen habe.“

„Das Risiko ist viel zu groß“, hielt Ida dagegen. „Ich kann unmöglich von dir verlangen, dass du dich in solche Gefahr begibst.“

„Du verlangst es auch nicht von mir“, sagte er. „Ich biete es dir an.“

„Aber warum willst du das alles auf dich nehmen?“

Frederich zögerte einen Augenblick. Die Zeit war gekommen, um die Karten offen auf den Tisch zu legen. Er musste es ihr sagen. Sein Plan war, sich der Liga der Vergeltung anzuschließen. Ihr seine Fähigkeiten anzubieten. Wenn er es schaffen konnte, das Interesse der Liga zu wecken, würde sich auch ein Weg finden lassen, um mit ihnen einen Handel abzuschließen: Idas Sicherheit gegen seine Dienste. Beide Seiten würden profitieren. Er hatte viel Zeit damit verbracht, das Gespräch mit Ida im Geiste vorzubereiten, ohne dabei ein wirklich überzeugendes Argument zu finden, warum er gerade diesen Weg für sinnvoll hielt. Jedes Szenario endete damit, dass sich Ida angewidert und wütend von ihm abwandte. Es war eine Sache, ihr von seiner Kindheit bei Kraas zu erzählen. Es war eine andere, ihr *das* hier zu erklären. Sein Verlangen, sich der Liga anzuschließen, ging tiefer. Es stammte aus dunklen Bereichen in seinem Inneren, in die sich kein normaler Mensch vorwagen würde. Der Einzige, der jemals einen kurzen Blick in diese Abgründe geworfen hatte, war Kraas. Frederich erinnerte sich nur zu gut, wie *die* Begegnung ausgegangen war.

„Hast du eine bessere Idee?", hielt er dagegen.

„Ja", sagte sie. „Die habe ich. Wir können weglaufen. Weg aus Berlin."

„Nein", erklärte er mit einem Kopfschütteln. „Ich kann das hier schaffen."

„Frederich, nein. Ich will nicht, dass du zu ihnen gehst."

„Es gibt keinen anderen Weg."

Ida nahm eine Nuss aus der Schale und warf sie nach ihm.

„Ich hätte dich erschießen sollen, weißt du das?", stieß sie verärgert aus.

„Dazu hättest du die Waffe erst entsichern müssen", gab er mit einem Schmunzeln zurück.

Ida zog eine Grimasse. Dann blickte sie ihn ernst an.

„Warum tust du das alles?", wollte sie noch einmal wissen. „Du hast schon einmal dein Leben für mich riskiert."

„Ehrlich gesagt will ich einfach nur ein paar Stunden Ruhe vor dir haben", hielt er dagegen. „Du bist echt anstrengend. Wenn du nicht gerade Wutanfälle hast, schwingst du Reden über Liebe oder Gartenarbeit. Ich denke, eine Zeit lang ein paar Bösewichte zu jagen verschafft mir etwas Ruhe von dem ganzen Drama."

Idas Augen wurden weit. Dann grinste sie triumphierend.

„Dir hat *gefallen*, was ich über Gartenarbeit erzählt habe."

„Es war ganz okay", kommentierte er mit einem Schulterzucken.

Ida grinste immer noch und musterte ihn einige Momente lang interessiert. Dann nahm sie einen langen, tiefen Atemzug. Ihr Ausdruck wurde wieder rein geschäftsmäßig.

„In Ordnung", sagte sie. „Also. Wie können wir sie finden? Ich nehme nicht an, dass die Liga eine Büroanschrift oder eine kostenlose Hotline hat, bei der man einfach anruft."

„Ich bin mir noch nicht ganz sicher", sagte Frederich. „Wir brauchen eine Spur. Irgendetwas, wo wir ansetzen können. Kannst du dich aus deiner Zeit mit Khartoum an irgendetwas Nützliches erinnern? Leute, die ihr getroffen habt? Bestimmte Orte, an denen ihr gewesen seid?"

Ida überlegte und schüttelte dann den Kopf. „Nicht wirklich", sagte sie. „Meistens waren wir bei ihm oder irgendwo an einem öffentlichen Ort. Ich habe ein paar seiner Freunde getroffen, aber ich habe keine Ahnung, wer sie sind."

„Ist dir in seiner Wohnung vielleicht etwas aufgefallen?"

„Nichts Bestimmtes." Wieder schüttelte Ida den Kopf.

Es wurde still im Raum.

„Warte", sagte sie plötzlich und richtete sich gerade auf. „Elias hat einen Namen genannt. In dem Telefongespräch, als ich in seine Wohnung kam. ‚Inselheim'. Er sagte, er würde Inselheims Haus mit einem Sack voll Geld verlassen. Ich meine … nur weil *er* das Geld jetzt nicht mehr holen kann, bedeutet nicht, dass die Liga niemand anderen schicken wird. Oder?"

Frederich nickte anerkennend. *Guter Einfall.* Er ahnte, worauf sie hinauswollte.

„Ich habe eine Idee", verkündete sie.

8

Um 21:11 Uhr beobachtete Frederich durch die Windschutzscheibe seines Mietwagens, wie der 7er BMW des Unternehmers und Milliardärs Michael Inselheim in die Auffahrt seines Anwesens in Dahlem einbog.

Frederich und Ida hatten bis in die frühen Morgenstunden recherchiert und waren dabei schnell auf den gebürtigen Bayern gestoßen, der inzwischen in den Randbezirken von Berlin wohnte. Inselheim war ein perfektes Ziel für die Liga. Er führte die unglaublich erfolgreiche Inselheim-Gruppe und stammte aus einer Familie, deren Name seit zwei Generationen für Prestige und Reichtum stand. Sein Großvater Heinz hatte in den späten 1940er-Jahren die Baufirma Inselheim gegründet, die durch den Wiederaufbau Nachkriegsdeutschlands groß geworden war. Michaels Vater Thomas hatte in den frühen 1970ern die Unternehmensführung übernommen, nachdem Heinz sich in den Ruhestand zurückgezogen hatte. Thomas Inselheim hatte das Geschäft erfolgreich weitergeführt, bis in den späten 1980ern das unternehmerische Wunderkind Michael in die Firma eingetreten war. Das Vater-Sohn-Duo hatte der Gruppe äußerst geschickt durch eine Umwandlung in Deutschlands größtes Rüstungsunternehmen neues Leben eingehaucht. Michael brachte dafür seinen angeborenen Charme ein, zusammen mit der Fähigkeit, andere für seine ambitionierten Visionen zu begeistern. Auf diese Weise war es ihm gelungen, einige der vielversprechendsten Talente in der ganzen Welt für seine Firma zu gewinnen. Sein Vater Thomas wiederum sorgte mit seinen politischen Kontakten für die notwendige Unterstützung seitens der Regierung. Dank dieses Segens von ganz oben hatte sich die Inselheim-Gruppe in atemberaubendem Tempo weiterentwickelt. Durch immer neue Innovationen war es ihr gelungen, in den späten 2000er-Jahren Regierungen auf drei Kontinenten mit Kriegswaffen, Militärausrüstung, Lenkraketen und Hubschraubern zu versorgen. Das neu aufgestellte Unternehmen hatte es auf beachtliche Weise geschafft, der Hegemonie etablierterer internationaler Rüstungskonzerne die Stirn zu bieten und dabei zu einem integralen Bestandteil der deutschen Wirtschaft zu werden, mit inzwischen über 70 000 Angestellten allein auf deutschem Boden.

Mit diesen Informationen ausgestattet, hatte Frederich am Folgetag die U2 bis zur Station Stadtmitte genommen, um dort bei einer Autovermietung einen unauffälligen Mietwagen auszuleihen. Ida war in der Wohnung zurückgeblieben, um weiter nach nützlichen Informationen über die Liga zu suchen. Am Nachtmittag war Frederich mit seinem frisch gemieteten grauen Renault nach Dahlem gefahren, um Inselheims Haus zu observieren.

Angespannt beobachtete er nun von seinem Parkplatz am Straßenrand aus, wie Inselheim aus seinem BMW stieg und, einen Rollkoffer hinter sich herziehend, im Haus verschwand. Der blonde Inselheim trug einen maßgeschneiderten marineblauen Anzug und eine schwarze Krawatte. Er war groß gewachsen, durchtrainiert und bewegte sich selbstbewusst. Frederich hatte das Gesicht nicht sehen können, doch er hatte keinen Zweifel, dass er den richtigen Inselheim vor sich hatte.

Es war ein kühler, klarer Abend. Dieses Mal würde es keinen Sturzregen geben, um ihn vor neugierigen Blicken abzuschirmen. Wenn alles nach Plan verlief, würde er ohnehin das Auto nicht verlassen müssen. Nicht Inselheim war das Ziel, sondern wer immer bei ihm vorbeikam um, wie Frederich und Ida hofften, an Khartoums Stelle das Schutzgeld abzuholen.

Frederich wartete und beobachtete die Szenerie. Nichts geschah. Bis 23:34 Uhr schien Licht hinter den Fenstern. Dann wurde das Haus dunkel. Bis auf gelegentlich vorüberfahrende Autos blieb die gesamte Nachbarschaft ruhig. Frederich wartete geduldig im Fahrersitz, bis irgendwann das Morgengrauen kam. Er biss sich auf die Unterlippe. Sie hatten gewusst, dass sie Glück brauchten, um den richtigen Zeitpunkt abzupassen. Vielleicht war die Übergabe längst erfolgt. Oder sie fand an einem völlig anderen Ort statt. Es bestand sogar eine gewisse Gefahr, dass sie den falschen Inselheim beschatteten, auch wenn er diese Wahrscheinlichkeit als gering einschätzte. Es war 5:00 Uhr morgens, als Inselheim das Haus verließ, in seine Limousine stieg und zur Arbeit fuhr. Frederich stieß die Luft aus. Fehlanzeige. Für den Moment blieb ihm nichts anderes übrig, als zurück in seine Charlottenburger Wohnung zu fahren und wenigstens etwas Schlaf nachzuholen.

Nach drei Stunden im Bett verließ er das Haus. Er besuchte einen Laden mit gebrauchter Elektronik, um ein Handy mit Prepaid-Karte für die sichere Kommunikation mit Ida zu kaufen. Anschließend stattete er dem Kaufhaus KaDeWe am Kurfürstendamm einen Besuch ab, um für Ida frische Kleidung zu besorgen. Er entschied sich für Unterwäsche, T-Shirts und locker sitzende Hosen. Ida hob eine Braue, als er ihr die Auswahl präsentierte, aber verzichtete auf einen Kommentar. Frederich erlaubte sich ein Schläfchen, bevor er mit dem Mietwagen zurück nach Dahlem fuhr, um die Observierung fortzusetzen.

Er traf um 20:13 Uhr ein. Sein Griff am Lenkrad wurde fester, als er in Inselheims Straße bog und den unbekannten Wagen sah. Er näherte sich dem Haus und fuhr langsam daran vorbei, ohne anzuhalten. Auf seinem Parkplatz aus der letzten Nacht stand eine schwarze Mercedes E-Klasse mit getönten Scheiben. Auf den Vordersitzen waren die Umrisse von zwei Männern zu erkennen. Er prägte sich das Nummernschild ein und fuhr weiter. Nach etwa fünfzig Metern wendete er, sodass die Front des Fahrzeugs wieder zu Inselheims Haus zeigte, und parkte am Straßenrand. Er zückte sein Smartphone und studierte auf dem Bildschirm die Karte der Umgebung, bevor er sich erneut darauf einrichtete, zu warten.

Es war 21:47 Uhr, als ein Paar Frontscheinwerfer am Straßenende auftauchte, näher kam und in Inselheims Auffahrt einbog. Frederich richtete sich auf und beobachtete aufmerksam, was vor sich ging. Inselheim stieg aus seinem BMW und ging ins Haus. Frederich war nicht überrascht, als die Türen des schwarzen Mercedes am Straßenrand aufschwangen, zwei Männer ausstiegen und zielstrebig zur Haustür marschierten. Frederich wusste, wie solche Dinge liefen. Die Übergabe selbst würde wahrscheinlich weniger als fünf Minuten dauern. Vier Minuten später traten die beiden Männer wieder aus der Haustür. Einer von ihnen trug eine große Sporttasche in der Hand. Frederich startete den Motor, ohne das Licht einzuschalten, drehte das Auto und steuerte den Wagen fort von Inselheims Haus. Er bog scharf links um eine Ecke, fuhr anschließend noch einmal nach links und brachte den Wagen dann an der Abzweigung zur Clayallee zum Stehen. Auf der Karte hatte er gesehen, dass die Männer sich entweder von hinten nähern und an ihm vorüberfahren würden oder aus Inselheims Straße nach rechts oder links abbiegen mussten. In jedem Fall würde er in der Lage sein, sie zu verfolgen und dabei den Eindruck eines ganz gewöhnlichen, abbiegenden Autos zu erwecken. Wenige Sekunden später näherten sich Scheinwerfer aus der Straße von Inselheims Haus. Der schwarze Mercedes bog rechts ab in die Clayallee und fuhr an ihm vorüber. Er legte den Gang ein und gab langsam Gas. Nachdem er sich in einem Abstand von etwa zwanzig Metern im Verkehr hinter dem Mercedes eingefädelt hatte, erlaubte er sich erstmals, aufzuatmen und seine Schultern ein wenig zu entspannen.

Noch herrschte nicht viel Verkehr auf den Straßen Richtung Stadtzentrum. Frederich folgte dem schwarzen Mercedes nordwärts durch die Stadtteile Wilmersdorf und Schöneberg. Irgendwann bog der Wagen nach Osten ab, fuhr durch Kreuzberg und von dort aus weiter nach Neukölln. Der Verkehr wurde immer dichter, je näher sie dem Hermannplatz kamen. Frederich wechselte mehrfach die Spur, um sich hinter verschiedenen Autos zu verbergen. Er steckte gerade in der linken Fahrspur fest, als der Mercedes plötzlich nach rechts abbog. Frederich trat hart in die Bremsen. Der Fahrer hinter ihm hupte wütend. Mehrere Momente lang hielt er den Verkehr hinter sich auf, während Autos in der rechten Spur vorüberschossen. Mehr Hupgeräusche ertönten, gefolgt von einer Schimpftirade, als Frederich durch eine Lücke in die Straße bog.

Er blieb konzentriert und fand die Rücklichter des Mercedes etwa hundert Meter weiter vorne. Er hielt sich so weit wie möglich zurück, während der schwarze Wagen scheinbar willkürliche Abbiegemanöver durch das Gewirr der Seitenstraßen vollführte. Irgendwann wurde der Mercedes langsamer und parkte unweit der Karl-Marx-Straße parallel zum Bürgersteig. Sofort zog Frederich seinen Wagen ebenfalls in eine Lücke und stieg aus. Endlich konnte er einen Blick auf die beiden Männer werfen. Beide trugen dunkle Trenchcoats. Einer von ihnen hielt die Sporttasche in der Hand, der andere hatte einen schwarzen Pferdeschwanz und unnatürlich bleiche Haut. Er entsprach damit genau der Beschreibung, die Ida von dem

Mann gegeben hatte, der ihr in Khartoums Wohnung begegnet war. *Bingo.*

Die beiden Männer gingen in Richtung Karl-Marx-Straße und betraten einen Dönerladen in der Nähe der U-Bahn-Station Rathaus Neukölln. Auf der anderen Seite der Kreuzung erhob sich das namensgebende Rathaus. Frederich wartete an einem Hofeingang, von wo aus er die Vorderseite des Geschäfts im Auge behalten konnte. Wenige Minuten später kamen die beiden Männer gemächlichen Schrittes aus dem Laden. Jeder von ihnen hielt einen Kebab in der Hand. Die Sporttasche war verschwunden. *Nicht schlecht.* Eine Dönerbude war die perfekte Tarnung für einen rund um die Uhr geöffneten Übergabepunkt. Auch für seinen nächsten Schritt war der Ort perfekt. Er war von allen Seiten offen einsehbar und voller Passanten, sodass niemand eine Szene machen konnte. Frederich überquerte die Kreuzung und hielt auf die beiden zu.

„Guten Abend, meine Herren", sagte er, noch während er sich näherte.

Die Männer erstarrten und warfen ihm prüfende Blicke zu. Der eine war noch halb im Biss in seinen Kebab begriffen. Beide strafften sich und schoben die Brust vor, unverkennbar eine Drohung. Frederich wusste, wie er auf sie wirken musste. Er sah nicht gerade einschüchternd aus. Er trug seine schwarze Lederjacke und schwarze Jeans. Er war kräftig, aber nicht allzu breit gebaut. Sein ungekämmtes, hellbraunes Haar, seine grünen Augen und seine weichen Gesichtszüge wirkten oft entwaffnend; ein Umstand, den er sich nur allzu gern zunutze machte. In kritischen Situationen verschaffte ihm sein Äußeres oft einen Vorteil, wenn sein Gegenüber für den Bruchteil einer Sekunde überlegte, ob der junge Mann, der vor ihm stand, wirklich eine Bedrohung darstellte. Diese beiden Männer waren Profis. Sie würden sich keine Nachlässigkeit erlauben, nicht einmal beim Abendessen und ganz besonders nicht wenige Meter von einer gerade erst erfolgten Schutzgeld-Übergabe entfernt. Die Hand des Mannes mit dem Pferdeschwanz wanderte langsam zu seiner Jackeninnenseite.

„Ah, ah." Frederich hob für einen kurzen Moment seinen Jackensaum, wo die Pistole steckte, um zu zeigen, dass er ebenfalls bewaffnet war. „Das wird nicht nötig sein. Ich bin nur hier, um mich zu unterhalten."

Die beiden Männer sahen sich aus den Augenwinkeln um. Die Karl-Marx-Straße war eine belebte Hauptstraße voller arabischer Restaurants, Shisha-Bars und Menschenmassen, die sich rechts und links vorüberschoben. Für eine Schießerei gab es kaum einen ungeeigneteren Ort. Der Mann mit dem Pferdeschwanz zögerte, doch seine Hand blieb in der Nähe seines Jackenausschnitts.

„Was willst du?", fragte er rau. Er hatte die typische Stimme eines Vollstreckers, heiser und laut.

„Ihr arbeitet für Kalakia, richtig?"

Die Männer zeigten keine Reaktion.

„Das nehme ich jetzt mal als ‚Ja'. Richtet ihm aus, dass der Mann, der Khartoum getötet hat, ihn sprechen will. Den Ort kann er bestimmen. Ich komme alleine. Unbewaffnet. Wenn ihm nicht gefällt, was ich zu sagen habe, kann er mich an Ort und Stelle töten."

Frederich zog ein gefaltetes Stück Papier mit seiner Telefonnummer aus der Tasche und hielt es den Männern entgegen. Beide verharrten in ihrer argwöhnischen Haltung. Frederich nahm demonstrativ die Hand von der Seite, wo seine Waffe hing, und verzog sein Gesicht zu einem schiefen Grinsen. Der Mann mit dem Pferdeschwanz machte eine Bewegung mit dem Kopf, woraufhin sein Begleiter vortrat und das Papier entgegennahm. Frederich wandte sich ab, sobald der Zettel seine

Hand verlassen hatte. Er marschierte über den Bürgersteig, bis
er ein Taxi sah, winkte es heran und stieg ein. Hinter ihm blieben zwei verdutzte Männer zurück, genau wie sein gemieteter
Renault und damit jede Möglichkeit, ihn zu identifizieren oder
zu verfolgen.

9

Die Textnachricht kam zwanzig Minuten später, als das Taxi gerade vor seiner Wohnung anhielt. *„Morgen 14:00 Uhr. Linkstraße 24. 6. Stock.“*

Frederich steckte sein Handy ein und ging nach oben. Er fand Ida mit überkreuzten Beinen auf dem Sofa sitzen, den Laptop auf den Knien. Sie war frisch geduscht, trug die Hose und eines der T-Shirts aus dem KaDeWe und hatte sich ein Handtuch um die feuchten Haare gewickelt. Auf dem Kaffeetisch lag ein vollgekritzeltes Notizbuch. Ein wenig Farbe war in ihr Gesicht zurückgekehrt. Auch die Schwellung an ihrem Kinn war, wie es schien, zurückgegangen.

Frederich hielt inne und betrachtete sie. Zum ersten Mal hatte er das Gefühl, die wahre Ida vor sich zu haben. Bei ihrer ersten Begegnung war sie ihm steif und antriebslos vorgekommen. Ihre Bewegungen waren schwerfällig gewesen, ihr Geisteszustand abwesend, ihr Gesicht und ihre Augen vor Schreck wie erstarrt. Etwas an ihr hatte sich verändert, als sie aus freien Stücken aus dem Schlafzimmer hervorgekommen war. Vereinzelt hatte sie wieder gelächelt und schien etwas von ihrem früheren Selbstbewusstsein wiedergefunden zu haben. Sie hatte mehr gesprochen, aber immer noch mit Vorsicht. Jetzt, wenn Frederich sie anblickte, sah er etwas Atemberaubendes. Es war wie Tag und Nacht. Ida wirkte anmutig, gefasst und entschlossen.

Sie stellte den Laptop auf dem Sofa ab und blickte ihm erwartungsvoll entgegen, als er näher trat und sich neben sie setzte.

„Du siehst gut aus“, befand er mit einem Grinsen und nickte zu ihrer frischen Kleidung. Sie hob die Brauen.

„Und?“, wollte sie wissen.

„Das Treffen ist morgen um 14:00 Uhr in Mitte.“

„Sie haben zugestimmt? So schnell?“

„Ich hatte etwas Glück.“

„Okay. Aber ist es sicher für dich, hinzugehen?“

„Ich denke schon. Der Treffpunkt liegt mitten in der Stadt. Sie werden vorsichtig sein müssen.“

Ida wirkte nachdenklich und wenig überzeugt.

„Hast du schon gegessen?“, wollte Frederich wissen.

„Ja. Ich habe Pasta gemacht. Auf dem Herd steht noch ein Rest für dich.“

„Danke.“ Er blickte zum Notizbuch auf dem Kaffeetisch. „Was hast du herausgefunden?“

„Über Kalakia? Sehr viel. Und gleichzeitig überhaupt nichts. Der Mann ist ein Phantom. Sein Name wird überall erwähnt. Es gibt jede Menge Profile über ihn. Jemand, der behauptet, sein Rechtsanwalt zu sein, beschreibt ihn als groß und dunkelhäutig. Ein chinesischer Geschäftsmann sagt, er hätte mit Kalakia an einem Bauprojekt in Hongkong gearbeitet. Er sagt, Kalakias Vater sei aus England und seine Mutter Chinesin.“

„Wow.“ Frederich hob die Brauen.

„Ich weiß!“, gab sie erhitzt zurück und griff nach ihrem Stift. „Ein Artikel beschreibt ihn als dünn und weiß. Mal ist er ein Politiker, mal ein Medienunternehmer und mal ein russischer Oligarch. Er ist muskulös und trägt einen Bart, behauptet jemand, der angeblich als Vollstrecker für die Liga gearbeitet hat. Ich nehme an, Kalakia hat selbst dafür gesorgt, dass all diese widersprüchlichen Informationen über ihn in der Welt sind. Es ist wie mit der Liga selbst. Es gibt so viele Verschwörungstheorien und Falschinformationen … selbst wenn irgendjemand irgendwo die Wahrheit herausgefunden hätte, ist sie zwischen all den verschiedenen Behauptungen kaum zu finden. Gut möglich, dass die Liga ein eigenes Team dafür hat, um so viele Falschmeldungen wie möglich zu verbreiten. Nicht, dass sie dabei Hilfe bräuchten. *Jeder* hat dort draußen eine Meinung zu Kalakia und dazu, was von den Geschichten wahr ist und was nicht. Es gibt Blogbeiträge, Nachrichtenartikel und unzählige Einträge in Foren und Kommentarspalten. Die Leute tratschen einfach gerne. Dann sind da noch die ganzen Trolle, die einfach nur provozieren wollen. Es ist verrückt! Es gibt sogar einen Artikel, in dem behauptet wird, Kalakia sei niemand anderes als Laurent Philippe, der Filmstar. Laurent Philippe! Ich hoffe wirklich, dass das nicht stimmt. Er ist einer meiner Lieblingsschauspieler!" Ida schüttelte den Kopf und überflog ihre Notizen. „Man findet viel darüber, wie die Liga angeblich aus den Illuminati hervorgegangen ist, aber niemand kann etwas beweisen. Einig sind sich alle nur, dass die Liga existiert. Oder zumindest, dass es *irgendetwas* gibt, das man so bezeichnen könnte. Der „Weltweite Horror" sollte eigentlich Beweis genug sein. Das Problem ist, dass niemand weiß, wie man die Wahrheit von den Lügen trennen soll. Die Mainstream-Presse hält seit Jahren an der Erklärung mit der „globalen Mafia" fest. Ich würde sagen, die Einzigen, die außerhalb der Liga die Wahrheit kennen, sind diejenigen, die von ihr bedroht und erpresst werden. Das Ganze ist klug eingefädelt. Die Liga ist überall, aber niemand kann sie genau beschreiben. Sie verstecken sich direkt vor unseren Augen. Stell dir nur mal vor, wie es sein muss, ein solches Leben zu führen. Jeder, der für sie arbeitet, muss ein Psychopath sein. Ein gestörtes Monster."

Frederich senkte den Blick. Es war tatsächlich schwer zu sagen, wie tief die Sache mit der Liga reichte. War all das hier geschickt gestreute Propaganda oder war die Organisation wirklich so groß und schlagkräftig, wie viele Menschen glaubten? Wenn die Liga auch nur einen Bruchteil der Macht hatte, die ihr in den Artikeln zugeschrieben wurde, musste er sich echte Sorgen machen. Womöglich hatte er sich mit seiner dreisten Kontaktaufnahme auf einen Kampf weit oberhalb seiner Gewichtsklasse eingelassen.

„Du musst sehr vorsichtig sein, wenn du dich mit ihnen triffst", beharrte Ida.

Frederich nickte und versuchte es mit einem schwachen Lächeln.

„Hast du etwas von deiner Familie gehört?", wollte er wissen.

Ida nickte. „Ich habe meine Mutter angerufen. Und ein paar Freunde in New York angeschrieben. Alle wollen wissen, wann ich zurückkomme. Aber wie es aussieht, geht es ihnen gut."

„Das ist gut zu hören. Ich kann mir ohnehin nicht vorstellen, das Kalakia irgendetwas unternimmt, bis er alle Fakten auf dem Tisch hat. Im Augenblick hat er nichts als deinen Pass und einen toten Soldaten."

„Ich hoffe, du hast recht."

„Es wird schon alles gut werden", behauptete er und versuchte, Zuversicht in seinen Ausdruck und in seine Stimme zu legen.

Anscheinend funktionierte es. Idas Gesicht entspannte sich ein wenig. Er wusste selbstverständlich, dass er überhaupt nichts garantieren konnte. Er hatte einfach irgendetwas Beruhigendes sagen wollen. Er selbst hatte nicht viel zu verlieren. Das Wichtigste war, dass er nichts tat, für das *sie* irgendwann bezahlen musste.

„Du musst morgen nicht dort hingehen, weißt du?“, sagte sie. „Wir könnten einfach verschwinden. Irgendwo hingehen, wo es sicher ist. Pattaya? Die Malediven? Wie wäre es mit Narnia?“

Er konnte sich ein Grinsen nicht verkneifen.

„Narnia?“, versicherte er sich.

„Ha!“, stieß sie hervor. „Seht euch das an. Er lächelt!“

Er spürte, wie ihm die Röte ins Gesicht schoss.

„Und er wird sogar rot! Wo ist meine Kamera?“

Beide mussten sie im gleichen Augenblick in sich hineinlachen. Frederich spürte, wie die Anspannung ein wenig von ihm abfiel.

„So“, verkündete sie resolut und stellte den Laptop zur Seite. „Mich kennst du ja bereits. Was ist deine Geschichte? Ich glaube, ich weiß inzwischen mehr über die Liga als über dich. Und das will wirklich etwas heißen.“

„Ich habe dir bereits von mir erzählt“, hielt er abwehrend dagegen.

„Natürlich“, sagte sie. „Dein geheimes Ninja-Training mit Kraas. Aber was sonst noch?“

„Ninja-Training?“, stieß er aus und musste lachen.

„Du weißt, was ich meine. Erzähl mir etwas über den *echten* Frederich“, forderte sie und stieß ihm einen Finger in den Bauch.

„Okay. Nun. Ich bin in Tartu aufgewachsen. Dort habe ich den Großteil meines Lebens *Ninja-Training absolviert*. Dann später, als ich 19 war, bin ich nach Tallinn gezogen.“

„Warum bist du weggezogen?“

„Kraas hat darauf bestanden. Er hat gesagt, ich muss erfahren, wie es ist, in der wirklichen Welt leben.“

„Und was hast du dort gemacht?“

„Ich war Trainer in einem Dojo für *Mixed Martial Arts*. Meine Freizeit habe ich größtenteils in der öffentlichen Bücherei verbracht. Ich habe praktisch dort gelebt. Ich mag Geschichte und Philosophie. Die meisten Tage habe ich trainiert, um in Form zu bleiben. Den Rest der Zeit habe ich mich mit Freunden getroffen oder bin auf Partys gegangen. Eigentlich nichts Besonderes.“

„*Du* auf einer Party? Das kann ich mir kaum vorstellen.“

„Mit den richtigen Leuten feiere ich gerne.“

„Und du bist erst vor Kurzem aus Tallinn hergekommen?“

„Ja.“ Er spürte, dass die Unterhaltung drohte, Bereiche anzuschneiden, in die er sich nicht begeben wollte.

„Und warum?“

Sein Körper versteifte sich. Ida schien die plötzliche Veränderung zu spüren. Sie legte ihre Hand auf seine. Er fuhr zusammen. Das harmlose Geplauder und die Berührung hatten seine Verteidigungsmechanismen dahinschmelzen lassen. Er fühlte sich ausgeliefert und verwundbar.

„Du musst es mir nicht sagen, wenn du nicht willst“, sagte sie sanft.

Er *wollte* es ihr sagen. Er wusste nur nicht, wie. Der Ausdruck in ihren Augen lud ihn dazu ein, es zu versuchen.

„Ist schon in Ordnung“, sagte er. „Kraas ist gestorben, bevor ich nach Berlin kam.“

Ihre Lippen teilten sich. Ihr Gesicht war einen Augenblick lang ungläubig.

„Oh, Frederich“, stieß sie aus. „Es tut mir so leid. Warum hast du nichts davon gesagt?“

„Ich weiß nicht. Ich glaube, ich war einfach noch nicht bereit, darüber zu sprechen. Das Ganze hat mich schwer getroffen. Ich bin immer noch nicht darüber hinweg.“

„Ist das der Grund, warum du letztens in der Nacht geweint hast?“

Frederich zuckte erneut zusammen.

„Du hast mich gehört?“

„Ja. Es tut mir leid. Ich hätte zu dir kommen sollen. Aber irgendwie konnte ich es nicht.“

„Ist schon in Ordnung. Ich wollte niemanden bei mir haben.“

Einen Moment lang blickte sie nachdenklich auf das Polster. „Wie ist er gestorben?“, wollte sie dann mit leiser Stimme wissen.

„Er hatte einen Schlaganfall. Ich war in Tallinn auf einer Party, als es passiert ist.“

„Wie schrecklich.“

„Ja. Kraas war meine Familie, weißt du? Wir haben so viel zusammen durchgemacht.“ Frederich dachte daran, wie er, klein und dürr, neben dem breitschultrigen Kraas durch den Wald gelaufen war, kaum in der Lage, mit ihm Schritt zu halten. „Er hat mir alles beigebracht, was ich weiß. Wie man unter Druck ruhig bleibt und mit klarem Kopf Entscheidungen trifft. Wie man kämpft. Wie man in jeder Situation die Kontrolle übernimmt. Er hat mir gezeigt, wie man überlebt. Wie man zu jemandem wird, der *alles* überstehen kann. Ich habe noch nie Angst verspürt. Nicht einmal, als ich allein in Tallinn war. Solange Kraas in meiner Nähe war, hat es sich angefühlt, als wäre alles in Ordnung. Dann, von einem Tag auf den anderen, war er einfach nicht mehr da. Und jetzt … ich weiß nicht, was ich fühlen soll. Alles ist einfach nur so dunkel.“

Ida nickte. Ihre traurigen Augen hielten seinen Blick fest. Sie schwiegen gemeinsam. Sie hatte ihm den Raum gegeben, sich auszudrücken, und er hatte seinen Schmerz hineingegossen. Er spürte überwältigende Erleichterung. Es war das erste Mal, dass er seine Gefühle über Kraas' Tod laut ausgesprochen hatte.

„Um deine Frage zu beantworten", fuhr er fort. „Nach seinem Tod bin ich weggelaufen. Ich habe Tallinn hinter mir gelassen, weil ich einfach nicht mehr dort sein konnte."

„Glaubst du, du wirst irgendwann zurückkehren?"

„Ich weiß es nicht", gestand er ein. Nur langsam wurde ihm bewusst, dass er durch die jüngsten Ereignisse möglicherweise einen Weg eingeschlagen hatte, der verhinderte, dass er jemals in sein altes Leben zurückkehrte.

„Und du?", wollte er wissen. „Wie bist du an einen Mann wie Khartoum geraten?"

„Ach …" Ida ließ seine Hand los und straffte sich. „Ich wünschte, ich wüsste es. Ich habe es selbst noch nicht genau verstanden. Ich war in den letzten Tagen einfach zu beschäftigt, um mir Gedanken darüber zu machen. Ständig muss ich mir vorstellen, wie Männer mit Waffen durch die Wohnungstür einbrechen."

„Wann bist du überhaut nach Berlin gekommen", wollte Frederich wissen, um sie von ihren düsteren Gedanken abzulenken. „Du hast gesagt, du warst mit einer Freundin unterwegs?"

„Ja. Mit Pia. Wir sind erst vor ein paar Wochen nach Berlin gekommen. Wir haben uns auf der Reise kennengelernt. Davor war ich alleine als Backpackerin unterwegs."

„Wow. Was hat dich dazu gebracht?"

Ida stieß einen Seufzer aus. „Das ist eine lange Geschichte", sagte sie.

„Wir haben Zeit", gab er zurück.

„Das stimmt. Nun … ich habe in New York gelebt und dort im Marketing gearbeitet. Es war okay, aber ich habe mich irgendwie … festgefahren gefühlt. Ich habe getan, was sich *ver nünftig* anfühlte und nicht, was ich wirklich tun wollte. So wie die meisten Menschen, nehme ich an."

„Was würdest du denn gerne machen?"

Sie hob den Blick. Ein Glanz trat in ihre Augen. „Mein Traum wäre ein eigenes Modelabel. Etwas, bei dem Werte wie Schönheit und Kraft im Mittelpunkt stehen. Meine Mutter ist ein großer Fan von María Félix, der mexikanischen Schauspielerin. Als ich jünger war, haben wir uns oft zusammen ihre Filme angesehen. Kennst du sie?"

Frederich schüttelte den Kopf.

„Sie war so etwas wie die Marilyn Monroe von Lateinamerika", fuhr Ida fort. „Sie war so schön. Normalerweise spielte sie starke *Femme-fatale*-Charaktere. Alle berühmten Künstler ihrer Zeit verehrten sie. Sogar Diego Rivera war von ihr besessen. Es gibt dieses Foto von ihnen beiden, wo er sie anstaunt wie ein kleiner Junge und sie ihn nicht einmal ansieht, so als würde er überhaupt nicht existieren. Sie hatte diese einzigartige Ausstrahlung und diesen wunderbaren Sinn für Stil. Sie hat mich dazu inspiriert, in die Modebranche gehen zu wollen." Ida vollführte eine wegwerfende Bewegung mit der Hand. „Wie auch immer. Jedenfalls habe ich mir gedacht: Jetzt oder nie. Wenn ich jemals die Chance bekommen will, meine Träume zu verwirklichen, muss ich aus meiner Komfortzone treten. Ich muss anfangen, mich weiterzuentwickeln und als Mensch zu wachsen. Aber zuallererst wollte ich etwas von der Welt sehen. Also habe ich meinen Job gekündigt, um ein Jahr lang *backpacking* zu machen. Ich habe es geliebt. Es war wie in einem Traum. Die ersten Monate war ich in Südostasien. Pia habe ich in Jerusalem getroffen. Sie war auch alleine unterwegs, also haben wir uns zusammengetan. Wir sind nach Istanbul geflogen und dann weiter nach Europa.

„Wir haben uns sofort in Berlin verliebt. Die Partys, die Atmosphäre, alles. Also sind wir hiergeblieben. Wir haben uns ein Zimmer in Neukölln gemietet. Aber Berlin kann so schmutzig und so dunkel sein. Wir wollten uns wenigstens einmal richtig schick machen und den schmuddeligen Teil der Stadt hinter uns lassen. Also sind wir in den Club Marie in Charlottenburg gegangen. Elias kam zu uns herüber, als wir gerade Cocktails an der Bar getrunken haben. Irgendetwas hat mich zu ihm hingezogen. Er sah gut aus in seinem schwarzen Anzug. Ich habe mich bei ihm sicher gefühlt, aber auch … aufgeregt. Wir haben uns unterhalten und ich habe ihm meine Nummer gegeben. Wir haben angefangen uns zu treffen. Alles ging sehr schnell. Ich weiß nicht mehr genau, warum. Es war mir auch egal. Ich war wohl ein wenig in ihn verknallt. Irgendwann wurde es Pia zu viel. Es hat sie gestört, dass ich so viel Zeit mit ihm verbracht habe. Sie wollte, dass wir weiterziehen. Fort aus Berlin. Ich habe ‚Nein‘ gesagt. Ich hatte einfach zu viel Spaß. Er hat mich ins Ballett ausgeführt, in schicke Restaurants und er hat mir Geschenke mitgebracht. Ich hatte einfach keine Lust mehr, aus meinem Rucksack zu leben, durch irgendwelche Wälder zu wandern und mich von Moskitos zerstechen zu lassen. Alles in Berlin war so perfekt. Ich wollte, dass es so bleibt. Ich glaube, ich habe mich benommen wie ein verzogener Teenager. Pia und ich hatten einen schlimmen Streit. Danach ist sie ohne mich weitergereist. Das war vor zwei Wochen. Ich kann nicht glauben, wie dumm ich war.“

Frederich schwieg einige Momente. Es war schön, über etwas anderes zu sprechen als die Gefahr, in der sie schwebten. Trotzdem kam er nicht umhin, den Bogen wieder zurück zu ihrer aktuellen Situation zu schlagen. „Wie viel wusste Elias über dich und dein Leben?“, fragte er.

Ida zuckte mit den Schultern. „Jetzt, wo ich darüber nachdenke, nicht besonders viel. Er hat sich nie besonders für persönliche Dinge interessiert. Es war alles sehr oberflächlich. Er hat immer alles geplant und kontrolliert und ich habe einfach mitgemacht.“

Frederich blieb still.

„Du hältst mich jetzt wahrscheinlich für ziemlich naiv und dumm“, sagte Ida. Er sah, wie ihr die Röte ins Gesicht schoss.

„Ich halte dich nicht für dumm. Ich denke, es ist in Ordnung, manchmal naiv zu sein. Den eigenen Impulsen zu folgen. Und dann die Verantwortung für die Konsequenzen zu tragen. Auf die Art lernen wir, was wir im Leben wollen und was nicht, oder?“

Ida unterdrückte ein Lächeln.

„Alles, was du mir erzählt hast, zeigt mir lediglich, dass du ein *Mensch* bist“, fügte er hinzu.

Sie atmete langsam aus. Dann schien sie sich wieder im Griff zu haben und wandte sich ihm zu.

„Gilt das auch für dich?“

„Was meinst du?“

„Das mit der Menschlichkeit. Ich habe den Eindruck, du bist wütend auf dich selbst. Weil du nicht da sein konntest, als es mit Kraas zu Ende ging. Weil du auf einer Party warst. Es klingt, als schämst du dich dafür.“

Frederich blieb stumm. Er wusste nicht, was er antworten sollte.

„Hast du das Gefühl, dass du ihn im Stich gelassen hast?“, wollte sie wissen.

Stille.

„Alles, was ich in deiner Geschichte sehe, ist, dass du ebenfalls nur ein Mensch bist“, fuhr sie ruhig fort. „Du hast dein

Leben gelebt. Und du hast jemanden verloren, den du geliebt hast.“

Frederich spürte, wie seine Selbstbeherrschung erneut ins Wanken geriet. Der Spiegel, den er ihr vorgehalten hatte, war unerwartet umgedreht worden. Ihn erschreckte, was er darin sah. Er verspürte den überwältigenden Drang, aus dem Raum zu stürmen oder zumindest etwas Schnippisches zu erwidern. Ihr zu sagen, dass sie keine Ahnung hatte, wovon sie sprach. Diese Sache reichte so viel tiefer, als sie ahnen konnte. Am meisten aber überwältigte ihn die Sehnsucht danach, Kraas noch einmal wiederzusehen. Noch einmal seine Gegenwart zu spüren. Ihm zu sagen, dass er ihn liebte. Wie unendlich dankbar er für alles war, was er für ihn getan hatte und wer er war. Er hatte nie die Chance dazu bekommen. Ida hatte recht. Er fühlte sich tatsächlich, als ob er Kraas im Stich gelassen hätte. Kraas war sein Vater gewesen. Sein bester Freund. Während Kraas um sein Leben rang, hatte Frederich sich betrunken. Er hätte *dort* sein sollen. Im Krankenhaus. Frederich weigerte sich, alles aus sich herausbrechen zu lassen. Nicht hier, vor Ida. Einmal war genug. Sie hatte ihn schon letztens in der Nacht gehört. Er schob alles beiseite und verlegte sich stattdessen auf ein geständiges Lächeln, um ihr zu zeigen, dass sie mit allem recht gehabt hatte. Sie hatte ihn korrekt gelesen.

„Siehst du?“, sagte sie und lächelte zurück. „Ich mag vielleicht naiv sein, aber ich bin bestimmt nicht dumm.“

10

Frederich nahm die U2 zum Mendelssohn-Bartholdy-Park und erreichte die Linkstraße 24 um 13:50 Uhr. Er betrat die Lobby und bahnte sich einen Weg durch die Dutzenden von Geschäftsleuten, die ringsum entweder zu Meetings eilten oder entspannt vom Mittagessen in den Potsdamer-Platz-Arkaden zurückschlenderten. Es gab drei Aufzüge. Frederich folgte einem Mann und einer Frau in den mittleren, dessen Türen sich gerade geöffnet hatten. Die Frau drückte den Knopf mit der Acht. Sie wandte sich zu ihm um und fragte ihn, in welchen Stock er wolle. In den sechsten, sagte er, nur um im gleichen Augenblick festzustellen, dass die entsprechende Nummer fehlte. Die Lücke zwischen den Knöpfen für den fünften und den siebten Stock war von einem Metallplättchen verdeckt. Der Aufzug fährt nicht in den Sechsten, teilte sie ihm mit. Vielleicht könnte er es über das Treppenhaus versuchen. Frederich bedankte sich, schob gerade noch ein Bein zwischen die Türen und trat wieder in die Lobby.

Er ließ seinen Blick durch die Halle wandern. Bevor er eine Tür zum Treppenhaus fand, trat ein klein gewachsener, glatzköpfiger Mann an ihn heran. Frederich schätzte ihn auf Mitte fünfzig. Er trug einen schwarzen Anzug mit einer hellgrauen Krawatte und hatte ein faltiges Gesicht voller Narben. Ein permanentes feixendes Grinsen schien zwischen seinem dünnen weißen Oberlippenbart und seinem langen, strähnigen Kinnbart eingegraben. Frederich fiel auf, dass das linke Ohrläppchen fehlte. Der Mann wirkte gelassen und professionell. Gut möglich, dass er in jungen Jahren ein Soldat gewesen war.

„Folgen Sie mir bitte", sagte der Mann. Ohne weitere Erklärung wandte er sich um und führte sie zurück zum Ausgang. Frederich folgte ihm nach draußen und entlang der Seite des Gebäudes. Sie näherten sich einer unauffälligen Tür ohne jegliche Markierungen. Der Mann hielt seine Zugangskarte unter ein Lesegerät. Die Tür sprang mit einem Klicken auf. Nachdem sie hindurchgetreten waren, forderte ihn der Mann auf, beide Hände an die Wand zu legen. Anschließend filzte er ihn gründlich. Frederichs Taschen waren leer. Er war bewusst ohne persönliche Gegenstände hergekommen, die ihn hätten verraten können. Nach der Durchsuchung führte ihn der Mann über mehrere schmale Treppenfluchten nach oben. Es gab keine Abgänge in den unteren Etagen, aber auf jedem Absatz eine Überwachungskamera. Erst im sechsten Stock erwartete sie eine Tür, die sein Begleiter wieder mit der Karte öffnete. Dahinter lag eine kleine Eingangshalle mit einer gewaltigen Stahltür in der gegenüberliegenden Wand. Der Mann trat vor und hielt sein Gesicht vor einen Scanner. Ein lautes Piepen ertönte. Die schwere Tür glitt langsam zur Seite. Der Mann winkte ihn voran. Als sie hindurchgetreten waren, schloss sich das Stahlschott hinter ihren Rücken.

Das Innere ließ Frederich stutzen. Nichts sah so aus, wie er es von einer Büroetage mitten in der Stadt erwartet hätte. Es gab weder Stellwände noch grauen Teppichboden, weder Drucker und Faxgeräte noch sterile Konferenzräume mit Tischen voller Mineralwasser. Das gesamte Stockwerk war entkernt und erinnerte an eine Lagerhalle. Von den bodentiefen Fenstern an der Außenseite fehlte jede Spur. Der Boden und die Wände bestanden aus unverkleidetem Beton. Lange Reihen von Leuchtstoffröhren unter der Decke tauchten alles in ein kaltes, grelles Licht. In einer Ecke waren Fässer aufgestapelt, auf denen die Beschriftung „Achtung – Ätzende Stoffe" klebte. Daneben hingen drei Chemikalien-Schutzanzüge an Wandhaken. Noch bedenklicher waren die Eisenketten mit Armmanschetten, die ein Stück entfernt zur Rechten von der Decke baumelten. Sein Blick fiel auf einen aus dem Boden ragenden Hydranten mit Hochdruckschlauch. Die braunen Flecken auf dem Boden erweckten den Eindruck von getrocknetem Blut. In einer Ecke weiter hinten reihten sich Regale voller unscheinbarer Metallkästen aneinander. Daneben war eine Tür in die Wand eingelassen, die, wie Frederich annahm, einen versteckten Fluchtweg in die unteren Etagen bot. Ein erdrückendes Gefühl überkam ihn. Wie es aussah, war er mitten in eine Hinrichtungskammer hineinmarschiert, die jemand geschickt in einem innerstädtischen Bürogebäude verborgen hatte.

Frederichs Blick wanderte zur Mitte des Raumes. Sechs Männer erwarteten sie neben zwei einander gegenüber arrangierten Stühlen. Instinktiv analysierte er ihre Rangordnung. Vier waren kräftig gebaut und trugen verschiedene Variationen gewöhnlicher schwarzer Straßenkleidung. Unter ihnen waren der bleiche Mann mit Pferdeschwanz von der Begegnung an der Dönerbunde und sein Kamerad. Auch bei den anderen handelte es sich um typische Vollstrecker. Der Fünfte in der Reihe war groß und dünn. Er hatte glänzendes pechschwarzes Haar und trug eine hellgraue Fleecejacke über Flecktarn-Cargohosen. Über seiner langen, dünnen Nase glänzten zwei perlenartige braune Augen, in denen keinerlei Gefühl lag. Zweifellos war er die Nummer zwei in der Hierarchie.

Frederich richtete seine Aufmerksamkeit auf den letzten Mann, der ganz an der Seite stand. *Hallo, Nummer eins.* Er war mittlerer Größe, muskulös und breit gebaut, mit einem kräfti-

gen Nacken, einem buschigen, an den Spitzen ergrauten Bart
und einem kahlen Schädel. Sein Gesicht war wettergegerbt und
seine Augenlider krümmten sich nach unten, was ihm den
raubtierhaften Ausdruck eines Tigers verlieh. Er trug ein
schwarzes Hemd ohne Knöpfe, schwarze Baggy-Hosen und
Kampfstiefel. Der Kleidung nach hätte man annehmen können, er sei ein Bandenmitglied wie alle anderen. Keiner der
Versammelten trug Abzeichen, an denen man Rang oder Zuge-
hörigkeit hätte ablesen können. Auch der uneinheitliche Klei-
dungsstil und das Fehlen von Erkennungszeichen oder Ban-
den-Tätowierungen boten keinerlei Hinweise. Trotzdem war
sich Frederich sicher, dass der Bärtige der Anführer war. Der
Mann hatte eine Ausstrahlung, die ihn unter den anderen hervorhob. Sein Stand war sicherer, sein Ausdruck ruhiger und seine Haltung selbstbewusster. Er wirkte wie jemand, der es gewohnt war, Befehle zu erteilen und absoluten Gehorsam einzu-
fordern.

Frederich hielt seinen Blick fest auf den Bärtigen gerichtet,
während er gemeinsam mit seinem Aufpasser näher trat. Er
ignorierte die übrigen fünf Männer und konzentrierte sich
ganz auf den Anführer, der keine Mine verzog und ihm fast
zehn Sekunden lang stumm entgegenstarrte. Frederich wartete.
Dann verzog sich das Gesicht des Bärtigen zu einem freudlosen
Grinsen. Der Mann trat vor.

„Als mir zum ersten Mal zu Ohren kam, dass jemand Elias
getötet hat, war ich verärgert", verkündete er mit einer tiefen,
klangvollen Stimme. „Ich stellte Verdächtigungen an, wer wohl
dahinterstecken könnte. Ich ordnete an, den Täter unverzüglich aufzuspüren und zur Verantwortung zu ziehen. Als die Polizei am Tatort keine Spuren finden konnte, habe ich meine eigenen Leute losgeschickt. Männer, die weitaus fähiger und
gründlicher arbeiten als die öffentliche Hand. Als sie ebenfalls

nichts finden konnten, kamen mir erste Sorgen. So wie es aussah, war Elias von einem Geist getötet worden. Dann plötzlich wird mir zugetragen, dass ein *Junge* meine Männer kontaktiert und die Tat gestanden hat. Und nicht nur das: dass er mich persönlich treffen möchte. *Diese* Wendung kam, wie ich zugeben muss, reichlich unerwartet."

Frederich hatte während des gesamten Monologs dem Blick des Mannes standgehalten. Er sprach leidenschaftlich, wohlüberlegt und eloquent. Sein Akzent enthielt Spuren von britischem Englisch und möglicherweise Russisch, sodass seine Herkunft nicht zu verorten war. Unverkennbar war jedoch, dass er absolute Macht ausstrahlte. Dann ging Frederich ein Licht auf. *Mich persönlich treffen.* Er hob das Kinn.

„Sie sind Kalakia", stellte er fest. Der Mann reagierte mit nur dem geringsten Anflug eines Lächelns.

Frederich musste zugeben, dass er überrascht war. Er hatte nicht damit gerechnet, dass sich ein Mann von Kalakias Rang so einfach zeigen würde.

„Setz dich", forderte Kalakia mit einem Blick zu den Stühlen. Er wartete, bis Frederich Platz genommen hatte, und ließ sich dann ihm gegenüber nieder. „Also", fuhr er fort. „Erkläre mir, warum du Elias getötet hast und was du von mir willst. Aber fass dich kurz. Wenn ich den Eindruck bekomme, dass du meine Zeit verschwendest … nun, selbst ein junger Mann wie du wird sicherlich erkennen, in welcher Lage er sich befindet."

Der Raum wurde still. Frederich wog seine Worte genau ab. Adrenalin schoss durch seine Adern und brachte seine Hände an den Rand des Zitterns, doch er wusste, wie entscheidend es war, ruhig und gefasst zu bleiben.

„Dass ich Khartoum töten musste, war reiner Zufall“, sagte er. „Aber das hier ist es nicht. Ich will mich Ihrer Organisation anschließen. Kurz genug?“

Zuerst reagierte niemand. Dann löste sich der schlanke Mann in Flecktarnhosen unversehens aus der Reihe der Vollstrecker. Er marschierte geradewegs auf Frederich zu, zog ein langes Jagdmesser aus der Scheide, setzte die Spitze auf Frederichs Kehlkopf und beugte sich zu ihm vor.

„Du kleine Ratte“, zischte er mit schriller, wuterfüllter Stimme. „Ich werde es genießen, dich aufzuschlitzen. Jede. Einzelne. Sekunde.“

Frederich schenkte dem Mann keine Beachtung. Seine Augen blieben fest auf Kalakia gerichtet.

„Das hier ist Felipe Vivar“, erklärte Kalakia. „Elias war ein guter Freund von ihm. Du wirst dich ihm erklären müssen. Ansonsten wird sein Gesicht das Letzte sein, was du in deinem Leben siehst.“

Frederich beugte sich langsam vor. Ein scharfer Schmerz durchschoss ihn, als die Spitze der Klinge durch seine Haut drang. Ein winziger Blutstrom lief über seinen Hals. Die Schatten krochen näher, während er sich in sein Schicksal ergab. Sein Blick hing weiter ungerührt auf Kalakia, der keine Anstalten machte, die Augen abzuwenden. Frederichs Gedanken schweiften zu Kraas. Die Sehnsucht, der Abgrund möge sich auftun und ihn verschlingen, wurde immer stärker. Der Lebensfunke in seinem Inneren verglomm wie der Leuchtkreis einer Lampe ohne Treibstoff. Er lehnte sich noch weiter in die Klinge. Vivar reagierte, indem er den Griff fester hielt und den Widerstand erhöhte. Sein scharf konturiertes Gesicht glühte vor Aufregung. Sein Atem beschleunigte sich, so als fiebere er dem Höhepunkt ihres Spiels entgegen.

„Das genügt, Felipe", erklärte Kalakia ruhig. Der Anführer der Liga erhob sich von seinem Stuhl und trat heran.

„Nein!", entfuhr es Vivar unbeherrscht. Er schien von einem rauschhaften Hochgefühl erfasst, das kurz vor dem Überkochen stand. „Lassen Sie mich ihn erledigen. Seht ihn euch an. Er *will* sterben! Ich sehe es in seinen Augen. Seht! Seht ihr es nicht auch?"

„Ja", bestätigte Kalakia ungerührt. „Ich sehe es. Jetzt nimm das Messer weg."

„Aaah!" Mit einem frustrierten Aufschrei warf Vivar den Kopf zurück, nahm die Klinge von Frederichs Kehle und trat zurück. Kalakia legte ihm die Hand auf die Schulter. Dann trat er an ihm vorüber und ging vor Frederich in die Hocke. Hinter ihm rang Vivar mit rasselnden Atemzügen um Fassung.

„Nun", sagte Kalakia und kniff die Augen zusammen. „Ich muss zugeben: Mein Interesse ist geweckt."

Frederich bemühte sich, ruhig zu atmen. Jetzt, da die unmittelbare Bedrohung abgewendet war, schoss das Leben zurück in seinen Körper. Sein Herz begann wie wild zu schlagen. Das Druckgefühl in seinem Inneren war so stark, dass er meinte, platzen zu müssen. Trotzdem gelang es ihm, äußerlich ungerührt zu bleiben. Er hatte Kalakias Aufmerksamkeit, doch in ihr lauerte ein dunkler, unheilvoller Unterton. Frederich begriff noch immer nicht, warum der Anführer der Liga persönlich hergekommen war, um mit ihm zu reden. Kalakias Interesse an ihm begann ihn zu beunruhigen. Seit dem allerersten Augenblick ihrer Begegnung hatte der Mann nicht einmal aufgehört, ihn eindringlich zu mustern.

„Also", sagte Kalakia. „Wie ich sehe, hast du dich dem Tod noch nicht völlig hingegeben. Du hast lediglich akzeptiert, dass er dich jederzeit treffen kann. Machen wir weiter. Du meintest, du bist hergekommen, um die Bitte vorzubringen, dich uns anschließen zu dürfen. Warum?“

„Ich bitte um überhaupt nichts“, gab Frederich zurück. „Mein Weg und der von Elias Khartoum haben sich gekreuzt, aus welchem Grund auch immer. Es kam zu einem Kampf. Ich war an diesem Tag der Stärkere von uns beiden, darum habe ich überlebt. Ich konnte nicht ahnen, dass Khartoum mit Ihnen in Verbindung steht. Doch ich habe die Gelegenheit erkannt und ich habe sie ergriffen.“

Kalakia musterte ihn einige Augenblicke lang stumm. „Willst du mir damit sagen, dass uns die Vorsehung zusammengeführt hat?“, versicherte er sich.

„Das ist genau das, was ich sagen will.“

Kalakia blickte Frederich weiter in die Augen. Keiner von ihnen blinzelte.

„Also?“, wollte Frederich wissen.

Kalakias Gesicht verzog sich zu einem kühlen, herablassenden Grinsen. Der Anführer der Liga erhob sich und trat zurück zu seinem Sitz. „Ich bin noch nicht überzeugt“, verkündete er rundheraus. „Ja, du kannst töten und du hast keine Angst vor dem Tod. Aber woher weiß ich, dass du auch *loyal* sein kannst? Dass du die nötige Disziplin besitzt, um für mich zu arbeiten? Außerdem bleibt da noch die Angelegenheit mit meinem toten Soldaten, den du auf dem Gewissen hast. Ich kann über solche Dinge nicht einfach hinwegsehen. Glaubst du etwa, Felipe hier wird es vergessen?“

„Auf gar keinen verdammten Fall!“, brach es aus Vivar heraus.

Frederichs Gedanken rasten. Er ahnte, dass er den Einsatz erhöhen musste, um Kalakia zu überzeugen. Dann fiel ihm etwas ein. Vivar war das schwächste Glied im Raum. Kurzerhand entschied er sich für einen Plan, der ihm erlauben würde, zwei Fliegen mit einer Klappe zu schlagen.

„Also gut", begann er, wieder an Kalakia gewandt. „Erstens. Ein Mann wie Sie wäre nie in einer Position wie der Ihren, wenn er nicht gelernt hätte, auf seinen Instinkt zu hören. Und Ihr Instinkt sagt Ihnen, dass ich das Potenzial habe, für Sie zu arbeiten. Ansonsten hätten Sie mich schon längst getötet. Zweitens: Ich habe einen Vorschlag, wie wir die Rechnung für Khartoums Tod begleichen können." Frederich wandte den Kopf. Zum ersten Mal blickte er Vivar direkt an. „Du bist ein Jäger, nicht wahr?", sagte er. „Ja. Ich kann es sehen. Nicht nur in der Kleidung und dem Messer. Dieser Mann hier besitzt den … *Willen*, um zu jagen und zu töten. Ich schlage Folgendes vor." Er wandte sich wieder zu Kalakia. „Wir bestimmen eine Zeit und einen Ort als Spielfeld", sagte er. „Felipe hier bekommt seine Chance, Jagd auf mich zu machen und mich zu töten. Gelingt es ihm, ist die Sache entschieden. Problem gelöst. *Aber*: Wenn ich gewinne, lasst ihr die Frau in Ruhe und ich arbeite meine Restschuld als Soldat der Liga ab. In dem Fall einigen wir uns darauf, dass das Schicksal mich und Sie zusammengeführt hat."

Einen Augenblick lang herrschte Stille. Dann begann Vivar, laut und hysterisch zu lachen. Seine schrille Stimme füllte den gesamten Raum.

„Ja", stieß er aus. „Eine altmodische Jagd. Das ist perfekt!"

Auch Kalakia gab sein Pokerface auf und lachte in sich hinein.

Vivar wandte sich zum Anführer der Liga. „Das ist gut", stieß er aus. „Lassen Sie mich das hier haben. Für *Elias*."

Kalakias Ausdruck wurde wieder ernst. Er verschränkte die Hände hinter dem Rücken, wandte sich ab und begann, langsam durch den Raum davonzugehen. Vivar folgte ihm mit eiligen Schritten und redete mit gedämpfter Stimme auf ihn ein. Nach etwa zehn Metern hielt Kalakia an und hörte Vivar eine Zeit lang zu, der ihm direkt ins Ohr sprach, wobei er immer wieder zu den Regalen mit den Metallkästen deutete. Er schien für einen Augenblick zu überlegen. Dann gab er nickend sein Einverständnis. Die beiden Männer wandten sich zu Frederich und dem Rest der Gruppe um und näherten sich wieder.

„Welche Waffen?“, fragte Frederich, um keine Zeit zu verschwenden.

„Messer, Schusswaffen, Sprengfallen“, stieß Vivar aus. „Von mir aus das verdammte Nudelholz deiner Mutter. Alles, was du kriegen kannst. Ist mir ganz egal.“

„Ort?“

„Wir treffen uns im Tiergarten“, verkündete Vivar. „Und keine Sorge. Die Polizei wird sich nicht einmischen.“

Frederich nickte. *Diese Kerle lieben es, ihre Macht öffentlich zur Schau zu stellen.* Er dachte an die weitläufige Parkanlage mitten in Berlin, die er während seiner ersten Woche in der Stadt erkundet hatte. Loser Baumbestand, unterbrochen von Fußwegen und offenen Flächen. Ihr Kampf bis zum Tod würde an einem Ort stattfinden, den Touristen, Einheimische und Obdachlose gleichermaßen frequentierten. Es war eine logistische Herausforderung, aber durchaus machbar, solange sich die Polizei heraushielt.

Trotz allem wurde Frederich das Gefühl nicht los, dass eine Bedrohung über ihm schwebte, die ihm bisher entgangen war. Man hatte ihm fast ohne Widerstand erlaubt, die Rahmenbedingungen für die Begegnung festzulegen. Von der angeblich mächtigsten Organisation der Welt hatte er mehr erwartet. Am meisten aber beunruhigte ihn Kalakias eindringlicher Blick. Was suchte dieser Mann in ihm?

Vivar holte eine Art Armreif aus Metall aus einem der Kästen im Regal hervor. Er trat näher, ging vor Frederich in die Hocke, schob sein Hosenbein empor und ließ die Schelle oberhalb des Knöchels zuschnappen.

„Für dich, mein kleiner Hase“, verkündete er boshaft. Seine Knopfaugen waren kaum größer als Stecknadelköpfe. „Eine kleine Erfindung von mir.“

Vivar erhob sich und trat zurück. Jemand näherte sich Frederich von der Seite und schob ihm ohne Vorwarnung ein Wattestäbchen in den Mund. Frederich versuchte den Arm des Mannes wegzuschlagen, der ungerührt den Tupfer wieder hervorzog und das Stäbchen mit Frederichs Speichelprobe in einem kleinen Plastikzylinder verschloss.

„Die Jagd beginnt um Mitternacht“, verkündete Vivar mit unverhohlener Vorfreude. „Sei pünktlich. Um Punkt 12 schalten wir das Gerät an deinem Knöchel ein. Wenn du länger als ein paar Sekunden stillstehst, ertönt ein kleines Warngeräusch, das mir verrät, wo ich dich finde. Wir wollen schließlich nicht, dass du dich irgendwo verkriechst.“

„Das Spiel sollte vor Tagesanbruch entschieden sein“, mischte sich Kalakia ein. „Halte dich innerhalb der Begrenzungen des Parks. Die Fußfessel ist mit einem Peilsender ausgestattet. Ich werde euch beobachten. Und keine Sorge: Niemand wird Felipe deine Position verraten. Das würde den ganzen Spaß verderben.“

„Dein Eingang liegt im Osten, beim Brandenburger Tor“, sagte Vivar. „Ich werde von Westen kommen.“

Kalakia wandte sich an den Mann, der Frederich hereinbegleitet hatte, und nickte ihm zu.

„Francois. Zeig unserem jungen Frederich den Weg nach draußen.“

Frederich fuhr herum und sah Kalakia aus weiten Augen an. *Er kennt meinen Namen?*

„Überschätze niemals dein Blatt, Junge", mahnte ihn Kalakia. „Du bist weit weg von Tartu."

Die Worte trafen Frederich wie ein Schlag in die Eingeweide. *Er weiß, woher ich komme.*

„Seht euch sein Gesicht an", freute sich Vivar glucksend. „Er hat keine Ahnung, worauf er sich eingelassen hat!"

„Oh, und noch etwas", ließ sich Kalakia vernehmen. „Hast du wirklich geglaubt, Fräulein Garcia wäre in deiner Wohnung in Charlottenburg in Sicherheit?"

Frederichs Körper wurde kalt. *Ida.* Francois legte ihm eine Hand auf die Schulter. Frederich räusperte sich und erhob sich mechanisch. Kalakias Ausdruck war nun ein unverblümtes Grinsen. Der Blick des Anführers der Liga schien bis in sein Innerstes vorzudringen. Während Francois ihn zurück zur Stahltür führte, spürte Frederich, wie seine Beine schwächer wurden. Wie es aussah, hatte er einen tödlichen Fehler gemacht.

11

Ida Garcia blickte durch das Wohnzimmerfenster in den Garten und strich sich abwesend durch die Haare. Der Ansturm Furcht einflößender Gedanken hatte nicht nachgelassen, seit Frederich vor zwei Stunden zu seinem Treffen aufgebrochen war. Hatte die Polizei ihn aufgegriffen? Wurde er gefoltert? War er vielleicht sogar schon tot? Sie malte sich aus, wie sie allein in seiner völlig stillen Wohnung saß und auf ihn wartete. Wie der Tag in die Nacht überging, ohne eine Spur von ihm, ohne irgendeine Information, wie es ihm ging. Schon die Vorstellung war entsetzlich.

Angst hing wie eine dunkle Wolke über ihr, seit Frederich zu seinem Treffen mit der Liga aufgebrochen war. Angst davor, was kommen würde. Angst um Frederichs Sicherheit. Angst war, dessen wurde sie sich jäh bewusst, ihr ständiger Begleiter gewesen, seit sie Elias' Apartment betreten und ihn bei seinem Telefonat mit Inselheim ertappt hatte. Dann war Frederich aus der Dunkelheit erschienen, ein Ritter ohne glänzende Rüstung. Auch er trug einen Panzer, doch der war düster und undurchsichtig. Hinter seinem jungenhaften Auftreten war er eiskalt und berechnend. Manchmal hatte sie einen flüchtigen Eindruck davon bekommen, was sich jenseits verbarg. Von einem Frederich, der Wärme kannte und Verwundbarkeit, doch der Augenblick hielt nie besonders lange an. Die andere Seite seines Charakters war morbide und brutal. Er hatte Elias getötet, ohne jedes Anzeichen von Reue. Sie hätte gerne seine warme, menschliche Seite besser kennengelernt. Diejenige, die sie mit traurigen Augen eingeladen hatte, sich ihm zu nähern. Zugleich musste sie anerkennen, dass sie ohne den kaltblütigen Killer, den er in sich trug, vermutlich tot gewesen wäre – ausgelöscht, ohne die Möglichkeit, sich von denen zu verabschieden, die sie liebte. Sie musste wieder daran denken, was Frederich mit ihr geteilt hatte über den Tag, an dem Kraas gestorben war. Dass er nie dazu gekommen war, sich zu verabschieden. Sie nahm das Telefon vom Tisch und rief ihre Mutter an.

„Hallo?"

„Hey, mamá. Ich bin's."

„Ah! Mijita. Wie geht es dir?"

„Ich bin okay. Ich wollte einfach nur deine Stimme hören."

„Ich habe eben mit tía Magdalena Kaffee getrunken und ihr davon erzählt, wie schön es war, zwei Tage hintereinander von dir zu hören. Und jetzt sind es schon drei!"

Ida spürte, wie ihr die Tränen kamen. Ein Lachen brach aus ihr heraus.

„Natürlich", sagte sie, ein Schniefen unterdrückend. „Ich hoffe, du hast genug Kaffee für drei gemacht. Ich werde bald wieder zu Hause sein, bevor du dich versiehst."

„Das hoffe ich. Ist wirklich alles in Ordnung? Du klingst traurig."

„Ja. Es geht mir gut. Mach dir keine Sorgen. Ich wollte mich nur bei dir melden."

„Okay."

„Hey, mamá. Ich … ich hab dich lieb."

„Oh, mijita. Ich habe dich auch lieb. Bist du sicher, dass es dir gut geht?"

„Ja. Alles bestens. Ich muss jetzt los. Ich rufe dich bald wieder an."

„O… Okay, mijita.“

Ida legte auf und wischte sich die Tränen aus den Augen. Sie blieb noch eine Zeit lang sitzen, den Blick hinaus zum Hof gerichtet, bevor sie sich auf dem Sofa ausstreckte. Nach einer Weile wich das Heimweh wieder ihren früheren Sorgen. Paranoide Gedanken umkreisten sie wie Aasgeier, die darauf lauerten, ihre geistige Gesundheit zu verschlingen. Eine ganze Stunde blieb sie auf dem Sofa liegen. Aus zwei Stunden wurden drei. Ihre Hoffnung, Frederich lebend wiederzusehen, wurde immer geringer. *Wo bleibt er nur?*

Ein kratzendes Geräusch aus Richtung der Wohnungstür riss sie aus ihren Gedanken und sandte einen Ruck durch ihren Körper. *Er ist zurück!* Sie erhob sich aufgeregt, unschlüssig, ob sie ihn an der Tür begrüßen oder auf ihn warten sollte. Sie beschloss, im Wohnzimmer zu bleiben. Das Kratzen hielt noch immer an. Ihr Atem wurde flacher. Schließlich klickte etwas und die Wohnungstür schwang quietschend auf.

„Sichre die Tür. Ich hol sie mir“, erklang die Stimme eines Mannes.

Kälte schoss durch ihre Adern. Nicht Frederich. *Sie.* Sie waren gekommen. Wie versteinert stand sie auf der Stelle. Alles Leben schien sie zu verlassen, genau wie damals in Elias' Apartment. Langsame Schritte näherten sich ihr durch den Flur. Das Hinterzimmer, in dem sie sich befand, bot keinen Fluchtweg. Sie begann zu zittern. Kalter Schweiß stand auf ihrer Haut. Angespannt lauschte sie. Ihre Trommelfelle zuckten bei jedem Schritt. Nur mit Mühe widerstand sie dem Drang, laut zu schreien. Mehr gedämpfte Geräusche. Mehr Schritte. Eine lange Pause. Dann stand er im Türrahmen, ganz in Schwarz gekleidet. Sein Gesicht war bleich und glänzte vor Schweiß. Er hatte ungekämmtes Haar, Geheimratsecken, einen breiten Nacken, einen gewölbten Bauch und speckige Hände.

Er hatte angehalten und musterte sie kühl. Dann grinste er. Seine Augen waren kalt. Etwas Raubtierhaftes lag in ihnen. Eine Vorahnung der Schrecken, die er für sie vorgesehen hatte. Es gab keinen Ausweg. Kein Retter würde wie im Märchen aus dem Nichts auftauchen. Keine Polizei und auch kein Frederich. Es gab nichts mehr, was sie tun konnte – außer zu kämpfen. Ihr Atem beschleunigte sich. Ihre Augen wurden weit. Hass übernahm die Kontrolle. All ihre Sinne leuchteten auf wie Flutscheinwerfer. Ihre Wut war alles, was sie hatte.

Der Mann trat näher, gemächlich und noch immer grinsend. Entsprechend überrascht war er, als er die Hand ausstreckte, um sie zu ergreifen, und sie ihm mit voller Kraft die Ferse in sein Knie trieb. Er schrie laut auf und taumelte vorwärts. Sie empfing ihn mit einem wütenden Brüllen und einem Kniestoß in die Leisten. Der Mann ging ächzend zu Boden. Ida spürte eine Woge der Euphorie, als sie den Feind ohnmächtig, jammernd vor Schmerzen, vor sich liegen sah. Der Lärm eiliger Schritte aus dem Flur ließ sie herumfahren. Mit einem Mal war sie hochkonzentriert und ihre Gedanken waren klar. Das Überraschungsmoment hatte sie gerettet. Sie würde es kein zweites Mal auf ihrer Seite haben.

Der zweite Mann erschien im Türrahmen, hielt inne. Sein Ausdruck verfinsterte sich, als er Ida mit dem Rücken zum Fenster stehen und seinen Kameraden auf dem Boden liegen sah. Sein Fehler bestand darin, zu zögern. Ida, noch immer angetrieben von Adrenalin, erkannte die Gelegenheit zur Flucht. Sie wandte sich zum Fenster und drehte den Griff. Direkt unter ihr lag der Betonweg zwischen den Beeten. Dahinter erstreckte sich der offene, grasbedeckte Hof. Sie fuhr herum, als der Mann herandonnerte. In seinen Augen brannte ein Hunger nach Vergeltung. Seine Hand ging zum Griff einer Pistole. Sie kletterte auf das Fensterbrett und sprang, ohne zu zögern, in die Tiefe.

12

Frederich stürmte vom Bürogebäude in der Linkstraße zur U-Bahn-Haltestelle Mendelssohn-Bartholdy-Park. Seine Oberschenkel brannten vor Anstrengung, als er sich die grasbewachsene Böschung hinaufkämpfte. Er zückte sein Handy und wählte Idas Nummer. Das Wählgeräusch erklang noch immer, als er über die Stufen hinauf zu den Gleisen eilte. Keine Antwort. Er legte auf und versuchte es erneut. Unruhig lief er auf dem Bahnsteig auf und ab. Eine weitere, unerträglich lange Wartezeit verging. Noch immer keine Antwort. Er ballte seine Hand zur Faust. Ein Ächzen entfuhr ihm. *Beruhige dich, Frederich. Konzentriere dich auf Dinge, die du kontrollieren kannst.* Er nahm einen langen, tiefen Atemzug und wählte erneut.

„Frederich!", erklang Idas Stimme aus dem Lautsprecher. Im Hintergrund war Verkehrslärm zu vernehmen.

„Ida!", stieß er aus. „Bist du okay?"

„Ja. Jetzt schon. Aber ich … ich weiß nicht, wo ich bin. Ich glaube, ich habe sie abgehängt."

„Was? Wen abgehängt? Was ist passiert?" Er presste sich das Handy fester ans Ohr. Ihr lautes Atmen und der Verkehrslärm im Hintergrund machten es schwer, sie zu verstehen.

„Sie sind gekommen. Sie sind bei dir eingebrochen. Einen konnte ich abwehren. Dann bin ich aus dem Fenster gesprungen. Woher konnten sie wissen, wo du wohnst?"

„Ich weiß es nicht." Frederich griff sich verzweifelt an die Stirn. „Ich habe sie unterschätzt. Ida ... es tut mir leid!"

„Das muss es nicht. Aber du musst aufpassen. Bitte. Sie sind gefährlich. Halte dich von ihnen fern."

„Hör zu", hielt er dagegen. „Wir müssen uns treffen. Komm zum ..." Er verstummte und dachte an den Peilsender an seinem Knöchel. Die Liga bekam Live-Daten über seinen Standort. Kalakia würde rasen vor Wut, wenn er erfuhr, dass Ida seinen Männern entkommen war.

„Frederich? Hallo?"

„Ida. Wir können uns noch nicht treffen."

„Was! Warum nicht?", erklang es ungläubig aus dem Hörer.

„Sie können mich orten. Wahrscheinlich hören sie sogar dieses Gespräch mit. Wir müssen ... gibt es irgendjemanden, bei dem du unterkommen kannst? Nur für eine Weile."

„Nein, ich ... ich weiß nicht. Ich weiß noch nicht mal, wo ich bin. Frederich, bitte."

„Wenn wir uns jetzt treffen, bist du wieder in Gefahr. Warte kurz. Bleib einen Moment stehen und hör auf, herumzurennen. Atme tief durch. Bitte. Denk nach."

Eine Zeit lang blieb es still im Hörer. Nur der Verkehrslärm war zu hören.

„Okay", sagte sie schließlich. „Ich kenne jemanden."

„Gut!", stieß Frederich erleichtert aus. „Aber du musst vorsichtig sein. Ruf niemanden an. Geh nicht ins Internet. Geh direkt zu deinen Bekannten und bleib dort, bis ich mich melde."

„Okay", erklang es zögerlich. „Ich mache mich sofort auf den Weg."

„Bist du sicher, dass dir niemand folgt?"

„Ja. Ich werde die Augen offen halten.

„Gut. Ich rufe dich an, sobald es sicher ist."

„Okay.“

Der Anruf endete. Frederich stieß die Luft aus, legte den Kopf in den Nacken und richtete den Blick zum Himmel, bis er ächzend zusammenfuhr. Der Schnitt an seinem Hals schickte einen pulsierenden Schmerz durch seinen Körper. Er bemerkte, dass ihn die Frau neben ihm entsetzt anstarrte, und spürte frisches Blut an seiner Kehle. Schnell wandte er sich ab. Mit der Verletzung fiel er zu sehr auf. Zuerst würde er sich um die Wunde kümmern müssen.

Er ließ den Blick über den Bahnsteig wandern. Eine Gruppe Teenager stand im Kreis zusammen. Ein älteres Paar wartete geduldig an der Bahnsteigkante. Es sah nicht so aus, als würde er verfolgt, doch er konnte sich nicht völlig sicher sein. Im Grunde gab es überhaupt nichts mehr, dessen er sich sicher sein konnte. Er wandte sich um und blickte zurück über die grasbewachsene Anhöhe, ohne irgendetwas Ungewöhnliches zu entdecken. Er erlaubte sich ein Lächeln grimmiger Befriedigung. Zumindest einen kleinen Triumph hatten sie errungen. Ida hatte sich *gewehrt*. Nicht nur das: Sie hatte es geschafft, Kalakias Schergen zu entkommen.

Der Moment der Erleichterung hielt nur kurz. Die Atempause würde nur von kurzer Dauer sein. Kalakia hatte seine Augen überall. Außerdem hatte er in weniger als neun Stunden eine Verabredung zu einem tödlichen Katz-und-Maus-Spiel mit diesem Psychopathen Vivar. Er hatte Ida versprochen, dass sie sich bald wiedersehen würden. Dazu würde es nur kommen, wenn er konzentriert blieb. Nur mit gründlicher Vorbereitung würde er die Begegnung mit Vivar überleben.

Während er auf den Zug wartete, ging er die Variablen der bevorstehenden Begegnung durch. Austragungsort des Kampfes war ein öffentlicher Park mitten in der Stadt. Der lockere Baumbestand bot nur wenig Sichtschutz. Sie würden weitgehend im Dunkeln kämpfen, zwischen einzelnen ausgeleuchteten Flächen. Auch war nicht auszuschließen, dass sich selbst bei Nacht unbeteiligte Passanten im Park aufhielten. Die Fußfessel sorgte dafür, dass er in Bewegung bleiben musste. Die Konstruktion an seinem Knöchel war ein eindeutiger Nachteil gegenüber Vivar, der sich darauf beschränken konnte, ihm in aller Ruhe nachzustellen. Dazu kam, dass seine Feinde zu jedem Zeitpunkt Kenntnis über seine Position hatten. Es blieb zu hoffen, dass Kalakia Wort hielt und ihn nicht verriet. Frederich überlegte, wie er das Schlachtfeld der Begegnung zu seinem Vorteil nutzen konnte. Eine Möglichkeit bestand darin, Vivar in einem gut einsehbaren Bereich entgegenzutreten und ihn zu einem offenen Kampf Mann gegen Mann herauszufordern. Allerdings hatte er in diesem Fall keinerlei Deckung. Auch würde ihr Kampf ungewollte Aufmerksamkeit auf sich ziehen. Nicht zuletzt würde Frederich damit seinen einzigen Vorteil aufgeben: Solange sich Vivar im Jagdmodus befand und ganz darauf konzentriert war, seiner Beute nachzustellen, konnte Frederich den rauschhaften Trieb seines Feindes, zu töten, ausnutzen, um Vivar in eine Richtung zu lenken, die ihm einen Vorteil bot. Nein, ein offener Kampf war keine gute Option. Frederich entschied sich für die zweite Möglichkeit. Er würde in Bewegung bleiben müssen, bis er seinen Verfolger in eine günstige Position gelockt hatte. Dies wiederum erforderte, dass er möglichst unerkannt blieb. Er hatte bereits einen Einfall für seine Tarnung.

Es war 23:32 Uhr. Frederich saß in der S1 nordwärts in Richtung Brandenburger Tor. Eine Frau trat zu ihm und wollte ihm eine 1-Euro-Münze geben. Ihr besorgter Blick und ihr warmes Lächeln versicherten ihm, dass schon alles gut werden würde. Zuerst lehnte er ab, aber sie bestand darauf, dass er die Spende annahm.

„Bitte", sagte sie.

Er nahm die Münze entgegen und bedankte sich mit einem Nicken. Wenn er noch irgendeine Bestätigung gebraucht hatte, dass seine Verkleidung funktionierte, hatte er sie gerade bekommen.

Der Weg zu seiner Tarnung hatte mit einer U-Bahn-Fahrt nach Neukölln begonnen. In einer Apotheke hatte er sich Verbandsmaterial und Pflaster für die Halswunde besorgt. Anschließend hatte er einige *Secondhand-* und *Vintage*-Läden abgeklappert und sich die zerschlissensten Kleidungsstücke ausgesucht, die er finden konnte. Um seinen Körper fülliger erscheinen zu lassen, trug er drei Hosen übereinander, mit abgenutzten, dunkelbraunen Cordhosen an der Außenseite. Dazu kam ein schwarzer Kapuzenpullover unter einem dicken, schmutzig grauen Trenchcoat. Auf dem Kopf trug er eine hellgraue Mütze. Seine Füße steckten in einem ramponierten Paar Wanderstiefel, die er aus Tallinn mitgebracht hatte. Er hatte sich sorgfältig Schmutz in seine Nägel, Hände und in sein Gesicht gerieben. In seiner Linken hielt er eine Bierflasche mit Leitungswasser. Zwischen seinen Beinen stand eine IKEA-Tüte mit zufällig zusammengewürfelten Kleidungsstücken. In seiner Hosentasche steckte eine kleine Taschenlampe. Unter dem Jackenumschlag, gut verborgen in der Innentasche, hing das Gewicht seiner komplett geladenen Pistole.

Die U-Bahn hielt an der Haltestelle Brandenburger Tor. Frederich stieg aus und wandte sich zum Aufzug am Ende des Bahnsteigs. Er achtete darauf, ein Stolpern in jeden seiner Schritte zu legen, und tat, als würde er die anderen Fahrgäste nicht einmal bemerken, die ihn einer nach dem anderen überholten. Es war 23:46 Uhr, als er sich bewusst langsam die Treppe zum Pariser Platz hinaufschleppte. Um 23:52 Uhr trat er durch das Brandenburger Tor und genehmigte sich einen Schluck von seinem „Bier", was ihm verärgerte Blicke von einigen Touristen einbrachte, deren Foto er soeben ruiniert hatte. Um 23:55 Uhr trat er durch eines der östlichen Tore in den Tiergarten.

Die Luft war kühl und frisch. Die Bäume trugen ein Blätterkleid in Herbstfarben. Sie hatten gerade erst begonnen, ihr Laub abzuwerfen. Der Baumbestand würde ihm ein wenig Deckung und Schatten bieten, in denen er sich verbergen konnte. Die zurückliegenden Regenfälle hatten den Boden aufgeweicht, was ebenfalls von Vorteil war. Er würde sich in der Dunkelheit beinahe geräuschlos bewegen können. Die Scharen von Besuchern, die in der sommerlichen Jahreszeit den Park bevölkerten, hatten sich längst ausgedünnt. Weit genug, so hoffte er jedenfalls, um zu vermeiden, dass eine verirrte Kugel einen Unschuldigen traf.

Er folgte gerade einem der Fußwege, als die Uhr auf 00:00 Uhr umsprang. Die Fußfessel gab ein gedämpftes Piepen von sich. Er schluckte und bemühte sich, ruhig zu atmen. Seiner Schätzung nach würde Vivar etwa fünfzehn Minuten benötigen, um die Mitte des Parks zu erreichen, wo die Wahrscheinlichkeit, dass sie aufeinandertrafen, deutlich zunahm. Ein Spinnennetz aus Fußwegen durchzog den Tiergarten. Nach etwa einem Drittel des Weges würde Vivar die Hofjägerallee überqueren müssen. Danach war er, wo Frederich ihn haben wollte.

Eine Zeit lang bewegte sich Frederich nach Westen, bevor er die Richtung änderte. Nach einer Weile stieß er auf einen kleinen Bach, der im südöstlichen Zipfel des Parks begann und von dort aus Richtung Norden floss. Er hielt an. Fast sofort gab die Fußfessel ein schrilles Kreischen von sich, dessen Intensität ihn überraschte. Sein Pulsschlag schoss in die Höhe. Eine

Entladung von Adrenalin trieb ihn voran. Zweifellos war Vivar nun unterwegs in seine Richtung. Frederich zwang sich, ruhig zu bleiben, indem er tief und langsam in seinen Bauchraum atmete. Dann stolperte er weiter und entspannte seinen Körper, um die Umgebung im Auge zu behalten.

In einiger Entfernung waren Stimmen zu vernehmen. Er sah die Umrisse von zwei Personen, die Hand in Hand gingen und sich verwirrt umsahen. Nicht weit entfernt hockten drei weitere Gestalten auf einer Bank. Auch sie suchten beunruhigt nach dem Ursprungsort des Hochfrequenz-Geräusches. Niemand schenkte Frederich Beachtung, als er, einen weiteren Schluck aus seiner Flasche nehmend, an ihnen vorübertaumelte.

Er schleppte sich weiter über den Pfad entlang des Flusses in nordwestlicher Richtung. Er passierte eine Gruppe von fünf Jugendlichen auf einer Bank. Ihre laute Unterhaltung und ihr Gelächter verstummten. Sie wurden still und beobachteten Frederich argwöhnisch, als er sich langsam an ihnen vorüberschob und einen weiteren Schluck aus seiner Flasche nahm. Einer von ihnen kicherte und flüsterte den anderen etwas zu, das er nicht verstehen konnte. Er setzte seinen Weg um weitere hundert Meter fort und erreichte eine spärlich beleuchtete Fläche mit einem kleinen Teich in ihrer Mitte. Die Umgebung schien menschenleer.

Sein Magen zog sich zusammen. Aus dem Augenwinkel nahm er den Umriss einer hochgewachsenen, hageren Figur zwischen den Bäumen zu seiner Linken wahr. *Vivar.* Die Gestalt verharrte einige Augenblicke lang auf der Stelle und verschwand dann im Wald, wohl zufrieden mit der Feststellung, dass der Obdachlose, der sich betrunken durch den Tiergarten schleppte, keine Gefahr darstellte.

Frederich folgte dem gewundenen Pfad und hielt seine Aufmerksamkeit auf die Umgebung gerichtet. Keine Spur mehr von Vivar. Er lauschte, ob Geräusche oder Stimmen in der Nähe etwas verrieten. Nichts war zu vernehmen außer dem Verkehrslärm in der Ferne. Vor ihm lag eine stockdunkle Grasfläche und dahinter eine Reihe Bäume. Es war an der Zeit, die Angelschnur einzuholen. Er ließ die Flasche fallen und zückte seine Pistole. Er hielt inne, bis die Fußfessel ihren Alarmton ausstieß, und sprintete dann vorwärts, fort vom Lichtschein der Laternen und in die schützende Dunkelheit. In den Schatten angekommen, verlangsamte er seine Schritte. Er ging in die Hocke und bewegte sich behutsam vorwärts, die Knie gebeugt, ruhige, langsame Atemzüge nehmend. Mit beiden Händen hob er die Pistole und zielte in die Finsternis.

Er hielt den Atem an und lauschte angestrengt. Fast eine Minute verging, ohne dass etwas geschah, während er langsam über die Grasfläche schlich. Stück um Stück näherte er sich dem Waldrand. Die Umrisse der Bäume zeichneten sich vage vor ihm ab. Einige Sekunden lang tastete er über den Boden, bis er einen großen Zweig gefunden hatte. Er nahm ihn auf, schleuderte ihn zu seiner Linken in den Wald und bewegte sich unverzüglich nach rechts. Einige Sekunden lang blieb es still. Dann hörte er gedämpfte Schritte. Er musterte den Rand des Wäldchens in der Hoffnung, einen Umriss auszumachen. Die konzentrierte Suche nach dem Ziel nahm seine volle Aufmerksamkeit ein. Die Fußfessel gab ein Heulen von sich. *Shit.* In einem Anflug von Panik sprang er vorwärts. Eine Kugel schlug direkt über ihm in den Baum ein. Noch zwei weitere Male ertönte der Knall einer schallgedämpften Pistole. Zwei weitere Projektile zischten vorbei und verfehlten ihn nur knapp.

Sein unmittelbarer Impuls bestand darin, das Feuer blindlings zu erwidern. Stattdessen drückte er sich hinter einen Baum. Mit kurzen Schritten umrundete er die Deckung. Sein Herz schlug nun so laut, dass er es hören konnte. Der Versuch, die Flut von Adrenalin zu kontrollieren und ruhig zu atmen, sandte Schockwellen durch seinen Körper. Die Anspannung drohte ihn zu überwältigen. Schallgedämpft oder nicht: Die Schüsse waren durch den ganzen Park zu hören gewesen. Er musste diesen Kampf beenden, bevor alles zu einer wilden Schießerei eskalieren konnte.

Er zückte seine Taschenlampe. Mit der Pistole in der einen Hand und der Lampe in der anderen holte er weit aus. Er fand den Schalter mit dem Daumen, holte tief Luft, drückte ihn und schleuderte die Lampe wie eine Granate. Sie prallte erst von einem, dann noch von einem weiteren Baum ab und fiel auf den Boden. Ihr Lichtkegel riss Vivar aus den Schatten, breitbeinig, die Pistole in beiden Händen vorgestreckt. Der Blick des Mannes schoss für einen Augenblick zur Lampe. *Vorwärts!* Frederich trat hinter dem Baum hervor, zielte und drückte zwei Mal in schneller Folge ab. Vivar stürzte zu Boden. Frederich stürmte vorwärts, hob die Taschenlampe auf und richtete den Lichtkegel hinab. Vivar lag mit dem Gesicht nach unten auf der Wiese und rührte sich nicht. Frederich ging in die Knie und prüfte den Puls. Er lebte noch! Fünf Kugeln waren abgefeuert worden. Eine weitere war noch erforderlich, um diese Sache zu beenden. Er richtete die Waffe auf die Rückseite von Vivars Kopf und ignorierte das schrille Kreischen, das nun aus der Fußfessel drang.

Er zögerte. Ein Pochen ging durch seinen ganzen Körper und drängte ihn dazu, den Job zu Ende zu bringen und so schnell wie möglich vom Tatort zu verschwinden. Zugleich verspürte er noch etwas anderes. Eine Art Lust, zu töten, die ihn wie ein Feuersturm erfasste. Er schloss die Augen. *Drück ab!*, forderte die Stimme in seinem Kopf. Er packte den Griff seiner Pistole fester. Er zitterte am ganzen Körper und schwitzte noch heftiger als zuvor. Das Kreischen an seinem Knöchel wurde ohrenbetäubend. Die rasende, grausame Wildheit hinter seinem Abzugsfinger steigerte sich immer weiter und bettelte darum, entfesselt zu werden. *Tu es!* Er öffnete die Augen, unwillig, dem Drang nachzugeben, und zugleich unfähig, ihn noch länger auszuhalten. Er richtete den Blick auf seine Waffe. Sofort spürte er eine Veränderung. Das Gefühl war immer noch in ihm, doch es beherrschte ihn nicht mehr. Die Pistole war lediglich ein Werkzeug, um den Drang in seinem Inneren zu kanalisieren. Er hatte eine *Wahl.* Er konnte sich abwenden, davongehen und seinen Feind um sein Leben kämpfen lassen; oder er konnte dem Impuls nachgeben und Felipe Vivars Existenz in dieser Welt ein Ende setzen. Er traf eine Entscheidung. Er zog den Abzug durch. Der Einschlag der Kugel sprengte ein Loch in die Rückseite von Vivars Schädel. Blut und Gehirnmasse spritzten in den Schlamm. Seine Finger kribbelten, allen voran der Zeigefinger. Er richtete sich gerade auf, atmete tief durch auf und starrte hinab auf Vivars blutbeschmierte Leiche. Es gefiel ihm, was er sah. Ein Grinsen spannte sich über sein Gesicht, als er einem tiefen Gefühl von Erleichterung erlaubte, ihn zu durchspülen.

13

Kalakia starrte mit hochgezogenen Augenbrauen auf die Karte des Tiergartens auf dem Bildschirm seines Tablets und fragte sich, was gerade geschehen war. Zuerst hatte sich Frederichs blauer Punkt westwärts durch den Park bewegt, um dann dem Fluss in Richtung Norden zu folgen. Kurz vor 01:00 Uhr hatten sich Frederichs blauer und Felipes roter Punkt einander angenähert und eine Zeit lang kaum bewegt. Kalakia hatte auf den entscheidenden Moment gewartet, an dem Felipe dieser ganzen Farce ein Ende bereiten würde. Stattdessen war der blaue Punkt nun wieder in Bewegung, dieses Mal in südlicher Richtung, die Ebertstraße hinab und in Richtung Potsdamer Platz, während der von Vivar sich nicht mehr rührte. Kalakia deaktivierte die Alarmvorrichtung an Frederichs Fußfessel und schüttelte den Kopf. Der Junge hatte doch tatsächlich gewonnen. Schon zum zweiten Mal hatte er einen hochrangigen Liga-Soldaten ausgeschaltet, dieses Mal einen Veteranen mit zwölf Jahren Erfahrung.

Kalakia strich sich mit dem Handrücken über seinen Bart. Die zurückliegenden 24 Stunden waren … *erstaunlich* gewesen. Die Entwicklung dieser ganzen Sache verlief ganz anders als erwartet. Die erste Meldung von einem jungen Mann, der behauptete, Khartoum getötet zu haben, hatte ihn neugierig gemacht. Nichtsdestotrotz hatte er vorgehabt, die Angelegenheit Felipe Vivar zu überlassen, damit dieser sie auf seine eigene, gestörte Art beenden konnte. Dann aber hatte der Nachrichtendienst der Liga die Aufzeichnungen einer Überwachungskamera an der Karl-Marx-Straße ausgewertet und den Jungen als Frederich Abel identifiziert, Adoptivsohn von Kraas Abel. Spätestens von diesem Zeitpunkt an hatte sich Kalakia *sehr* für die Angelegenheit interessiert.

Er hatte darauf gebrannt, Kraas' Sohn persönlich kennenzulernen. Während ihrer Begegnung im Bürogebäude hatte er Frederich eingehend studiert und war zu dem Schluss gekommen, dass ihn der Junge nicht erkannte. Kraas hatte, wie immer ganz ein Mann seines Wortes, nichts verraten. Trotzdem ließ sich Kalakia nicht beirren. Es musste mehr dahinterstecken. Er kannte Kraas zu gut, um an einen Zufall zu glauben. Wenn Kraas im Spiel war, gab es *immer* irgendein verstecktes Motiv.

Noch etwas Weiteres war ihm während ihrer Begegnung in der Einrichtung klar geworden. Frederich war nicht nur Kraas' Zögling, sondern in allen Belangen ein jüngeres Abbild seines Adoptivvaters. Er bewegte sich, handelte und sprach wie Kraas und schien auch über dessen scharfe Auffassungsgabe zu verfügen. Nach dem zurückliegenden Kampf mit Vivar hatte Kalakia genug gesehen. Frederichs Siege über zwei Liga-Soldaten waren keine Zufallstreffer. Er würde nicht den Fehler machen, den Jungen noch einmal zu unterschätzen.

Kalakia schaltete das Tablet aus und betrachtete seine eigene Reflexion im Bildschirm. Sein Instinkt sagte ihm, dass der logische nächste Schritt darin bestand, Frederich zu eliminieren, das Mädchen aufzuspüren und auch sie verschwinden zu lassen. Sie war ein loses Ende und der Junge war ein unberechenbarer, leichtsinniger Emporkömmling mit einem Todeswunsch. Aus irgendeinem Grund zögerte er, den Befehl zu geben. Frederichs amüsante Erklärung dazu, warum sie einander begegnet waren, kam ihm wieder in den Sinn. *Schicksal, hm?* Zu seiner eigenen Überraschung fällte er eine Entscheidung, die seiner üblichen Logik zuwiderlief. Vielleicht kam es auf einen Versuch an. Vielleicht war es an der Zeit, das Schicksal ein Wörtchen mitreden zu lassen.

Die Gefahr war überstanden. Das Adrenalin ließ langsam nach. Ohne ein bestimmtes Ziel im Sinn folgte Frederich der nächtlichen Straße am Rand des Tiergartens. Sein einziger Antrieb war es, in Bewegung zu bleiben, bis die Stürme in seinem Inneren sich legen konnten und er wieder zu sich selbst zurückfand. Er passierte eine Aneinanderreihung von Bars und Restaurants, hinter deren Goldfenstern sich das Leben regte. Er warf Blicke zu den Gästen und Besuchern, die sich im Inneren angeregt unterhielten und lautstark miteinander scherzten. An der großen Kreuzung am Potsdamer Platz hielt er an und wartete, ein Fremdkörper in zerschlissener Kleidung zwischen Dutzenden von Fußgängern, grellen Lichtern und strahlenden Plakatwänden, auf das Umspringen der Ampel.

Das Antriebsmoment der zurückliegenden Begegnung war noch immer nicht ganz abgeklungen. Gedanken wirbelten durch seinen Kopf. Die Szene im Tiergarten wiederholte sich vor seinem inneren Auge wie ein lebhafter Traum. Er spürte seinen schneller gehenden Herzschlag, den Schweiß auf seiner Haut, die Schärfung seiner Wahrnehmung und aller seiner Sinne. Er schloss die Augen und stand, trotz der Geschäftigkeit der Kreuzung, wieder alleine auf der Lichtung. Er sah Felipe Vivars leblosen Körper, als läge er direkt vor seinen Füßen. Erneut tauchte er in das Gefühl überwältigender Genugtuung ein, bevor ein Stoß gegen seine Schulter ihn zurück in die Wirklichkeit riss. Er öffnete die Augen und sah, dass die Ampel auf Grün gesprungen war. Die Menge rund um ihn herum war in Bewegung. Ein Teenager in einer Gruppe von Freunden drehte sich zu ihm und entschuldigte sich winkend für den Zusammenprall.

Frederich überquerte die Straße. Seine Bewegungen waren mechanisch und wie ferngesteuert. Immer weniger Autos waren auf den Straßen und immer weniger Fußgänger auf den Bürgersteigen zu sehen, als er die Gegend um den Potsdamer Platz hinter sich ließ. Irgendwann erreichte er die Uferpromenade am Halleschen Ufer. Der Rand des Landwehrkanals lag weitgehend verlassen vor ihm. Auf einer Brücke hielt er an, umklammerte das Geländer und blickte hinaus auf den Kanal. Das Glitzern der Straßenbeleuchtung auf der dunklen Wasseroberfläche hatte einen hypnotisierenden Effekt auf seine noch immer geschärften Sinne. Unter all der Stille spürte er eine unerwartete, belebende Resonanz. Er fühlte sich grenzenlos bewusst für jedes einzelne Detail in der Umgebung. Er lächelte. *Nichts weckt die Lebensgeister wie ein Hauch von Tod.*

Noch einmal schloss er die Augen. Der Impuls trug ihn zurück zum Tiergarten. Sein Lächeln verschwand. Er hörte die Einschläge der Kugeln im Baum und zuckte zusammen, als wären sie direkt neben ihm. Sein angespannter, alarmierter Körper drängte ihn dazu, einen Feind zu töten, der nicht mehr existierte. Er versuchte das furchtbare Traumbild zu verdrängen, indem er an Ida dachte. Stattdessen erschien erneut Vivars lebloser Körper vor ihm. Das grausame Bild verschwand erst, als er die Augen aufschlug.

Er hatte, wie er zugeben musste, großes Glück gehabt. Hätten ihn Vivars Schüsse nicht verfehlt, wäre die Sache anders ausgegangen. Trotzdem war sein Sieg kein Zufall, sondern das Ergebnis gründlicher Vorbereitung. *Studiere deinen Feind.* Kraas hatte diesen Satz so oft wiederholt, dass Frederich sich angewöhnt hatte, ihn gegenüber jedem Menschen anzuwenden. In Vivars Fall hatte es nur Sekunden gedauert, um seine Persönlichkeit zu lesen wie ein Buch. Vivar war simpel gestrickt gewesen und noch einfacher auszunutzen. Ein Mann wie Vivar lebte für die Jagd. *Hochmut kommt vor dem Fall.* Er war schon bei ihrer Begegnung im Bürokomplex so abstoßend gewesen, dass Frederich es an ihm hatte riechen können. Vielleicht war es der Gestank seines Atems. Vielleicht die Art, in der er sich gekleidet hatte. Jedenfalls hatte es nichts weiter bedurft, als Vivar einen Vorgeschmack auf seine potenzielle Jagdbeute zu geben, um ihn von ihrem Spiel im Tiergarten zu überzeugen. Das Ganze hatte sich von dort aus wie von selbst entwickelt. Vivar hatte sich von seinem Hunger nach Rache blenden lassen und Frederichs vermeintliche Unerfahrenheit hatte seine Fahrlässigkeit noch weiter bestärkt.

Was Kalakia anging, hatte Frederich nur wenig Verwertbares mitnehmen können. Der Anführer der Liga hatte sich die meiste Zeit über nicht in die Karten schauen lassen. Frederich hatte nichts Geringeres von ihm erwartet. Er selbst war es, der bei ihrem Treffen fahrlässig gewesen war. Anfangs hatte er geglaubt die Dinge unter Kontrolle zu haben. Er war überzeugt gewesen, dass seine Anonymität ihn vor Kalakia beschützte. Ida war das fehlende Puzzlestück und sie war gut versteckt in seiner Wohnung. Dann aber hatte Kalakia gezeigt, welche Karten er *wirklich* auf der Hand hielt. Anonymität war eine Illusion. Die Liga hatte längst herausgefunden, wer sie beide waren. Die Neuigkeit hatte das Kräftegleichgewicht komplett verändert. *Lektion gelernt.*

Frederich entspannte seine Schultern und konzentrierte sich wieder auf die glitzernden Lichter des Kanals. Die einzigen Bewegungen stammten von gelegentlich vorüberfahrenden Taxis.

Die letzten Tage waren ein wilder Ritt gewesen. Er fragte sich, was wohl als Nächstes kommen würde.

Die Antwort folgte nur wenige Minuten später in der Form einer schwarzen Mercedes-Limousine. Der Wagen hielt hinter seinem Rücken auf der Brücke. Der Mann mit Pferdeschwanz stieg aus, gefolgt von seinem Kollegen, und hielt geradewegs auf Frederich zu. Mit einem Schlüssel löste er die Fußfessel an Frederichs Knöchel und reichte die Vorrichtung an seinen Kameraden weiter.

„Die Jacke auf", befahl er, nachdem er sich wieder aufgerichtet hatte. „Die Hände an die Seiten, wo ich sie sehen kann."

Frederich gehorchte. Der Mann mit Pferdeschwanz klopfte ihn gründlich ab, besonders die Bereiche, an denen Frederich mehrere Kleidungsschichten übereinander trug. Der Liga-Soldat fand die Taschenlampe in seiner Tasche, schraubte sie auf, entnahm die Batterien und prüfte sorgfältig das Innere, bevor er alles wieder zusammensetzte und zurückschob. Als Nächstes fand er die Pistole.

„Hey!", stieß Frederich aus, als ihm der Mann die Waffe aus der Tasche zog. Mit geballten Fäusten trat er vor. Wut durchschoss ihn bei dem Anblick von Kraas' Geschenk in den Händen eines Fremden. „Das ist meine, Arschloch!"

„Du bekommst sie nach dem Treffen wieder", erwiderte der Mann und steckte die Waffe ein. „Los. Steig ein."

Frederich entspannte sich, doch nur ein wenig. Er schob sich auf die Rückbank des Mercedes und ließ sich schweigend zurück zum Bürogebäude in der Linkstraße fahren. Der Mann mit Pferdeschwanz stieg als Erster aus, ging ihnen voraus und betrat das Gebäude durch dieselbe Tür, die bei Frederichs erstem Besuch der Soldat namens Francois genommen hatte.

Als sie den versteckten sechsten Stock erreichten und durch die Metalltür traten, erwartete ihn Kalakia auf einem der beiden Stühle in der ausgeschlachteten Etage. Francois stand an seiner Seite. Frederich nahm auf dem Stuhl gegenüber Platz. Der Anführer der Liga musterte einige Sekunden lang seine zerlumpten Kleider und seine schmutzbeschmierte Haut. Dann ließ er ein gedämpftes Lachen hören. Selbst wenn er sich amüsierte, wirkte er gemessen und beherrscht.

„Mein Gott. So hast du Felipe in die Irre geführt?"

„Tarnung ist nicht nur für den Jäger", gab Frederich zurück.

Kalakia nickte. „Kraas hat dich gut ausgebildet", befand er. „Wahrscheinlich war es unvermeidbar. Das Leben eines Ruheständlers muss unfassbar langweilig für ihn gewesen sein. Ein bedauerliches Ende für solch eine herausragende Laufbahn."

„Sagen Sie mir, woher Sie so viel über mich und meinen Vater wissen", forderte Frederich.

*„Adoptiv*vater", korrigierte ihn Kalakia. „Wissen ist alles, mein Junge. Ich habe meine Augen überall. Zugang zu jeder Art von Information. Glaubst du, wir würden überhaupt hier miteinander reden, wenn ich nicht alles über deinen Hintergrund, deine Bewegungen und deine Verbindungen wüsste? Du wirst noch lernen, mich nicht zu unterschätzen. Genauso, wie ich gelernt habe, *dich* nicht noch einmal zu unterschätzen."

„Zu schade, dass Felipe diese Möglichkeit nicht mehr bekommen wird", gab Frederich mit einem bösen Grinsen zurück.

Kalakia bedachte ihn mit einem langen, ernsten Blick, blieb jedoch stumm.

„Also", unterbrach Frederich die Stille. „Ich habe getan, was wir vereinbart hatten."

Kalakia betrachtete ihn noch einige weitere Momente, bevor er nickte. „Dein Talent und deine Fähigkeiten hast du zweifellos bewiesen", räumte er ein. „Doch bevor wir an weitere Schritte denken können, musst du unsere Hintergrundprüfung bestehen. Jetzt gerade, während wir hier sprechen, befasst sich unser Nachrichtendienst eingehender mit dir.“

„Und was hoffen sie dabei zu finden?“

„Wir tolerieren keine Maulwürfe in unserer Organisation“, erwiderte Kalakia ihm kühl. „So etwas verkompliziert die Dinge. Wir müssen sichergehen, dass du wirklich der bist, der du vorgibst zu sein.“

Frederich schnaufte amüsiert. „Sie glauben, ich bin ein Spion?“

„Was ich *glaube*, spielt keine Rolle. Nur die Fakten zählen.“

„Und wenn die Prüfung zeigt, dass ich sauber bin?“

Kalakia richtete den Blick zur Decke, dann zurück auf Frederich. „Dann darfst du dich uns anschließen. Wie vereinbart.“

„Und worin werden meine Aufgaben bestehen?“

„Selbstverständlich in etwas, das deinen Fähigkeiten entspricht: verdeckte Liquidierungen. Wissen ist nutzlos, wenn man es nicht durchsetzen kann. Jeder, der sich der Liga widersetzt, muss vernichtet werden. Jeder, der die Existenz der Liga bedroht, muss vernichtet werden. Jeder. Ohne Ausnahme. Männer zu finden, die Gewalt anwenden können, ist einfach. Unsichtbar zu bleiben. Entschlossen und konzentriert zu handeln. Sich flexibel an neue Gegebenheiten anzupassen. *Das* sind seltene Talente. Was ich benötige, sind Männer, die komplexe Aufgaben unter höchstem Druck kompetent ausführen können. Dort kommst du ins Spiel.“

„In anderen Worten: Ich soll Menschen für Sie töten.“

„So ist es.“

„Und wer trifft die Entscheidung, ob diese Menschen schuldig sind und den Tod verdienen?“

„Es geht hier nicht um Schuld“, sagte Kalakia. „Sieh es als Maßnahmen zur Eindämmung an.“

„Eindämmung von was?“

„Ich spreche von der Eindämmung von Macht. Der unstillbare Hunger nach Reichtum und Macht muss begrenzt und geregelt werden. Er braucht ein Gegengewicht, eine verlässliche Autorität, die ihn in erträgliche Bahnen lenkt. Ohne die Liga würde die Welt zurück ins Chaos sinken.“

„Zurück?“

„Du weißt, wovon ich spreche. Wenn Kraas dich ausgebildet hat, dann hast du die Geschichte unserer Welt studiert. Den Aufstieg und Fall von Imperien. Mit Macht und Reichtum ist es wie mit heißer Luft in einem geschlossenen Raum. Die warme Luft steigt nach oben und bleibt dort, während die am Boden ohne Wärme auskommen müssen. In einem solchen System ist eine Rebellion irgendwann unvermeidlich, ein ungeregelter Ausbruch von Chaos und Gewalt. Deine Aufgabe wird es sein, uns beim Kampf gegen die Korruption zu helfen, wo immer sie auftritt. Einen Ablass für die muffig gewordene heiße Luft zu schaffen, wenn du so willst. Damit auf stabile, *geregelte* Weise ein Erneuerungsprozess beginnen kann, ohne einen katastrophalen Ausbruch von Gewalt. Ich spreche nicht nur von der Sphäre der Politik. Auch die Geschäftswelt und der Kulturbetrieb müssen in Schach gehalten werden.“

„Und ich nehme an, Ihre Liga ist der Richter und die Jury, die über jede Regierung, Organisation und Einzelperson auf der ganzen Welt entscheiden darf?“

„So ist es. Die Liga ist eine Regierung der Regierungen. Sie ist die Polizei der Welt.“

„Wenn sie die Polizei ist, warum bekämpft sie dann nicht das Verbrechen?“, wollte er wissen. „Was ist mit illegalen Organisationen? Mit Drogenkartellen und dem organisierten Verbrechen?“

„Drogen und Kriminalität sind nicht unsere Sache“, erklärte Kalakia. „*Den* Kampf überlasse ich den Staatsorganen. Verbrechen werden bereits ausreichend gesellschaftlich geächtet und verfolgt. Nicht einmal dem großen Pablo Escobar ist es gelungen, in die kolumbianische Regierung aufzusteigen und auf nationaler Ebene die Macht zu übernehmen. Seine furchtbaren Verbrechen waren zu viel für die Bevölkerung. Irgendwann haben sich ausländische Mächte eingemischt, um ihn zur Stecke zu bringen.“

„Und wer kontrolliert die Liga?“, wollte Frederich wissen. „Sind Sie nicht einfach nur ein weiterer selbst erklärter autoritärer Herrscher?“

„Ah.“ Kalakia grinste. „Die alte Frage, die sich die Menschheit seit Generationen stellt. Wer besitzt das Recht auf absolute Macht? Diese Diskussion können wir führen, wenn du deine Ausbildung überstanden hast.“

„Ausbildung?“ Frederich zog argwöhnisch die Stirn kraus. „Welche Ausbildung?“

Kalakia hob das Kinn. „Du wirst in eine Spezialeinrichtung in der Nähe von Zürich verlegt“, erklärte er. „Das Durchlaufen des Ausbildungsprogramms ist zwingende Voraussetzung für alle Rekruten. Sieh es als eine Prüfung deiner Entschlossenheit und Loyalität an. Wenn du den Test bestehst, wirst du hier in Berlin stationiert. Danach beginnt deine *wirkliche* Arbeit.“

Kalakia ließ sich von Francois einen Umschlag reichen und gab ihn an Frederich weiter.

„Dein Ticket“, erklärte er. „Der Flug geht in zwei Tagen. Jemand wird dich am Flughafen in Zürich erwarten.“

Frederich starrte auf den Umschlag. Er versuchte die Folgen dieser neuen Wendung abzuschätzen. Im Grunde hatte er geahnt, was ihm bevorstand, als er beschlossen hatte, sich der Liga anzuschließen. Ein anspruchsvolles Ausbildungsprogramm sollte im Grunde kein Problem sein. Schließlich war er mit täglichen Drillübungen aufgewachsen.

„Ich habe eine letzte Frage", sagte er.

„Natürlich hast du das", sagte Kalakia. „Du möchtest wissen, was mit dem Mädchen passiert."

„Ja."

„Was möchtest du, was mit ihr passiert?"

„Ich will, dass sie in Ruhe gelassen wird. Sie stellt keine Gefahr für euch dar."

„Da bin ich anderer Meinung."

„Sie wird nichts verraten", beharrte Frederich. „Dafür sorge ich. Und überhaupt: Wer sollte ihr glauben? Sie wäre nur ein weiterer Faden in eurem irrsinnigen Netz aus Falschinformationen."

Kalakia dachte einen Moment lang nach.

„Wenn sie den Mund aufmacht, werde ich dich dafür zur Verantwortung ziehen", sagte er dann. „Meine Vergeltung wird schnell und absolut gründlich sein. Die Menschen, die sie liebt, werden die ersten sein, die sie zu spüren bekommen. Hast du das verstanden?"

„Ja."

„Gut. In dem Fall hast du mein Wort. Niemand wird sie anrühren."

Frederich nickte. Er konnte seine Erleichterung kaum verbergen.

„Ach, eines noch", verkündete Kalakia beiläufig. „Du bist dafür verantwortlich, Felipes Leiche zu entsorgen."

Frederich hob ungläubig den Blick.

„Das soll ein Scherz sein, oder?"

„Ich fürchte, nicht. Ganz egal, wie schlimm ein Mann in seinem Leben war: Den Toten muss man mit Respekt begegnen. Betrachte das hier als Strafe für deine frühere herablassende Bemerkung über deinen Gegner."

Frederich biss die Zähne zusammen. *Du hinterhältiger Bastard.* Mit jeder Faser seines Körpers wollte er sich der willkürlichen und demütigenden Anweisung widersetzen. Die Liga verfügte über mehr als genug Mittel, um Vivars Leiche zu beseitigen. Sie beide wussten es. Kalakia ließ ihn nur deshalb die Drecksarbeit machen, um ein Exempel zu statuieren und deutlich zu machen, wer von ihnen beiden die Zügel in der Hand hielt. Erst schickte ihn der Mann fast ohne Vorbereitungszeit nach Zürich. Und jetzt das hier. Es war erniedrigend. Vermutlich handelte es sich um eine erste Prüfung seines Gehorsams. *Vorsicht, Frederich. Such dir deine Schlachten sorgsam aus.*

„Ich brauche jemanden, der mich nach Neukölln bringt", forderte Frederich, ohne Kalakia anzusehen. „Ich brauche mein Auto."

Kalakia nickte zu dem Mann mit Pferdeschwanz.

„Du solltest dich beeilen", merkte er an. „Es wird bald hell. Wir wollen doch nicht, dass ein unschuldiges Kind über den Körper unseren lieben, gefallenen Felipe stolpert. Meine Leute in Zürich werden mich über den Fortschritt deiner Ausbildung auf dem Laufenden halten. Wenn alles gut geht, sehen wir uns in sechs Monaten wieder. Viel Glück."

Kalakia hatte kaum die letzten Worte ausgesprochen, als Frederich sich auch schon ruckartig erhob und zielstrebig zum Ausgang marschierte, den Mann mit Pferdeschwanz im Schlepp.

14

Es war bereits kurz vor Tagesanbruch, als Frederich den gemieteten Renault in den Tiergarten steuerte. Er hatte die Siegessäule passiert und war in die Hofjägerallee abgebogen. Mit ausgeschalteten Scheinwerfern folgte er dem Fußweg. Ein Mann, der auf einer Bank geschlafen hatte, setzte sich auf und blickte ihm verwundert nach. Frederich näherte sich der Stelle in dem Wäldchen, an der er Vivars Leiche zurückgelassen hatte, fuhr daran vorbei und lenkte den Wagen in eine leichte Kurve, bevor er bremste. Er legte den Rückwärtsgang ein und trat das Gaspedal durch. Die Räder drehten sich einige Male im schlammigen Boden und schleuderten Erde in die Luft, bevor sie Traktion fanden. Das Auto tat einen Satz rückwärts. Frederich hielt auf die Bäume zu. Erst im letzten Augenblick trat er hart auf die Bremse. Der Wagen rutschte noch ein kurzes Stück, bevor er mit einem dumpfen Schlag zum Stehen kam. Ein Mann mittleren Alters, der seinen Hund spazieren führte, kam angerannt, als Frederich die Tür zuschlug.

„He!", rief der Mann ihm aus der Ferne zu. „Was zur Hölle machen Sie da?"

Frederich hatte längst alle Geduld verloren. Kalakia war zu weit gegangen. Seine Selbstbeherrschung war bis aufs Äußerste gespannt. Er zückte seine Pistole und richtete sie auf den Mann.

„Ihre Brieftasche", brachte er hervor. „Her damit."

Der Mann schnappte nach Luft und tat einen Schritt zurück, bevor er beide Hände hob.

„Ihre *Brieftasche*", herrschte Frederich ihn an, als der Fremde nicht reagierte.

Mit einiger Verzögerung drang die Botschaft durch. Mit zitternden Händen tastete der Mann zu seiner Hosentasche und zog ein schwarzes Lederportemonnaie hervor. Frederich riss es ihm aus der Hand, zog den Personalausweis daraus hervor, inspizierte ihn und warf das Portemonnaie zurück.

„Gut", verkündete er, während er sich den Ausweis in die Tasche schob. „Und jetzt verpiss dich, Viktor. Denk nicht daran, zur Polizei zu gehen, sonst besuche ich dich in deiner Wohnung in der Turmstraße, während du schläfst."

Der Mann bückte sich. Seine Augen waren noch immer weit. Er benötigte mehrere Versuche, um seine Brieftasche aufzuheben. „Gerold. Hierher!", stieß er aus, bevor er rückwärtstaumelte und davonrannte. Sein Hund brach aus dem Gebüsch hervor, blickte sich um und folgte seinem Herrchen.

Frederich wandte sich wieder seiner Arbeit zu. Er fand Felipe Vivars Leiche ohne große Mühe. Blut bedeckte den Kopf und einen großen Teil des Torsos. Unter dem Körper hatte sich eine dunkle Pfütze gebildet. Er zog sich seine Lederhandschuhe an. Leise fluchend, ächzend unter dem Gewicht, zerrte er den Körper über das Gras. Dank Vivars hagerer Statur erreichte er den Wagen, ohne eine Pause einlegen zu müssen. Zum Glück war die Umgebung menschenleer. Der Verkehrslärm in der Ferne nahm allmählich zu. Vogelgezwitscher verkündete das Nahen eines neuen Tages. Er schaffte es, die Leiche mit einem einzigen Schwung in den Kofferraum zu wuchten, auf die Schicht aus Pappkartons, die er aus der Papiertonne seines Wohnblocks gezogen hatte. In einer der Kellerboxen seiner Nachbarn hatte er eine Schaufel aufgetrieben. Er würde sie nur ausleihen, hatte er sich eingeredet.

Im Licht der Taschenlampe folgte er der Blutspur, die Vivars Körper auf der Wiese hinterlassen hatte, und bedeckte sie mit Erde und losen Blättern. Anschließend hob er ein Loch aus, um die blutdurchtränkte Erde darin zu vergraben. Zuletzt setzte er, mit Vivars Körper sicher im Kofferraum verstaut, den Wagen zurück aus dem Waldstück und fuhr langsam entlang des Fußpfads aus dem Tiergarten. Er verließ Berlin an der nächsten Autobahnauffahrt und folgte der A13 südwärts Richtung Cottbus. Er fuhr beinahe zwei Stunden, bis er kurz vor Lübbenau abfuhr und in ein dichtes Waldstück einbog.

Er fand eine vor Blicken abgeschirmte Lichtung am We-gesrand, bog ab und fuhr so weit hinein, wie es der Wald zuließ. Es war bereits früher Nachmittag, als er eine geeignete Stelle ausmachte, um Vivar zu begraben. Er wusste, dass die Arbeit bis weit nach Mitternacht dauern würde. Er zückte sein Handy und wählte Idas Nummer.

„Hallo?"

„Ida", sagte er, bemüht um einen beiläufigen, unaufgeregten Tonfall. „Ich schaffe es heute nicht mehr zurück. Wir müssen unser Treffen auf morgen verschieben."

„Morgen?" Eine lange Pause folgte. „Ist alles in Ordnung?", wollte Ida wissen. „Wo bist du?"

„Es geht mir gut. Hör zu. Ich kann gerade wirklich nicht reden. Es gibt etwas, um das ich mich dringend kümmern muss."

„Okay", erklang es schwach zurück.

„Ist alles gut bei dir?", wollte er wissen. „Irgendwelche Anzeichen von Kalakias Männern?"

„Nein. Nichts mehr, seit du aufgebrochen bist. Es geht mir gut."

„Gut. Dann sehen wir uns morgen. Komm um 13:00 Uhr zum Lustgarten in Mitte."

„Okay. Um eins am Lustgarten."

Er legte auf und steckte das Handy ein. Er war in diesen Stunden nicht er selbst, das wusste er sehr gut. In seinem aktuellen Zustand gab es nur ein Gefühl, das er gebrauchen konnte, und das war *Wut*. Kalakia hatte ihm die Aufgabe übertragen, um seine Überlegenheit zu demonstrieren. Frederich begriff, warum er es getan hatte. Er wusste auch, warum das Machtspiel ihn so sehr verärgerte. Es gab nur eine Autorität, die er jemals hatte dulden können, und das war die von Kraas. Kraas' Anweisungen folgten immer einer guten Absicht. Frederichs nicht verhandelbare Weckzeit um 05:00 Uhr morgens gehörte ebenso dazu wie Kraas' Beharren darauf, dass der Sonntag ein Tag der Ruhe war. Bei allem, was sein Vater je von ihm verlangt hatte, ging es um Struktur und Disziplin und darum, was für Frederich am besten war. Kalakia beabsichtigte nichts dergleichen. Der Anführer der Liga spielte mit ihm, einfach nur, weil er es konnte. Die Wut, die das Gehabe in ihm weckte, war nur mit Mühe zu beherrschen.

Um sich nicht vollends in Gewaltfantasien zu verlieren, konzentrierte er sich ganz darauf, zu graben. Das Spatenblatt durchdrang den Boden leichter, als er befürchtet hatte. Insofern konnte er dem Unwetter der letzten Woche sogar dankbar sein. Nie hätte er sich damals träumen lassen, dass er sich wenige Tage später mitten im Nirgendwo wiederfinden würde, eine Schaufel in der Hand, ein Grab aushebend, und dankbar dafür, dass der Niederschlag den Boden aufgeweicht hatte. Das Ganze konnte beinahe als freundliches Entgegenkommen der Natur betrachtet werden.

Den gesamten Rest des Tages und bis tief in die Nacht mühte er sich damit ab, eine Grube auszuheben, acht Fuß tief statt der üblichen sechs, da es in vielen dieser Wälder wieder Wölfe gab. Um 02:00 Uhr früh am Morgen hatte er es schließlich geschafft. Vivars Leiche ruhte tief und sicher unter dem Spreewald. Um 16:00 Uhr war er zurück in seiner Wohnung. Kurz darauf hatte er geduscht und war in einem tiefen Schlaf versunken.

Frederich nahm die S-Bahn zum Hackeschen Markt und überquerte die Friedrichsbrücke zum Lustgarten. Zu seiner Linken erhob sich der Berliner Dom, zu seiner Rechten das monumentale Alte Museum. Ida erwartete ihn auf den Eingangsstufen. Sie wirkte winzig und verloren zwischen den gewaltigen neoklassischen Säulen. Sie erhob sich, als sie ihn bemerkte, kam zielstrebig auf ihn zumarschiert und umschlang ihn mit beiden Armen. Einige Momente lang hielt sie ihn dicht an sich gedrückt. Er spürte, wie ihre Wärme zu ihm durchdrang. Ein sanftes, schwer beschreibbares Gefühl erfüllte ihn. Eine Art von Energie, die er sehr lange nicht gespürt hatte. Er breitete die Arme aus und umarmte sie ebenfalls. Eine ganze Weile lang standen sie dicht an dicht.

„Ich kann dir gar nicht sagen, wie froh ich bin, dich zu sehen", sagte sie, bevor sie ihn aus der Umklammerung entließ. Sie nahm ihn bei der Hand und führte ihn hinüber zu den Stufen, um dort an seiner Seite Platz zu nehmen. „Geht es dir gut?", wollte sie wissen.

Es war eine gute Frage. Er fühlte sich ... *verändert*. Die Leere und die Dunkelheit in seinem Inneren waren noch immer da, doch nach den zurückliegenden Ereignissen waren sie mehr als nur eine störende Präsenz. Sie waren ein *Teil* von ihm. Er hatte die Veränderung erstmals bemerkt, als er vor Vivars blutüberströmtem Körper gestanden hatte. Der Anblick hatte ihn mit überwältigender Befriedigung erfüllt, genau wie nach dem Kampf mit Elias Khartoum. Anders als in der letzten Woche spürte er das Gefühl inzwischen dauerhaft. Mit jedem Gewaltausbruch schien es tiefere Wurzeln in seinem Inneren zu schlagen. Er konnte sich des Eindrucks nicht erwehren, dass er mit jedem Leben, das er auslöschte, den Abgrund weiter in sich aufnahm; dass er Teil seines Wesens wurde wie ein Körperteil.

„Frederich“, vernahm er Idas Stimme. „Was ist mit dir passiert?“

Frederich atmete tief aus. „Ich werde dir alles erzählen“, versprach er. „Aber sag mir zuerst: Haben sie dir irgendetwas angetan?“

„Nein.“ Ida wandte den Blick ab. „Es geht mir gut.“ Ihr Ausdruck wurde für einige Momente abwesend. „Sie waren zu zweit, weißt du?“, fuhr sie nach einer kurzen Pause fort. „Zwei Männer. Sie sind in deine Wohnung eingebrochen. Es war so … so *verrückt*. Ich hatte das Gefühl, ein völlig anderer Mensch zu werden. Alles in mir war so klar. So konzentriert!“ Ein Lächeln wanderte über ihre Züge. Ihr ganzes Gesicht hellte sich auf, als sie sich daran erinnerte, wie sie entkommen war. „Ich habe ein paar Selbstverteidigungstechniken eingesetzt, die ich in einem Kurs gelernt habe, als ich noch jünger war. Ich musste nicht mal nachdenken. Ich meine … ich bin aus einem verdammten Fenster gesprungen!“

Frederich grinste breit und nickte.

„Die meisten anderen Menschen wären einfach zusammengebrochen“, bestätigte er. „Du trägst eine erstaunliche Kraft in dir, Ida. Ich glaube nicht, dass ich schon mal jemandem wie dir begegnet bin.“

„Danke, Frederich“, sagte sie. Der Ausdruck in ihren Augen wurde sanft.

„Außerdem kannst du dich darauf verlassen, dass du von heute an sicher bist", fügte er hinzu. „Niemand wird dir ein Haar krümmen. Das verspreche ich."

„Das freut mich", sagte sie, klang jedoch wenig überzeugt. „Aber wie kannst du dir da sicher sein?"

„Ich habe mit Kalakia gesprochen. Wir haben eine Vereinbarung getroffen."

Ida legte den Kopf schief und musterte ihn. Ihr Ausdruck verfinsterte sich.

„Frederich. Ich möchte dich etwas fragen, aber ich habe Angst vor der Antwort."

„Dann frag am besten gar nicht erst."

„Doch. Ich muss es wissen. Wo bist du die ganze Zeit über gewesen?"

Frederich blieb still. Er konnte spüren, dass sie in seinem Blick nach Antworten suchte.

„Etwas ist passiert", beharrte sie. „Mit dir. Ich kann es sehen. Du bist irgendwie anders."

„Ich muss für eine ganze Weile weg aus Berlin", sagte er. „Mehrere Monate. Mein Flieger geht schon morgen."

Ihre Augen wurden weit.

„Was redest du da?"

Nun kam der Moment, den er gefürchtet hatte. Es führte kein Weg daran vorbei. „Ich habe mich der Liga angeschlossen, Ida. Ich arbeite jetzt für Kalakia."

Idas Mund öffnete sich. Ihr ganzer Körper rückte auf der Stufe von ihm ab.

„Du hast *was* getan?"

„Es ging nicht anders. Es gibt sehr viel, was du über mich nicht weißt."

„Und was soll das schon wieder heißen?"

„Das soll heißen, dass etwas in mir nicht normal ist."

„Na und?" Ida warf die Hände in die Luft. „Jeder von uns ist auf irgendeine Weise nicht normal."

„Das hier ist anders. Die Liga … ich gehöre dorthin."

„*Bullshit*!" Ihr Ausdruck war vollkommen fassungslos. „Wovon redest du? Ich habe dich *gesehen*, Frederich. Du bist nicht so wie sie. Du hast Elias nur getötet, weil er dir keine Wahl gelassen hat. Du hast ihn angegriffen, um mich zu beschützen. Ansonsten hätte er dich umgebracht. Die Liga … diese Kerle töten Menschen. Einfach nur, weil sie es *wollen*."

„Das ist nicht alles, Ida. Es steckt mehr dahinter. Dinge, die du nicht sehen willst."

„Nein", erwiderte sie bestimmt und schüttelte den Kopf. „Nein!"

„Ida, bitte …"

„Frederich! Sie haben versucht mich umzubringen! Und jetzt willst du für sie *arbeiten*? Wie? *Warum*?"

„Ich habe nie gewollt, dass sie dir etwas antun", erwiderte er heftig. „Ich wollte dich *beschützen*. Ich weiß, ich habe einen Fehler gemacht. Ich habe gedacht, sie würden dich nicht finden. Ich habe mich geirrt. Das Ganze ist meine Schuld und es tut mir leid."

Frederich fühlte sich in die Enge getrieben. Die Röte schoss ihm glühend ins Gesicht. Er wurde sich bewusst, dass nichts ihn darauf hatte vorbereiten können, dieses Gespräch zu führen. Ida blieb eine ganze Zeit lang stumm.

„*Fuck*!", brach es schließlich aus ihr heraus. Sie begann zu schluchzen. „Wirst du … wirst du Leute für sie umbringen?"

Er zögerte. Dies war der nächste Moment, den er gefürchtet hatte. Lügen würden alles nur noch schlimmer machen.

„Ich muss tun, was mir befohlen wird, Ida. Das ist der Deal, damit sie dich am Leben lassen. Ich …"

„Nein." Er hatte seine Hand zu ihr ausgestreckt, doch sie erhob sich und wich vor ihm zurück. Ihr Gesicht war eine Maske des Entsetzens. In ihren Augen standen Tränen. Sie öffnete den Mund, doch nichts kam daraus hervor. Dann wandte sich sie unversehens ab. Frederich blickte ihr nach, während sie zwischen den Grasflächen und dem Zierbrunnen davonstapfte. Er spürte, wie seine Schultern sich versteiften und sein Magen sich zusammenzog. Es wäre zwecklos gewesen, ihr nachzueilen. Sie war ihm bereits viel zu nahegekommen. Er durfte nicht riskieren, sie noch weiter zu verletzen.

Unvermittelt regte sich Wut in ihm. Ein überwältigendes Gefühl der Frustration stieg in ihm auf. Was erwartete sie von ihm? Was hatte sie hören wollen? Die Wahrheit? Die *ganze* Wahrheit? Dass Khartoum nicht sein erster Mord gewesen war? Hätte er schildern sollen, wie vor vielen Jahren, mitten in der Nacht, ein Mann in ihre Hütte in den Wäldern eingebrochen war, der mit Kraas noch eine alte Rechnung offen hatte? Ein Feind, der nicht damit gerechnet hatte, bei seinem Attentatsversuch auf Frederich zu treffen? Hatte sie hören wollen, wie er den Mann nicht nur vertrieben, sondern bis tief in die Wälder verfolgt und schließlich gestellt hatte? Wie er ohne jede Rücksicht und Besinnung auf den Kerl eingeprügelt und ihm den Arm aus dem Gelenk gerissen hatte? Dass er in blinder, rauschhafter Wut einen Stein gepackt und damit immer wieder auf den Kopf des Mannes eingedroschen hatte, bis vom Schädel seines Gegners nur noch ein blutiger Krater übrig geblieben war? Wie er anschließend das Bewusstsein verloren hatte, nur um beim Erwachen Kraas' entsetztes Gesicht vor sich zu sehen? Dass das, was er getan hatte, so entsetzlich gewesen war, dass nicht einmal Kraas als abgehärteter Veteran damit hatte umgehen oder auch nur darüber hatte sprechen können? Dass der Frederich, den sie zu kennen glaubte, einen Dämon in sich trug? Dass er tief in seinem Inneren nichts war als ein unbeherrschter Wilder? War es *das*, was sie hatte sehen wollen? Nein. Sollte sie gehen und ihr Leben führen. Auch wenn es schmerzhaft war: Es war die bessere Option. Das hier war seine Bürde und nicht ihre. Sie hatte schon genug durchgemacht.

Ida trat auf den Bürgersteig und wandte sich noch einmal zu ihm. Fast meinte er, in ihren Augen Wehmut auszumachen. Einige Momente lang stand sie unbewegt zwischen den vorübereilenden Passanten. Dann wandte sie sich ruckartig ab, folgte der Straße und verschwand. Frederich blieb allein zurück, mit nichts als seiner Wut und einem kalten, leeren Gefühl in seiner Brust.

15

Wie üblich brauchte Kalakia keinen Wecker, um pünktlich um 05:00 Uhr morgens aufzuwachen. Um 05:30 Uhr war er frisch geduscht und rasiert. Er kleidete sich an und trat in den äußeren Bereich seines Dachgeschoss-Penthouse, wo bereits sein Frühstück auf ihn wartete.

Er bewegte seinen Kopf, sodass die Gelenke knackten, passierte den Esstisch und trat ans Fenster. Unter seinen Füßen lag das Grand Luxus Hotel am Zoologischen Garten. Vor und unter ihm erstreckte sich Berlin, soweit das Auge reichte. Die Rundumverglasung seines Apartments mit getönten, kugelsicheren, bodentiefen Fenstern erlaubte einen Ausblick über die gesamte Stadt. Die Verglasung war nur eine von diversen Sicherheitsanforderungen, die er an seine Privatresidenzen stellte. Die ursprüngliche, vielräumige Penthouse-Suite war umfangreichen Renovierungsarbeiten unterzogen worden. Der einzige Zugang bestand aus einer verstärkten Metalltür. Selbst wenn der Gesichtsscanner an der Außenseite einem Besucher Zugang gewährte, musste Kalakia erst noch von Hand seine Freigabe erteilen, bevor die Tür sich öffnen ließ.

Kalakia besaß speziell gesicherte Wohnungen in so gut wie allen wichtigen Städten. Moskau, New York, Tokio, Budapest, London und Dubai waren nur einige davon. Zwar hielt er sich am liebsten in Berlin auf, doch er wusste um die Bedeutung von Beweglichkeit. Einer der Eckpfeiler seiner Macht bestand darin, omnipräsent zu sein oder zumindest den Eindruck von Allgegenwärtigkeit zu erwecken. Schon in der nächsten Woche würde er in London sein und in der folgenden in Tokio. Seine Standortwechsel erfolgten ohne jede Vorankündigung. Er konnte überall sein oder auch nirgends, je nachdem, ob man sein Feind oder sein Verbündeter war.

Hinter seinem Rücken lag der abgetrennte, feuersichere Privatbereich mit Schlafzimmer, Badezimmer und Studienzimmer. Letzteres hatte die Ausmaße eines durchschnittlichen Hauses und beinhaltete neben seinem Schreibtisch Dutzende Regale voller Bücher über Geschichte, Philosophie und militärische Strategie aus sämtlichen Epochen, zurückreichend bis ins antike Griechenland. Die wenige Freizeit, die ihm neben der Führung der Liga blieb, verbrachte er damit, sich in seinen Räumlichkeiten einzuschließen und jede Unze Wissen zu absorbieren, die sich einmal als nützlich erweisen könnte. Der äußere Bereich der Wohnung diente vor allem dazu, Besucher zu empfangen. Hier befanden sich das Wohnzimmer, eine offene Küche und ein Essbereich. Ein Rundgang durch sein Penthouse führte außerdem durch eine ausgewählte Sammlung seltener Artefakte, Art-Nouveau-Gemälde des frühen 20. Jahrhunderts und sorgsam kuratierter Möbelstücke. Kalakia stellte sich einen Gang durch seine Wohnung wie ein Eintauchen in das Innere seines Kopfes vor: Sie war schwer befestigt, säuberlich aufgeräumt, funktional ausgestattet und erlaubte einen einzigartigen Rundumblick.

Nach einem kurzen Blick auf seine Armbanduhr setzte er sich an den Tisch und nahm sein Frühstück ein. Francois würde jeden Moment heraufkommen, um das allmorgendliche Briefing abzuhalten; eine Routine, von der nur abgewichen wurde, sofern ein Notfall vorlag, der eine sofortige Reaktion erforderte. Ein verstimmter Abgeordneter der britischen Regierung beispielsweise, der den Mossad angelogen hatte, sodass ein Soldat der Liga unnötig getötet worden war. Oder ein „disruptiver" Silicon-Valley-Milliardär, der sich nicht nur weigerte, die geforderte Gebühr an die Liga zu entrichten, sondern auch noch privates Sicherheitspersonal angeheuert hatte und versuchte, andere Unternehmer für seinen jämmerlichen kleinen Aufstand zu gewinnen. Dazu kamen Störenfriede, die versuchten, die Machenschaften der Liga aufzudecken, indem sie mit Reportern sprachen. Kalakia wusste, dass solche Dinge zum Alltag seiner Organisation gehörten. Er gab sich nicht der Illusion hin, zu erwarten, dass ihre Arbeit immer reibungslos verlief. Worauf er allerding bestand, war, dass Probleme sofort und gründlich angegangen und gelöst wurden. Er legte größten Wert darauf, die Beseitigung von Störquellen persönlich zu überwachen. Nachlässigkeit und Bequemlichkeit waren Optionen, die einem in ihrem Geschäft schlichtweg nicht offenstanden.

Er lehnte sich in seinem Stuhl zurück. An diesem Morgen gab es keine größeren Krisen. Trotzdem gab es etwas, das ihn störte und verhinderte, dass sein Geist zur Ruhe kam. Eine Zeit lang kümmerte er sich nicht um das Gefühl und konzentrierte sich ganz auf sein Frühstück. Nach einer Weile aber gab er nach. Er erhob er sich, ging hinüber in sein Studienzimmer und zog Frederichs Akte aus dem Schrank, um sie noch einmal durchzugehen. Er goss sich einen schwarzen Kaffee ein und holte die Kopie eines Berichts aus dem Ordner, der auf das Jahr 1996 datiert war und von einem Kaspar Tulmus, Mitglied der Polizei von Tartu, verfasst worden war:

10.03.1996

Um 10:03 Uhr ging ein Anruf bei der Polizei ein und meldete die Entdeckung eines unbegleiteten Jungen, Identität und Alter bisher unbekannt. Um 10:41 Uhr traf ich am Haus von Herrn Kraas Abel (Loom-Turinga 18, 51071, Sassväku, Tartu) ein. Herr Abel gab an, auf der Wildschweinjagd auf den Jungen gestoßen zu sein, der alleine in den Wäldern unterwegs war. Herr Abel ist ein Soldat im Ruhestand und lebt alleine. Der Junge scheint ausgesetzt worden zu sein und weist Anzeichen von Unterernährung und Schock auf. Sein Gesicht und seine Arme weisen Kratzer auf. Auf seinem Rücken sind vier tiefe Schnitte zu erkennen, die Herr Abel verbunden hat. Herrn Abels Aussage nach trug der Junge zum Zeitpunkt seiner Entdeckung schwarze Shorts, ein zerrissenes, blutbeflecktes graues T-Shirt und keine Schuhe. Es ist unklar, wie lange der Junge alleine in den Wäldern war. Meiner Schätzung nach müssen es mindestens zwei Tage gewesen sein. Herr Abel gibt an, dass er bei einem Nachbarn, Herrn Johannes Pesha, neue Kleider für den Jungen besorgt hat. Herr Pesha hat einen Sohn in ungefähr dem gleichen Alter. Meine erste Befragung der Anwohner vor Ort hat keine Hinweise darauf ergeben, dass in der Gegend ein Junge vermisst wird. Fürs Erste ist der Junge der Fürsorge von Herrn Abel überlassen worden und erholt sich im Gästezimmer von Herrn Abels Haus. Bisher hat meine Überprüfung des Verzeichnisses vermisster Personen keinen Hinweis auf ein Kind ergeben, das auf die Beschreibung des Jungen passt. Ich habe die Behörden in

*Tallinn informiert. Sie schicken jemanden her, der die
Sache übernimmt.*

Kalakia blätterte weiter. Ein Folgereport der Polizei von Tallinn
vom nächsten Tag, unterschrieben von jemandem mit dem Namen Frani Fullda, lieferte folgende Informationen:

11.03.1996

*Ein Junge, Alter etwa sieben Jahre (geschätzt), Identität
unbekannt, wurde heute von der Polizei von Tallinn in
Gewahrsam genommen und vom Wohnhaus des Herrn
Kraas Abel ins Zentralkrankenhaus Ost-Tallinn verlegt.
Gemäß einem Bericht des Herrn Kaspar Tulmus von der
Polizei von Tartu wurde der Junge alleine im Wald aufgegriffen. Bisher hat der Junge nicht mit seinem Betreu-
ungspersonal gesprochen. Ob er sich weigert oder nicht
zum Sprechen in der Lage ist, ist unklar. Die Kleidung,
die er zum Zeitpunkt seiner Entdeckung trug, wurde einer Untersuchung unterzogen. Dabei wurde der Name
„Frederich“ auf einem Etikett an der Innenseite seines T-
Shirts gefunden. Eine erste Untersuchung durch die Ärzte
und Psychiater des Zentralkrankenhauses Ost-Tallinn ist
erfolgt. Der Junge wurde mit posttraumatischem Stress
und mit einem Schock diagnostiziert. Er befindet sich in
einem distanzierten und abwesenden Geisteszustand, reagiert nicht auf Ansprache und verhält sich extrem misstrauisch gegenüber Angehörigen der Polizei, der staatli-
chen Fürsorge und dem medizinischen Personal, das versucht hat, ihn zum Reden zu bewegen. Ich übergebe den
Fall an den Kinderschutzdienst, werde jedoch weitere
Untersuchungen einleiten und Routine-Überprüfungen*

im Verzeichnis vermisster Personen vornehmen. Der Kinderschutzdienst wird darüber entscheiden, wo der Junge nach seiner Entlassung aus dem Krankenhaus untergebracht werden soll. Bisher hat der Junge nicht zugelassen, dass Herr Abel von seiner Seite weicht. Herr Abel hat sich bereiterklärt, bis auf Weiteres bei ihm zu bleiben.

Kalakia legte das Papier zurück auf die Schreibtischplatte. Zwei Tage verwundet und alleine im Wald, dachte er, und das in einem solchen Alter. Der Junge hätte tot sein sollen. Es handelte sich in der Tat um ein außergewöhnliches Exemplar der Gattung Mensch mit einem erstaunlichen Anpassungsvermögen. Darin lag einer der Gründe, warum er ihn verschont hatte. Dazu kamen noch weitere unverzichtbare Qualitäten für einen potenziellen Elitesoldaten. Der Junge hatte keine nahen Angehörigen, keine Angst vor dem Tod und hatte es bisher geschafft, den Versuchungen der Macht zu widerstehen. Nicht einmal die Tasche voller Geld, mit denen er die beiden Liga-Soldaten nach der Übergabe bei Inselheim erwischt hatte, hatte seine egoistischen Triebe wecken können. Alles deutete darauf hin, dass hinter den Handlungen des Jungen mehr steckte als Gier oder Geltungsbedürfnis. Ideale Voraussetzungen, dachte Kalakia. Der Junge war geballtes Potenzial, das nur darauf wartete, geformt zu werden. Außerdem war er Kraas' Junge. Darin lag, wie Kalakia widerstrebend zugeben musste, der überzeugendste Grund, es weiter mit ihm zu versuchen.

Er hatte nicht vergessen, dass Frederich zwei hochrangige Liga-Soldaten auf dem Gewissen hatte. Dieses Vergehen war eigentlich mehr als genug, um ihm die Todesstrafe einzubringen. Die Liga tolerierte kein Unkraut in ihrem Garten. Viele der Männer hatten mit Unmut und Empörung darauf reagiert, dass der Junge noch am Leben war. Sie hatten gefordert, dass man ein Exempel an ihm statuierte. Matthias Vidrik hatte sich besonders nachdrücklich zu Wort gemeldet, und das, obwohl er persönlich von Felipes Tod profitierte, indem er in Vivars vakante Position befördert worden war. Kalakia verstand den Ärger seiner Männer. Es war sich der Doktrin der Liga, Bedrohungen sofort zu eliminieren, sehr wohl bewusst, doch als ihr Anführer kam er nicht umhin, das große Ganze im Auge zu behalten, und dies erforderte eben manchmal, dass man die Regeln brach. Die einfachen Soldaten ahnten nicht, wie hartnäckig das Konzil darauf bestand, dass er endlich einen Plan für seine Nachfolge vorlegte. Genauso wenig wussten sie, dass er an jedem einzelnen der Kandidaten, sogar an den bestplatzierten, erhebliche Zweifel hatte. Das Konzil hatte im Geheimen eine Liste von 24 potenziellen Thronerben aus aller Welt erstellen lassen und drängte immer stärker darauf, mit Kalakia über den Auswahlprozess zu diskutieren. Es gab Tage, an denen er sich wünschte, er hätte das Konzil, diese Versammlung von acht zynischen alten Männern, niemals ins Leben gerufen. Andererseits lag genau darin genau der Grund, warum er es getan hatte. Kritische Stimmen waren erforderlich, um einen nüchternen Blick auf die Dinge zu behalten und um seine Führungsqualitäten zu schärfen. Leider beschränkte sich das Konzil meistens darauf, pausenlos an ihm herumzumäkeln.

Die Regelung seiner Nachfolge wäre sehr viel einfacher verlaufen, wenn er einen Sohn gehabt hätte. Jedoch genügte ein kurzer Blick in die Geschichte, um ihn daran zu erinnern, warum er sich gegen diesen Weg entschieden hatte. Die Französische Revolution war nur einer von diversen überzeugenden Belegen dafür, dass Blutsverwandtschaft keineswegs die Weitergabe von Führungsqualitäten wie Kraft, Weisheit und Nervenstärke in die nächste Generation garantierte. Ludwig XVI. hatte diese Lektion auf die harte Weise lernen müssen, als sein

Kopf unter der Guillotine lag. Überhaupt hätten väterliche Gefühle, selbst wenn er einen Erben in die Welt gesetzt hätte, nur sein Entscheidungsvermögen getrübt. In dem Geschäftsfeld, auf dem die Liga aktiv war, blieb kein Platz für Sentimentalitäten. Die Liga der Vergeltung anzuführen erforderte eine ganz besondere Art von Mensch. Jemanden, der immun gegen die Versuchungen der Macht war. Der über keine Bindungen verfügte, die ihn zurückhalten oder gegen ihn verwendet werden konnten. Nur ein entschlossener, belastbarer Anführer mit der erforderlichen Weitsicht war in der Lage, die Macht der Liga für nichts anderes als das übergeordnete Wohl aller einzusetzen.

Er warf einen Blick zur Liste mit den Kandidaten in einer Ecke seines Schreibtischs. Er musste sie nicht noch einmal lesen, um zu wissen, dass sie ihm nicht gefiel. Die Auflistung seiner potenziellen Nachfolger war ernüchternd. Inzwischen war er sich so gut wie sicher, dass in der Liga niemand vom erforderlichen Schlag existierte. Natürlich war es möglich, dass er sich irrte, doch sein Instinkt sagte ihm, dass es die Wahrheit war. Männer wie Vivar oder Vidrik hatten unbestreitbar ihre Fähigkeiten, doch sie waren nur an Macht interessiert, um sie für ihre eigenen Zwecke einzusetzen. Sadismus, die Lust daran, andere zu beherrschen, Gier … selbst die Liga war gegen derartige Schwächen nicht immun.

Kalakia dachte zurück an die früheren Tage der Organisation. Im gleichen Maße, wie die Liga an Macht und Einfluss gewonnen hatte und je besser sie darin geworden war, das ungezügelte Machtstreben der Führer dieser Welt zu regulieren, hatte das interne Gerangel um Führungspositionen zugenommen. Kalakia war sich der Ironie durchaus bewusst. Zugleich wusste er, dass solche Dinge unvermeidbar waren. Machtkämpfe waren schlicht und einfach eine Konsequenz der menschlichen Natur. So war es immer schon gewesen und so würde es auch immer sein. Er hatte Vidrik in Felipes Position befördert, weil Vidrik ein begabter Killer war. Er war ein Werkzeug, ein Mittel zum Zweck, und dieser Zweck bestand darin, alle Macht unter dem Banner der Liga zu versammeln und sie denen zu entziehen, die ihrer nicht würdig waren. Der Kern der Liga lag in dieser Ideologie. Kalakia war sich bewusst, dass er selbst lediglich ein Symbol war, eine Verkörperung des Ideals. Wenn die Führung der Liga in die falschen Hände geriet, würde das ganze System zusammenbrechen. Solange er lebte, würde er niemals, *niemals* zulassen, dass es dazu kam.

Er rieb sich über den Kopf. Die grundsätzliche Notwendigkeit ließ sich nicht verleugnen. Die Liga brauchte einen Kronprinzen, den er dazu heranziehen konnte, irgendwann die Macht zu übernehmen. Jemanden mit Einsatzerfahrung, der selbst im Feld gestanden hatte und der in der Lage war, sich den Respekt der Männer zu verdienen. Jemanden, der den gleichen Aufstieg vollziehen konnte, den Kalakia hinter sich hatte. Dieser Frederich besaß ein vielversprechendes Potenzial. Doch selbst wenn sich der Junge als jemand erwies, der über die Unbestechlichkeit verfügte, wie sie ein Anführer der Liga brauchte, blieb noch die Frage nach seinem leichtsinnigen Draufgängertum. Was immer hinter seiner rätselhaften Kindheit steckte, hatte unverkennbar Spuren in ihm hinterlassen. Darin lag sowohl ein Segen als auch eine Bürde. Wie es aussah, hatte Kraas dem Jungen beigebracht, seine beachtlichen Talente zu entwickeln und zu verfeinern. Die Ergebnisse, die Frederich lieferte, waren beeindruckend. Trotzdem lag noch ein hartes Stück Arbeit vor ihm. Der Junge stand noch ganz am Anfang seiner Entwicklung, doch mit Geduld und Mühen würde er sich schon in eine Form bringen lassen, die den Bedürfnissen der Liga entsprach. Als Francois den Raum betrat, um das Morgenbriefing abzuhalten, fiel Kalakia genau der richtige Mann ein, um den Prozess anzustoßen.

„Also", begann Francois. „Erster Punkt der Tagesordnung. Einer unserer Vollstrecker in Lissabon, Luis Pinto, wurde gestern bei einer Geldübergabe festgenommen. Es gab Ärger. Pinto war gezwungen, jemandem den Arm zu brechen. Ein Nachbar hat die Polizei gerufen."

„Wo ist er jetzt?", wollte Kalakia wissen.

„Er sitzt in einer Untersuchungszelle."

„Okay. Schick jemanden hin, der sich anhört, was er zu sagen hat. Und finde heraus, wer genau ihn festgenommen hat."

Francois nickte. „Antonio Cadija ist momentan in Athen. Ich werde De Bruin mitteilen, dass er von Amsterdam aus hinfliegen soll."

„Gut. Weiter."

„Kelly Larsen vom Internationalen Währungsfonds bittet um ein Treffen in der nächsten Woche. Sie will über die Tributbedingungen für eine Handvoll Fortune-Global-500-Unternehmen sprechen."

„In wessen Auftrag?"

„Im Auftrag der USA, des Vereinigten Königreichs, Chinas, Deutschlands und einiger anderer", verkündete Francois mit einem Blick in seine Dokumente. „Sie behaupten, dass ihre Arbeitslosenquoten steigen, weil den Unternehmen Geld für Investitionen fehlt."

„Lass sie bis zur übernächsten Woche warten."

„Verstanden." Francois machte eine entsprechende Eintragung auf seinem Notizblock.

„Was ist mit Inselheim?", fragte Kalakia.

„Matthias Vidrik hat ihn heute Morgen in Dahlem abgeholt. Er hat ihn in die Verhöreinrichtung gebracht und beschäftigt sich mit ihm, während wir hier miteinander sprechen. Bisher können wir nicht ausschließen, dass Frederich ihn lediglich als Schachfigur benutzt hat, um mit uns in Kontakt zu treten. Was immer die Wahrheit ist: Wir werden sie herausfinden."

Kalakia nickte zustimmend. Inselheim hatte sich in den letzten Wochen seltsam verhalten. Er hatte Fristen für Tributzahlungen verstreichen lassen und flog öfter als gewöhnlich außer Landes. Kalakia wollte absolut sichergehen, dass Frederich und Inselheim nicht Teil einer Verschwörung gegen ihn oder die Liga waren. Bisher hatte die Hintergrundüberprüfung von Frederichs Leben und Kontakten nichts ergeben, doch Kalakia würde nichts dem Zufall überlassen.

„Lass Inselheims Haus und seine Geschäftsräume durchsuchen", befahl er. „Ich will, dass es heute noch geschieht."

„Verstanden. Ich kümmere mich direkt nach unserem Briefing darum."

„Wo du schon dabei bist: Ruf Scheffler an", sagte Kalakia. „Ich will, dass er Frederichs Ausbildung übernimmt."

Francois hob die Brauen. „*Elite Squad*?", versicherte er sich. „Sind Sie ganz sicher? Sollten wir ihn nicht zuerst in Pulvers Einheit unterbringen?"

„Der Junge wird es aushalten. Scheffler weiß am besten, wie man das volle Potenzial aus jemandem herausholt."

„In Ordnung. Ich sorge dafür, dass Scheffler entsprechende Anweisungen erhält."

„Gut."

„Wo wir gerade von dem Jungen sprechen: Die Ergebnisse seiner DNA-Analyse sind heute zurückgekommen."

„Und?"

„Nichts Verwertbares." Francois blätterte durch seine Unterlagen und schüttelte den Kopf. „Das Ganze ist recht seltsam. Größtenteils polnisches und preußisch-deutsches Erbgut. Wir konnten keine Aufzeichnungen über nahe Angehörige finden.

Es gibt ein paar entfernte Cousins, verstreut über Deutschland, Frankreich, das Vereinigte Königreich und die Vereinigten Staaten, doch wir halten es für unwahrscheinlich, dass sie etwas von ihm wissen. Unser Nachrichtendienst versucht mehr über den Abschnitt seines Lebens herauszufinden, bevor ihn Kraas Abel im Wald gefunden hat. Die Männer wissen, dass die Sache höchste Priorität hat."

Kalakia blickte mit zusammengekniffenen Augen aus dem Fenster. Der weiße Fleck in Frederichs Lebenslauf beunruhigte ihn. Seine Anweisungen an den Nachrichtendienst der Liga waren äußerst klar gewesen: Keine Kosten oder Mühen sollten gescheut werden, um jeder noch so kleinen Spur nachzugehen.

„Eine letzte Sache", merkte Francois an. „Ihr Wagen wird Sie morgen Mittag abholen, um Sie zum Flughafen zu bringen. Das Konzil erwartet Sie für das Treffen in Budapest."

Kalakia nickte.

„Stirner möchte über den Plan für Ihre Nachfolge sprechen", fügte Francois hinzu.

„Natürlich will er das."

„Ich muss sagen, dass Sie in letzter Zeit recht … *vertieft* in die Angelegenheit mit diesem Jungen gewesen sind", sagte Francois mit einem Blick zu Frederichs Akte auf dem Schreibtisch. „Sicherlich ziehen Sie nicht ernsthaft in Erwägung …"

„War es das mit der heutigen Tagesordnung?", unterbrach ihn Kalakia mit einem durchdringenden Blick.

„Ja." Francois setzte ein höfliches Lächeln auf. „Das war alles."

„Gut. Danke, Francois."

Francois nickte würdevoll und erhob sich. Er sortierte seine Dokumente, verstaute sie fein säuberlich in seiner Aktentasche und verließ das Penthouse-Apartment durch die Panzertür, während Kalakia ihm nachstarrte.

„Ich glaube nicht, dass er irgendwas weiß", sagte Pilz und rieb sich die schmerzenden Fingerknöchel, während er hinüber zu Matthias Vidrik schlenderte, der ihm bei der Arbeit zugesehen hatte.

Vidrik bedachte Pilz mit einem argwöhnischen Blick. Der in Berlin stationierte Soldat hatte ihm schon öfter bei Verhören assistiert. Sie befanden sich mitten in einem Spiel, das Vidrik die „böser Bulle, noch böserer Bulle-Routine" nannte. Das Prinzip war simpel. Pilz bearbeitete den Gefangenen mit seinen Fäusten und wenn es nötig wurde, übernahm Vidrik, um ihn vollends in die Hölle zu schicken. Ihr heutiger Gast war der Milliardär Michael Inselheim. Vidrik war überzeugt, dass der Vorsitzende der Inselheim-Gruppe ihnen etwas verschwieg.

Vidrik erhob sich, zog seine Anzugjacke aus und legte sie über die Lehne seines Stuhls. Er zupfte seinen schwarzen Rollkragenpullover zurecht, trat zum kleiner gewachsenen Pilz und klopfte ihm sanft auf den Rücken.

„Ich übernehme", sagte er. „Hol den Schneidbrenner."

Vidrik nahm einige tiefe Atemzüge durch die Nase und lockerte seine Schultern, um den Rausch der Vorfreude zu verstärken. Er hatte dem Moment entgegengefiebert, in dem er mit seinem Gast *wirklich* intim werden konnte. Zu oft brauchte ihn die Liga nur in seiner Fähigkeit als Scharfschütze. Er wusste, dass er weltweit einer der besten war, in Europa sogar der beste. Es war nicht so, als ob ihn diese Art der Arbeit störte. Ein Ziel über eine lange Distanz hinweg auszuschalten brachte einige interessante logistische Herausforderungen mit sich. Vidrik wusste die Kunstfertigkeit, die solche Arbeiten erforderten, durchaus zu schätzen. Man benötigte ein Maß an Konzentration, das nur wenige Menschen aufbringen konnten. Tagelanges Warten an abgelegenen, ungeschützten Orten, alles für ein Zeitfenster von wenigen Sekunden, um den Schuss zu platzieren. Für Vidrik war es so natürlich wie das Atmen. Er war mit der Fähigkeit geboren, über lange Zeiträume hinweg regungslos zu verharren und konzentriert zu bleiben. Trotzdem gab es beim Töten aus der Distanz etwas, das er vermisste. Aus fast zweihundert Metern Entfernung war seine Beute kaum mehr als eine Ameise und eine Ameise zu zertreten machte einfach keinen Spaß. Das wirkliche Vergnügen lag darin, Blut, Rotz und Tränen seiner Opfer aus der Nähe zu betrachten. *Darin* lag die Art von Macht, die er wirklich genoss. Aus diesem Grund hatte er nur zu gerne Folge geleistet, als Francois ihn heute Morgen angerufen und ihn aufgefordert hatte, eine potenzielle Verschwörung gegen die Liga zu untersuchen.

Vidrik hob den Blick und studierte Inselheim eingehend, der nackt, die Handgelenke in den Armschellen zweier Ketten an der Decke, vor ihm hing. Inselheim sah … interessant in dieser Haltung aus. Irgendwie *realer*.

Der Rest der Welt kannte Inselheim als den wagemutigen, charmanten Geschäftsmann mit den gut sitzenden Anzügen. Vidrik wusste es besser. Er hatte oft genug gesehen, wie Männer wie Inselheim wirklich waren. Ihre gesamte Existenz war eine Show. Unter seiner Maske war dieser Bursche nichts als ein verwöhntes Gör, ein wehleidiger Opportunist. Ein Mann wie Inselheim blieb nur so lange ruhig und beherrscht, bis jemand die richtigen Knöpfe in ihm fand und drückte. Danach würden die Geheimnisse nur so aus ihm heraussprudeln, genauso wie das Eingeständnis, dass er sie bisher belogen hatte.

Vidrik trat näher und rollte die Ärmel seines Pullovers hoch. Einige Momente lang stand er unbewegt vor Inselheim, dessen schweißglänzender Körper vor Furcht zitterte. Vidrik vernahm schabende Schritte hinter sich, als Pilz von den Regalen zurückkehrte und ihm den Schneidbrenner reichte. Inselheim begriff, was ihm bevorstand. Er begann, sich wild in seinen Ketten hin und her zu werfen.

„Oh nein, bitte, nein!“, schrie er. „Ich …“

Vidrik schaltete den Schneidbrenner ein. Die Flamme erwachte mit einem Fauchen.

„Ich habe euch alles erzählt!“ Inselheims Worte schossen schnell und verzweifelt aus ihm heraus. „Ich habe doch nur ein paar Zahlungen versäumt. Ich habe sofort mit Khartoum telefoniert und alles mit ihm geregelt! Nur ein paar Tage später waren eure Leute da. Ich habe ihnen das Geld gegeben. Das war alles! Ich schwöre! Ich weiß nicht, wer ihn umgebracht hat!“

Vidrik blieb stumm. Die einzigen Geräusche waren das Zischen des Schneidbrenners und Inselheims leises Wimmern.

„Du verschweigst uns etwas“, sagte Vidrik ruhig.

„Das ist nicht wahr!“, heulte Inselheim und warf den Kopf von einer Seite zur anderen.

„Doch, das tust du. Wir haben deine Bewegungen verfolgt. Du planst etwas. Sag mir, was es ist.“

„Ich verschweige nichts“, wiederholte Inselheim mit einem Schluchzen. „So glaubt mir doch!“

Vidrik sog ungeduldig die Luft ein.

„Weißt du, Michael“, verkündete er über das Geräusch des Schneidbrenners hinweg. „Nicht ich bin hier derjenige, der entscheidet, wie es mit dir weitergeht. *Du* bist es. Gerade stelle ich mir vor, wie ich diesen Schneidbrenner nehme und mich damit von deinem Knie ganz langsam bis zu deinen Eiern vorarbeite. Aber es liegt alles an dir. Es steht ganz in deiner Macht, mich aufzuhalten. Du bist hier der Boss. Nicht ich.“

Inselheim begann zu jammern und seinen Kopf noch heftiger zu schütteln, als Vidrik die Flamme näher an sein Bein bewegte.

„Nein!“, rief er.

Die Flamme brannte sich in Inselheims Haut, untermalt von hysterischen Schreien.

„Willst du mich nicht aufhalten?", brüllte Vidrik über Inselheims Schmerzensschreie hinweg. „Bist du nicht der Boss? Bist du nicht der ach so mächtige Michael Inselheim?"

„Aah!" Inselheim brüllte aus vollen Lungen. „Aufhören. Aufhören!"

Vidrik zog den Schneidbrenner zurück. Die Innenseite von Inselheims Schenkel war tief versengt. Vidriks Knie zitterten vor Aufregung. Er nahm sich Zeit und wartete, bis sein Atem wieder ruhiger ging.

„Habe ich dich gerade richtig verstanden?", versicherte er sich. „Du bist also hier der Boss?"

„Ja, ja, ich bin der Boss, ich bin der Boss!", stieß Inselheim aus. „Ich erzähle euch alles. Alles, was ihr hören wollt. Aber bitte …"

„Ausgezeichnet", sagte Vidrik, ohne den Schneidbrenner auszuschalten. „Was gibt es, das du mir erzählen willst?"

Inselheim begann zu reden. Er sprach lange, ausführlich und hektisch. Nach einem ausgedehnten, manchmal unverständlichen Wirbel an Erklärungen kam Vidrik zu der Überzeugung, dass Inselheim tatsächlich nie die Bekanntschaft eines jungen Mannes aus Estland gemacht hatte. Zuerst war er enttäuscht, dass Frederich nicht Teil einer Verschwörung war. Beinahe hätte er die Arbeit mit dem Schneidbrenner wieder aufgenommen. Dann aber war der Rest von Inselheims Geständnis aus ihm herausgesprudelt.

„Glaubst du, dass er sich den ganzen Mist nur ausdenkt?", fragte Pilz mit einem skeptischen Blick zu ihrem Gast, der ausgelaugt in seinen Ketten hing. Er und Vidrik standen dicht zusammen, sodass Inselheim sie nicht hören konnte. „Klingt total verrückt, das Ganze“, setzte Pilz nach. „Ich meine, ein verdammter Laser, der Atomraketen abschießt?“

„Er sagt die Wahrheit“, gab Vidrik zurück, ohne Pilz anzusehen. Er hatte unzählige Verhöre durchgeführt. Der schmale Grat zwischen Hysterie und Wahrheit war ihm durchaus bekannt. Das hier war ... außergewöhnlich. Nichts wies darauf hin, dass Inselheim nach seiner Behandlung noch die Kraft oder den Einfallsreichtum besaß, um sich solche Dinge auszudenken.

Nachdem Vidrik die nächsten Schritte im Geiste durchgegangen war, hob er den Blick zu Pilz und gab ihm den Schneidbrenner zurück.

„Bring ihn nach unten und sperr ihn ein“, befahl er. „Ich muss Francois anrufen. Wir müssen uns so schnell wie mögliche diese Blaupausen beschaffen, von denen unser *Boss* hier geredet hat.“

Kalakia saß an seinem Schreibtisch und las nicht zum ersten Mal die „Selbstbetrachtungen“ des stoischen römischen Kaisers Marc Aurel. Er war gerade bei „XIII. Bedenke, dass alles nichts als Meinung und Dünkel ist“ angelangt, als sein Handy klingelte.

„Was gibt es?“

„Wir sind auf etwas gestoßen“, sagte Francois. „Vidrik hat es aus ihm herausbekommen.“

„Ich höre.“

„Bisher haben wir zwei Dinge: Inselheims Geständnis und einige Blaupausen aus seinem Büro. Wie es aussieht, hat er an einem Geheimprojekt namens *„Neutralaser“ gearbeitet*. Eine Vorrichtung, mit der man Atomraketen in der Luft abschießen kann. Die Inselheim-Gruppe hat erfolgreich einen Test in der kasachischen Wüste durchgeführt."

„Wie bitte?" Kalakia richtete sich in seinem Stuhl auf. „Er hat einen Atomsprengkopf mit einem Laser zerstört?"

„Soweit wir wissen, ja."

Kalakia schwieg, um die neue Information zu verarbeiten.

„Wo befindet sich die Vorrichtung jetzt?", fragte er. „Wer weiß von dieser Sache?"

„Wir wissen es noch nicht", gab Francois zurück. „Aber wir werden es aus ihm herausbekommen."

„Wo ist Inselheim?"

„Wir halten ihn in der Verhöreinrichtung fest."

„Gut. Schick einen Wagen her, um mich abzuholen."

„Verstanden."

Kalakia legte auf. Sein Instinkt hatte ihn nicht getäuscht. Das hier war es also, was Inselheim vor ihnen geheim gehalten hatte. *Dieser hinterhältige kleine Wicht.* Er hatte gewusst, dass Inselheim ambitionierte Großprojekte liebte, doch nie wäre er auf den Gedanken gekommen, dass es sich um nukleare Abwehrtechnologie handeln könnte. Die Implikationen, wenn eine solche Technologie tatsächlich zur Marktreife gelangte, waren enorm. Noch war es zu früh, um Schlüsse zu ziehen. Eines nach dem anderen, ermahnte er sich. Zuerst mussten die Blaupausen geprüft und verifiziert werden. Dann musste geklärt werden, ob ein funktionierender Prototyp tatsächlich existierte. Dennoch … Kalakia starrte an die Wand. Falls Inselheim die Wahrheit sagte, ergaben sich für die Liga völlig neue Möglichkeiten. Vorbei waren die Zeiten, in denen sie nur auf Einzelpersonen Druck ausüben konnten. Mit einer solchen Vorrichtung würden sie in der Lage sein, ganze Atommächte in Schach zu halten. Sie konnten das geopolitische Horrorszenario eines Atomkriegs ausschließen und das Kräftegleichgewicht in der Welt komplett zu ihren Gunsten zu verschieben. Allerdings erforderte es weitere Planungen, den Einsatz und die Verbreitung der Technologie genau abzuwägen. Ein Land, das in den Besitz einer funktionierenden Nuklearabwehr gelangte, konnte alle anderen erpressen. Im Grunde konnte die Welt dankbar sein, dass die Liga Inselheim rechtzeitig auf die Spur gekommen war. Kalakia schlug den Band mit den Betrachtungen des römischen Kaisers zu und bereitete sich auf eine lange Nacht vor.

Vidrik umklammerte das Lenkrad seines Porsche 911 mit beiden Händen, als er den Sportwagen vom Vorhof des Datenzentrums der Inselheim-Gruppe in Adlershof lenkte. Pilz saß auf dem Beifahrersitz und musterte die Reihe aus vier weißen Vans, die ihnen entgegenkamen. Der Nachrichtendienst der Liga war im Rekordtempo hergeeilt, um alle relevanten Unterlagen sicherzustellen. Der Porsche bog um eine Ecke und auf eine Straße, die eine lange Gerade bot. Vidrik trat das Gaspedal durch. Der Wagen tat einen Satz vorwärts und sie rasten Richtung Berlin-Mitte.

„Ich brauch jetzt erst mal ein Bier", stieß Pilz aus und ließ seine Nackenwirbel knacken. „Können wir kurz bei einem Späti halten?"

Vidrik nickte und fuhr schweigend weiter über die abendlichen Straßen. Er hätte eher ein paar Shots und eine Zigarette vertragen können, doch so etwas musste erst einmal bis später warten. Nach einiger Zeit erreichten sie Neukölln. Er lenkte das Fahrzeug an den Straßenrand und parkte in der zweiten Reihe vor einem Spätkauf.

„Für dich auch irgendwas?", wollte Pilz wissen.

Vidrik schüttelt den Kopf. Als Pilz die Tür hinter sich zugeschlagen hatte und in den Laden joggte, ließ Vidrik den Blick über die Passanten schweifen. Er fand nichts, was ihn interessierte. Nichts als die üblichen Hipster und Touristen. Fünf Jahre, dachte er grimmig. Vielleicht noch fünf Jahre, dann würde diese ganze Stadt zur Hölle gehen. Mit Berlin ging es wirklich immer weiter den Bach herunter.

Vidriks Handy leuchtete auf. Er griff danach und las die Nachricht auf dem Bildschirm.

„Pilz wird nicht mehr benötigt“, stand auf dem Display.

Er starrte auf die Worte und legte den Kopf schief. Im Grunde keine Überraschung, dachte er. Sie waren auf etwas Großes gestoßen. Ein Niemand wie Pilz, dazu noch mit einer so großen Klappe, war einfach ein zu hohes Sicherheitsrisiko.

Wenige Augenblicke später kehrte Pilz aus dem Geschäft zurück. Er hielt ein offenes Bier in seiner Hand und ließ sich schnaufend in den Beifahrersitz fallen.

„Ich hab's mir anders überlegt“, erklärte Vidrik emotionslos. „Hol mir ein Club-Mate.“ Es war ein langer Tag gewesen. Ein Koffeinschub würde nicht schaden, wenn er jetzt auch noch jemanden umlegen sollte.

Pilz seufzte, nickte widerstrebend und machte sich wieder daran, auszusteigen.

„Hey“, hielt Vidrik ihn zurück. Er streckte die Hand aus und winkte mit den Fingern. „Gib mal einen Schluck von deinem Bier.“

„Zu Befehl“, gab Pilz genervt zurück und drückte ihm die Flasche in die Hand, bevor er sich ganz aus dem Wagen schob und die Tür hinter sich zuwarf.

Launischer Bastard.

Vidrik wartete, bis Pilz wieder im Geschäft verschwunden war. Er öffnete das Handschuhfach und nahm ein kleines Tütchen mit Rohypnol-Schlaftabletten daraus hervor. Drei zerkleinerte er der Reihe nach über dem Flaschenhals zu einem feinen Pulver und schwenkte dann langsam das Bier herum, den Daumen über der Öffnung, sorgsam darauf achtend, dass sich nicht zu viel Druck aufbaute. Nach einer Weile kehrte Pilz zurück. Vidrik tauschte das Bier zurück gegen die Mate. Langsam setzte er den Wagen in Bewegung, während Pilz einige tiefe Schlucke nahm.

„Ah", kommentierte Pilz, rülpste und blickte hinaus auf die Straße. „Genau das habe ich gebraucht."

Vidrik blieb stumm. Es würde etwa eine Viertelstunde dauern, bis die Pillen wirkten.

„Schon verrückt, oder?", meinte Pilz. „Dieser Inselheim ist echt ein durchgeknallter Hurensohn."

Der Wagen grollte über die dunklen Straßen. Pilz nahm noch einige weitere Schlucke aus der Flasche und gab belanglosen *Small Talk* von sich. Irgendwann wurde er stiller. Als Pilz' Kopf schließlich zur Seite sank, nahm Vidrik ihm die Flasche aus dem Schoß und warf sie aus dem Fenster. Er wollte bereits zurück zur Verhöreinrichtung zu fahren, um Pilz' Körper in Säure aufzulösen, als er sich bewusst wurde, dass er schon die ganze Zeit über in Richtung Charlottenburg gesteuert hatte. Er wusste sehr gut, welcher Instinkt ihn antrieb. Pilz konnte warten.

Vidrik beschloss, sich anzukündigen, und wählte die VIP-Hotline von Madame Sandras Bordell.

„Ja?", fragte eine Stimme.

„Vidrik hier. Ist sie da?"

„Guten Abend, Matthias." Madame Sandra klang gewohnt höflich. „Franziska? Warte, lass mich kurz schauen."

Eine Pause folgte. Vidrik konnte Geflüster im Hintergrund hören.

„Ich kann sie für dich fertig machen", verkündete Madame Sandra. „In fünfundvierzig Minuten."

„Gut. Ich komme gleich vorbei."

Vidrik ließ sich das Handy in den Schoß rutschen und warf einen Blick zu Pilz, dessen Kopf zur Seite geneigt war und dessen Mund leicht offen stand. Vidrik stabilisierte das Lenkrad mit dem Knie und nahm einige Schlucke aus seiner Club-Mate, bevor er die Flasche beiseitelegte und sich die Schläfe rieb. Aus irgendeinem Grund hatte er schlechte Laune. Eigentlich hätte er euphorisch sein sollen. Mit dem erfolgreichen Verhör hatte er sich seiner jüngsten Beförderung mehr als würdig erwiesen. Die Aufdeckung von Inselheims Neutralaser-Projekt würde ein ungeahnter Segen für die Liga sein. Wenn dieser Durchbruch noch nicht ausreichte, um ihn aufzumuntern, hätte ihn wenigstens die Erinnerung daran, wie Inselheim vor ihm herumgeheult hatte und komplett auseinandergefallen war, mit Befriedigung erfüllen sollen. Er hätte *stolz* auf seine Beförderung sein sollen und er wäre es auch gewesen, wenn er sie nicht auf *diese* Art erhalten hätte. Er hatte Felipe Vivar nie gemocht. Nur zu gerne hätte er dem arroganten Spanier selbst die Kehle durchgeschnitten. Was ihn wütend machte, war die Art und Weise, in der sich dieser Emporkömmling Frederich über die Rücken von Vivars und Khartoums Leichen in die Organisation eingeschlichen hatte. Er hätte den Kleinen sofort erledigen sollen, als klar geworden war, dass er zwei Liga-Soldaten auf dem Gewissen hatte. Alles hätte der gewohnten Routine folgen sollen. Stattdessen hatte Kalakia den Jungen für seine Verbrechen auch noch *belohnt*.

Vidrik schüttelte den Kopf. Der große Mann verlor allmählich seinen Schneid, dachte er, als er an einer Ampel anhielt. Durch das offene Seitenfenster spuckte er auf die Straße. Wenn Kalakia sich von dem Kleinen blenden ließ, würde er, Vidrik, eben die Verantwortung dafür übernehmen müssen, diesen unerträglichen Missstand aus der Welt zu schaffen. Er würde ein wachsames Auge auf den Kleinen haben, wenn er wieder zurück in Berlin war, und wenn dieser Frederich auch nur im Geringsten aus der Reihe tanzte, würde er derjenige sein, der ihm das Licht ausblies. Es würde kein schmerzloser Tod sein, den er diesem jungen Esten gab, oh nein …

Vidrik versteifte sich, als er eine attraktive junge Frau bemerkte. Sie verließ gerade ein Wohngebäude, wobei sie eine große Reisetasche auf Rädern hinter sich über den Bürger-steig zog. Sie hatte einen straffen Körper, fließendes hellbraunes Haar und olivfarbene Haut.

Nicht weit von seinem Sportwagen entfernt kam sie zum Stehen, wandte sich um und richtete den Blick auf die vorbeifahrenden Autos. Vermutlich wartete sie auf ein Taxi. Dem Gepäck nach zu urteilen, war sie auf dem Weg zum Flughafen. Vidrik erkannte sie sofort. Die Kleine war Elias Khartoums Flittchen. Diejenige, mit der die ganze Sauerei begonnen hatte. Elias war reichlich dumm gewesen, sich mit ihr einzulassen, doch Vidrik musste zugeben, dass sie einen erstklassigen Arsch hatte. Er betrachtete sie einige Zeit lang kühl.

Dann, ohne jede Vorwarnung, rastete er aus. Die Ampel sprang auf Grün. Er fletschte die Zähne, trat aufs Gas und zog den Wagen mit einer schleudernden Bewegung in eine Auffahrt. Ohne den Porsche gerade auszurichten, würgte er den Motor ab und griff über den ohnmächtigen Pilz hinweg ins Handschuhfach zu seiner Pistole, nur um jäh zu erstarren. *„Fuck“*, zischte er. Seine Finger und seine Beine zitterten. Nun erinnerte er sich. Kalakia hatte unmissverständlich klargemacht, dass niemand die Kleine anrühren durfte.

Widerstrebend hob er den Blick zurück zum Fenster. Über die Straße hinweg, auf seinen Lippen kauend, noch immer halb im Sprung begriffen, starrte er zu ihr herüber. Ein Taxi hielt vor ihr am Straßenrand. Sie näherte sich der Beifahrertür. Dann hielt sie inne. Sie schien zu überlegen. Nach einigen Momenten griff sie in ihre Handtasche und zog ein Portemonnaie daraus hervor. Sie öffnete die Beifahrertür und schien dem Fahrer Geld zu reichen. Vidrik hob die Brauen, als das Taxi ohne sie losfuhr. Was machte die Kleine da? Sie stand noch immer auf dem Bürgersteig und rührte sich nicht von der Stelle. Vidrik beugte sich vor und kniff die Augen zusammen. Sie *lächelte.* Dann wandte sie sich zurück zum Gebäude, öffnete die Haustür und verschwand mit ihrem Gepäck im Inneren. Vidrik entspannte sich ein wenig und ließ sich zurück in den Fahrersitz sinken. *Sieh an. Wir haben wohl beschlossen, noch etwas zu bleiben?* Er behielt die Haustür noch eine Zeit lang im Blick, bis er beschloss, dass er genug gesehen hatte. Er prägte sich die Hausnummer ein und fuhr davon. Er hatte bereits einige Ideen. Er durfte sie vielleicht nicht töten, aber Kalakia hatte nichts davon gesagt, dass er nicht mit ihr *reden* durfte. Sobald sich die Dinge etwas beruhigt hatten, würde er ihr einen Besuch abstatten. Sie beide würden sich ein wenig amüsieren, während Abel in Zürich war.

Nach einer kurzen Fahrtstrecke verfinsterte sich seine Laune wieder. Er hasste es, mit gefesselten Händen dazusitzen. Das Gefühl erfüllte ihn mit fast körperlich spürbarem Schmerz. Wenigstens blieben ihm Franziskas glorreiche Titten, um ihn aufzumuntern. Ihm fiel noch etwas anderes ein, das seine Stimmung heben würde. Er tastete zum Armaturenbrett und schaltete die Stereoanlage ein. Sofort erfüllten die pumpenden Gitarrenriffs von Manowars *„Die for Metal"* den Innenraum, das er früher am Tag voll aufgedreht gehört hatte. Die aufpeitschende Musik half, doch er brauchte noch mehr. Er näherte sich einer Gruppe Jugendlicher auf dem Bürgersteig und trat das Gaspedal genau in dem Moment durch, als er neben ihnen fuhr. Der Motor brüllte auf und die Jungen sprangen erschreckt zur Seite, während Vidrik mit einem Grinsen im Gesicht davonschoss, den Dopamin-Rausch genießend, den ihm sowohl die G-Kräfte als auch die Vorstellung verschaffte, wie er diesem abgemagerten, arroganten Bastard Abel *und* seiner Hure bei lebendigem Leib die Haut abzuziehen würde.

16

Wenn der Flug nur etwas länger gewesen wäre, dachte Frederich. Sie würden kaum die Reiseflughöhe erreicht haben, bevor es schon wieder an der Zeit war, die Sitze in eine aufrechte Position zu bringen und sich auf die Landung in Zürich vorzubereiten. Bis dahin gab es viel, was er verarbeiten musste. In wenig mehr als einer Woche hatte er zweimal dem Tod ins Auge geblickt, zwei Menschen getötet, eine neue Freundin gefunden und wieder verloren, die mächtigste Organisation der Welt infiltriert und eine seltsame Veränderung durchgemacht.

Nachdem Ida vor dem Museum davongestürmt war, hatte er seine Überlegungen ganz auf praktische Dinge konzentriert. Er hatte getan, was er in solchen Situationen immer tat: seine Gefühle beiseitegeschoben und sich mit den Vorbereitungen auf die nächste Aufgabe befasst. Die Miete für sein Apartment wurde nun automatisch von seinem Konto abgebucht. Er hatte die Heizung abgestellt und endlich den Aufkleber mit *„Keine Werbung!"* am Briefkasten angebracht, damit er bis zu seiner Rückkehr nicht vor Prospekten und Broschüren überquoll. Er hatte den geliehenen Spaten desinfiziert und sauberer zurück in den Keller seines Nachbarn gebracht, als er ihn vorgefunden hatte. Nachdem er lange und intensiv an den Blutspuren herumgeschrubbt hatte, die Vivars Leiche im Kofferraum des Mietwagens hinterlassen hatte, war er zu dem Schluss gekommen, dass es einfacher war, das verschmutzte Stück aus der

Stoffverkleidung herauszuschneiden und den Renault wieder beim Verleih in Berlin-Mitte abzugeben. Die Firma hatte seine Kreditkarten-Informationen und die Schadenssumme konnte er verkraften. Nach Abschluss all dieser Erledigungen war es bereits später Abend gewesen. Er hatte seinen Rucksack mit dem Notwendigsten gepackt und es geschafft, noch einige Stunden zu schlafen, bevor es an der Zeit gewesen war, den frühmorgendlichen Flug zu nehmen.

Nun, da er sein Gepäck verstaut und seinen Sitz gefunden hatte, erlaubte er seinen Gedanken, abzuschweifen. Als Erstes musste er an Ida denken. Er fragte sich, wo sie wohl gerade war und ob sie bereits aus Berlin geflohen war. Er konnte es ihr nicht verübeln. Jeder normale Mensch hätte versucht dieses dunkle Kapitel so schnell wie möglich hinter sich zu lassen. Der Gedanke weckte einen dumpfen Schmerz in seiner Brust, einen Ruf aus seinem tiefsten Inneren, auf den er keine Antwort wusste. Das Gefühl war ihm bereits vertraut. Er hatte es die ganze Zeit über verspürt, in den ersten Wochen, nachdem Kraas gestorben war. Er vermisste Ida.

Er fragte sich, ob sie ihm je vergeben würde. Wahrscheinlich nur in seinen Träumen, ihrer letzten Begegnung nach zu urteilen. Nicht einmal Kraas hatte vergeben können, was Frederich in sich trug. Das Verhältnis zwischen seinem Adoptivvater und ihm hatte sich einschneidend verändert, nachdem Kraas mitangesehen hatte, wie Frederich mit dem verhinderten Attentäter im Wald umgesprungen war. Sie hatten aufgehört, zusammen zu trainieren. Kraas hatte immer stärker darauf gedrängt, dass Frederich allein nach Tallinn zog. Sein Ziehvater war ihm in diesen Tagen traurig und verwirrt vorgekommen, beinahe so, als fühle er sich schuldig für das, was passiert war. Kraas hatte darauf beharrt, dass es Zeit für Frederich wurde, ein eigenständiges, normales Leben zu führen. Die Worte hatten Frederich

lediglich verwirrt. Er *wusste*, dass er nicht normal war. Seine
Herkunft, seine ganze Erziehung war alles andere als normal
gewesen. Wie stellte Kraas sich ein „normales" Leben für ihn
vor? Dachte er wirklich, Frederich könnte einfach alles vergessen und so leben wie der Rest der Bevölkerung? Kraas' Entscheidung hatte ihn verletzt, doch er hatte sie geschluckt. Keiner von ihnen hatte sich je dazu durchringen können, darüber
zu sprechen, was in jener Nacht im Wald geschehen war. Also
hatte Frederich getan, was Kraas von ihm verlangte, und war
nach Tallinn gezogen. Er hatte versucht ein „normales" Leben
zu leben, was immer das bedeuten sollte. Der Gedanke erfüllte
ihn noch heute mit bitterer Belustigung. Nach den Entscheidungen, die er in der letzten Woche getroffen hatte, stand ein
normales Leben definitiv außer Frage. Man hatte ihm eine
Laufbahn als Killer angeboten und er hatte ohne Zögern oder
Reue angenommen.

Es war alles so schnell gegangen. Idas Schrei. Der Augenblick
unter der Wasseroberfläche, als ihm die Luft ausging. Khartoum zu töten. Das Treffen mit Kalakia. Felipe Vivars gescheiterter Versuch, Khartoum zu rächen. Der Pfad dieser Ereignisse
hatte ihn zu einer Erkenntnis geführt, die beinahe schon eine
Offenbarung war. Er hatte ihm gezeigt, wer er *wirklich* war. Er
wusste nun, dass sein erster Mord, damals im Wald, kein Zufall
und kein Unglück gewesen war. Er hatte keinen Zweifel, dass
er wieder töten würde. Nicht nur das: Er wusste, dass es ihm
gefallen würde.

Was hätte Kraas in diesen Augenblicken bloß von ihm gedacht? Er wischte den Gedanken fort. Es machte keinen Unterschied. Kraas war tot. Ihm blieb nichts anderes übrig, als diesen
Umstand zu akzeptieren. Von nun an würde er seine eigenen
Entscheidungen treffen. Khartoum und Vivar … die beiden
hatten es verdient gehabt, zu sterben. Was die Männer anging,

die er in Zukunft töten musste ... nun, wenn es gute Gründe dafür gab, sie auszuschalten: warum nicht? Korruption war eine Krankheit, der Krebs dieses Planeten. Er wusste, dass Kraas mit ihm in dieser Sache einer Meinung gewesen wäre. Im Grunde, dachte Frederich, hatte er gespürt, dass es so kommen musste, seit er ein kleiner Junge gewesen war. Seit Kraas ihm nach und nach gezeigt hatte, wie die Welt um sie herum *wirklich* beschaffen war. Auf schwer beschreibbare Weise fühlte sich Frederich, als hätte Kraas ihn sein ganzes Leben lang auf genau diesen Moment vorbereitet.

Die Stewardessen liefen die Sitzreihen entlang und bereiteten die Passagiere auf die Landung vor. Rückenlehnen in die aufrechte Position. Sitzgurte anlegen. Frederich schüttelte sich aus seinem Tagtraum. Die Zeit des Grübelns war vorbei. Er atmete tief durch und richtete seine Aufmerksamkeit nach innen. Der Abgrund war da. Die dunkle Leere gab ihm Ruhe, Kraft ... und Wut. Er begriff, dass die Schatten in seinem Inneren nichts waren, vor dem er davonlaufen konnte. Oder wollte. Vor ihm lag der Zugang zu einer Welt, in der er seine brutale Wildheit nicht mehr verstecken musste. Im Gegenteil: Man würde ihm erlauben, ja sogar von ihm *erwarten*, dass er sie fließen ließ, kanalisierte und bei Bedarf entfesselte. Zweifellos würde er mit der Zeit die Disziplin entwickeln, um sie zu beherrschen. Alles, was Kraas ihm beigebracht hatte, würde dafür unerlässlich sein. Ganz egal, mit welchen Herausforderungen ihn die bevorstehende Ausbildung oder die Zeit danach konfrontieren würde: Frederich schwor sich, nicht zuzulassen, dass irgendetwas oder irgendjemand ihm dabei in die Quere kam.

Es war 14:48 Uhr am Flughafen von Zürich, 3 Minuten vor der Landung. Der Mann, den man „Scheffler" nannte, wartete am Ankunftsgate. Inmitten eines Stroms von Menschen, von wartenden Angehörigen und aufgeregten Urlaubern, die sich mit weit aufgerissenen Augen angeregt unterhielten, stand Scheffler fest und unbewegt wie eine Klippe. Seine Pupillen folgten den Bewegungen einer Geschäftsfrau mittleren Alters, die zielstrebig mit einer Ledertasche in der Hand durch das Gate marschierte, dann einem jungen Mädchen mit blondem Pferdeschwanz, das einen Schrei ausstieß, als sie ihren wartenden Freund erblickte, und losstürmte, ohne sich um ihr Gepäck zu kümmern.

Nicht zum ersten Mal fragte sich Scheffler, was zur Hölle er hier eigentlich tat. Ihm war unbegreiflich, warum man ihm befohlen hatte, eine ganze Reihe wichtiger Aufgaben liegen zu lassen, nur um einen einfachen Rekruten namens „Frederich Abel" abzuholen. Man hatte ihm gesagt, Kalakia persönlich hätte darauf bestanden, dass er den Burschen am Flughafen in Empfang nahm und seine Ausbildung überwachte. Es ärgerte ihn nicht zu knapp, dass er alles hatte stehen und liegen lassen müssen, nur um etwas zu erledigen, das jeder einfache Soldat hätte übernehmen können. Seine kostbare Zeit wäre weitaus besser darin investiert gewesen, die Ausbildungseinrichtung zu leiten.

Die seltsame Anweisung war nicht das Einzige, was ihn ärgerte. Zugegebenermaßen gab es in der letzten Zeit wenig, was ihn *nicht* in Wut versetzte. Das hier war Woche vier in seinem aktuellen Steroiden-Zyklus und seine Trenbolon-Werte gingen durch die Decke. Etwas zusätzliche Muskelmasse hatte noch niemandem geschadet. Zumindest nicht ihm. Die Menschen in seiner Umgebung waren es, die sich in Acht nehmen mussten. Seit einigen Tagen konnte ihn so gut wie alles explodieren lassen. Erst kürzlich hatte einer der Rekruten, ein junger Pole aus Warschau, die notwendige Konzentration vermissen lassen und eine seiner Anweisungen überhört. Scheffler war niemand, der sich wiederholte oder Lust und Zeit hatte, die Aufmerksamkeit eines jungen Idioten zu wecken. Bevor der Kerl überhaupt gewusst hatte, was geschah, hatte er auch schon auf dem Boden gelegen mit einer Gehirnerschütterung als freundliche Ermahnung für die Zukunft. *Von jetzt an hört er zu*, dachte Scheffler.

Es war kein Zufall, dass sein Ausbildungsprogramm innerhalb der Liga auch als „Hölle auf Erden" bekannt war. Eine gelegentliche Tracht Prügel tat den Jungen gut. Tief unter den Alpen, in einer ehemaligen Bunkeranlage des schweizerischen National-*Réduit*, machte Scheffler aus ungehobelten Jungen brauchbare Männer. Unter seinem Kommando lernten die Rekruten, tagelang und ohne jede Unterbrechung in fast vollständiger Dunkelheit zu leben und zu trainieren. Die einzigen Ausflüge bildeten Gewaltmärsche durch die Berge. Militärische Drills, die Ausbildung an der Waffe, Krafttraining, Nahkampf: Scheffler brauchte seine Männer in absoluter Topform. Absolventen des *Elite Squad* mussten in der Lage sein, jeden vorstellbaren Gegner in jeder vorstellbaren Lage zu bekämpfen. Ob dieser Neue, Frederich, die Zähigkeit besaß, um das Programm zu überstehen? Die Chancen standen nicht besonders gut.

Spätestens in der Zermürbungsphase würde sich herausstellen, was dieser Abel *wirklich* draufhatte. Dieser Teil der Ausbildung war Schefflers persönlicher Favorit. Im Kampf wie auch im Leben gab es nur eines, was Scheffler an einem Mann respektierte, und das war seine *Widerstandsfähigkeit*. Ein echter Mann hielt wiederholte Prügel aus, ohne einzuknicken. Er überstand tagelange psychologische Folter, ohne zu brechen. Ein Mann mit echter Nervenstärke ergab sich *niemals* der Verzweiflung. Er behielt seine Entschlossenheit, ganz gleich, welcher Druck auch auf ihm lastete. Scheffler war stolz darauf, dass sein Programm die Rekruten bis an die äußersten Grenzen dessen brachte, was sie ertragen konnten. Es erfüllte ihn mit Genugtuung, wenn wieder einmal einer der Jungen unter den Belastungen zerbrach, auch wenn der Anblick von Schwäche ihn anekelte. Genau darin lag der Zweck der Ausbildung. Nur die Besten überstanden das *Elite-Squad*-Programm.

In der Ausbildungseinrichtung herrschte eine klare Hierarchie. Schefflers Nummer zwei, Otto, war dafür verantwortlich, die Jungen durch die Hölle zu führen, während die gut geölte Kampfmaschine Scheffler das Ganze überwachte. Scheffler schüttelte den Kopf und hob einen ungeduldigen Blick zur Anzeigetafel. Der Flug war pünktlich gelandet. Er zog Abels Foto hervor und studierte es noch einmal. Das Ganze musste ein verdammtes Missverständnis sein. Der Kleine gehörte auf das Cover von *JQ Men's Magazine* oder wie auch immer dieses Schundblatt hieß und nicht in sein Ausbildungsprogramm. Er hatte jetzt schon das Gefühl, dass diese ganze Sache nichts als Zeitverschwendung war. Einen solchen Hänfling würde er schon in der ersten Woche brechen. Andererseits: Kalakia war niemand, der wichtige Entscheidungen ohne triftigen Anlass traf. Wenn der Anführer der Liga darauf bestand, dass Scheffler diesen Jungen der *Elite-Squad*-Prüfung unterzog, würde er schon seine Gründe haben. Insofern konnte Scheffler eine gewisse Neugier nicht verleugnen. Dennoch: Für den Jungen war das Ganze, wie er schon sehr bald würde feststellen müssen, äußerst schlechtes Timing. Schefflers Geduldsfaden war in diesen Tagen kürzer als die Haare auf seiner gewachsten Brust. Er würde diesen Frederich ausquetschen und dann würde er ihn brechen.

Scheffler senkte den Blick, spannte seinen Bizeps an und nickte zufrieden. Sein T-Shirt war gespannt bis zum Zerreißen. Er konnte mit dem Fortschritt dieses Steroiden-Zyklus durchaus zufrieden sein. Die Glasschiebetüren glitten auseinander. Ein frischer Strom von Passagieren ergoss sich in die Ankunftshalle. Scheffler erkannte einen jungen Mann, der zu dem Foto passte. Hellbraunes Haar, frisiert wie ein verdammter Rockstar. Jugendliche Züge. Schwarze Lederjacke, eng anliegende schwarze Hosen und ein brauner Rucksack auf der Schulter. Wohl doch eher *Rolling Stone Magazine, dachte Scheffler. Sein* Gesicht verzog sich zu einem Grinsen. Das hier würde *unterhaltsam* werden.

TEIL II

17

DER JEEP RASTE DURCH DIE KASACHISCHE WÜSTE
und zog eine lang gezogene, orangefarbene Staubspur hinter
sich her. Inselheim saß mit hängenden Schultern auf der Rückbank und starrte mit leerem Blick aus dem Fenster. Rechts neben ihm saß Kimberley Brunswick, seine enge Freundin und
zugleich die Projektleiterin des Neutralaser-Programms. Matthias Vidrik saß auf dem Beifahrersitz und hatte den Rückspiegel so eingestellt, dass er Inselheim im Auge behalten konnte.
Immer wieder bemerkte Inselheim, wie Vidrik ihm gelangweil-
te und dennoch zutiefst beunruhigende Blicke zuwarf. Hinter
ihnen folgten vier weitere Geländewagen mit zwei Dutzend
Männern, die im Konvoi darauf gewartet hatten, sie abzuholen, als Inselheims Privatjet auf dem internationalen Flughafen
Shymkent gelandet war. Brunswick war in der Stadt gewesen
und hatte eigentlich gehofft, ein wohlverdientes freies Wochen-
ende dort verbringen zu können, als sie den unerwarteten Anruf erhalten hatte und angewiesen worden war, Inselheim am
Flughafen zu treffen. Sie hatte nur einen einzigen Blick auf
Vidrik und in Inselheims Gesicht werfen müssen, um zu begreifen, dass irgendetwas furchtbar schiefgelaufen war.

Ihr Aufbruch in Shymkent lag bereits über vier Stunden zurück. Vier Stunden, in denen sie in angespannter Stille durch
die Scheiben in die leere Wüstenlandschaft hinausgestarrt hatten. Über das Ziel machte sich Kimberley Brunswick keine Il-

lusionen. Die Route führte zur geheimen Testeinrichtung. Die letzten zwanzig Minuten hatten sie durch wegloses Gelände zurückgelegt. Nun endlich tauchte der Forschungskomplex vor ihnen auf. Die Fahrzeuge steuerten über eine offene Fläche und kamen vor dem schmucklosen, unbeschilderten Betongebäude zum Stehen.

Ihr Fahrzeug schwankte, als ihre Bewacher ausstiegen. Auch die übrigen Männer sprangen aus den Fahrzeugen. Inselheim bemerkte sie kaum. Sein Blick ruhte auf der Stelle, wo der Schweißbrenner sein Bein versengt hatte. Man hatte seinen Oberschenkel behandelt und bandagiert, doch die Wirkung der Medikamente ließ allmählich nach und der pochende Schmerz kehrte zurück. Vidrik, der bereits ausgestiegen war, zog die Tür auf, packte Inselheim am Hemdkragen und zerrte ihn aus dem Wagen. Gemeinsam mit Brunswick und den übrigen Schergen ließen sie die Fahrzeuge zurück und näherten sich einer grauen Tür. Keiner ihrer Begleiter sprach ein Wort. Ihre stoischen Gesichtsausdrücke und ihr konzentriertes Vorgehen ließen erahnen, zu welchem Zweck sie hergeschickt worden waren. Sie sahen aus wie Militärpersonal. Jeder von ihnen trug eine schwarze Tasche, locker sitzende schwarze Kleidung und Kampfstiefel. Brunswick warf Inselheim einen kurzen Blick zu, bevor sie sich vor den Video-Monitor stellte, um sich zu identifizieren. Mit einem summenden Geräusch sprang die Tür auf. Das Sicherheitsteam der Einrichtung war es gewohnt, dass Brunswick oder Inselheim mit neuen Mitarbeitern eintrafen. Mit ihren Begleitern stiegen sie mehrere dunkle, schmale Treppenläufe hinab, die direkt in die große Halle führten. Inselheims Ausdruck verriet keine Regung, als Kalakias Männer innehielten und bestaunten, was sich hier, an diesem abgelegenen Ort tief unter der kasachischen Wüste, vor ihnen auftat.

Für Inselheim waren die offen stehenden Münder und die vor Überraschung geweiteten Augen nichts Neues. Er hatte sie schon Dutzende Male zuvor bei Neuankömmlingen erlebt. Die meisten Menschen waren überwältigt von den Ausmaßen und der Geschäftigkeit der großen Halle fernab jeglicher Zivilisation. Mit ihrer Höhe von vier Stockwerken und einer Länge von zwei Fußballfeldern bot sie in der Tat einen erstaunlichen Anblick. Jeder Quadratmeter war bedeckt mit technischen Geräten, Computerterminals, Werkbänken, Testvorrichtungen, Schweißstationen, seltsamer Robotik-Ausrüstung und provisorischen, mit Stellwänden abgetrennten Besprechungsbereichen. Ein offener Gang führte mitten durch die Einrichtung, vorbei am Neutralaser und am Ausgangstunnel zu den weiter hinten gelegenen Schlafquartieren. Die Wohnbereiche waren organisiert wie ein Hotel. Sie umfassten ein voll ausgestattetes Fitnessstudio, eine Cafeteria und einen weitläufigen Aufenthalts- und Ruheraum. Ein leicht bewaffnetes Sicherheitsteam stand rund um die Uhr bereit, um unberechtigte Zutrittsversuche oder Bedrohungen abzuwehren. Am beeindruckendsten für den erstmaligen Besucher war jedoch die schiere Anzahl der Forscher, die sich an diesem abgelegenen Ort aufhielten. Inselheim hatte persönlich Dutzende Experten aus Deutschland, Japan, Litauen, den Vereinigten Staaten, Russland und diversen weiteren Ländern angeworben. Die Teams waren lose in die Hauptbereiche Forschung und Entwicklung, Design, Produktion sowie Testing/Qualitätskontrolle untergliedert. Jeder einzelne der hier Versammelten war einer gründlichen Hintergrundkontrolle unterzogen worden und hatte eine Verschwiegenheitserklärung unterzeichnen müssen. Alle waren in der einen oder anderen Weise in der Anti-Atomwaffen-Bewegung aktiv gewesen. Viele der japanischen Teammitglieder hatten, wenig

177

überraschend, im Zweiten Weltkrieg Angehörige in Hiroshima und Nagasaki gehabt.

Immer mehr Mitarbeiter unterbrachen ihre Arbeit, um ihnen verwunderte Blicke zuzuwerfen, als Team um Team Inselheim, Brunswick und ihre bedrohlich aussehenden Begleiter bemerkte. Brunswick schob sich näher an Inselheim heran, während Vidrik und der Rest der Gruppe noch damit befasst waren, die Umgebung in Augenschein zu nehmen.

„Wir müssen reden", flüsterte sie ihm drängend zu. „Unter vier Augen!"

Inselheim versicherte sich, dass Vidriks Aufmerksamkeit weiterhin anderen Dingen galt. Dann nickte er, schlich sich mit Brunswick fort und folgte ihr in ihr Büro.

Brunswick schloss die Tür hinter ihnen, lehnte sich dagegen und verschränkte die Arme von der Brust. „So", stieß sie aus. „Das war ... was zur Hölle ist hier los, Michael?"

Inselheim seufzte und rieb sich die Augen. Er wusste nicht einmal, wo er anfangen sollte. Brunswick schmiss für ihn den Laden, wenn er nicht hier sein konnte, weil er in Berlin oder geschäftlich unterwegs war. Sie beide kannten sich seit ihrer gemeinsamen Studienzeit. Brunswick war der kompetenteste Mensch, dem er je begegnet war, und der einzige, dem er bedingungslos vertraute. Trotzdem hatte er keine Ahnung, wie er ihr *diese* Geschichte schonend beibringen sollte. Er fühlte sich betäubt. Das Martyrium der Folter hatte ihn zutiefst erschüttert. Nachdem sich einer von Kalakias Leibärzten um sein Bein gekümmert hatte, war er aus der Gefangenschaft entlassen worden. Man hatte ihm nur einen halben Tag gegeben, den er unter ständiger Bewachung daheim verbringen durfte, bevor sie hergeflogen waren. Unter den Augen von Kalakias Männern hatte er Brunswick anrufen müssen, um das Treffen hier am Flughafen zu arrangieren. Man hatte ihm verboten, ihr irgendetwas zu verraten. Entsprechend hatte Brunswick noch immer keine Ahnung, worum es in dieser Sache eigentlich ging. Es war an der Zeit, dass sie es erfuhr.

„Das da draußen sind Kalakias Männer", brachte Inselheim schwach hervor. „Es ist vorbei. Sie wissen über alles Bescheid."

Brunswick schlug eine Hand vor den Mund und richtete den Blick zum Boden. Mehrfach versuchte sie Worte zu finden, doch sie brach immer wieder ab. Schließlich entfuhr ihr ein gedämpftes Stöhnen. „Wie konnte das passieren, Michael?"

„Sie haben mich überwacht."

„So eine Scheiße!"

„*Ja*. So eine Scheiße."

„Haben sie dir etwas angetan?" Brunswick nickte zu seinem Bein. „Mir ist aufgefallen, dass du humpelst."

Inselheim blickte zu Boden. Die Erinnerung an Vidriks Verhör traf ihn unerwartet hart. Seine Augen füllten sich mit Tränen. Er nickte schwer.

„Oh, Michael." Brunswick trat vor und legte ihm eine Hand auf die Schulter.

Inselheim wischte sich durch die Augen. Er wandte sich ab, schleppte sich durch den Raum und ließ sich auf das Sofa an der Wand fallen. Er starrte an die Decke und schnitt eine Grimasse.

„Was ist passiert?", wollte Brunswick wissen. „Michael. So habe ich dich noch nie erlebt."

„Wir waren so nah dran", gab Inselheim gequält zurück. „So verdammt nah dran."

„Was haben Kalakias Männer vor?"

„Ich habe keine Ahnung." Inselheim warf hilflos beide Arme in die Luft. „So wie es aussieht, werden sie hier alles übernehmen."

„Bastarde!", stieß Brunswick scharf aus. „Nein", setzte sie dann mit einem trotzigen Kopfschütteln nach. „Auf gar keinen Fall. Dazu darf es nicht kommen. Nicht nach all der harten Arbeit."

Inselheim seufzte.

„Es ist vorbei, Kimberley. Sie haben uns in der Tasche. Entweder wir geben ihnen, was sie verlangen, oder sie bringen uns alle um."

Brunswick starrte in die Ferne und fuhr sich mit der Zungenspitze über die Unterlippe. Inselheim kannte diesen Ausdruck. Er hatte gelernt, ihn zu fürchten. Er ahnte bereits, wie sie reagieren würde. Brunswick war und blieb selbst unter dem größten Druck eine nüchterne Analytikerin. Zuerst würde sie sich weigern, die neuen Umstände zu akzeptieren. Als Nächstes würde sie sorgfältig alle Fakten durchgehen und die Möglichkeiten abwägen, die ihnen offenstanden. Anschließend würde sie eine Entscheidung treffen und ihren Willen durchsetzen, und nichts konnte sie mehr davon abbringen.

Inselheim schloss die Augen. Er hatte einen guten Teil des Fluges mit der schier unlösbaren Aufgabe verbracht, sich zu überlegen, wie er Brunswick davon abhalten konnte, ir-gendetwas Wahnsinniges zu tun. Sie kannten sich seit über dreißig Jahren. Ihr Verhältnis war ebenso belastbar wie kompliziert. Er hatte ihre wahre Natur bereits am Tag ihrer ersten Begegnung kennengelernt, auf der Feier eines gemeinsamen Freundes während ihrer Universitätszeit im Bayern der 1980er-Jahre. Sie hatten zum Abendessen zusammengesessen und über den Zustand der DDR diskutiert. Brunswick hatte sich zu Wort gemeldet und verkündet, das sozialistische Regime würde das Ende des Jahrhunderts nicht mehr erleben. Inselheim hatte die zierliche Brünette mit dem kurzen Pony belächelt, die ihm vor ihrer waghalsigen Behauptung kaum aufgefallen war. Dann aber hatte ihn ihr bohrender Blick getroffen und seine selbstgefällige Überheblichkeit zerplatzen lassen. Nach einer kurzen Affäre hatten schon sehr bald intellektuelle Diskussionen das Verlangen überdeckt, miteinander ins Bett zu gehen. Wenig später war Inselheim seinem Vater in die Führung der Inselheim-Gruppe gefolgt. Er hatte darauf bestanden, dass Kimberley mit ihm kam. Ihr Verständnis für politische Zusammenhänge und die menschliche Natur war unübertroffen. Beides ermöglichte ihr auf einzigartige Weise, aus dem andauernden Kampf mit dem widerspenstigen Unternehmensvorstand immer wieder als Sieger hervorzugehen. Während Brunswicks Aufstieg in der Firma hatte Inselheim nicht ein einziges Mal erlebt, dass sie einem Konflikt aus dem Weg ging.

„Es wird einige Zeit dauern, bis sie mit der Massenproduktion beginnen können", überlegte Brunswick laut und richtete ihre Aufmerksamkeit wieder auf Inselheim. „Außerdem wären da noch die ausstehenden Tests mit Hyperschallraketen. Ich könnte einige unserer Kontakte in der Bundesregierung aktivieren, damit sie eine neue Produktionsstätte für uns einrichten. Wenn wir schnell genug ..."

„Kimberley, hör auf", bat Inselheim. „Bitte. Diese Leute haben ihre Augen und Ohren überall. Ich meine, wirklich *überall*. Sie werden von der Sache Wind bekommen. Sobald sie davon hören, sind wir tot."

„Sind wir das?" Brunswick hob die Brauen. Inselheims Verzweiflung verwandelte sich in Entsetzen, als er sah, dass ihr Blick jene charakteristische Härte angenommen hatte, bei der keine Diskussion mehr möglich war. „Seit wann gibt Michael Inselheim so einfach auf, hm?", wollte sie herausfordernd wissen. „Wo ist Mr. Risiko? Mr. Alles-ist-möglich?"

„Du weißt nicht, wozu diese Menschen fähig sind“, brachte Inselheim hervor. „Was sie mir angetan haben. Sie … sie haben mich gebrochen, Kimberley.“

„Dann kleben wir dich eben wieder zusammen. Das hier ist nicht unser erster Kampf, Michael. Mit wie vielen feindlichen Regierungen sind wir fertiggeworden? Mit wie vielen brutalen Rebellenführern?“

„Das hier ist nicht irgendeine zusammengewürfelte Miliz“, wehrte sich Inselheim. „Selbst Rebellengruppen kennen gewisse Grenzen. Diese Leute haben keine.“

Inselheim fuhr zusammen, als plötzlich Schritte aus dem Flur herüberschallten. Die Tür wurde ruckartig aufgestoßen. Vidrik platzte in den Raum. Im Korridor erklangen Lärm und barsche Anweisungen, durchmischt mit Hilfeschreien.

„Alle nach hinten!“, brüllte ein Mann im Gang. „Na los. Bewegung!“

„*Hier* seid ihr also“, freute sich Vidrik mit böser Belustigung und schob die Tür hinter sich zu. „Glitschige kleine Fische! Habe ich gesagt, dass ihr gehen dürft?“

Inselheims ganzer Körper erstarrte beim Anblick seines Peinigers. Hinter seiner Stirn war nur noch ein leerer weißer Raum. Brunswick aber verschränkte herausfordernd die Arme.

„Was geht da draußen vor sich?“, forderte sie mit gehobenem Kinn und einem Blick zur Tür zu wissen.

Vidrik hob bedeutungsvoll die Brauen. „Wenn ihr euch nicht davongeschlängelt hättet, wüsstet ihr Bescheid“, gab er zurück.

„Das hier ist *unsere* Firma“, setzte Brunswick nach. „Warum sollten wir eine Erlaubnis brauchen, um uns zu besprechen?“

Vidrik legte den Kopf schief. Sein Blick wurde leer und ausdruckslos. Dann breitete sich ein Grinsen über seine Züge aus. Er griff in seine Jackentasche, zückte eine silberne Pistole, entsicherte sie und richtete sie auf Brunswicks Kopf. Brunswick zuckte zusammen. Ihre Augen weiteten sich. Erst schien sie zu erwägen, Widerstand zu leisten. Dann löste sie die Verschränkung ihrer Arme. Ihre Schultern wanderten empor, als wollte sie zum Schutz den Kopf einziehen. Inselheim richtete sich auf dem Sofa auf und umklammerte hilflos seine Oberschenkel. Er starrte die beiden an, unfähig, auch nur ein Wort hervorzubringen.

„Ja", erklärte Vidrik, ruhig und leise. „Es ist *eure* Firma. Und du hast wirklich ausgezeichnete Arbeit geleistet. Dafür hast du dir eine Belohnung verdient. Komm näher. Ich habe eine Überraschung für dich."

Brunswick zögerte.

„Komm", bellte Vidrik.

Brunswick tat einen langsamen, vorsichtigen Schritt nach vorn.

„Schau hinein", befahl Vidrik mit einem auffordernden Blick zum Pistolenlauf. „Sag mir, was du siehst. Ist es dort drin?"

Die Zeit verging quälend langsam. Sekunde um Sekunde verstrich. Inselheim kam jede einzelne davon vor wie eine Ewigkeit. Die angespannte Stille im Raum stand im krassen Gegensatz zum Lärm und Chaos auf dem Flur.

„Wenn Sie mich erschießen wollen, tun Sie es jetzt gleich", brachte Brunswick rau hervor. „Ich habe keine Lust auf Ihre Spielchen."

Vidrik schmunzelte und ließ die Waffe sinken. Er trat vor, beugte sich dicht an Brunswicks Ohr heran und flüsterte ihr etwas zu, das Inselheim nicht hören konnte. Für einen Augenblick schienen Brunswicks Augen aus den Höhlen zu quellen. Dann aber verhärteten sich ihre Züge, als sie sichtlich um Beherrschung rang. Vidrik wandte sich ab und trat zur Tür. Als er sie aufzog, hatte sich der Tumult ans Ende des Flurs in die Ferne verlagert.

„Diese Einrichtung steht unter neuer Führung", verkündete Vidrik. „Kommt nach draußen."

Brunswick und Inselheim sahen einander an. Brunswick bewegte sich zuerst. Inselheim folgte ihr. Sie traten durch den Türrahmen und sahen, dass die große Halle menschenleer war. Die letzten Arbeiter wurden eben von Vidriks Begleitern, die nun Gewehre trugen, in die Schlafquartiere im hinteren Bereich getrieben. Weiter vorne war eine Gruppe von sechs Forschern mit über dem Kopf verschränkten Händen vor einer Trennwand aufgereiht, in Schach gehalten von sechs Liga-Milizionären. Brunswick und Inselheim tauschten besorgte Blicke.

„Kommt", forderte Vidrik mit einer Kopfbewegung.

„Was geht hier vor?", wollte Inselheim mit einem Blick zu seinen Mitarbeitern wissen. Er erkannte Marius Olson, einen Ingenieur der Luft- und Raumfahrttechnik, der erst kürzlich zum Team dazugestoßen war, um die letzte Phase des Projekts zu beschleunigen. Die Augen des Dänen spiegelten Entsetzen. Sein Gesicht war totenbleich. Schweiß glänzte auf seiner Stirn und sein Kinn bebte.

„Die neue Führung hat beschlossen, den Personalbestand etwas zu verringern", gab Vidrik bekannt. Er wandte sich zu den Bewaffneten und nickte.

Die Soldaten legten an. Bevor Inselheim reagieren konnte, setzte das Feuer ein. Kurze, abgehackte Salven peitschten durch den Raum. Inselheim riss instinktiv die Arme hoch, um sich zu schützen. Als er wieder aufschaute, lagen die Wissenschaftler tot auf dem Boden. Blut breitete sich unter ihren Körpern aus. Inselheim wurde völlig steif. Brunswick stieß einen hysterischen Schrei aus. Sie stürzte vor und warf sich auf einen der Schützen.

„Bastarde!", brüllte sie, auf den Mann einschlagend. „Was habt ihr getan!?"

Ein Kolbenstoß gegen die Schulter warf sie zu Boden. Sofort richtete sie sich ächzend wieder auf und taumelte hinüber zu den regungslosen Körpern ihrer getöteten Kollegen. Sie ging in die Knie und tastete bei einem nach dem anderen nach dem Puls, verzweifelt auf der Suche nach einem Anzeichen von Leben.

Vidrik gab der bewaffneten Miliz ein Zeichen. Einer der Männer ließ sein Gewehr sinken, trat vor und packte Brunswick. Nachdem er sie emporgezogen hatte, begann er, sie durch die Halle davonzuzerren.

„Lass mich los!", brüllte Brunswick, wild um sich schlagend und tretend. „Loslassen. Ihr verdammten Monster!"

Sie schrie und kämpfte während des gesamten Weges, bis sie und ihr Bewacher außer Sicht gerieten. Inselheim stand noch immer unbeweglich auf der Stelle. Er war außerstande, irgendetwas zu tun oder auch nur zu fühlen. Brunswicks Schreie verklangen am anderen Ende der Halle. Inselheim starrte mit glasigem Blick zu den sechs toten Forschern. Alles war so unwirklich, wie in einem schlimmen Traum. Eine schallende Ohrfeige riss ihn zurück.

„Inselheim", befahl Vidrik. „Schau hierher."

Inselheim blinzelte und wandte den Kopf.

„Das eben war eine Nachricht von Kalakia", erklärte Vidrik. „Er mag es nicht, wenn man Geheimnisse vor ihm hat. Von jetzt an tust du, was man dir befiehlt. Ansonsten sterben noch mehr deiner Leute. Dazu gehört auch, und dafür werde ich persönlich sorgen, deine vorlaute kleine Schlampe. Hast du das verstanden?"

Inselheim war unfähig zu atmen.

„Inselheim."

Ein weiterer Schlag traf sein Gesicht. Inselheim nickte.

„Gut“, befand Vidrik. „Also. Das hier sind die Regeln. Alles bleibt genauso wie zuvor. Du bekommst den Rest der Woche frei. Danach zeigst du dich wieder in der Öffentlichkeit. Du hältst den Mund und verhältst dich ganz normal. Tu nichts, was Aufmerksamkeit erregen könnte. Ansonsten wirst du bald keine Mitarbeiter mehr übrig haben. Das verspreche ich.“

Vidrik legte eine Pause ein, um die Worte einsinken zu lassen.

„Versuch die Sache positiv zu sehen“, fügte er hinzu. „Du bist immer noch der Boss. Du hast immer noch alles in der Hand. Verstanden?“

Inselheim blinzelte und nickte schwach.

„Sag es.“

„Verstanden“, krächzte Inselheim.

„Gut. Gehen wir.“ Vidrik schlug Inselheim hart gegen die Schulter und wandte sich an seine Militärs.

„Diese Einrichtung bleibt abgeriegelt, bis unsere Verstärkung eintrifft“, befahl er und setzte einem der Kämpfer einen Zeigefinger auf die Brust. „Wenn irgendjemand aus der Reihe tanzt, macht ihr ihn fertig.“

Der Bewaffnete nickte.

Vidrik bedeutete Inselheim, ihm zu folgen. Ohne ein weiteres Wort stiegen sie zusammen durch das Treppenhaus wieder an die Oberfläche, wo ein Geländewagen auf sie wartete. Inselheim leistete keinen Widerstand. Er konnte den entsetzten Ausdruck nicht vergessen, den er in Marius‘ Gesicht gesehen hatte. In seinem ganzen Körper war keinerlei Gefühl. Ihm war, als blickte er aus großer Höhe auf sich selbst herab. Er nahm die Umgebung nur abwesend wahr. Das Knirschen ihrer Schritte auf dem Boden. Den leichten Zug des Windes an seiner Kleidung. Vidrik schob ihn auf die Rückbank des Wagens, der sich kurz darauf wieder in Bewegung setzte. Zurück ging es durch die unbelebte Wüste. Fort von der Einrichtung, wo Brunswick und der Rest des Teams als Geiseln in den Händen von Kalakias bewaffneten Killern zurückblieben.

18

Auf gar keinen Fall würde er Scheffler gewinnen lassen. Dieses Mal nicht. Überhaupt nie wieder. Die Dunkelheit machte Frederich nichts aus. Im Gegenteil: Er hatte gelernt, sie zu genießen. Sie belebte ihn wie ein heißes Bad oder, wenn man nach dem Geruch des Raumes ging, wie ein Bad im Mist ein Schwein.

„Klopf, wenn du genug hast", waren Schefflers letzte Worte an ihn gewesen. Das Flurlicht hinter Schefflers Rücken hatte seinen Umriss scharf im Türrahmen hervorgehoben und seine dichten hellbraunen Haare glänzen lassen. „Dann lasse ich dich wieder raus, ohne irgendwelches Hin und Her. Unter einer einzigen Bedingung: Ich will nie wieder Widerworte von dir hören."

Ohne eine Antwort abzuwarten, hatte Scheffler die Tür zugeschlagen und von außen abgeschlossen. Frederich war alleine in der winzigen, stockfinsteren Zelle tief im Berg zurückgeblieben. Es gab keine Toilette, kein Bett und keine Heizung. Nur absolute Schwärze.

Die erste Zeit hatte Frederich damit verbracht, aufrecht und mit überkreuzten Beinen an der Wand zu sitzen, um wach und aufmerksam zu bleiben. Allmählich hatte er sich beruhigt. In seinem Inneren war es still geworden. Nach einer Weile aber hatte die Unruhe eingesetzt. Schmerzen regten sich in seinen Schultern und in seinen Beinen. Gelegentlich ging ein Zittern durch seinen Körper. Innerhalb weniger Stunden war es ihm erschienen, als lösten sich nach und nach die Verankerungen seines Verstandes in der Wirklichkeit. Er hatte das Gefühl entwickelt, dass er schwebte. Irgendwann hatte er es nicht mehr ausgehalten. Er war aufgesprungen, hatte sich eine möglichst weit entfernte Ecke gesucht und sich dort erleichtert. Dann kam die Übelkeit. Frederich ließ alles über sich ergehen, ohne einen Laut von sich zu geben. Er erging sich ganz in Fantasien, wie er Scheffler ein Messer in die Kehle rammte.

Während des, wie er annahm, zweiten Tages begann der Hunger derart schmerzhaft an ihm zu nagen, dass alle anderen körperlichen Empfindungen dahinter zurücktraten. Alles, was ihm blieb, war, sich auf seine Atmung zu konzentrieren und abzuwarten, während die Grenze zwischen Schlaf und Wachzustand immer weiter verschwamm. Er trieb dahin, hinaus in den dunklen Abgrund, ohne jegliches Gefühl für Zeit und Raum. Sein einziger Anker war sein Hass auf Scheffler. Seine Wut war unermesslich, doch sein Körper hatte Grenzen. Trotz allem: Er war am Leben und hielt weiter durch. Scheiß auf dich, dachte er wieder und wieder, wobei er unkontrolliert zu zittern anfing. Auf keinen Fall würde er Scheffler gewinnen lassen.

„Drei Tage, und nicht ein einziger Mucks", sagte Scheffler. Er hatte sich den Telefonhörer zwischen Schulter und Wange geklemmt und saß zurücklehnt, ein Bein lässig auf dem Schreibtisch, in seinem Stuhl.

„In völliger Dunkelheit?", versicherte sich Francois am anderen Ende. „Kein Essen und kein Wasser? Sind Sie sicher, dass er noch am Leben ist?"

„Jep", gab Scheffler zurück. „Wir haben Infrarotkameras in seiner Zelle. Er sitzt einfach nur da, in einer Art Yoga-Pose.

Manchmal dehnt er sich ein bisschen. Abgesehen davon macht er überhaupt nichts, außer manchmal zu schlafen oder ohnmächtig zu werden."

Scheffler konnte hören, wie Francois am anderen Ende ungeduldig die Luft ausstieß. „Wie genau hat das hier noch gleich angefangen?"

„Nun." Scheffler richtete einen Blick zur Decke. „Ich war gerade dabei, unseren jungen Freund Piotr Paleski etwas abzuhärten, als dieser Bastard Frederich plötzlich meinte, dass meine kleine Starthilfe zu viel für seine empfindlichen Augen war."

„*Abhärten*? Bitte erklären Sie mir, worin Ihre ‚Abhärtung' bestand."

„Wir übten gerade den Gepäckmarsch in großer Höhe, als unserem polnischen Freund die Puste ausging. Die ganze Einheit musste auf ihn warten. Er meinte, dass er es nicht schaffen würde. Da habe ich nachgeholfen. Mit einem Tritt, um ihm den Abstieg zu erleichtern. Plötzlich kommt von hinten dieser Abel angerannt und versucht mich umzureißen. Irgendetwas stimmt nicht mit dem Kleinen."

Wieder konnte er Francois am anderen Ende durchatmen hören. „Ist das alles wirklich nötig, Scheffler?"

„Soll das ein Witz sein?", schoss er zurück. „Der Junge kann froh sein, dass ich ihm nicht die Kniescheiben zertrümmert habe. Oder ihm gesagt habe, er soll seine Sachen packen und verschwinden."

„Das ist keine Option", stellte Francois klar.

„Ich weiß, ich weiß", knurrte Scheffler. „Der Kleine ist Kalakias Goldjunge. Was ist nur los bei euch? Ihr Kerle interessiert euch doch sonst nicht für die einzelnen Rekruten oder täusche ich mich da?"

„Wie sehen Ihre nächsten Schritte aus?", überging Francois den Einwurf.

„Es sind die gleichen wie bei jedem anderen“, gab Scheffler zurück. „Der Junge gibt auf, klopft an die Tür, kriecht aus seinem mit Scheiße verseuchten Loch und fleht mich um Vergebung an. Wir vertragen uns und machen weiter wie gewohnt.“

„Das hier wird Kalakia nicht gefallen“, bemerkte Francois spitz. „Wenn der Junge da drinnen stirbt, geht das auf Ihre Kappe. Ich hoffe, dessen sind Sie sich bewusst.“

„Klar“, gab Scheffler zurück. „Und wenn ich ihn mit dem, was er getan hat, davonkommen lasse, schafft er einen neuen Präzedenzfall für die ganze Einrichtung. Wir wissen beide, was *dann* passiert. Eine Revolte. Ist es das, was Sie wollen?“

In der Leitung blieb es einen Moment lang still.

„Ich rufe Sie in einer Stunde zurück“, verkündete Francois, bevor das Gespräch mit einem Klicken endete.

Es war schwer zu sagen, wie lange er schon hier drinnen war. Es fühlte sich an wie zwei Tage, was wahrscheinlich bedeutete, dass es drei oder vier waren. Er hatte alles über solche Prüfungen gelesen. Menschen in kompletter Isolation entwickelten ein verzerrtes Zeitgefühl. Experimente zeigten, dass der Verstand ohne Stimulation irgendwann klein beigab. War diese psychologische Verteidigungslinie erst einmal gefallen, bekam der Betroffene einen Ausblick darauf, was es bedeutete, wahnsinnig zu werden. In extremen Fällen einen Platz ganz vorne in der ersten Reihe. Angstgefühle, überwältigende Panik und Halluzinationen waren nur einige der Symptome. Er musste alles tun, um sich ihnen zu widersetzen. Zuerst hielt er seinen Verstand damit beschäftigt, sich jedes Land der Erde ins Gedächtnis zu rufen. Er fing an, die Weltkarte im Kopf durchzugehen, angefangen bei Europa, dann ostwärts reisend nach Zentralasien. Usbekistan, Turkmenistan, Tadschikistan. Er eilte zurück nach Europa. Er hatte Slowenien vergessen. Hauptstadt: Ljubljana. Und San Marino und den Vatikan, beides Staaten innerhalb von Staaten. Zurück nach Asien. Kirgisistan. Die Mongolei. China. Afghanistan. Pakistan. Irgendwann hatte er ganz Asien, die pazifische Region, den Mittleren Osten und den gesamten amerikanischen Kontinent bis hinab nach Chile und Argentinien abgedeckt. Afrika kannte er gut, inklusive Lesotho, einer weiteren Enklave. Er ging noch einmal alle Kontinente durch, als er bemerkte, dass sein Geist erneut darin begriffen war, abzudriften. Er begann sämtliche Planeten im Sonnensystem aufzuzählen, einschließlich der Namen ihrer Monde. Jupiter hatte zu viele von den Dingern, um sich an alle zu erinnern. Um die fünfzig, wenn er sich nicht irrte. Pluto hatte um die fünf. Hydra and Charon waren zwei von ihnen. Er verließ das Sonnensystem und trieb hinaus in die Weiten der Milchstraße.

Er erwachte mit einem Ruck. Wie lange hatte er geschlafen? Er schlang die Arme eng um seinen Körper und begann vor und zurück zu wippen. Waren es Kälte oder Furcht, die seinen Körper zittern ließen? Sein Inneres schien zu brennen.

„Denk nach!", forderte eine Stimme in der Ecke, die ihn zusammenfahren ließ. Er hielt inne und legte den Kopf schief.

„Kraas?", hörte er sich flüstern.

„Komm schon, Frederich. Ich weiß, dass das nicht alles ist, was du draufhast. Wie sieht dein nächster Schritt aus?"

Er begann heftig zu zittern. Das brennende Gefühl in seinem Körper steigerte sich zu einem Fieber. Seine Handflächen und Achseln waren voller Schweiß. Wo zur Hölle kam die Stimme her?

„Oh, netter Versuch. Aber wo ist deine *Kraft*? Hör auf, mich zu überschätzen. Los! Härter! Mehr! Mehr!"

Frederich kniff die Augen zusammen.

„Kraas?", rief er noch einmal. „Kraas, bist du das?"

Er halluzinierte. Es musste so sein. Trotzdem war die Stimme *da*. Er konnte sie hören. Klar und deutlich.

„Hey! Warte mal! Argh! Ah, du kleines Schlitzohr!"

Jetzt verstand er. Eine Erinnerung. Eine Szene seiner Jugend spielte sich in dieser Dunkelheit noch einmal vor ihm ab. Er wusste sogar noch den genauen Zeitpunkt. Er war vierzehn Jahre alt gewesen. Kraas und er hatten auf der Wiese vor dem Haus miteinander gerungen. Kraas hatte ihn gewinnen lassen oder zumindest war es ihm damals so erschienen. Sein Vater hatte tagelang darauf bestanden, dass Frederich ihn wirklich besiegt hatte. Frederich hatte noch oft daran zurückgedacht. Hatte Kraas nur so getan, damit er anfing, mehr Vertrauen in seine eigene Kraft zu setzen? Oder hatte er seinen Ziehvater an diesem Tag wirklich zum ersten Mal übertroffen? Es war schwer zu sagen. In jedem Fall hatte das Ereignis die erhoffte Wirkung erzielt.

„Siehst du?", sagte Kraas. „Es gibt immer einen Weg. Immer. Gibt niemals auf, Frederich. Niemals."

Frederich lächelte. Mit einem Mal stieg angenehme Wärme in ihm auf. Nach und nach erfüllte sie seinen ganzen Körper. Tränen stiegen ihm in die Augen. Das Unbewusste war etwas Wunderbares, dachte er. Es tröstete ihn mit Kraas' Stimme. Je ruhiger er wurde, umso leiser wurde auch die Stimme, bis er irgendwann weggedämmert war.

„Und wieder hoch! Kommt schon, kommt schon!"

Scheffler schritt in der Trainingshalle durch die Reihen der Rekruten, die rund um ihn herum Liegestütze absolvierten. Die Jungen bildeten Zehnerreihen vor den Trainingsmatten. Sie trugen schwarze Trainingshosen und schwarze T-Shirts. Scheffler hielt an und senkte seinen Blick zu Piotr Paleski, dessen Kinn und Arme voller Kratzer vom Sturz von der Bergflanke waren. Die dürren Oberarme des Jungen bebten unter der Belastung. Scheffler hasste den Ausdruck seiner braunen Welpenaugen, wann immer sie sich auf ihn richteten. Er setzte einen Fuß auf Paleskis Rücken, erhöhte den Druck und sah zu, wie der Junge sich abmühte, seinen Körper anzuheben.

„Meinst du, deine Freundin unten in der Zelle denkt an dich?", grollte Scheffler. „Glaubst du, sie *vermisst* dich?"

Piotrs Stöhnen und Grunzen wurde lauter, als Scheffler das Gewicht auf seinem Fuß erhöhte.

„Na los. Lass uns sehen, wie diese dünnen Ärmchen arbeiten."

Schefflers Nummer zwei, Otto Litger, kam aus dem Büro herüber.

„Anruf", verkündete Otto und fuhr sich mit beiden Händen über seinen Bürstenhaarschnitt.

„Komm her", befahl Scheffler mit einer Bewegung zweier Finger. „Übernimm für mich."

Nachdem Ottos Fuß den Platz von Schefflers auf Piotrs Rücken eingenommen hatte, marschierte Scheffler zurück in sein Büro.

„Scheffler", schnauzte er in das Headset-Telefon.

„Befehl von Kalakia", erklang Francois' Stimme. „Es gibt bessere Methoden, um dem Jungen Disziplin beizubringen. Lassen Sie ihn aus der Zelle und fahren Sie mit seiner Ausbildung fort. Wie Sie danach ein Exempel an ihm statuieren, bleibt Ihnen überlassen."

Die Verbindung endete. Scheffler zog sich das Headset vom Kopf und starrte die Wand an, während er verarbeitete, was ihm gerade befohlen worden war.

„*Fuck!*", brüllte er. Mit seinem Handrücken schlug er ein Wasserglas vom Tisch, sodass es klirrend an der Wand zerschellte. „Verdammter Bastard!“ Seine Faust donnerte so hart auf die Tischplatte, dass die komplette Ausstattung darauf erzitterte. Scheffler stierte durch den Raum. Sein Atem ging schnell und gepresst. Er verzog das Gesicht. Verdammte Steroide. *Na schön.* Abel hatte vielleicht diesen Abnutzungskampf für sich entscheiden, doch der Junge hatte einen Krieg begonnen, den er noch bereuen würde. Scheffler würde ihn erwarten, draußen im Feld. Doch zuerst musste er etwas Dampf ablassen.

Frederich erwachte ruckartig. Zu seiner Rechten erklangen schlurfende Geräusche. Sein Körper spannte sich. Die Härchen an seinen Armen richteten sich auf. Er hielt die Luft an und lauschte eine ganze Weile. Der Raum lag wieder still. Was hatte Scheffler vor? Er wartete und lauschte. Nichts. Wieder nur eine Halluzination? Sein Magen hatte sich zu einem harten Knoten zusammengezogen und bettelte grummelnd um Nahrung. Seine Lippen waren spröde und gerissen, sein Mundraum trocken wie Papier.

„Raaaah!“

Sein Körper bäumte sich auf. Dieses Mal war er sich sicher, dass er etwas gehört hatte. Irgendeine Art von Säugetier.

„Raaah“, ertönte das Brüllen noch einmal.

Er warf sich herum und drückte sich mit den Händen empor. Er hatte unterschätzt, wie ausgelaugt er war. Ihm wurde schwindlig und seine Arme knickten unter ihm ein, sodass er mit den Schultern auf den Boden prallte. Das Kratzen in der Dunkelheit hielt an. Er kniff die Augen zusammen und versuchte einen Blick auf den Ursprung zu erhaschen. Vage erkannte er einen gewaltigen Umriss, der sich auf ihn zu bewegte. In seinem Kopf drehte sich alles. Er versteifte sich und bereitete sich auf den Aufprall vor.

Scheffler stampfte mit geballten Fäusten zurück in die Trainingshalle. Die Rekruten waren gerade damit beschäftigt, unter Ottos Aufsicht Eins-gegen-Eins Sparring-Kämpfe auszutragen.

„Du! Du! Und du! Herkommen!", brüllte Scheffler und deutete auf drei beliebige Rekruten.

Er positionierte sich zwischen den Auserwählten, riss sich das ärmellose Shirt vom Leib und entblößte damit seine angespannten, sorgfältig skulptierten Muskelpakete. Er nahm mehrere tiefe Atemzüge. Sein mächtiger Brustkorb hob und senkte sich. Er ließ zwei weitere schnelle Atemzüge folgen, um seine Blutzirkulation anzukurbeln.

„Na los! Bewegung!", donnerte er durch die Halle.

Die anderen Rekruten beeilten sich, zum Rand der Trainingsmatten auszuweichen. Zwei der Ausgewählten tauschten besorgte Blicke aus. Ralph, der kräftig gebaute Skinhead aus London, schien von Schefflers wuchtigem Auftritt am wenigsten beeindruckt. Der Junge straffte sich und hob sein Kinn. Otto stand am Rand der Matten, hatte die breiten Arme vor der Brust verschränkt und beobachtete das Ganze von der Seite.

Scheffler wählte sein erstes Opfer. Mit einer Geschwindigkeit, die alle außer Otto überraschte, trat er zwei Schritte vor. Seine blitzschnelle Gerade traf Ralph im Gesicht, gefolgt von einem wütenden rechten Haken, der mit voller Wucht das Kinn des Jungen fand. Blut schoss dem Engländer aus der Nase, der sofort kollabierte. Im Raum wurde es still. Niemand rührte sich, am wenigsten Ralph. Scheffler schnaufte. Geschah dem Kleinen ganz recht dafür, sich hier so aufzuspielen.

Die anderen beiden Kämpfer blickten einander an. Dann sprangen sie gemeinsam vor, so als habe die Erkenntnis der Gefahr, in der sie schwebten, sie frisch belebt. Kampfschreie ausstoßend, griffen sie von zwei Seiten an. Eine Kombination von Faustschlägen ging auf Schefflers Gesicht und seinen Torso nieder. Er versuchte nicht einmal, sie abzuwehren, sondern hielt den Attacken ungerührt stand. Er biss die Zähne zusammen, ertrug knurrend jeden Schlag und nutzte den Schmerz, um seine grenzenlosen Vorräte an Wut zu wecken. Dann ging er in die Offensive. Mit einer Hand packte er einen der Jungen an der Kehle und schleuderte ihn zur Seite. Er fuhr herum und versetzte dem zweiten Angreifer mit dem vollen Schwung seines herumfahrenden Torsos einen schnellen rechten Haken. Auch dieser Rekrut stürzte zu Boden. Als der Gefallene versuchte, sich wieder aufzurichten, rammte ihm Scheffler seinen Stiefel in die Seite, was der Rekrut mit einem gellenden Schmerzensschrei quittierte.

Nur der erste seiner Gegner konnte sich noch auf den Beinen halten. Der Rekrut rieb sich die Kehle und atmete in röchelnden Stößen. Sein Ausdruck verriet, dass er wusste, was ihm bevorstand, und sich in sein Schicksal ergeben hatte. Zwar schaffte er es noch, beide Hände kampfbereit vor sich zu erheben, doch seine Arme zitterten und in seinen Augen lag Entsetzen. Hilfe suchend sah er zu den anderen Rekruten.

„Augen hierher!", brüllte Scheffler. „Niemals einen Gegner aus den Augen lassen!"

Schnell wandte der Junge seinen Blick zurück nach vorn. Ein lautes Klatschen erklang, als Scheffler sich hart mit der flachen Hand auf die Brust schlug.

„Los jetzt!"

Der Rekrut stieß einen Schrei aus und unternahm einen verzweifelten Ansturm. Noch bevor er einen Schlag ausführen konnte, hatte Scheffler weit ausgeholt und ihn so hart mit der flachen Hand im Gesicht getroffen, dass der Junge sich bei seinem Sturz zu Boden beinahe überschlug.

Die anderen Rekruten standen wie vom Donner gerührt. Otto trat vor auf die Matte und blickte mit gerunzelter Stirn zu den drei besiegten Kämpfern.

„Also gut", rief er, ohne den Blick abzuwenden. „Alle zurück in die Schlafquartiere. Aufbruch zum Gebirgsmarsch in zwanzig Minuten."

Die Rekruten beeilten sich, den Schauplatz der Machtdemonstration zu verlassen. Einige hoben ihre Kameraden auf und trugen sie mit sich davon. Der Raum leerte sich, bis nur noch Scheffler und Otto übrig waren.

„Schlechte Neuigkeiten aus Berlin?", wollte Otto wissen.

Scheffler grunzte und wandte sich mit einem Kopfschütteln ab.

„Die da oben werden langsam weich", brummte er.

„Der Junge ist schon fast vier Tage im Loch", gab Otto zu bedenken. „Vielleicht ist es genug."

Scheffler verzog das Gesicht. „Genug?", grollte er und sah Otto direkt in die Augen. Sein Grinsen hätte auch ein Zähnefletschen sein können. „*Genug*? Oh, nein. Ich habe gerade erst angefangen." Scheffler wandte sich ab und marschierte davon. Der Junge würde sich noch wundern. Sie *alle* würden sich noch wundern.

Der Atem der Kreatur ging laut und war so übel riechend, dass ihm schlecht wurde. Langsam pirschte sie sich durch den Raum an ihn heran.

„Komm schon", flüsterte er, zitternd und mit jeder Faser seines Körpers kampfbereit. „Tu es."

Das Wesen grunzte. Frederich wusste, dass er ein leichtes Ziel abgab. Er war so schwach, dass er sich kaum noch auf den Beinen halten konnte. Trotzdem war er entschlossen, mit allem zu kämpfen, was er hatte. Das Biest kam näher. Nun konnte er es fast erkennen. Der schwarze Bär unternahm einen weiteren Schritt in seine Richtung. Frederich taumelte zurück, sank auf alle viere und presste sich, als er kalten Stein hinter seinem Rücken spürte, gegen die Wand, um dort den Angriff zu erwarten. Er fühlte es. Er sah, wie es beschleunigte. In vollem Lauf stürzte sein Gegner auf ihn zu. Ein Prickeln lief über seine Haut. Es war, als schwebe er aus seinem Körper empor, während der Feind immer näher kam. Er stieß einen wütenden Schrei aus, hob die Fäuste und warf sich dem Bären entgegen. Er traf nur Schwärze, kam aus dem Gleichgewicht und schlug hart mit dem Kopf auf den Beton.

Als er wieder zu sich kam, erklang in seinen Ohren ein lautes Summen. Sein Schädel pochte vor Schmerz. Er musste bewusstlos gewesen sein. Der Gedanke ließ ihn erstarren. *Der Bär.* Irgendwo ertönten schlurfende Geräusche. Sie klangen anders als die Tatzen eines Tieres. Menschliche Schritte. Ein Kratzen wie von Stahl auf Stahl. Dann schwang die Tür auf. Licht blendete ihn, so grell, dass er es nicht ertragen konnte und die Augen schließen musste.

„Sieh dich nur an“, vernahm er Schefflers verächtliche Stimme aus dem Rahmen.

Frederich versuchte sich aufzurichten und brüllte ihm etwas Unverständliches entgegen. Er war wie von Sinnen, unfähig, sich in normalen Lauten auszudrücken.

„Sieh dich an“, wiederholte Scheffler. „Du bist nicht besser als ein Tier.“

Scheffler trat vor, ergriff Frederich an den Handgelenken und begann, ihn auf dem Rücken aus der Kammer zu zerren. Frederich heulte und stöhnte, als er durch den erleuchteten Korridor gezogen wurde. Als sie die Treppe erreichten, packte Scheffler Frederich am Kragen und am Hosenbund und warf ihn sich ohne erkennbare Mühe über die Schulter. Mit festen, gleichmäßigen Schritten schleppte ihn der Mann in die oberen Etagen. Frederich war noch immer unfähig, das Licht zu ertragen oder auch nur einen vernünftigen Gedanken zu fassen.

„Komm schon", flüsterte eine Stimme. „Tu es." Erst nach einigen Sekunden wurde er sich bewusst, dass es seine eigene Stimme war.

„Halt dein Maul", gab Scheffler zurück.

„Tu es. Tu es jetzt. Komm schon!"

Scheffler warf Frederich auf ein Bett. Die Schritte seiner Kampfstiefel verklangen, als er den Raum verließ. Frederich wälzte sich von einer Seite auf die andere. Die Schmerzen in seinem Kopf waren unerträglich. Als eine Hand sein verschwitztes Gesicht berührte, stieß er einen Schrei aus und schlug sie fort.

„Schh", beruhigte ihn jemand und presste ihn sanft zurück. „Ruh dich aus, Frederich. Erhol dich."

„Geh und hol Wasser", forderte dieselbe Stimme von jemand anderem im Raum.

Als Frederich Metall an seinen Lippen spürte, trank er wie ein Kind. Wasser füllte seinen Mund. Zu schnell. Er verschluckte sich und begann zu husten. Die Metalltasse wurde fortgezogen, dann berührte sie wieder seine Lippen. Er schaffte es, sich zu beruhigen, und trank mit gleichmäßigen, gierigen Schlucken. Die Flüssigkeit war wie ein Heiltrank. Langsam kehrte Leben in seinen Körper zurück. Jemand goss noch mehrmals vorsichtig Wasser nach. Irgendwann schob Frederich die Tasse fort und gab mit einem Kopfschütteln zu verstehen, dass er genug hatte. Wieder kam die Hand, hob seinen Kopf an und schob ein Kissen darunter.

„Was haben sie mit ihm angestellt?", fragte eine Stimme.

„Scheffler ist durchgeknallt", gab jemand anderes zurück.

Jetzt erst wurde sich Frederich bewusst, dass Piotr und die anderen ihn umgaben und er in den Schlafquartieren war. Tiefe Entspannung überkam ihn. Als er im Schlaf versank, verfolgte ihn das Fieber bis in seine Träume, genauso wie der schwarze Bär, dessen wilde Energie er in seinem gesamten Körper spüren konnte.

19

Ida rutschte auf der Sitzfläche hin und her, um eine bequeme Position zu finden, und schob ihren Stuhl näher an den Tisch, um in der lauten Bar etwas verstehen zu können. Unter ihrer Straßenkleidung schwitzte sie noch immer vom zurückliegenden Kampfsporttraining. Chi, die ihr gegenübersaß, hatte sich zurückgelehnt und hielt eine Zigarette zwischen den Fingern.

„Also: warum gerade Berlin?", wollte Chi wissen. Sie nahm einen tiefen Zug und stieß den Rauch aus, was die ohnehin schon rauchverhangene Luft um sie herum noch verqualmter machte.

„Was meinst du?", gab Ida zurück.

„Du hast mir gerade erzählt, dass du und deine Freundin Pia auf eurer Rundreise in fast fünfzig Städten gewesen seid. Warum bist du ausgerechnet *hier* geblieben?"

„Ach. Ich weiß auch nicht genau." Ida zuckte mit den Schultern. „Ich stand schon neben dem Taxi, um den nächsten Flug nach Hause zu nehmen. Aber irgendwie habe ich gedacht: Nein. Du bleibst hier."

„Einfach so?"

„Einfach so."

„Aber warum?"

„Brauche ich einen Grund?"

„Natürlich brauchst du einen Grund. Ansonsten muss ich annehmen, dass du verrückt bist. Bist du verrückt, Ida Garcia?", wollte Chi mit zusammengekniffenen Augen wissen. „Hm? Bist du das?"

„Ist schon okay." Ida konnte sich ein Grinsen nicht verkneifen. „Denk ruhig, dass ich verrückt bin."

„Okay. Dann werde ich ab jetzt genau das tun. Zu deinem großen Glück hänge ich *nur* mit verrückten Leuten ab. Außerdem: Wenn wir beide Kampfsport-Champions werden wollen, müssen wir alles Verrückte in uns zusammenkratzen, das wir finden können. Stimmt doch, oder?"

„Wahrscheinlich hast du recht", erwiderte Ida mit einem Lächeln und lehnte sich zurück.

„Aber ja. Ich verstehe schon", setzte Chi nach. „Berlin hat einfach so eine Wirkung auf die Leute. Du sagst dir, du willst eigentlich von hier abhauen, und auf einmal ist es ein paar Jahre später und du bist immer noch hier und du fragst dich: ‚Was zur Hölle ist passiert?'"

„Ja. Es ist schon komisch", sagte Ida. „Ich weiß immer noch nicht, warum ich hiergeblieben bin. Aber ich weiß, dass es die richtige Entscheidung war. Wahrscheinlich bin ich wirklich verrückt."

„Du und ich, wir beide", korrigierte Chi und deutete mit dem Finger zwischen ihnen hin und her. „Wo wir gerade bei verrückten Ideen sind: Was hältst du von dem Kampfsporttraining? Bist du nächste Woche wieder dabei?"

„Auf jeden Fall", sage Ida. „Ich fand es super." Sie fühlte sich großartig. Die Endorphine von der Anstrengung pumpten immer noch durch ihren Körper. „Und du?"

„Wenn wir jedes Mal danach ein Bier trinken gehen, bin ich dabei", verkündete Chi. Sie legte ihre Zigarette auf den Rand des Aschenbechers und hob ihr Pilsener. „Darauf trinke ich. Prost!"

„Prost." Sie stießen an, selbstverständlich unter Einhaltung des obligatorischen Blickkontakts. „Echt cool, der Laden", befand Ida und nahm einen Schluck von ihrem Bier.

„Jep." Chi nickte, als hätte Ida ihr ein persönliches Kompliment gemacht. „*Gorbachev's Dive* ist meine Lieblingsbar in ganz Berlin."

„Ich kann sehen, warum." Ida ließ den Blick wandern. Ihr gefiel so gut wie alles an der Bar, vom Publikum bis zur gemütlichen Atmosphäre.

„Also. Was hast du vor?", wollte Chi wissen. „Nun, da du beschlossen hast, hierzubleiben."

„Tja ..." Ida hatte sich die Frage schon oft selbst gestellt. „Ich suche mir einen Job", sagte sie. „Am besten irgendwas in Teilzeit."

„Teilzeit, hm? Lustig, dass du es erwähnst. Eine Freundin von mir arbeitet in einem Café in Prenzlauer Berg. Sie hat mir erzählt, dass sie Verstärkung suchen. Soll ich mal für dich anfragen?"

„Ja, gerne. Das wäre wirklich nett."

„Ist schon so gut wie erledigt."

Ida nahm einen weiteren Schluck von ihrem Bier. „Also", wollte sie wissen. „Warum gerade Berlin?"

„Warum Berlin? Du meinst ... oh! Ich verstehe." Chi tippte sich an die Schläfe und schüttelte verschwörerisch einen Finger.

„Nein, wirklich", sagte Ida. „Kalifornien muss wunderschön sein. Warum hast du das alles aufgegeben?"

Chi wedelte unverbindlich mit der Hand. „Es ist dort auch nicht alles so perfekt, wie immer alle sagen. Das Gras sieht auf der anderen Seite *immer* grüner aus, nicht wahr?"

„Immer", bestätigte Ida mit einem Schmunzeln.

„Außerdem brauchte ich etwas Abstand von meiner durchgeknallten Familie", fuhr Chi fort. „Ich meine: Ich liebe jeden

Einzelnen von ihnen, aber irgendwann hatte ich einfach keine Lust mehr, ständig zu erklären, warum ich noch nicht verheiratet bin.“

„Ist es das, was sie von dir erwarten? Dass du endlich heiratest?“

„*Endlich*? Wenn es nach denen geht, bin ich schon fünf Jahre zu spät dran.“

Ida musterte Chi. Ihr kurzes, ungekämmtes schwarzes Haar, ihr schwarzer Lippenstift und ihre sorglose Art verrieten einem alles, was man wissen musste. Chi sah nicht wie jemand aus, der vorhatte, ein „erwachsenes“ Leben zu führen und die Dinge ruhiger angehen zu lassen.

„Was ist mit deiner Familie?“, fragte Chi. „Welche Pläne haben sie für dich?“

Ida zuckte mit den Schultern. „*Mama* sagt immer, ich soll tun, was mich glücklich macht. Sie sagt, es ist besser, alleine und zufrieden zu sein als verheiratet und unglücklich.“

„Ha!“ Chi nahm einen weiteren Zug an ihrer Zigarette, stieß den Rauch aus und hob anerkennend die Brauen. „Ich mag deine Mutter jetzt schon.“

„Ich vermisse sie“, entfuhr es Ida. Wehmütig erinnerte sie sich an die enttäuschte Reaktion, als sie ihrer Mutter erklärt hatte, dass sie fürs Erste in Berlin bleiben würde.

„Das glaube ich“, sagte Chi.

„Aber es ist alles so *aufregend* hier“, setzte Ida nach. „Und ich bin sicher, es wird mir noch viel mehr gefallen, wenn ich eine Arbeit habe.“

„Ich frage meine Freundin gleich morgen. Versprochen. Teilzeit, nicht wahr?“

„Ja. Bitte.“

„Warum eigentlich? Warum nicht gleich eine ganze Stelle?“

Ida schüttelte den Kopf. „Ich habe noch ein anderes Projekt im Kopf. Dafür brauche ich Zeit."

„Ach ja?" Chi hob interessiert die Brauen. „Und worum geht es, wenn man fragen darf?"

„Ich bin mir noch nicht sicher. Ich habe verschiedene Ideen, doch es fällt mir schwer, mich für eine zu entscheiden."

„Was geht dir denn so durch den Kopf?"

Ida atmete tief durch. „Bisher sind es nur ein paar Stichworte", brachte sie hervor. Etwas in ihr sträubte sich dagegen, ihre Ideen offen auszusprechen. „Frauen. Stärke. Mode. Das ist alles, was ich weiß."

Chi schürzte die Lippen und nickte anerkennend. „Klingt solide."

„Es klingt blöd, ich weiß" winkte Ida ab. „Ich weiß einfach nicht, wo ich ansetzen soll."

„Was soll daran so schwer sein?" Chi zuckte mit den Schultern und nahm einen Schluck von ihrem Bier. „Entscheide dich einfach für irgendwas, fang damit an und mach von dort an weiter", erklärte sie, als handle es sich um das Leichteste auf der Welt. „Entwirf etwas. Kreiere etwas. Leg die Maße fest. So machen wir es in der Agentur, wenn eine Frist ansteht. Mach dir nicht zu viele Gedanken. Damit blockierst du nur den Weg für etwas Neues. Das Witzige an Kreativität ist: Alles ergibt immer erst *nachher* einen Sinn. Wenn man zurückblickt. Fang einfach an. Dein Unbewusstes übernimmt dann schon den Rest. Diese Dinge in deinem Kopf *wollen* geschaffen werden. Sie helfen dir dabei, wenn du sie lässt. Alles ergibt sich wie von selbst, wenn du lernst, dir selbst zu vertrauen. Wenn du irgendwo festhängst: Schlaf drüber. Aber entscheide dich für *irgendetwas* und bleib in Bewegung. Dein erster Einfall ist normalerweise der richtige."

Ida nickte stumm. Natürlich hatte Chi wie immer recht, doch die Dinge sahen nicht ganz so einfach aus, wenn man Ida hieß und nicht Chi. Wie hätte sie es ihr erklären sollen? Sie beide waren einfach grundverschiedene Persönlichkeiten. Chi war selbstbewusst, intelligent, witzig … *hör auf damit, ermahnte sich Ida.* Sie fing schon wieder an, sich selbst kleinzureden. Hatte sie nicht ganz alleine zwei Killern gegenübergestanden und überlebt? Hatte sie nicht innerhalb eines Jahres ihr altes Leben zurückgelassen, die ganze Welt bereist und Gefahren überstanden, die sie sich früher nicht einmal in einem Albtraum hätte vorstellen können? Chis Ratschläge gingen ihr noch einmal durch den Kopf. Dieses Mal ignorierte sie ihre Selbstzweifel. Chi hatte recht. Am Anfang war es wichtig, überhaupt irgendetwas zu entscheiden. Sorgen konnte sie sich später immer noch. „Vertrau dir selbst." Die Devise ergab durchaus einen Sinn. Sie war definitiv einen Versuch wert.

„Ich muss langsam los", sagte Chi mit einem Blick auf ihre Uhr. „Unser Team hat morgen früh um 10 eine Präsentation in Mitte. Das bedeutet: früher ins Büro als sonst. Gähn!"

„Okay", sagte Ida. Sie spürte eine Welle frischer Energie. Plötzlich war sie völlig eingenommen von dem Drang, so schnell wie möglich nach Hause zu fahren und mit der Arbeit zu beginnen.

Sie verließen das *Gorbachev's Dive* und traten hinaus in die Neuköllner Nacht. An einer Straßenecke verabschiedeten sie sich.

„Okay", sagte Chi und streckte sich. „Ich frage morgen im Café wegen der Teilzeitstelle nach. Ich texte dir, sobald ich etwas weiß. Ansonsten sehen wir uns am Mittwoch zum Training."

„Danke, Chi. Und gute Nacht."

Sie umarmten sich und gingen in verschiedene Richtungen davon.

Angeheitert von ihrem Bier, beeilte sich Ida, nach Hause zu kommen. Ihre Gedanken rasten, als sie durch die Haustür trat und sich die Schuhe auszog. Sie ging sofort zu ihrer „Ideenwand" im Schlafzimmer, einer ausgedehnten Sammlung von Notizzetteln, die einen großen Teil der Wand einnahm. Ihr Blick wanderte über die Fotos von Stilettos, Handtaschen und Cocktailkleidern. Es war so weit. Sie war bereit, eine Entscheidung zu treffen, doch irgendetwas fehlte noch. Ein einzelner gelber *Post-it*-Zettel auf dem Tisch zog ihren Blick an. Das Wort „Unfett" stand darauf. Das zweite „T" war nur zur Hälfte ausgeschrieben. Sie beugte sich über die Notiz und fragte sich, was sie hatte sagen wollen, als ihr damals die Idee gekommen war. Kein Zweifel: Das hier war ihre Handschrift, doch sie hatte keine Ahnung mehr, warum sie das Wort aufgeschrieben hatte. Sie wurde sich bewusst, dass ihre Gedanken zu María Félix wanderten. Was würde María tun?, fragte sie sich halb im Scherz. Sie würde kämpfen, flirten, ein Drama kreieren. Mit ihren langen Wimpern und tiefbraunen Augen die Aufmerksamkeit jedes einzelnen Mannes im Raum an sich binden. Nichts davon war sonderlich hilfreich. Ida war keine Schauspielerin und schon gar keine María Félix.

Sie fragte sich, wofür genau sie María so bewunderte; was die *Essenz* ihrer Anziehungskraft war. Nach einiger Überlegung kam sie zu dem Schluss, dass es im Kern zwei Dinge waren, die María perfekt in Einklang brachte: Macht und Freiheit. María kombinierte Schönheit und Sexappeal mit Klugheit. Sie wusste, wann sie flirten musste und wann es besser war, einen Schritt zurückzutreten, um andere ihr nachjagen zu lassen. Mit ihrer Art trieb sie die Männer in den Wahnsinn und gewann

Macht über sie. Ida musste an Chi denken. Daran, wie sie, während sie sprach, lässig ihr Bier kreisen ließ, mutig genug, wirklich sie selbst zu sein und gegen die Erwartungen ihrer Familie zu rebellieren. Chi trug Dinge, *tat* Dinge, von denen Ida nicht einmal zu träumen wagte. Sie bewunderte Chi und dieser Umstand hatte nichts mit Sexappeal zu tun. Sicher, Chi hatte die Aufmerksamkeit aller Typen in einer Bar von dem Moment an sicher, in dem sie durch die Tür trat, doch irgendwie schien sie sich für diesen Umstand kaum zu interessieren. Ihr Ruhepol, ihr Anker lag irgendwo anders. Aber wo?

Ida richtete ihre Gedanken zurück auf ihre Pläne. Bisher wusste sie lediglich, dass sie etwas gründen wollte, bei dem es um Mode ging und bei dem die Essenz von María Félix im Mittelpunkt stand. Sie klappte ihren Laptop auf und tippte „Unfett" in die Suchleiste des Browsers. Die automatische Vervollständigung half ihr, sich zu erinnern, woran sie beim Kritzeln der Notiz gedacht hatte: „*Unfettered*", Englisch für „frei" oder „entfesselt". Sie grinste, als sie sich erinnerte, was sie empfunden hatte, als sie den Begriff zum ersten Mal in einem Magazinartikel gelesen hatte. Ihre weitere Suche ergab Synonyme wie „ungehindert" und „zügellos". Ein weiterer Begriff fand seinen Weg in ihre Suchergebnisse: fetischisieren; *etwas zum Objekt eines sexuellen Fetischs machen*. War dies der Kern, um den sie ihr Geschäft aufbauen wollte? Macht durch Sexualität? Sie rümpfte die Nase. Es musste einen besseren Weg geben. Einen, der die Essenz von María Félix besser einfing. Etwas, das Frauen wie sie und Chi ansprach, die auf der Suche nach *wahrer* Unabhängigkeit waren. Sie fischte einen leeren Zettel aus ihrem Stapel und begann zu schreiben. *Unfetischisieren. Unfetter. Unfett.*

Sie lehnte sich auf ihrem Stuhl zurück und starrte auf die Worte. *Unfetischisieren.* Den Aspekt der Sexualität herauszunehmen ergab keinen Sinn. Es hätte María Félix all ihrer Macht beraubt. Was wäre dann noch von ihr übrig geblieben? Nein. Der Schritt war unvorstellbar. Ida kannte niemanden, der der Ausstrahlung von María Félix auch nur nahekam, und hatte kaum jemanden so gründlich studiert wie sie. Besser als María kannte sie eigentlich nur sich selbst. Irgendetwas an dem Gedanken hielt sie fest. Genau genommen hatte sie sich während ihrer Zeit in Berlin, besonders durch die Prüfungen und Gefahren, besser kennengelernt als je zuvor. Dabei war eine Seite von ihr zum Vorschein gekommen, die sie früher verängstigt fortgeschoben hätte. Sie hatte zugelassen, dass Elias sie zum Objekt seiner Begierde, zu einem Fetisch, machte, in der Hoffnung, ihn damit unter ihren Einfluss zu bringen. Okay, *der* Schritt hatte nicht sonderlich gut funktioniert. Trotzdem war es Zeit für eine Entscheidung. Sie beschloss, auf Chi zu hören und ihrer ersten Eingebung zu folgen. Von hier an würde sie eine neue Richtung einschlagen. Sie erhob sich, setzte Kaffee auf, kehrte zurück zu ihren Aufzeichnungen und machte sich an die Arbeit. Die nächsten Stunden vergingen wie im Flug. Sie spürte nicht einmal, wie die Zeit verging. Entwurf um Entwurf, Skizze um Skizze floss aus ihrer Feder. Als die Uhr schließlich 08:00 Uhr morgens zeigte, konnte sie nicht einmal mehr der Kaffee wachhalten. Sie wandte sich vom Schreibtisch ab und fiel ins Bett, ohne sich auch nur die Zähne zu putzen oder umzuziehen, getragen von einem wärmenden Gefühl kreativer Erfüllung.

Am Mittwoch, nach dem Kampfsporttraining, lud Ida Chi zu sich nach Hause ein, um ihr etwas zu zeigen. Chi ließ sich in einen der Sessel im Wohnzimmer fallen, während Ida ins Schlafzimmer eilte. Mit einem aufgeschlagenen Skizzenbuch in den Händen kehrte sie zurück und überreichte es ihr stolz. Chi musterte die Seiten eine Zeit lang und hob dann den Blick zu Ida, die sie erwartungsvoll ansah.

„Ich hatte ja keine Ahnung, dass du so gut zeichnen kannst", sagte Chi. „Was ist das alles hier?"

„Ich nenne es die ‚*Virgin Queen Collection*'", platzte es aus Ida heraus. „Hast du schon mal von Elisabeth I. gehört?"

„Ich weiß nicht. War sie nicht irgendwann mal Königin von England? Ist schon ziemlich lange her, oder?"

„Ende des 16. Jahrhunderts, um genau zu sein." Idas Augen strahlten. „Ich habe sehr viel über sie gelesen. Wusstest du, dass ihre Outfits immer größer wurden, je mächtiger sie wurde? Weiter hinten in der Mappe ist ein Bild von ihr."

Chi blätterte zum Ende des Skizzenbuchs. Ganz hinten war ein Ausdruck des ikonischen Armada-Porträts: Elisabeth I. auf dem Höhepunkt ihrer Macht, gemalt nach dem englischen Sieg über die spanische Armada. Chis Augen wurden weit.

„Woah", entfuhr es ihr. „Sieht aus, als trägt sie ihren ganzen Kleiderschrank auf einmal."

„Nicht mal annähernd", gab Ida mit einem Kichern zurück. „Ein ganzes Haus würde nicht ausreichen, um all ihre Kleider zu fassen. Besonders interessant ist, dass sie nie verheiratet war oder Kinder hatte. Man nannte sie die ‚Virgin Queen', die jungfräuliche Königin."

„Ach was", kommentierte Chi, die noch immer das Porträt anstarrte. „Ja. Das passt. Diese Lady hier macht keine halben Sachen."

„Sie hat es gerne bewusst übertrieben und Erwartungen gesprengt", erklärte Ida weiter. „Und sie hat Trends für das ganze Land gesetzt. Sogar für Männer. Ihre Art, sich zu kleiden, war ein Symbol ihrer Macht."

„Ah, langsam verstehe ich." Chi blätterte weiter durch die Skizzen. „Du hast ihre Formen und Muster übernommen und vereinfacht."

„Genau! Jeder der Entwürfe greift eine Besonderheit ihres Stils auf. Hier habe ich die Ärmel um die Hände etwas weiter gemacht. Oder hier drüben, in den Armbeugen. Manchmal, wo es passt, habe ich Spitze aufgesetzt. Ich habe darauf geachtet, die Formen einfach und elegant zu halten."

„Ich nehme an, unsere Queen hat nie mit ihrem Dekolleté herumgeprotzt?", wollte Chi mit einem schiefen Grinsen wissen.

„Wie kannst du so was überhaupt nur denken?", gab Ida mit gespielter Entrüstung zurück. „Sie war eine *Königin*."

„Natürlich. Was habe ich mir nur dabei gedacht?"

Chi blätterte zwischen den verschiedenen Entwürfen hin und her.

„Ziemlich beeindruckend", befand sie. „Was ist das hier?" Ihr Blick wanderte über eine Zeichnung einige Seiten weiter.

Ida beugte sich vor. Chi war bei dem Teil der Kollektion angelangt, der ihr weit nach Mitternacht eingefallen war. „Ah. Du kennst doch das Bild von ‚*Rosie The Riveter*‘, oder?"

„Sicher", gab Chi zurück. „Die Lady von den amerikanischen ‚*We Can Do It*‘-Plakaten aus dem Zweiten Weltkrieg."

„Genau. Hier habe ich versucht, ihren Stil einzufangen. Das hier ist ein cremefarbener Arbeits-Overall, den man im Alltag tragen kann."

Chi blickte zurück auf die Seite.

„Oh mein Gott. Ja!", stieß sie aus. „Ich liebe dieses Teil!"

„Blättre um!", forderte Ida, zitternd vor Vorfreude. „Schau dir die nächste Seite an."

Chi gehorchte. Ihr Ausdruck erhellte sich wie der eines kleinen Kindes.

„Nicht wirklich!“, stieß sie aus.

„Doch!“, gab Ida kichernd zurück. Sie konnte ihre Aufregung nicht mehr zurückhalten. „Ein weißer Pullover im Stil unserer Kampfsport-Anzüge. Man kann ihn mit einer Jeans tragen, mit einem Rock, mit *allem*!“

Chi lehnte sich zurück und lachte laut.

„Wow! Ich bin beeindruckt. Deine Entwürfe sind unglaublich!“

Ida spürte, wie ihr die Röte in die Wangen schoss.

„Danke“, sagte sie.

„Nein, wirklich. Das hier ist großartig. Sieht aus, als hättest du ein paar Entscheidungen getroffen.“

Ida nickte mit einem schelmischen Lächeln.

„*Unfettered*. Unfetischisiert“, las Chi. „Langsam verstehe ich. Das hier ist gut, Ida. Wirklich gut.“

„Ich hätte es nie ohne dich geschafft. Was du letztens in der Bar gesagt hast, hat mir sehr geholfen.“

„Das freut mich zu hören.“ Chi legte ihr eine Hand auf die Schulter.

„Orangensaft?“, fragte Ida.

„Sicher.“

Ida erhob sich, ging in die Küche und holte zwei Gläser aus dem Hängeschrank.

„Also. Wie sehen deine nächsten Schritte aus?“, klang Chis Stimme durch die Wohnzimmertür.

„Das hier sind nur Ideen. Entwürfe“, erklärte Ida. „Ich wüsste zu gerne, ob wirklich jemand bereit wäre, sie zu tragen.“ Mit den Gläsern in den Händen kehrte sie zurück und reichte Chi eines davon. „Ich werde ein paar Musterexemplare anfertigen“, fuhr sie fort. „Dann werden wir ja sehen, wie die Reaktionen ausfallen.“

Chi grinste und hob auffordernd die Hand. Ida beugte sich vor, um ihr *High five* zu geben.

„Hättest du vielleicht irgendwann mal Zeit für eine Anprobe?", fragte Ida.

„Sicher. Freitags mache ich früher Schluss. Wenn du willst, können wir bei der Gelegenheit in dem Café vorbeischauen, in dem meine Freunde arbeiten, damit ihr euch mal kennenlernen könnt. Danach könnten wir ja immer noch zu dir gehen und die Anprobe machen."

„Perfekt!"

„Übrigens: Ich treffe mich danach mit ein paar Freundinnen im *Gorbachev's Dive*. Falls du Lust hast, mitzukommen."

„Klar." Ida atmete erleichtert aus. „Das Bier geht auf mich. Sieh es als meine Art, ‚Danke' zu sagen."

„Großzügige Geste. Zu Freibier habe ich noch nie ‚Nein' gesagt."

„In dem Fall stellst du dich besser auf einen Kater ein."

20

Schnee war die ultimative Reinigung. Nirgendwo sonst erreichten Frederichs Sinne eine solche Schärfe. Bei Temperaturen unter null fiel es ihm leicht, aufmerksam und konzentriert zu bleiben. Alle lebensspendende Energie in der Umgebung war wie weggefegt. Übrig blieben nur der Höhenschwindel, das scharfe Brennen der Kälte auf seiner Haut und der Instinkt, zu überleben.

Er hatte früh gelernt, Kälte nicht nur auszuhalten, sondern sie zu schätzen. Sie anzunehmen und zu einem Teil von sich zu machen. Er hatte seinen Körper an extreme Konditionen gewöhnt, indem er sich regelmäßig und kontrolliert frostigen Temperaturen aussetzte. Oft verzichtete er dabei bewusst auf Handschuhe und eine Kopfbedeckung, um stattdessen seinem Atem zu erlauben, ihn von innen heraus zu wärmen. Im Laufe der Jahre hatte er die Technik, die ursprünglich auf einer tibetanischen Methode basierte, perfektioniert.

Während Frederich sich in der Marschreihe der Rekruten den Berg hinaufkämpfte, konzentrierte er sich ganz darauf, die frische, klare Luft tief einzuatmen. Er stellte sich ein Feuer vor, das in seinem Bauchraum brannte. Trotz aller Anstrengung genoss er den Ausflug. Allmählich kehrte seine frühere Kraft zurück. Nach der Abgeschiedenheit der Zelle tat es gut, wieder draußen an der frischen Luft zu sein, selbst wenn dabei Scheffler die Kommandos gab.

Die Einheit marschierte in einer Einzelreihe durch den leichten Schneefall. Zwei von Schefflers Soldaten gaben ihnen Flankenschutz. Die Männer trugen AK-47-Sturmgewehre, perfekt für extreme Bedingungen wie diese. Scheffler führte die Reihe an. Otto folgte ganz am Schluss. Frederich ging hinter Piotr und bemerkte besorgt, dass der stapfende Gang des jungen Polen erste Anzeichen von Erschöpfung aufwies. Alle wussten, dass Piotr nur noch eine Chance hatte. Beim nächsten Fehler würde Scheffler ihn nach Hause schicken. Frederich war fest entschlossen, es nicht dazu kommen zu lassen. Es war Piotr zu verdanken, dass er überhaupt noch hier war. Piotr war der Einzige, der ihn nach seiner Zeit im Loch regelmäßig besucht und ihn gesund gepflegt hatte. Immer wieder hatte ihm der Pole heimlich einen Teil seiner Rationen mitgebracht, um ihn aufzupäppeln, obwohl er strenge Bestrafung riskierte, wenn man ihn dabei erwischte. Ohne die zusätzlichen Nährstoffe hätte Frederich das harte Trainingspensum in der Zeit nach seiner Entlassung kaum überstanden. Es war Piotrs Art, sich zu revanchieren. Er hatte nicht vergessen, dass Frederich sich bei früheren Konfrontationen für ihn starkgemacht hatte, und er hatte den Gefallen erwidert. Überhaupt schien es, als seien sie ein stummes Bündnis miteinander eingegangen. Frederich war sich sicher, dass sie einander noch brauchen würden. Es war nicht zu übersehen, dass Scheffler sie beide ganz besonders auf dem Kieker hatte.

Frederich ließ seine Gedanken schweifen. Er dachte zurück an die Trainingseinheiten unter Kraas. Der alte Speznas hatte einen grundsätzlich anderen Ausbildungsansatz verfolgt als Scheffler. Auch Kraas hatte ihn von Sonnenaufgang bis Sonnenuntergang schuften lassen. Das Training war mörderisch gewesen. Oft hatte ihn sein Vater bis über die Belastungsgrenzen seines Körpers vorangetrieben. Ohnmacht, Schnittverletzungen, Prellungen, Infektionen, überlastungsbedingtes Erbrechen und Muskelverletzungen: Kraas hatte ihn nicht geschont. In der Beziehung waren sich Kraas und Scheffler gleich. Was die beiden Männer unterschied, war die *Absicht*, die hinter ihren schonungslosen Ausbildungsmethoden steckte. Kraas hatte ihm helfen wollen, sein volles Potenzial zu verwirklich. Scheffler wollte lediglich den Punkt finden, an dem Frederich endlich aufgab. Kraas hatte die Messlatte kontinuierlich höher gelegt, um Frederich dazu zu zwingen, sämtliche Krieger-Energie in seinem Inneren zu mobilisieren, um sie zu erreichen. Er hatte *wegen* Kraas durchgehalten, nicht *trotz* ihm. Scheffler nahm die Messlatte und verprügelte seine Rekruten damit, einfach nur, weil er es konnte.

Während der letzten Wochen hatte sich Frederich an die Zustände in Schefflers Ausbildungsprogramm gewöhnt. Ihre Qual begann stets in aller Frühe. Kurz nach 05:00 Uhr morgens wurden sie geweckt. Den ganzen Morgen über durften die Rekruten bis zur Erschöpfung pressen, heben, klettern, ringen, schlagen und treten. Danach folgte die Ausbildung an der Waffe. Nachmittags ging es zu Gepäckmärschen in voller Ausrüstung hinaus in die Kälte. Die Route war jedes Mal eine andere, doch jeder der Ausflüge dauerte bis in die Nacht. Zum Abschluss wurden einige Rekruten ausgewählt, die bis zum nächsten Morgen Wache stehen mussten.

Das Ganze war ein Spiel mit hohem Einsatz. Wann immer einer der Rekruten Schwäche zeigte und sein Tagespensum nicht erfüllte, schickte man ihn in die Schlafquartiere, um sich auszuruhen. Zugleich aber bekam er hinter seinem Namen einen Eintrag in Schefflers gefürchtetem schwarzen Buch. Drei Einträge, und der Betroffene konnte seine Koffer packen. Nach seiner Entlassung aus dem Loch hatte man Frederich unmissverständlich klargemacht, dass ihm der Angriff auf Scheffler zwei Einträge eingebracht hatte und dass er froh sein konnte, dass man ihn nicht aus dem Programm geworfen hatte. Frederich wusste selbst nicht, warum er überhaupt noch hier sein durfte. Scheffler hätte jedes Recht gehabt, ihn nach seinem unbeherrschten Angriff heimzuschicken. Stattdessen hatte er gezögert und ihn dann einsperren lassen. Noch seltsamer war, dass Scheffler ihn wieder hinausgelassen hatte, obwohl Frederich sich bis zuletzt geweigert hatte, klein beizugeben. Auch Piotr hatte bereits zwei Einträge in Schefflers Buch, einschließlich des Vorfalls, als Scheffler ihn den Berg hinabgetreten hatte. Es gab nur eine Ausnahme von der Regel: Rekruten, die im Wachdienst einschliefen, bekamen keine zweite Chance. Sie wurden sofort entlassen.

Es kam regelmäßig vor, dass ein Rekrut drei Einträge bekam und aus dem Programm geworfen wurde. Wer verstoßen wurde, durfte keine Hilfe für seine Rückkehr in die Zivilisation erwarten, sondern musste sich auf eigene Faust bis ins Tal durchschlagen. Um den Nachschub an frischen Rekruten musste sich Scheffler keine Sorgen machen. Ständig trafen neue Jungen ein, um die Plätze derer einzunehmen, die es nicht geschafft hatten.

Frederich konzentrierte sich wieder auf die gleißenden Schneefelder ringsum. Dies war bereits die vierte Stunde ihres heutigen Marsches. Allmählich war ihr Ziel, ein scharf aufragender Berggipfel, in der Ferne auszumachen. Die Temperatur lag deutlich unter zehn Grad minus. Die Kälte und der Wind brannten auf seiner Haut. Inzwischen war er sicher. In jedem von Piotrs Schritten lag ein kurzes Zögern. Der Pole hielt den Kopf gesenkt. Frederich beschleunigte und überholte ihn. Im Vorübergehen stieß er ihn mit dem Ellenbogen an.

„Was ist los, Tiger?", stichelte er. „Ist Papa nicht hier, um dich zu tragen?"

Piotr hob den Kopf und kniff die Augen zusammen.

„Ach", keuchte er, wobei er sichtbar um Atem ringen musste. „Du meinst … du meinst so, wie Scheffler dich aus deinem Loch geschleppt hat?"

„Hey." Frederich musste grinsen. „Keine Tiefschläge!"

Piotr lachte leise in sich hinein. Der Pole beschleunigte seine Schritte und schaffte es, zu Frederich aufzuschließen. Seine Wangen waren rot wie Äpfel.

Eine Zeit lang marschierten sie Seite an Seite. Weiter und weiter ging es, durch blendende Schneefelder und über unbarmherzige Hänge, bis irgendwann, nach einer gefühlten Ewigkeit, der Gipfel vor ihnen lag. Nach einer letzten Kraftanstrengung über einen schmalen Grat war es geschafft und sie folgten Scheffler auf die Spitze. Auch die anderen Rekruten hielten inne, um den Anblick auf sich wirken zu lassen. Der Aussichtspunkt erlaubte einen atemberaubenden Panoramablick über die Alpen. Nebelschichten weiter unter verbargen den größten Teil des Tals. Wolken umhüllten die Gipfel in der Ferne. Einige der Rekruten lachten vor Erleichterung laut auf. Sie alle spürten das wärmende Triumphgefühl darüber, es geschafft zu haben. Gelächter und eine Aussicht wie diese, dachte Frederich. *Genieß es, solange es anhält.*

„Wenn irgendjemand meint, hier den Touristen spielen zu müssen, reiße ich ihm die Augen aus", brüllte Scheffler von weiter vorne.

„Also los. Legt einen Zahn zu", trieb Otto sie von hinten an.

Widerwillig schleppten sich die Rekruten über den Gipfel. Frederich warf einen Blick zurück über die Schulter und hielt inne. Scheffler und Otto standen dicht beisammen und schienen miteinander zu diskutieren. Immer wieder blickten sie die Bergflanke hinab. Dann sah auch er, was sie beschäftigte. Ein regungsloser Körper lag im Schnee. Er trat näher, um zu hören, was die beiden miteinander besprachen.

„Was sollen wir mit ihm machen?", fragte Otto.

„Das hier ist sein dritter Eintrag", sagte Scheffler und wandte sich ab. „Lass ihn liegen." Als er den Blick hob, bemerkte er Frederich, der ihnen entgegenstarrte. Scheffler blickte zurück zu dem Gefallenen, dann wieder zu Frederich. Seine Augen wurden weit und drohend wie die eines Raubtiers. „Gefällt dir, was du siehst, Abel?", knurrte er. „Besser, du gewöhnst dich schon mal an den Anblick. Beim nächsten Mal wirst du dort liegen." Scheffler stapfte weiter und spuckte aus, als er Frederich passierte.

Frederich wich ihm aus und blickte zurück. Der gefallene Rekrut rührte sich noch immer nicht. Es gelang ihm einfach nicht, sich von dem Anblick loszureißen. *Niemand wird zurückgelassen.* Kraas hatte ihm das Mantra immer wieder eingebläut. Draußen im Feld war es das wichtigste von allen. Nur weil er gewusst hatte, dass Kraas immer für ihn da sein würde, hatte Frederich das Training in den Wäldern Estlands ausgehalten. Kraas war ein Soldat gewesen. Jemand, der sein ganzes Leben der Aufgabe verschrieben hatte, dem Tod ins Auge zu blicken und unmenschliche Extrembedingungen zu überstehen. Ein Soldat, das hatte Kraas ihm beigebracht, musste sich in Augenblicken tiefster Erschöpfung, wenn Angst und Verzweiflung ihm überwältigend erschienen, darauf verlassen können, dass seine Kameraden für ihn da sein würden. Treue unter Waffenbrüdern war der Bund, der eine Einheit zusammenhielt. In Schefflers Welt, das wurde ihm mit jedem Tag bewusster, war Treue überhaupt nichts wert. Dort lautete die Devise: Jeder Mann für sich.

„Abel!", donnerte Schefflers Stimme aus einiger Distanz heran.

Frederich biss die Zähne zusammen und schüttelte den Kopf. Einige Momente stand er unschlüssig auf der Stelle. Dann wandte er sich ruckartig ab. Mit ausgreifenden Schritten beeilte er sich, zu seiner Einheit aufzuschließen. Ihm war speiübel. Piotr wartete am Ende der Marschreihe auf ihn.

„Was ist los?", wollte er wissen, als er Frederichs Gesichtsausdruck sah.

Frederich zitterte am ganzen Körper. „Früher oder später schlage ich Scheffler seine Fresse ein", knurrte er.

„Gut so. Irgendjemand muss es tun", kommentierte Piotr mit gedämpfter Stimme.

Den Rest des Weges legten sie schweigend zurück. Die körperliche Anstrengung half Frederich dabei, seine Wut abzuschütteln. Tiefe Atemzüge in die Bauchhöhle, dazu die Kälte, erlaubten ihm, sich wieder auf das Marschieren zu konzentrieren.

Es war bereits mehrere Stunden nach Mitternacht, als sie in die Ausbildungseinrichtung zurückkehrten. Die Blicke der Rekruten waren starr und leer. Selbst für Schefflers Verhältnisse war der Marsch außergewöhnlich lang gewesen. Der Wachschutz öffnete ihnen die Stacheldrahtverhaue und das Tor. Die Einheit taumelte durch den Bergeingang in Richtung der Schlafquartiere.

„Ihr beide: Wachdienst", befahl Scheffler und deutete auf Frederich and Piotr.

„Verdammt", flüsterte Piotr.

Auch Frederich ließ die Schultern hängen.

Während der Rest ihrer Einheit im Inneren verschwand, traten Frederich und Piotr zu den Wachtürmen, um die Posten abzulösen. Die Türme waren stets mit Rekruten besetzt, aus zwei Gründen, wie Frederich vermutete: um sie zu quälen und damit die erste Verteidigungslinie der Einrichtung aus Männern bestand, die leicht zu ersetzen waren. Während der gesamten Nacht hielt außerdem ein bewaffneter Wächter im Inneren die Stellung, der durch regelmäßige Kontrollgänge sicherstellte, dass niemand während der Schicht einschlief.

Frederich erklomm die hölzerne Leiter und ließ sich auf dem Sitz in der Mitte der Plattform nieder. Es handelte sich um einen Hocker ohne Rückenlehne, der einem keine Wahl ließ, als aufrecht und wachsam zu bleiben. Über ihm hing eine altmodische Glocke, um bei Bedarf Alarm zu schlagen. Er ließ den Blick über den Bereich vor dem Eingang schweifen. Jenseits der Schutzzone mit dem Stacheldraht reichte eine weite, offene Fläche bis an ein Wäldchen, das sich über eine leicht ansteigende Anhöhe erstreckte und danach in eine baumlose Ebene überging. Er fragte sich, warum man die Bäume nicht längst umgehauen hatte, um die Annäherung möglicher Feinde rechtzeitig zu bemerken. Wahrscheinlich sollten sie die Einrichtung vor den neugierigen Blicken Unbefugter schützen, die sich von den diversen Warnschildern, die die Zone als militärischen Sperrbereich auswiesen, nicht hatten abschrecken lassen.

Vorsichtig bewegte er seine Schultern und den Nacken. Sein gesamter Körper schmerzte, besonders seine Schienbeine und Füße. Er zog sich die Schuhe und Socken aus und inspizierte seine Füße. Prüfend drückte er an einer kleinen Blase zwischen seinen Zehen herum, beschloss dann aber, die Finger davon zu lassen. Er hatte größere Probleme. Schon zu viele Rekruten hatten ihren Platz im Ausbildungsprogramm verloren, weil sie im Wachdienst eingeschlafen waren. Er hatte nicht vor, der nächste zu sein. Um sich beschäftigt zu halten, ging er verschiedene taktische Szenarien durch. Dank ihrer Lage im Inneren eines Berges brauchte die Einrichtung nur an einer Seite Wachschutz. Seit seiner Aufnahme ins Ausbildungsprogramm hatte es nicht einen einzigen Alarm gegeben, was erklärte, warum so viele Rekruten der Versuchung nachgaben, einzuschlafen, und damit ihre Chance verspielten, jemals der Liga beizutreten. Mit dem Schicksal seiner unglücklichen Vorgänger klar vor Augen, zog Frederich seine Schuhe wieder an und straffte sich, um sich wieder auf die Aufgabe zu konzentrieren.

Die Nacht zog sich in die Länge. Die Temperatur sank weiter. Obwohl sein Gesicht von der Kälte brannte, merkte Frederich, wie er schläfrig wurde. Immer wieder sank sein Kopf langsam auf seine Schulter herab. Ein ums andere Mal schrak er auf, sobald er es bemerkte. Plötzlich ließ ihn ein lauter Knall zusammenzucken. Der gesamte Aufbau bebte. *Was zum ...* Er sprang auf und spähte in die Dunkelheit.

„Pssst", zischte Piotr aus seinem Verschlag herüber. „Wach bleiben! Ich kann dich bis hier drüben schnarchen hören."

„Was war das gerade für ein Knall?"

„Stein." Piotr winkte mit einem grauen Brocken in seiner Hand. „Ich habe welche mitgenommen. Nur für alle Fälle. Ich bin ein Scharfschütze mit diesen Dingern."

Frederich grinste. Mit einem Winken gab er zu verstehen, dass Piotrs Einfall funktioniert hatte und er wach war. Langsam kehrte er auf seinen Sitz zurück. Glück gehabt. Der Weckruf hätte auch von dem bewaffneten Wächter statt von seinem Kameraden kommen können. Es wäre eine Schande gewesen, Scheffler auf diese Art gewinnen zu lassen.

Er richtete seine Aufmerksamkeit zurück auf die Umgebung. Die Nacht war sternenklar. Nur gelegentlich zeigte sich eine Wolke am Himmel. Der Mond war beinahe voll und schien auf einen dünnen, über den Schnee wabernden Nebelteppich. Nichts Verdächtiges weit und breit. Dennoch ... sein Instinkt behauptete etwas anderes. Er wurde sich bewusst, dass seine Venen pochten und seine Schultern sich unwillkürlich spannten. Er hockte sich auf den Boden und bewegte sich langsam näher an die vordere Aussparung des Wachturms, darum bemüht, in der Deckung unter dem Rand zu bleiben. Er kniff die Augen zusammen. Bewegte sich dort draußen jemand? Er ließ einen prüfenden Blick über den Waldrand schweifen und fragte sich, ob auch Piotr etwas bemerkte. Es wäre zu riskant gewesen, einen Laut von sich zu geben oder seinen Posten zu verlassen.

Mehrere Minuten verstrichen, ohne dass er etwas sah. Nichts regte sich außer einer leichten Brise. Plötzlich nahm er aus dem Augenwinkel eine Bewegung wahr. Er hob den Blick über die Wälder und sah sie: eine Silhouette im Mondlicht. Jemand huschte über die Ebene und duckte sich in den Schutz einiger Felsen. Frederich warf einen Blick zum zweiten Wachturm. Piotr würde sich schon längst gemeldet haben, falls er ebenfalls etwas bemerkt hätte. Frederich wog seine Optionen ab. Er konnte Alarm schlagen, Piotr Bescheid geben oder die Sache auf sich beruhen lassen. Würde Scheffler ihm glauben? Der Mann wartete nur auf einen Anlass, um ihn endgültig nach Hause zu schicken. Und was konnte Piotr überhaupt tun, wenn er ihn miteinbezog? Frederich beschloss, erst einmal abzuwarten. Es würde klingen, als hätte er geträumt oder die Nerven verloren, wenn er Alarm schlug, weil er meinte, einen Umriss gesehen zu haben. Alleine seinen Posten zu verlassen und der Sache nachzugehen war ebenfalls zu gefährlich. Im Grunde blieb ihm keine andere Wahl, als hier zu sitzen, abzuwarten und wachsam zu bleiben.

Derart auf die Gefahr fokussiert und in einem Zustand höchster Aufmerksamkeit, verging die Nacht für Frederich noch langsamer. Nach einer Weile ließ der erste Adrenalinschub nach. Er musste sich beherrschen, um nicht ständig auf die Uhr zu schauen. Mit schnellen, flachen Atemzügen, einem beständigen Vor- und Zurückschaukeln auf seinem Sitz und, wenn gar nichts mehr half, gelegentlichen Ohrfeigen bemühte er sich, wach zu bleiben. Als irgendwann endlich der Morgen kam und die ersten Sonnenstrahlen über den Schnee tasteten, war ihm schwindlig vor Erschöpfung und vor Kälte. Es dauerte noch eine ganze Weile, bis Schefflers bewaffneter Wächter zusammen mit zwei Rekruten aus dem Eingang trat, um sie abzulösen. Statt sie in die Schlafquartiere zu schicken, befahl man ihnen, sich sofort in Schefflers Büro zu melden. Piotr stieg von seiner Leiter und schwankte zu Frederich herüber. Seine Augen waren gerötet. Alle Farbe war aus seinem Gesicht gewichen.

„Du siehst furchtbar aus", befand Piotr nach einer kurzen Musterung.

Frederich verzog das Gesicht zu einem schwachen Lächeln.

„Du redest mit deinem Spiegelbild", gab er zurück.

Gemeinsam machten sie sich auf den Weg zu Schefflers Büro. Frederich klopfte an und wartete.

„Herein", erklang nach einer langen Pause Schefflers Stimme.

Sie traten ein und vor bis in die Mitte des Raumes. Scheffler saß zurückgelehnt hinter seinem Schreibtisch, die Füße auf der Tischplatte, die Hände hinter dem Kopf verschränkt. Einige Momente lang musterte er sie stumm.

„Paleski", befahl er dann. „Geh schlafen."

Piotr zögerte.

„*Jetzt*", setzte er mit fester Stimme nach.

Piotr warf einen Blick zu Frederich, verließ dann aber widerstrebend das Büro.

„Wie fühlst du dich, Abel?", fragte Scheffler, als sie alleine waren.

„Habe mich nie besser gefühlt“, gab Frederich zurück, obwohl sich alles in seinem Kopf drehte. In Wahrheit wünschte er sich nichts sehnlicher, als endlich dem Lockruf seiner Matratze zu folgen und in einen tiefen Schlaf zu fallen.

„Gut. Melde dich zum Morgentraining. Du bist sowieso schon spät dran.“

Frederich blinzelte mehrfach. Sein Gehirn war außerstande, Schefflers Anweisung zu verarbeiten. Alles wurde zu einer Art Nebel.

Wenig später war er in der Trainingshalle und absolvierte Liegestütze. Ottos Befehle drangen aus der Ferne an sein Ohr. Er beobachtete sich dabei, wie er Seile hinaufkletterte. Wie er sich zurück auf die Trainingsmatten fallen ließ und sich ganz hinten wieder in die Reihe der Rekruten einordnete, wobei er taumelte und mit jemandem zusammenstieß.

„Hey, pass auf. Idiot“, beschwerte sich ein Rekrut, den er nur verschwommen wahrnahm.

Frederich kämpfte hart mit sich, um seinen Körper aufrecht und seine Augen offen zu halten. Er blinzelte immer und immer wieder. Mehr Liegestütze. Er orientierte sich an dem Schemen direkt vor ihm, ohne mitzuzählen. Wieder ein Seil hinauf. Dann Sparring-Kämpfe. Er bewegte sich wie in Zeitlupe, während ein Trommelfeuer von Faustschlägen auf ihn niederging. Er versuchte einen Gegenschlag zu landen, nur um sofort zu Boden geworfen zu werden. Mit einem Klopfen auf die Matte gab er auf. Während er sich erhob, wanderte sein Blick nach rechts. Scheffler stand am Rand der Trainingsmatten. Auf seinem Gesicht lag ein Grinsen. Noch immer hatte Frederich nicht genug Energie, um einen klaren Gedanken zu fassen. Er erhob sich für die nächste Runde. Sein Gegner versuchte es mit einem schnellen Schlag, dem Frederich reflexhaft auswich. Der nächste Hieb traf seinen Kiefer und warf seinen Kopf zurück, sodass er in die Knie ging. Er schmeckte Blut. Irgendwo weit entfernt lachte Scheffler in sich hinein. *Hier kommt der letzte Eintrag.* Frederich kam wieder auf die Füße. Sein Gegenüber ließ die Deckung sinken und starrte ihn ungläubig an.

„Abel?", hörte er ihn fragen.

Frederich hob die Fäuste für die nächste Runde. Er verlor das Gleichgewicht und schaffte es nicht rechtzeitig, sich wieder zu fangen. Er konnte nicht mehr anders, als zu kollabieren. Nein! *Letzter Eintrag.* Er musste sich zusammenreißen, doch es war zu …

Eine kräftige Hand packte ihn und hielt ihn aufrecht. Scheffler.

„Geh schlafen", knurrte Scheffler.

Frederich blinzelte träge. Scheffler versetzte ihm einen harten Stoß, der ihn in Richtung der Schlafquartiere schwanken ließ.

„Verschwinde", setzte Scheffler nach. „Geh mir aus den Augen."

Frederich stolperte vorwärts. Er musste all seine Konzen-tration aufwenden, um die Tür zu finden. Während er einschlief, fragte er sich, warum Scheffler ihn erneut hatte davonkommen lassen.

21

Ida ließ den Blick über die Einrichtung des *Gorbachev's Dive* schweifen, während Chi und ihre Freundinnen sich angeregt unterhielten. Die Atmosphäre der Bar war wirklich einzigartig. Kerzen auf jedem Tisch erfüllten den Raum mit einem warmen, orangefarbenen Licht. Alles wirkte angestaubt und aus der Mode, inklusive der Beleuchtung und der Möbel, von denen nicht ein einziges Stück zu einem anderen passte. Die Couch, auf der sie saßen, war cremefarben mit Blumenmuster. Die Tische und Stühle waren eine Kombination von hellem und dunklem Holz verschiedenster Formen und Stile. Das Publikum war jung und ebenso einzigartig wie der Laden. Chi passte perfekt hinein. Sie trug einen eng anliegenden roten Pullover ohne BH, graue Cordhosen und ihr kurzes schwarzes Haar wild durcheinander.

Die bunt zusammengewürfelte Einrichtung und das extravagante Publikum ließen den Mann im schwarzen Rollkragenpullover an der Bar auffällig herausstechen. Er war schlank, hatte aber ein plumpes, ovales Gesicht, das kaum zu seinem Körper passte, dazu eine breite Nase, kurze braune Haare und einen gelangweilten, aber dennoch ernsten Ausdruck. Er trank Shots und stieß den Rauch einer Zigarette in die Höhe, was ihm verärgerte Blicke von den Umstehenden einbrachte. Es schien nicht nur, als gehöre er nicht hierher. Es war, als *wollte* er überhaupt nicht hier sein. Was also hatte er hier zu suchen?

„*Den* Laden? Kannst du vergessen. Zu viele Touristen!“, rief Daria ein wenig zu laut in die Runde.

Ida beugte sich vor und versuchte zu verstehen, worüber sich Chi und die anderen beiden unterhielten. Schon nach kurzer Zeit verlor sie wieder das Interesse. Offenbar ging es darum, welche Berliner Clubs ihre „Magie“ verloren hatten und welche sie noch hatten. Etwas in Idas Augenwinkel zog ihre Aufmerksamkeit auf sich. Einer der Männer am Kickertisch sah zu ihr herüber. Er lehnte lässig mit dem Ellenbogen auf der Schulter eines Freundes und hatte ein Bein hinter dem anderen überkreuzt. Ida bemerkte seine breiten Schultern und sein jungenhaftes Grinsen. Dann wurde ihr bewusst, dass sie zu lange hingesehen hatte. Bevor sie den Blick abwenden konnte, lächelte er ihr zu. Ida drehte sich zurück zu ihrer Gruppe und nahm einen Schluck von ihrem Weißwein. Ohne große Lust richtete sie ihre Aufmerksamkeit wieder auf die Debatte, welche Berliner Clubs sich ihre Magie hatten bewahren können.

„Wartet, wartet!“, stieß Chrissi mit schriller Stimme aus. „Ihr seid noch nicht im *Mamma Schaukel* gewesen? Der Laden ist *irre*. Die haben immer nur die besten *House-Sets*.“

„Ich war schon da“, winkte Daria ab. „Richtig guter Laden, bis zum letzten Sommer, als die Touristen ihn gefunden haben. Ich glaube, inzwischen steht er sogar in einem dieser ‚Willkommen in Berlin‘-Führer.“

„Was ist mit dir, Ida?“, wollte Chi wissen. „Wo gehst du am liebsten hin?“

Ida dachte zurück an ihren letzten Clubbesuch. Sie erschauderte bei der Erinnerung, wie Elias Khartoum sich ihr genähert hatte.

„Ich war in letzter Zeit nicht sehr viel feiern“, gab sie abwehrend zurück.

„Wie du meinst." Chi erhob sich halb und legte ihr die Hand auf die Schulter. „Noch einen Drink?"

„Klar."

„Dann auf zur Bar. Mädels? Drinks?"

„Weißwein für mich", sagte Daria.

„Weinschorle für mich, bitte", erklärte Chrissi mit ihrem amerikanischen Akzent, stolz darauf, ein paar Worte auf Deutsch hervorzubringen.

„Kommt sofort!" Chi erhob sich ganz und winkte Ida zu.

Ida nahm ihre Handtasche vom Tisch und folgte ihr. Gemeinsam schlängelten sie sich durch die Gäste bis zur Bar.

„Ist alles in Ordnung?", wollte Chi wissen, während sie am Tresen warteten. „Du bist in der letzten halben Stunde ziemlich still gewesen."

„Ja. Es ist nur …"

„Sorry, eine Sekunde." Chi hob einen Finger und beugte sich zum Bartender, um ihre Bestellung aufzugeben.

„Für dich das Gleiche wie eben, oder?", wollte sie an Ida gewandt wissen.

„Äh, ja. Bitte." Ida zog einen Zwanzig-Euro-Schein hervor und hielt ihn Chi entgegen. „Hier", sagte sie. „Geht auf mich."

„Du bestehst also wirklich darauf, zu bezahlen?"

„Du hast mir heute einen neuen Job verschafft", sagte Ida. „Das hier ist das Mindeste, was ich tun kann."

„Da hast du verdammt recht!" Chi zwinkerte ihr zu und zupfte ihr den Geldschein aus der Hand.

Während sie warteten, spürte Ida, dass jemand sie ansah. Sie drehte sich zur Seite und blickte in das Gesicht des Mannes vom Kickertisch. Sein gesamter Körper war ihr ungeniert zugewandt. Auf seinem Gesicht lag ein breites Grinsen.

„Na, du?", sagte er.

Ida fuhr zusammen und trat einen Schritt zurück. Sie musterte ihn von Kopf bis Fuß. Eine einzige Frage nahm all ihre Gedanken ein: Gehörte dieser Kerl zu *ihnen*? Frederich hatte versprochen, dass die Liga sie in Ruhe lassen würde. Der Mann hatte einen starken Auftritt, aber weiche Züge. Er sah zu jung aus, um zur Liga zu gehören. Allerdings konnte man das Gleiche über Frederich sagen. Wie dem auch sei: Sie wollte nichts mit ihm zu tun haben. Was wollte er überhaupt von ihr? *Sei höflich, Ida.*

„Hey", sagte sie mit ausdrucksloser Stimme.

Er grinste immer noch, doch sein Ausdruck verriet einen Anflug von Besorgnis.

„Ich habe dich schon mal gesehen", sagte er.

„Ach wirklich?" *Warum dauert das mit den Drinks so lange, Chi?*

„Ja. Schon öfter. Ich wohne direkt bei dir gegenüber."

Alarmglocken schrillten in ihrem Inneren. Ihre Handflächen wurden feucht vor Schweiß.

„Was willst du von mir?", platzte es aus ihr heraus.

Der Mann lehnte sich zurück und zog die Stirn kraus.

„Ähm … mich vorstellen? Ist das okay?"

Ida atmete schwer. Die neue Spannung zwischen ihnen weckte Panik in ihr. Der gesamte Raum schien sich zu verengen. Ihre Hände und Knie zitterten. Sie bekam kaum noch Luft.

Chi drehte sich zu ihnen um und sah erst Ida, dann den Mann an.

„Hast du die Drinks?", fragte Ida mit bebender Stimme.

„Yeah." Chi musterte den Typen argwöhnisch. „Hier. Hilf mir beim Tragen. Die anderen kriege ich so hin. Lass uns gehen."

Ida wandte sich ruckartig ab. Sie und Chi bahnten sich einen Weg zurück zum Sofa. Ida warf noch einmal einen Blick zurück. Der Mann hatte die Arme vor der Brust verschränkt und schüttelte ungläubig den Kopf.

„Ida?“, fragte Chi.

„Hm?“, gab sie zurück, ohne Chi anzusehen.

„Was hat dieser Typ zu dir gesagt?“

„Er …“ Ida verstummte. Als sie sich in die Polster fallen ließ, wurde ihr bewusst, dass sie sich kaum erinnern konnte. Was *hatte* er zu ihr gesagt, das sie derart aus dem Konzept gebracht hatte? Eigentlich nichts Bedrohliches. Warum hatte sie dann so panisch reagiert? Sie blickte zu Chi, dann zu Daria und Chrissi. Sie befand sich unter Freunden. Es gab keinen Grund, sich bedroht zu fühlen. Vielleicht hatte sie überreagiert. Sie drehte sich um und musterte den Barbereich. Der Mann war verschwunden.

„Siehst du ihn irgendwo?“, wollte sie wissen.

Chi blickte sich um.

„Nein“, sagte sie. „Sieht aus, als wäre er gegangen.“

Ida rümpfte die Nase.

„Du verhältst dich ziemlich seltsam, weißt du das?“, befand Chi.

„Was ist passiert?“, wollte Chrissi wissen.

„Keine Ahnung“, sagte Chi. „Ich glaube, Ida hat so einem Typen eine Abfuhr erteilt und jetzt bereut sie es.“

„Nein“, stellte Ida klar. „Das war es nicht.“ Chis Bemerkung ärgerte sie. Was hätte sie ihr sagen sollen? Sie hatte Chi nie davon erzählt, was zwischen ihr und der Liga vorgefallen war. Das Ganze hätte hinter ihr liegen sollen. Sie hatte geglaubt, dass sie darüber hinweg war.

„Er sah schon ziemlich nett aus“, stichelte Chi.

„Schon, oder?", gab Ida zurück. Sie spürte, wie sie sich wieder entspannte.

„Wer? Was ist passiert?", drängte Chrissi noch einmal.

„Jetzt erzähl schon!", mischte sich auch Daria ein.

„Ist jetzt auch egal", sagte Ida trocken. „Er ist weg."

„Bitte. Wie du meinst." Chrissi hob ihr Glas. „Also. Prost! Glückwunsch, Ida, zum neuen Job."

Auch die anderen hoben ihre Gläser.

„Und zweitens", fuhr Chrissi stolz fort. „Während ihr beide an der Bar wart, haben Daria und ich beschlossen, dass wir alle nachher noch ins *Mamma Schaukel* gehen!"

„Ich nicht", sagte Ida. „Ich will später noch etwas arbeiten."

„Ach, lüg nicht", gab Chi mit einem schiefen Grinsen zurück. „Du gehst mit diesem Typen von der Bar nach Hause. Er hat dir seine Adresse zugesteckt, bevor er abgehauen ist, oder?"

Ida hob die Brauen und bedachte Chi mit einem tadelnden Blick.

„Wirklich?", brachte sie hervor.

„Hey, ich kann doch träumen, oder?", gab Chi schmollend zurück. „Seit ich dich kenne, habe ich dich nicht *einmal* von einem Typen reden hören. Was ist da los?"

„Genau, was ist da los?", wiederholte Daria.

„Nichts ist los", gab Ida zurück und rutschte unwohl auf ihrem Polster hin und her.

„Klar, sicher", amüsierte sich Chi. „Du kannst mir später davon erzählen", flüsterte sie Ida ins Ohr, wobei sie einen Zeigefinger in ihre Schulter bohrte und bedeutungsvoll die Brauen hob.

Die Unterhaltung kehrte wieder zurück zu anderen Themen. Chi erzählte den anderen von ihrem Kampfsporttraining. Chrissi und Daria überlegten, ob sie sich nicht ebenfalls anmelden sollten, räumten jedoch ein, dass sie die Sache möglicherweise

anders sehen würden, sobald die Wirkung des Alkohols nach-
ließ. Irgendwann warf Chrissi einen prüfenden Blick zu den
Füllständen ihrer Gläser.

„Okay, austrinken, los geht's", befahl sie. „Ich will tanzen.
Chi, du kommst auch noch mit, oder?"

„Klar, was glaubst du denn?", gab Chi mit einem nachdrück-
lichen Nicken zurück.

Sie leerten ihre Drinks und verschwanden noch einmal auf
der Toilette. Dann brachen sie auf. Chi, Chrissi und Daria verabschiedeten sich und steuerten in Richtung Hermannplatz,
um die U-Bahn zum *Mamma Schaukel* zu nehmen. Ida machte
sich zu Fuß auf den Heimweg. Es war 03:44 Uhr. Sie schlang
sich ihren Schal enger um den Hals und zog sich ihre Mütze
tiefer ins Gesicht. Der Winter stand vor der Tür. Spätestens mit
den Weihnachtstagen würde es wirklich eisig werden. Sie wurde sich bewusst, dass es kaum noch zwei Wochen bis zu den
Feiertagen waren. Es war das allererste Mal, dass sie Weihnach-
ten nicht mit ihrer Familie verbrachte. Der Gedanke fühlte
sich seltsam an.

Nachdem sie der Weserstraße ein ganzes Stück gefolgt war,
bog sie an einer Kreuzung ab. Die Straße führte an einem Ge-
werbepark vorbei, der so früh an einem Samstagmorgen verlassen dalag. Ein ungutes Gefühl befiel sie. Sie beschleunigte ihre
Schritte und versuchte den Abschnitt so schnell wie möglich
hinter sich zu lassen. Sie näherte sich einem leeren Parkplatz,
der von einigen wenigen Laternen nur spärlich beleuchtet war.
Die Stille war beklemmend. Sie hob den Blick und kniff die
Augen zusammen. Weiter vorne, am Rand des Parkplatzes,
lehnte jemand mit dem Rücken an einer Ziegelwand. Er hielt
eine Zigarette in der Hand und blies mit zurückgelehntem

Kopf Rauch in die Luft. Sie ging entschlossen weiter. Je näher sie ihm kam, umso stärker schoss das Adrenalin durch ihre Adern. Noch einmal beschleunigte sie ihr Tempo. Sie war entschlossen, ihn zu ignorieren.

„Hallo, Ida", sagte der Schemen in den Schatten.

Ida erstarrte und hielt an. War es der Kerl vom Kickertisch? Falls ja, was dachte er sich nur dabei, ihr hier so aufzulauern? Das Ganze war mehr als gruselig. *Augenblick*. Hatte sie ihm überhaupt ihren Namen genannt?

Er stieß sich von der Wand ab und trat aus dem Halbdunkel. Es *war* der Kerl aus dem *Gorbachev's*, aber nicht derjenige, der sie am Tresen angesprochen hatte. Sie erkannte ihn an seinem schwarzen Rollkragenpullover und der seltsamen Kopfform. Sie hatte ihn an der Theke lehnen und Schnaps trinken sehen. Er musste ihr gefolgt sein.

„Wer sind Sie?", wollte sie mit fester Stimme wissen.

Er leckte sich über die Lippen. Sein Blick wanderte langsam über ihren Körper auf und ab.

„Sie gehören zur Liga", stieß sie aus.

Der Mann grinste. Es war ein verzerrter, abstoßender Ausdruck.

„Tue ich das?", fragte er.

„Was wollen Sie?", fragte sie, dieses Mal mit mehr Nachdruck. „Warum verfolgen Sie mich?"

Sie trat zurück und hob abwehrbereit die Hände. Der Mann wirkte gelassen, doch irgendetwas lauerte unter der entspannten Oberfläche. Sie hatte genug über die Liga gelernt, um zu ahnen, dass es nichts Gutes sein konnte.

„Keine Sorge", sagte der Mann. „Ich bin nur ein heilloser Bewunderer. Ein unschuldiges kleines Vögelchen, das gerne aus der Ferne zusieht."

„Jetzt gerade sind Sie ziemlich nah dran", schoss sie zurück.

„Nicht so nah, wie ich gern wäre.“

„Noch ein Stück näher, und Sie werden es bereuen!“, stieß sie mit geballten Fäusten aus. Ihre Hände zitterten vor Aufregung.

„Natürlich, natürlich“, erwiderte er sanft. „Du denkst, gleich kommt dein Traumprinz angeritten, um dich zu retten. *Frederich.*“ Gift troff aus seiner Stimme, als er den Namen nannte. „Ich fürchte, er wird noch für eine ganze Weile fort sein“, setzte er nach. „Ich glaube nicht, dass er dir helfen kann.“

„Ich brauche niemanden, um mich zu retten!“

„Ah.“ Der Mann hob das Kinn. Wieder erschien das abstoßende Grinsen auf seinem Gesicht. „Du denkst wohl, deine Karatestunden könnten dich retten?“

„Bastard!“, stieß sie aus und trat wütend einen Schritt vor. „Wie lange hast du mich schon verfolgt?“

Ein amüsiertes Glucksen drang aus seiner Kehle. Seine Hand bewegte sich und glitt in seine Tasche. Idas Haut prickelte. Sie war schon halb darin begriffen, vorzuspringen und es mit einem schnellen *Front-Kick* zu versuchen, als seine Hand wieder hervorkam. In ihr lag ein Autoschlüssel. Mit einem Druck auf den Knopf sprangen die Lichter eines Sportwagens weiter hinten auf dem Parkplatz an. Der Mann wandte sich ab und schlenderte davon.

„Ich hoffe, du magst Überraschungen“, verkündete er über die Schulter, bevor er innehielt und sich noch einmal zu ihr umdrehte. „Wir sehen uns schon sehr bald wieder“, setzte er mit rauer Stimme nach.

Idas Herz hämmerte in ihrer Brust. Ihre Kehle war wie zugeschnürt. Adrenalin schoss durch ihre Adern, ohne eine Möglichkeit, sich zu entladen. Der Mann stieg in den Wagen, ließ den Motor aufheulen und raste mit quietschenden Reifen davon. Sie blieb allein mit ihrer Wut und Verwirrung zurück.

Verfluchter Scheißkerl. Überraschung? Von was für einer Art von Überraschung redete der Kerl?

Sie ertrug es einfach nicht mehr länger, still zu stehen. Mit ausgreifenden Schritten stürmte sie davon. Sie wählte ganz bewusst den langen Weg nach Hause, damit sich ihre Nerven wieder beruhigen konnten. Als sie irgendwann in ihre Straße einbog, hatte sie sich wieder einigermaßen gefangen. Sie ahnte, dass sie trotzdem heute Nacht kein Auge zu bekommen würde. Kein Geräusch war zu vernehmen außer dem Echo ihrer Schritte. Als ihre Haustür in Sicht kam, fuhr sie zusammen. Eiseskälte breitete sich in ihr aus. Das würgende Gefühl des Entsetzens war beinahe überwältigend. Der Mann vom Kickertisch lag, seltsam verrenkt, auf ihren Eingangsstufen. Seine Augen standen offen und starrten in den dunklen Himmel. Über seine Kehle zog sich ein tiefer Schnitt. Er war von Kopf bis Fuß mit Blut besudelt. Idas ganzer Körper begann wild zu zittern. Der Schock war zu viel. Sie stieß einen Schrei aus, halb vor Entsetzen, halb vor Wut.

„Verdammter Scheißkerl!", brüllte sie und wandte sich ziellos auf der Straße um, unfähig, den Anblick der entstellten Leiche zu ertragen.

„Hey", stieß jemand aus. Das trappelnde Geräusch von Schritten näherte sich hinter ihrem Rücken. „Ist alles in O… Ach du Scheiße!" Der Passant schnappte nach Luft, schlug sich eine Hand vor den Mund und trat zurück. Mit unsicheren Händen zückte er sein Handy. „Polizei?", stieß er stammelnd aus. „Ja. Ich muss … ich glaube, hier wurde jemand umgebracht."

22

Kalakia goss sich einen schwarzen Kaffee ein und trat an die Fensterfront, während er darauf wartete, dass Stirner für ihr Meeting eintraf. Der Burj Khalifa im Zentrum von Dubai war das höchste Gebäude der Welt. Die oberen Etagen boten einen überwältigenden Ausblick über die Stadt, das Meer und die Wüste. Kalakia war seit der Fertigstellung des ambitionierten Bauwerks bereits mehrere Male in Dubai gewesen. Die Liga hatte über Zwischengesellschaften ein Penthouse erworben, das hoch genug lag, um die gesamte Umgebung zu überblicken, aber nicht zu nahe an den prestigeträchtigen obersten Etagen, um ungewollte Aufmerksamkeit zu erregen. Wie immer bevorzugte es Kalakia, alles Wichtige im Auge behalten zu können, ohne selbst öffentlich sichtbar zu werden.

Während er in die Tiefe starrte, kam ihm der Gedanke, dass seine aktuelle Perspektive viel mit der politischen Lage gemeinsam hatte, die er navigieren musste. Wie ein Seiltänzer in großer Höhe hatte er sich in der letzten Woche auf einem äußerst schmalen diplomatischen Grat bewegt. Der Grund für seine Reise in die Emirate war selbst vor der Führung der Liga geheim gehalten worden. Die Neutralaser-Situation erforderte Feingefühl. Die Stabilität der Weltordnung hing davon ab, vielleicht sogar noch mehr.

Auf Kalakias Anweisung hatte Francois Stirner und dem Konzil telefonisch mitgeteilt, dass etwas Wichtiges vorgefallen war, ohne ihnen Genaueres zu verraten. Es war ein Wagnis, Stirner und das Konzil vorerst über die Angelegenheit im Dunkeln zu lassen, doch Kalakia setzte darauf, dass er sie vertrösten konnte, bis das Schlimmste hinter ihnen lag. Die Generäle Afrikas, Europas und Amerikas waren angewiesen worden, ihre Truppen in Bereitschaft zu versetzen. Alle Verhörspezialisten, Liquidierer, Vollstrecker und Spionage-Teams befanden sich in Alarmbereitschaft. Kalakia wollte von Anfang an auf das Schlimmste vorbereitet sein. Er hatte fest damit gerechnet, dass Inselheims Verbündete hart und entschlossen zuschlagen würden, um ihr Investment zu schützen und sich die Neutralaser-Technik zurückzuholen. Erst nach und nach, mit jedem Tag, den der erwartete Gegenschlag auf sich warten ließ, wurde sich Kalakia bewusst, *wie* gründlich Inselheim sein Forschungsprojekt geheim gehalten hatte. Selbst die Übernahme der Einrichtung unter der kasachischen Wüste war einfacher gewesen als gedacht. Es gab weder Milizen noch Regierungskräfte, die die Anlage schützten. Nichts als eine Gruppe Forscher mit einem winzigen Sicherheitsteam, das sich sofort ergeben hatte. Es hatte keinen Gegenschlag gegeben. Inselheim war dort draußen wirklich ganz allein mit seiner Erfindung gewesen.

Da er mit einer weitaus größeren Aktion gerechnet hatte, war Kalakia noch ein weiteres Wagnis eingegangen. Er hatte Dastan Navolov in Sotschi angewiesen, die Übernahme der Neutralaser-Einrichtung zu überwachen. Als Liga-General Asiens befand sich die Anlage auf Navolovs Territorium. Insofern war Kalakia nicht umhingekommen, zumindest ein Mitglied des Liga-Führungsstabes mit einzubeziehen.

Unter den Liga-Soldaten hatten in den letzten Wochen gewisse Gerüchte die Runde gemacht, dass etwas Großes im Gange war, doch sie hatten sich begrenzen lassen. Als Vorsichtsmaßnahme hatte Kalakia Matthias Vidrik angewiesen,

Pilz direkt nach Inselheims Verhör zu eliminieren. Pilz war ein zu kleines Licht, als dass man ihm mit Wissen von derartiger Bedeutung hätte trauen können. Nach einigem Nachdenken hatte Kalakia beschlossen, Vidrik nicht nur am Leben zu lassen, sondern ihn direkt in die Operation mit einzubinden, indem er ihn den Neutralaser-Komplex zusammen mit Navolovs Kommandosoldaten sichern ließ. Vidrik war ein Werkzeug, das man nicht leichtfertig wegwerfen durfte. Er war klug genug, um seinen Mund zu halten, und hatte zu hohe Karriereambitionen, um durch einen Fehltritt seine Chance zu verspielen, irgendwann selbst das Ruder an der Spitze der Liga zu übernehmen – eine Chance, die Kalakia ihm niemals geben würde.

Kalakia blickte auf die Uhr. Stirner war, ganz unüblich für ihn, bereits fünfzehn Minuten zu spät. Er zückte sein Handy und wählte Francois' Nummer.

„Wo ist er?", wollte er wissen.

„Gerade eingetroffen", gab Francois zurück.

Kalakia legte auf. Wieder richtete er den Blick zum Fenster und hinaus in die Wüste Dubais, wo man in atemberaubender Geschwindigkeit eine neue Stadt aus dem Boden gestampft hatte.

Als er gerade den letzten Schluck seines Kaffees trank, ertönte ein lautes Piepen an der Tür. Er trat vor den Monitor der Überwachungskamera und sah Stirner draußen in der Lobby stehen. Er drückte auf den Knopf, um ihn hereinzulassen. Die Tür glitt zur Seite und zeigte Stirners vertrauten Umriss. Sein betagtes, glatt rasiertes Gesicht schimmerte vom Schweiß der Wüste. Sein rundlicher Körper steckte in einem maßgeschneiderten marineblauen Anzug. Stirner strich sich die silbergrauen Haare glatt und grüßte Kalakia mit einem Nicken.

„Horst", sagte Kalakia und machte eine einladende Handbewegung. „Treten Sie ein."

Ohne nachzufragen, goss Kalakia seinem Gast ein Glas Wasser ein. Als er es ihm reichen wollte, lehnte Stirner es mit einem Winken ab.

„Nein danke", sagte er. „Es geht mir gut."

Kalakia musterte ihn einen Augenblick lang, bevor er mit den Schultern zuckte und das Glas auf einem Tisch abstellte. Sie traten hinüber zu der Gruppe schwarzer Ledersofas im offenen Wohnbereich. Stirner ließ sich in einem der Sessel nieder. Kalakia nahm ihm gegenüber Platz.

„Wie war die Reise?", fragte Kalakia.

„Ganz in Ordnung", winkte Stirner ab. Er war, wie Kalakia sehr wohl wusste, noch nie ein Mann für *Small Talk* gewesen und auch niemand, der sich beschwerte. Kalakia stellte ihm die Fragen nicht aus Höflichkeit. Es waren Prüfungen. Er wollte Stiche setzen, um herauszufinden, was es mit Stirners eigenartigem Verhalten auf sich hatte.

„Gut", befand Kalakia knapp. „Dann direkt zum Geschäftlichen. Irgendetwas Neues vom Konzil?"

„Ja", antwortete Stirner mit einem leisen Ächzen. „Um es direkt zu sagen: Sie sind äußerst besorgt."

„Ach?" Kalakia bemühte sich, überrascht zu klingen.

Stirner nickte nachdrücklich. „Sicherlich können Sie sich vorstellen, dass niemand erfreut war, als unser geplantes Treffen im letzten Monat einfach ohne jegliche Erklärung abgesagt wurde. Francois' mysteriöse Anrufe waren ebenfalls nicht besonders hilfreich. Sie überließen doch sehr viel der Spekulation. Naturgemäß kommt es dem Konzil so vor, als lasse man sie absichtlich über zentrale Geschehnisse im Dunkeln. Ich selbst teile, wie ich zugeben muss, diese Bedenken."

„Ach, tatsächlich?"

„Ja. Uns sind beunruhigende Neuigkeiten von den Generälen zu Ohren gekommen. Es heißt, Sie hätten eigenmächtig diverse Einheiten in Alarmbereitschaft versetzt."

„Korrekt. Das habe ich."

„Und aus genau diesem Grund habe ich dieses Treffen angeregt", sagte Stirner und breitete die Hände aus. „Vielleicht können Sie mir verraten, was hier eigentlich vor sich geht. Etwas, mit dem ich nach meiner Rückkehr nach Budapest die Gemüter meiner doch sehr aufgebrachten Kollegen beruhigen kann."

Kalakia blieb einige Momente lang still. Er hatte ein Bein über das andere geschlagen, die Faust vor den Mund genommen und starrte nachdenklich darüber hinweg.

„Das ist aktuell nicht möglich", erklärte er knapp.

Stirner atmete ungehalten aus. „Und dürfte ich vielleicht den Grund dafür erfahren?", wollte er mit schräg gelegtem Kopf und nur einem Hauch von Schärfe wissen.

„Wir führen derzeit einige kritische Operationen durch, um eine Bedrohung abzuwehren. Das ist momentan alles, was ich preisgeben kann."

„Wäre es möglich, den genauen Anlass für dieses überaus ungewöhnliche Maß an Geheimhaltung zu erfahren?"

„Ich habe beschlossen, dass das Risiko zu groß ist, um in dieser Sache einen Konsens zu suchen. Der Ratschlag des Konzils ist in diesem Fall nicht erforderlich."

„Und ich nehme an, das haben Sie alleine beschlossen?"
„Ja."

Stirner ließ geräuschlos die Luft entfahren. „Wir fühlen uns nicht ernst genommen, Kalakia", setzte er scharf nach.

„Eine Auffassung, die ich nicht teile."

„Erinnern Sie sich noch, warum Sie das Konzil überhaupt eingerichtet haben?", wollte Stirner wissen. „Sie schufen es *genau* für Situationen wie diese."

Sein Gesicht war rot geworden. Er wirkte unverkennbar angespannt.

„Dies ist eine außergewöhnliche Situation", gab Kalakia ruhig zurück.

„Das betonten Sie bereits mehrfach."

„Geschwindigkeit, Effizienz und eine kurze Befehlskette", fuhr Kalakia fort. „Das alles sind entscheidende Faktoren, um eine imminente Bedrohung abzuwehren. Wir müssen handeln und nicht diskutieren. Sie können dem Konzil versichern, dass ich schon sehr bald einen umfassenden Bericht abliefern werde."

Stirner verzog das Gesicht und schüttelte ungläubig den Kopf.

„Vorsicht, Horst", mahnte Kalakia mit fester Stimme. „Niemand sollte über diese Angelegenheit den Kopf verlieren."

„Sie geben mir nichts, womit ich arbeiten kann!", stieß Stirner aus. Sein Tonfall war nun merklich schriller.

„Ich geben Ihnen meine persönliche Versicherung", gab Kalakia zurück. „Haben Sie das Vertrauen in mich verloren?"

Stirner ballte die Hand zur Faust.

„Ich vertraue Ihnen", sagte er dann und entspannte sich ein wenig. „Aber Sie wissen, wie ich über solche Dinge denke. Die Führung der Liga ruht auf den Schultern vieler. Abschottung funktioniert einfach nicht."

„Und ich respektiere Ihre Prinzipien", erklärte Kalakia. „Niemand ist besser geeignet, das Konzil zu vertreten, als Sie es sind. Die Liga ist in der Tat ein gemeinschaftliches Unterfangen. Doch sie ist auch eine Waffe. Und eine Waffe hat wie ein Speer oder eine Kugel nur *eine* Spitze. Das Konzil ist eine Einrichtung für Friedenszeiten. Im Kriegsfall bin *ich* der Anführer. Sobald diese Bedrohung überstanden ist, werde ich Ihre Stimme brauchen, um mit den Nachwirkungen umzugehen. Diese Angelegenheit steht noch in ihrer Anfangsphase. Die Dinge entwickeln sich sehr schnell. Jede einzelne Entscheidung wird bedeutsame Auswirkungen nach sich ziehen. Schon sehr bald werde ich auf Ihre Unterstützung angewiesen sein. Können Sie die Dinge im Konzil so lange für mich zusammenhalten, Horst? Kann ich mich auf Sie verlassen?"

„Selbstverständlich", erwiderte Stirner. „Aber ich kann einfach nicht mit leeren Händen nach Budapest zurückkehren. Ich werde vor den anderen mein Gesicht verlieren."

„Ich verstehe."

„Geben Sie mir wenigstens einen Zeitrahmen, bis wann Sie alles aufklären werden."

Kalakia überlegte einen Augenblick. „Eine Woche", sagte er. „Geben Sie mir eine Woche Zeit. Dann werde ich für alles Rede und Antwort stehen."

„Eine Woche?", versicherte sich Stirner.

Kalakia nickte.

Auch Stirner nickte langsam. Konzentriert erwiderte er Kalakias Blick. „In Ordnung", sagte er dann. „In einer Woche also."

Einige Momente lang blickten sie einander schweigend an.

„Gibt es sonst noch irgendetwas, das Sie beschäftigt?", fragte Kalakia.

„Nein." Stirner lehnte sich zurück. „In dem Fall kehre ich zurück in mein Hotel. Mein Rückflug geht noch heute Nachmittag. Das Konzil erwartet äußerst gespannt meinen Report."

„Natürlich."

Kalakia und Stirner erhoben sich. Kalakia begleitete seinen Besucher zurück zur Tür.

„Francois wird sich in Kürze mit Ihnen in Verbindung setzen, um die Details für das bevorstehende Treffen abzustimmen“, sagte Kalakia.

„Gut“, sagte Stirner. „Dann sehen wir uns in Budapest.“

Kalakia nickte und drückte auf den Knopf. Die Tür glitt auf. Die beiden Männer gaben sich die Hand. Nachdem die Sicherheitsschleuse wieder zugefahren war, sah Kalakia auf dem Monitor mit an, wie Stirner sich entfernte. Sofort zückte er sein Handy und rief Francois an.

„Ja?“

„Sorg dafür, dass er überwacht wird.“

„Stirner?“, fragte Francois.

„Ja. Jemand soll ihn ab sofort beschatten. Bis nach Budapest. Mit äußerster Diskretion.“

Er legte auf. Wieder zog das Panoramafenster seinen Blick zur ockerfarbenen Wüste. Er und Stirner kannten sich schon seit Jahrzehnten. Für einen Augenblick fragte er sich, ob er sich paranoid verhielt. Nein, dachte er dann. Das Einzige, auf das er sich jederzeit verlassen konnte, war sein Instinkt. In der Welt der Liga war Vertrauen eine wechselhafte Angelegenheit. Irgendetwas stimmte nicht mit Stirner, dessen war er sich ganz sicher. Selbst wenn etwas Unverfängliches dahintersteckte wie eine Ehekrise oder gesundheitliche Probleme, musste er Bescheid wissen. Seiner Erfahrung nach waren es gerade diejenigen Bedrohungen, die am Anfang völlig unscheinbar erschienen, die später einmal die schlimmsten Folgen nach sich ziehen konnten. Stirners Verhalten wies all die Warnsignale auf, die er brauchte.

Als Inselheim den Sitz der Unternehmensgruppe betrat, die seinen Namen trug, spürte er eines überdeutlich: Er war noch weit davon entfernt, wieder normal seine Arbeit aufnehmen zu können. Der Schlafmangel machte ihn benommen. Er hatte das seltsame Gefühl, zu schweben, als er die Stufen des Gebäudes hinaufstieg, seinen Aktenkoffer in der einen, die lederne Sporttasche in der anderen Hand. Die innere Betäubung reichte trotzdem nicht aus, um seine Panik abzuschwächen. Allein schon der Gedanke daran, von den vier Wänden eines Aufzugs eingeschlossen zu werden, löste Herzrasen bei ihm aus. Er brauchte Platz. Er brauchte Bewegung. Stattdessen war er hier, auf dem Weg zu seinem alten Büro, auf Befehl dieses Sadisten Vidrik.

Versuch, normal auszusehen, hatte Vidrik ihm eingeschärft. Es war so weit. Inselheim erreichte das Foyer im fünften Stock. Er war deutlich stärker außer Atem, als er es hätte sein sollen. Seine Finger zitterten wie nach einer Überdosis Koffein. Noch einmal prüfte er den korrekten Sitz seiner Krawatte und bewegte den Kopf, um Nacken und Schultern zu entspannen. Er gab sich einen Ruck, trat um die Ecke und marschierte entschlossen auf die Glastür zu. Er schob einen der Türflügel auf, trat hindurch und tat sein Bestes, wie der Michael Inselheim auszusehen, den in der Firma jeder kannte. Sein Assistent Martin blickte von seinem Computerbildschirm auf, hob die Brauen und lächelte.

„Herr Inselheim!", sagte er erfreut. „Willkommen zurück."

Martin sah aufrichtig erfreut aus, ihn zu sehen. Für einen Augenblick beneidete ihn Inselheim um seinen naiven Optimismus. Wenn er nicht gerade auf der Arbeit war, war Martin entweder shoppen, beim Friseur oder feierte im Nachtclub Berghain. Ein junger Mann wie er würde vermutlich nie etwas von dem extremen Druck zu spüren bekommen, unter dem Inselheim stand.

„Danke", gab Inselheim mit einem stoischen Nicken zurück.

„Wie fühlen Sie sich heute?", wollte Martin wissen.

„Ich könnte direkt noch mal zwei Wochen Urlaub gebrauchen", gab Inselheim zurück. *Oder zwei Jahrzehnte.*

„So schlimm?"

„Irgendwelche besonders dringenden Angelegenheiten?", überging Inselheim die Frage. Er trat um den Schreibtisch und blickte mit Martin auf den Monitor.

„Die Verteidigungsministerin hat angerufen", gab Martin bekannt. „Sie haben es schon mehrfach bei Ihnen versucht."

„Okay", sagte Inselheim. „Ich rufe zurück, sobald ich dazu komme. Sonst noch etwas?"

„Einige Dinge gibt es schon. Ich habe alles aufgeschrieben", sagte Martin und blätterte durch die Seiten seines Notizbuchs.

„In Ordnung. Bitte erstell eine Aktennotiz und bring sie mir vorbei."

„Selbstverständlich."

„Danke, Martin." Inselheim wandte sich ab und betrat sein Büro.

Er schloss die Tür hinter sich und lehnte sich dagegen. Er schloss die Augen und nahm einen langen, tiefen Atemzug. Seine Finger wanderten in seine Tasche und fanden den Flachmann, den er auf dem Weg zurück nach Berlin gekauft hatte. Mit einer schnellen Bewegung öffnete er die Verschlusskappe und nahm einen Schluck Bourbon, dann noch einen weiteren, um ganz sicherzugehen. Er genoss das Brennen in der Kehle und das warme Gefühl in seiner Brust. Er hielt die Augen geschlossen und versuchte, es auszukosten, so lange es anhielt. Dann verflüchtigte sich die angenehme Empfindung. Er ließ sich in seinen Arbeitssessel hinter dem Schreibtisch fallen. Sein Blick wanderte über seine Arbeitsutensilien. Er verspürte den überwältigenden Drang, den Hörer aufzunehmen und Brunswick anzurufen, um zu hören, wie es ihr und ihrem Forschungsteam in der besetzten Einrichtung erging. Ein frischer Stoß von Übelkeit durchfuhr ihn, als die volle Wucht der Wirklichkeit ihn einholte. Er schloss die Augen, beugte sich vor und ruhte seine Stirn in den Handflächen.

Die Qual fand nie ein Ende. Nicht einmal der Schlaf bot ein Entkommen. Wann immer er es schaffte, einzudösen, fuhr er schon nach kurzer Zeit wieder ruckartig empor, schweißüberströmt und in den Klauen einer neuen Panikattacke. Inzwischen war es so schlimm geworden, dass er sich nicht einmal mehr traute, ohne Bourbon oder Schlaftabletten ins Bett zu gehen. Immer wieder erschien ihm Marius' entsetztes Gesicht in seinen Träumen. Der Anblick, wie man Brunswick durch die große Halle fortzerrte. Die leblosen, blutverschmierten Gesichter seiner getöteten Kollegen, eingebrannt in sein Gedächtnis. *Reiß dich zusammen, Michael.* Frustriert schlug er mit der Faust auf den Tisch und erhob sich. Nein, sie konnten nicht von ihm verlangen, dass er einfach hier weitermachte und sich „normal" verhielt. Es war alles zu viel. Er packte den Griff seiner Sporttasche und marschierte aus dem Büro.

„Bin in einer Stunde wieder da", verkündete er über die Schulter, während er im Eilschritt an Martins Schreibtisch vorüberstürmte.

„Herr Inselheim. So warten Sie doch …"

Er verließ den Vorraum, ohne Martins Reaktion abzuwarten. Eine Stunde im Fitnessstudio. Es war einen Versuch wert. Er verdrängte den Gedanken daran, dass er schon getrunken hatte. Dass sein Bein noch nicht genug geheilt war, um damit Sport zu treiben. Er hatte keine Wahl. Er *musste* sich bewegen. Entweder das, oder er würde den Verstand verlieren und Wahnsinn war ein Luxus, den er sich nicht erlauben konnte.

23

Frederich umfasste den Griff des Löffels fester und kratzte damit an der Wand hinter seinem Bett herum, bis er eine weitere Kerbe in den Beton getrieben hatte. Er lehnte sich zurück und betrachtete die neuste Markierung neben den einhunderteinundzwanzig anderen, von denen jede einen Tag repräsentierte. Über vier Monate waren vergangen, seit er sein Training aufgenommen hatte, die Zeit im Loch nicht mitgerechnet.

Frederich hatte Wochen gebraucht, bis ihn das Schnarchen der anderen im Schlafsaal nicht mehr störte. Zwölf Einzelbetten waren in zwei Sechserreihen entlang der Wände aufgestellt. Sie bildeten die Lagerstätte von zwölf Männern, die man jeden Tag bis zur Erschöpfung antrieb, um sie dann in dieser fensterlosen Höhle ohne Belüftung einzupferchen. Nur ein einziges Mal während der vergangenen vier Monate hatte man ihnen neue Bettwäsche gegeben. Darüber hinaus besaß jeder Rekrut je zwei Paar schwarze Hosen und T-Shirts, einen Pullover und eine gepolsterte Militärjacke. Jedes der genannten Kleidungsstücke musste die volle Zeit der Ausbildung überstehen. Bei Verschleiß oder Verlust wurden sie nicht ersetzt. Die Folge waren ein ekelerregender Gestank und eine Sinfonie von Ächz- und Knurrgeräuschen, die den Raum in jeder Nacht erfüllten.

Ganz egal, wie müde Frederich auch war: Seine innere Uhr weckte ihn jeden Tag zuverlässig um genau 05:00 Uhr. Die hartnäckige Angewohnheit hatte er Kraas zu verdanken. Der

Umstand verschaffte ihm einige kostbare Minuten, in denen er wach auf seiner Pritsche liegen und alleine sein konnte, bevor Otto hereinstürmte, das Licht einschaltete und die Rekruten aus den Betten trieb.

Ralph lag zwei Betten weiter und war der Einzige, der noch immer schnarchte. Der Schlag ins Gesicht, den Scheffler ihm bei seinem Wutausbruch in der Trainingshalle verpasst hatte, hatte ihm die Nase gebrochen und wohl eine permanente Beeinträchtigung der Atmung hinterlassen. Falls Ralph sich an dem Umstand störte, hatte er sich davon nie etwas anmerken lassen. Selbst am Tag direkt nachdem Scheffler ihn verprügelt hatte, war Ralph ohne ein Wort der Klage zum Training erschienen. Die Schwellungen an seinem Kiefer und an seinem Auge hatten ernst ausgesehen. Als sich Frederich bei ihm erkundigt hatte, wie es ihm ging, hatte Ralph nur mit den Schultern gezuckt und sein T-Shirt angehoben, um ihm seinen Rücken zu zeigen, der ganz mit Narben überzogen war. „Das gestern war gar nichts", hatte er beteuert. „Du hättest mal meinen Alten erleben sollen." Kämpfe und Wunden waren für den Engländer nichts Neues. Er war, wie er selbst mit stolzgeschwellter Brust erklärte, „AFC": Teil der „Anti-Faschistischen Crew", die es gewohnt war, mit ihren Gegnern nicht nur Argumente auszutauschen.

Schritte im Gang rissen Frederich zurück ins Hier und Jetzt. Im Nebenraum wurde das Licht eingeschaltet.

„Auf geht's, Männer!", war Ottos Stimme zu vernehmen.

Frederichs Schlafsaal war als nächster dran.

„Auf, auf, auf!", brüllte Otto in den Raum.

Ralphs Schnarchen verstummte. Frederich richtete sich auf und sah sich um. Piotr saß mit schläfrigem Ausdruck auf seiner Pritsche, das Haar wild durcheinander, und nickte ihm einen

Gruß zu. Frederich erwiderte ihn mit einem erschöpften Lächeln.

Der Tag begann genau wie alle einhunderteinundzwanzig anderen. Sie machten ihre Betten, zogen sich an, putzten sich die Zähne und wuschen sich im Gemeinschaftsbad am Ende des Ganges. Anschließend ging es im Marschschritt oder, im Fall einiger besonders erschöpfter Rekruten, taumelnd in den Speisesaal, um dort ein Frühstück aus Haferbrei, gekochten Eiern, Kaffee und Tee einzunehmen. Vierzig Minuten später schickte man sie in die Trainingshalle, wo sie zum Aufwärmen Runden laufen mussten. Danach begannen die Drills. Wie an jedem Montag rezitierte Otto während ihrer Übungen rituell den Code der Liga.

„Erstens", rief er, über das Schnaufen der Rekruten hinweg. „Wer redet, stirbt! Ihr werdet mit niemandem über die Liga sprechen. Nicht mit Journalisten, nicht mit euren Freunden oder Familien, nicht mit eurem Therapeuten. Nicht einmal mit eurem Priester, wenn ihr vor ihm die Beichte ablegt."

„Zweitens." Otto wandte sich auf den Fersen um und schritt durch die Reihen der Rekruten, die in perfekter Haltung Liegestütze absolvierten. „Absolute Hingabe. Die Liga erwartet einhundertprozentige Gefolgschaft, sonst seid ihr raus. Niemand zwingt euch, hier zu sein."

Ottos Stiefel stampften an Frederichs Gesicht vorüber, während er sich immer wieder in die Höhe presste.

„Drittens: Absolute Gleichheit. Rasse, Religion, sexuelle Orientierung und Hautfarbe bedeuten hier überhaupt nichts. Ihr werdet einzig und allein daran gemessen, wie gut ihr eure Pflicht erfüllt."

„Viertens: Keine Gnade. Ihr tötet, wenn man es euch befiehlt. Kein Menschenleben ist wichtiger als eure Pflicht."

Scheffler trat aus seinem Büro und näherte sich Otto, als dieser gerade das vierte Gesetz verlesen hatte. Er packte seine Nummer zwei an der Schulter und sagte etwas zu ihm. Sofort trat Otto einen Schritt zurück. Scheffler nahm seinen Platz ein.

„Also gut. Zeit für Sparring", rief Scheffler. „Bewegt euch, Jungs!"

Niemand war so dumm, den ungewöhnlich abrupten Abbruch der Übungen zu hinterfragen. Die Rekruten liefen durcheinander und bildeten zufällige Trainingspaare auf den Matten. Frederichs erster Gegner war, nicht zufällig, Piotr. Sie grinsten einander an. Piotrs Kampfgewicht hatte im Verlauf der letzten Monate immer wieder geschwankt. Zwischenzeitlich hatte er ausgemergelt ausgesehen, fast so, als drohten seine Kräfte, ihn zu verlassen. Frederich war es damals nicht viel besser ergangen. Seit sie jedoch ihr stilles Bündnis geschlossen hatten, war alles besser geworden. Je härter Scheffler sie behandelte, umso besser gaben sie aufeinander acht. Immer wieder ermutigten sie sich während der harten Trainingseinheiten mit Blicken, Grimassen, Beleidigungen, Rempeleien und Nackenschlägen. Jede kleine Geste war wie eine Injektion von Willenskraft, die ihnen dabei half, all die Beulen, Prellungen und Zerrungen zu überstehen, die das Training mit sich brachte. Sie beide hatten immer wieder von dem Bündnis profitiert. Es schien keine Grenzen für die Kraft zu geben, die sie aus ihm beziehen konnten.

Piotr war immer noch dünn, doch sein Körper war erkennbar durchtrainiert. Sehnige Muskeln spannten sich unter seiner Haut. Seine Haltung war aufrechter als zuvor und seine Züge schärfer, mit einer neuen Spur von Härte. Für Frederich galt das Gleiche. Das Training hatte ihn wieder zurück zu jener Form geführt, die er schon unter Kraas gefunden hatte. Er fühlte sich stärker denn je. Seine Reflexe waren schneller, seine

Bewegungen müheloser und es fiel ihm leicht, den ganzen Tag über konzentriert zu bleiben. Schefflers harter Umgang hatte, statt sie zu brechen, Krieger aus ihnen gemacht.

„Denk dieses Mal dran, abzuklopfen, wenn du aufgeben willst", erinnerte ihn Piotr, in Anspielung auf einen Vorfall, der sich vor einigen Wochen zugetragen hatte.

Die Ermahnung war unnötig. Frederich erinnerte sich noch gut daran, wie Piotr ihn ausmanövriert und in einen Würgegriff genommen hatte. Frederich hatte sich geweigert aufzugeben, bis ihm die Lichter ausgegangen waren.

„Wie süß", gab Frederich zurück. „Träumst du etwa immer noch davon?"

„Los!", schrie Scheffler.

Piotr nahm eine kampfbereite Haltung an, hob die Fäuste und begann Frederich zu umkreisen. Frederich rührte sich nicht. Er wartete. Er kannte Piotrs Art zu kämpfen und war nicht überrascht, als der *Spin-Kick* gegen seine Schulter kam. Er wich dem Angriff ohne große Mühe aus. Piotrs nächster Tritt galt seinem Schienbein, gefolgt von einer Geraden, die Frederich mit dem Arm ablenkte. Dann kam ein *Spin-Kick*, den Frederich nicht erwartet hatte. Zwar gelang es ihm, den Arm emporzureißen und ihn abzuwehren, doch die Wucht des Aufpralls warf ihn auf die Matte. Einen Augenblick lang blieb er auf dem Boden hocken. Dann hob er den Blick und nickte.

„Das war neu", befand er anerkennend.

Piotr ließ die Brauen tanzen, lockerte die Schultern und sprang tänzelnd von einem Bein aufs andere. Frederich schüttelte den Kopf und richtete sich auf. Piotr wurde immer selbstbewusster. Fast schon überheblich. Es war an der Zeit, ihn zurück auf den Boden der Tatsachen zu holen. Frederich bewegte sich blitzschnell, täuschte einen rechten Haken an, ließ dann jedoch eine kurze linke Gerade gegen Piotrs Nase folgen. Der

Schlag ging ins Ziel und brachte Piotr für einen Augenblick aus dem Konzept. Frederich nutzte den Moment, um sich blitzschnell an ihm vorbeizuschieben und ihn mit einem Wurf zu Fall zu bringen. Piotr hob die Beine, um den nächsten Angriff abzuwehren, doch Frederich fuhr herum und schlang einen Arm um Piotrs Nacken. Piotr trat wild um sich und wand sich in Frederichs Griff. Sein Gesicht lief rot an, während Frederich ihn unbarmherzig weiter auf den Boden drückte.

„Wechseln!", brüllte Scheffler.

Frederich entließ Piotr aus seinem Griff und erhob sich. Piotr rang keuchend nach Luft, bewegte prüfend seine Kiefer und betastete seinen Nacken. Frederich blickte auf ihn herab und lachte leise. „Da hat dich der Ringrichter aber gerade noch gerett…"

Piotr stützte sich mit den Händen auf die Matte und ließ die Beine herumwirbeln. Der Tritt traf Frederichs Knöchel hart und derart unerwartet, dass er zu Boden ging. Der Pole kicherte, sprang auf und joggte zu seinem nächsten Gegner.

„Hey!", rief Frederich ihm nach. „Das war unfair!"

Auch die übrigen Rekruten auf der Außenbahn bewegten sich nach rechts zu ihrem jeweils nächsten Nachbarn, sodass die Reihe schlangenartig weiterkroch. Frederich fand sich Lewis gegenüber, einem jungen Südafrikaner mit kantigen Schultern und buschigen Augenbrauen, mit dem er gelegentlich ein paar Worte gewechselt hatte. Als beide gerade ihre Fäuste hoben, trat mit einem Mal Ralph heran und stieß Lewis hart gegen den Arm.

„Wechseln", verlangte er.

Lewis musterte den Engländer, der ihm ausdruckslos entgegenstarrte. Dann zuckte er mit den Schultern und trat zur Seite. Frederich hob das Kinn und studierte seinen unerwarteten Gegner. Warum war Ralph so wild darauf, zu tauschen? Scheffler hatte ihnen ausdrücklich befohlen ... Frederich wandte den Kopf. Jenseits der Mattenreihe stand Scheffler und starrte ihm entgegen. *Natürlich.* Daher wehte also der Wind. Wieder eines von Schefflers Spielchen.

„Kämpft!", rief Scheffler.

Frederich wandte sich zurück zu Ralph, der wie ein wilder Stier auf ihn zugestürmt kam. Der Engländer erwischte ihn unvorbereitet. Ein *Front-Kick* traf Frederich mit voller Wucht im Bauch und trieb ihm den Atem aus den Lungen. Frederich kollabierte auf der Matte. Ralph verschwendete keine Zeit. Sofort warf er sich auf Frederich und presste ihn zu Boden. Faustschläge gingen auf Frederichs Gesicht und Schläfen nieder, während er reflexhaft versuchte, sich mit den Unterarmen zu schützen. Die Wut, die Ralph in seine Schläge legte, ließ keinen Zweifel. Das hier war kein normaler Sparring-Kampf. Ralph war darauf aus, ihn zu verletzen. Mehr Schläge trommelten auf seine schützend angelegten Arme nieder. Gelegentlich fand einer davon eine Lücke und traf seine Schläfe.

„Hey, was soll das?", hörte er Piotr von der Seite rufen. „Bist du verrückt geworden?" Frederich spürte einen Aufprall und vernahm ein Ächzen. Das Gewicht von Ralphs Körper löste sich von ihm, dafür stand Piotr heftig atmend über ihm.

Frederich nutzte die Gelegenheit, um sich zur Seite zu rollen und aufzuspringen. Piotr stand mit geballten Fäusten zwischen ihm und Ralph. Frederich klopfte Piotr gegen die Schulter.

„Ich komme schon zurecht", sagte Frederich. „Danke, Bruder."

Bruder. Ein seltsamer Ausdruck. Was hatte ihn dazu bewegt? Noch nie hatte er irgendjemanden so genannt. Piotr warf ihm einen prüfenden Blick zu. Dann entspannten sich seine Züge. Mit einem Nicken trat er zu Seite.

„Jederzeit wieder", sagte er.

Sofort, als Piotr den Weg freigab, nahm Ralph den Kampf wieder auf. Dieses Mal hatte Frederich etwas Platz. Ralph stürmte auf ihn zu. Statt abzuwehren, sprang Frederich ihm entgegen, winkelte das Bein an und trieb ihm ein Knie in die Brust. Die Wucht des Aufpralls ließ sie beide zu Boden gehen. Ralph war für einen Augenblick benommen. Frederich hätte leicht die Oberhand gewinnen können. Ein Würgegriff wäre der logische nächste Schritt gewesen. Stattdessen erhob er sich und warf Scheffler einen herausfordernden Blick zu. Wenn er sich dazu hinreißen ließ, Ralph genauso zu behandeln, wie dieser ihn angegangen hatte, würde er damit lediglich Scheffler in die Karten spielen. Ralph war für Scheffler nicht mehr als eine Schachfigur. Statt anzugreifen, entspannte Frederich seinen Körper, nahm einen weiten Stand ein und tänzelte abwartend von einer Seite auf die andere. Ralph sprang auf die Füße und attackierte Frederich mit einem wütenden Trommelfeuer von Tritten und Schlägen, doch Frederich beschränkte sich auch weiterhin auf die Verteidigung. Er duckte sich, drehte sich und verlagerte sein Gewicht, sodass keiner von Ralphs Schlägen ihn traf. Immer stärker schoss dem Engländer die Röte ins Gesicht. Schweiß glänzte auf seinem kahl rasierten Schädel, doch Frederich blieb konzentriert, während Ralphs Attacken nach und nach an Geschwindigkeit und Kraft verloren.

„Abel!", brüllte Scheffler und stampfte vorwärts auf die Matte. „Was machst du da? Du sollst kämpfen!"

Die übrigen Rekruten hatten bemerkt, dass etwas vor sich ging. Ein Paar nach dem anderen stellte die Sparring-Kämpfe ein. Alle Augen waren auf die beiden Kämpfenden gerichtet. Scheffler stapfte auf Frederich zu, das Gesicht glutrot, die Augen aus den Höhlen quellend.

„Wenn ich sage, kämpf, dann *kämpfst* du, verdammt noch mal!“, brüllte er so unbeherrscht, dass ihm der Speichel von den Lippen spritzte.

Frederich wischte sich die Tropfen aus dem Gesicht, hob das Kinn und schüttelte den Kopf.

„Wenn ich kämpfe, dann auf meine Art“, gab er zurück.

Schefflers Augen fielen beinahe aus seinem Schädel. Urplötzlich sandte er einen scharfen linken Haken gegen Frederichs Gesicht. Frederich duckte sich, aber ein Teil der Gewalt entlud sich gegen die Oberseite seines Kopfes, sodass er fast das Gleichgewicht verlor. Dann brach es über ihn herein. Wie Gewitterblitze gingen Schefflers Schläge auf ihn nieder. Nie hatte Frederich Ähnliches erlebt. Mit jedem Angriff, dem er gerade noch auswich, nahm der Spielraum für weitere Fehler ab. Mit unerbittlicher Entschlossenheit drosch Scheffler auf ihn ein, dem unweigerlichen *Knock-out* entgegen. Schließlich traf ihn Schefflers Faust unter dem Rippenbogen. Der Schmerz war beinahe unerträglich. Frederich stieß einen Schrei aus und taumelte rückwärts, wobei er sich die Seite hielt. Scheffler gewährte ihm keine Pause. In seinen Augen brannte ein ungezügelter Furor. Einen Moment lang spürte Frederich aufkeimende Panik. Ein Scheffler, der jegliche Selbstbeherrschung verloren hatte, war schlimmer als alles, was er sich hätte vorstellen können. Er würde härter kämpfen müssen oder riskieren, dass Scheffler ihn schwer verletzte. Frederich konzentrierte sich auf den dunklen Abgrund in seinem Inneren. Zuerst wurde er ruhig. Dann wurde er wütend. Als Scheffler erneut herankam, spannte Frederich seinen Körper an, sprang in die Luft und sandte einen *Spin-Kick* gegen Schefflers Schulter, in den er alle Rage eines angreifenden Schwarzbären versammelte. Scheffler zuckte kaum, als ihn der Tritt mit voller Wucht erwischte.

Die nachfolgenden Minuten verstrichen wie in einem Traum. Frederich verlor jegliches Bewusstsein für seine Umgebung. Ihr Kampf erfüllte seine ganze Wirklichkeit. Es gab nichts mehr als Schefflers Fäuste und seine eigenen. Er duckte sich, wich Schlägen aus und nutzte die Sekundenbruchteile, die ihm zwischen den Angriffen blieben, um selbst Schläge auf Schefflers gewaltigen Körper und gegen seinen Kopf zu landen. Als er schon glaubte, der Kampf würde niemals enden, bemerkte er an seinem Gegner erste Anzeichen von Erschöpfung. Beim nächsten Schlag streckte Scheffler seine Führhand etwas zu weit vor. Frederich nutzte die Lücke in der Deckung, um zwei kurze Gerade gegen Schefflers Nase zu landen, gefolgt von einem Seitwärtshaken, der mit einem harten Pochen Schefflers Schläfe traf. Die Wucht des Aufpralls warf Schefflers Kopf nach hinten und zwang ihn einen Schritt zurück. Eine Blutspur rann von seinem Haaransatz über die Seite seines Gesichts. Schefflers Kinn und seine Fäuste waren leicht gesenkt, doch er stand noch immer sicher auf den Beinen. Nichts an ihm verriet Zögerlichkeit oder Schwäche. Vielmehr schien sein Ausdruck noch entschlossener zu werden. Scheffler senkte den Kopf und stampfte heran. Frederich biss die Zähne zusammen. *Er ist kein Mensch.* An seinem eigenen Körper spürte er durchaus erste Anzeichen von Schwäche. Mit seiner noch verbleibenden Kraft bereitete er sich auf den nächsten Angriff vor, der unweigerlich im K.o. enden musste.

„Okay, okay, das reicht", rief Otto und trat mit zu den Seiten ausgebreiteten Händen zwischen sie. Frederich und Scheffler standen sich gegenüber. Sie beide waren völlig schweißbedeckt. Ihre Brustkörbe hoben und senkten sich unter heftigen Atemstößen. Frederich hielt sich die Seite. Schefflers Fäuste blieben geballt erhoben. Zwei bewaffnete Wächter näherten sich im Laufschritt und richteten ihre Gewehre auf Frederich.

„Nicht schießen!“, rief Otto. „Nicht schießen! Zurücktreten!“

Die Wächter senkten ihre Waffen ein wenig und blickten fragend zu Scheffler. Frederich wusste, was auf dem Spiel stand. Ein Wort von Scheffler, und er war tot. Mit angehaltenem Atem wartete er auf das Urteil

„Raus mit euch!“, brüllte Scheffler in einem Anfall manischer Wut und ruderte wild mit den Armen. „Alle. Jetzt!“

Otto legte Scheffler eine Hand auf die Schulter und sprach leise etwas in sein Ohr.

„Ist mir scheißegal!“, bellte er zurück und schob Ottos Arm fort. „Raus mit dir!“, brüllte er zu Frederich. „Raus! Es ist vorbei! Du bist erledigt!“

Frederich erstarrte. Erleichterung durchspülte ihn, gemischt mit Entsetzen. Er dachte an den zermürbenden Marsch durch die Alpen, den einzigen Heimweg eines ausgestoßenen Rekruten. Nach dem zurückliegenden Kampf war er dafür in keinerlei Verfassung. Er wusste, dass Proteste nutzlos waren. Er hatte keine Wahl. Er wandte sich ab und humpelte, sich die Seite haltend, davon, in Richtung der Schlafquartiere.

„Nein!“, hörte er Scheffler hinter seinem Rücken schreien. „Stehen bleiben, Paleski. Sonst fliegst du auch mit raus.“

Frederich wandte sich um und sah Piotr, der direkt hinter ihm stand. Er schüttelte den Kopf.

„Bleib hier“, sagte er. „Du hast das hier nicht alles durchgemacht, um es jetzt wegzuwerfen.“

„Das hier ist *Bullshit*!“, stieß Piotr aus.

„Hey!“, rief Scheffler erneut von hinten. „Zurück, und zwar sofort. Letzte Chance!“

„Ich habe Scheffler seine Fresse eingeschlagen“, sagte Frederich. „Ich habe bekommen, was ich wollte.“

Piotr warf einen Blick zurück über die Schulter.

„Stimmt, das hast du." Ein schwaches Grinsen wanderte über seine Züge. „Gute Arbeit."

„Wir sehen uns bald wieder", sagte Frederich. „Danke, dass du mir den Rücken frei gehalten hast."

„Jederzeit, Bruder."

Sie schüttelten einander die Hände. Frederich wandte sich wieder den Schlafquartieren zu. Es dauerte nicht lange, bis er seine wenigen Habseligkeiten gepackt hatte. Kurz darauf stand er alleine knöcheltief im Schnee, mitten in den Bergen, mit leerem Magen, schmerzenden Rippen und mit einem mörderischen Marsch vor sich, um eine Siedlung zu erreichen.

24

Die Räder des schwarzen Mercedes summten und ratterten über das Kopfsteinpflaster, bevor der Wagen vor einem Fußgängerübergang anhielt. Touristen schlenderten über den Dreifaltigkeitsplatz in Budapest. Es war ein frischer, klarer Morgen. Kalakia saß auf der Rückbank und musterte die Statue der Heiligen Dreifaltigkeit nicht weit hinter dem Wagenfenster. Er erinnerte sich an die Geschichte. Man hatte sie vor einigen Jahrhunderten errichtet, um die Pest von der Stadt abzuwenden. Aufwendig mit Engels- und Heiligenfiguren verziert, erhob sie sich vor dem Hintergrund der gewaltigen Matthiaskirche im neugotischen Stil. Kalakia dachte an all die Könige, die nur wenige Meter von ihrem derzeitigen Standort entfernt gekrönt worden waren. Er schüttelte den Kopf über die Absurdität des Ganzen.

Das Burgviertel, in dem das Konzil ihr Treffen angesetzt hatte, beeindruckte ihn nicht im Geringsten. Das Königtum mit seiner Grandiosität war ein Relikt einer vergangenen Ära. Er bevorzugte es, mit beiden Beinen in der Wirklichkeit zu stehen, auch wenn er sehr wohl um die Bedeutung von Symbolen wusste. Symbole waren ein integraler Bestandteil der menschlichen Psyche. Sie erinnerten daran, dass mehr unter der Oberfläche des Alltags lag, als auf den ersten Blick zu sehen war. Etwas Heiliges und dennoch Greifbares und vor allem etwas, das den Dingen Bedeutung verlieh. Die Liga selbst war ein Symbol für Gerechtigkeit und Ehre in der Welt. Nur darum tolerierte es Kalakia, dass das Konzil für ihr Treffen eine derart pompöse Umgebung ausgewählt hatte, umstrahlt vom vergangenen Glanz des Hauses Habsburg. Ein formeller Rahmen dieser Art erlaubte es der Führung der Liga, Tradition und Legitimität auszustrahlen. Anders ausgedrückt: Kalakia spielte das Spiel der Bilder mit, weil andere Menschen es für wichtig hielten. Er selbst sah darin nicht viel mehr als ein Theaterspiel für alte Männer, die es nicht schafften, sich von der Vergangenheit zu lösen. Er war überzeugt, dass Macht durch *Taten* demonstriert werden musste und nicht durch ein grandioses Erscheinungsbild.

Er spürte, dass er an diesem Morgen zynischer eingestellt war als sonst. Er kannte auch den Grund. Francois hatte ihm mitgeteilt, dass Frederich erneut mit Scheffler aneinandergeraten war, der ihn dieses Mal endgültig aus dem Ausbildungsprogramm geworfen hatte. Die Neuigkeit hatte ihn zutiefst enttäuscht. Er musste sich eingestehen, dass er wohl einer Wunschvorstellung nachgejagt war, als er gehofft hatte, in dem Jungen einen unbestechlichen Schützling mit überreichem Potenzial gefunden zu haben. Er hatte Frederichs Fähigkeit überschätzt, sich einer Autorität unterzuordnen. Nicht einmal Scheffler war es gelungen, das Biest zu zähmen. Die harte Wirklichkeit hatte gesiegt. Nun also würde er gezwungen sein, einen der Kandidaten von der Auswahlliste des Konzils zu seinem Nachfolger zu bestimmen. Diese Option als „unangenehm" zu bezeichnen war noch eine Untertreibung. Das Ausmaß an Überheblichkeit unter den potenziellen Kandidaten war eklatant. Zwar verfügte jeder in der einen oder anderen Weise über beeindruckendes Potenzial, aber auch über verheerende Schwächen, die, wie bereits abzusehen war, irgendwann ihren Untergang besiegeln würden. Die Vorzeichen waren bedrückend. Die Liga steuerte in eine gefährliche Richtung.

Als die Straße wieder frei war, ließen sie die Statue der Heiligen Dreifaltigkeit hinter sich zurück und fuhren weiter. Schon aus der Ferne war der hoch aufragende Berg des Burgpalastes am anderen Donauufer zu erkennen. Vor und hinter Kalakias Limousine fuhr je ein SUV mit seiner persönlichen Leibgarde. Die Flotte nahm die Serpentinenauffahrt zum Burgberg, ratterte über das Kopfsteinpflaster und näherte sich einer Einfahrt zwischen einem Museum und einem Hotel. Das Sicherheitstor glitt in die Höhe und einer der drei bewaffneten Wächter winkte sie herein. Das vorderste Fahrzeug fuhr als erstes in die Tiefgarage, gefolgt von den beiden anderen. Im Inneren stand bereits mehr als ein Dutzend Luxuslimousinen, darunter Stirners schwarzer Bentley Mulsanne. Sie bogen in drei nebeneinanderliegende Parkbuchten. Kalakia wartete, bis seine Männer ausgestiegen waren und sich in Position gebracht hatten, bevor auch er sein Fahrzeug verließ. Gemeinsam marschierten sie über den grell beleuchteten Betonboden zum Aufzug und fuhren in den vierten Stock. Stirner erwartete sie im Durchgang zur Vorhalle. Sie schüttelten einander die Hände und bedachten sich mit einem stummen Gruß. Stirner führte ihn weiter in den Besprechungsraum, während ein Teil von Kalakias Leibwächtern zurückblieb, um die Eingänge zu sichern.

Im Inneren des pompösen Saals saß das Konzil bereits vollständig um einen großen runden Eichentisch versammelt. Die alten Herren reagierten kühl auf das Eintreffen von Kalakia und seiner Entourage. Kalakia fiel auf, dass die Ausstattung der Räumlichkeiten seit ihrem letzten Treffen sogar noch pompöser geworden war. Ein neuer, noch aufwendiger gearbeiteter Kronleuchter hatte den Platz des vorherigen an der gut sieben Meter hohen Decke eingenommen. Das Prunkstück fügte sich nahtlos in den Barockstil des 19. Jahrhunderts ein, in dem der Rest des Raumes gestaltet war. Er unterdrückte ein Seufzen. Waren die kostbaren Burgunder-Teppiche und die goldgerahmten Zierspiegel noch nicht genug? Auch die im römischen Stil gestalteten Säulen in den Ecken waren neu. Jede von ihnen trug eine Krone mit vier brennenden Kerzen um ihr Kapitell.

Kalakia verkniff sich eine zynische Bemerkung und ließ sich nieder. Zehn Stühle umgaben den Tisch, acht für die Mitglieder des Konzils, einer für Kalakia, dem getönten, kugelsicheren Fenster gegenüberliegend, und ein letzter für Stirner, den Sprecher und Vorsitzenden des Konzils. Francois und die übrigen Leibwächter verließen den Raum durch einen zweiten Durchgang in die Bibliothek, um dort das Ende des Treffens abzuwarten. Zwei Kellner eilten herbei und sorgten dafür, dass alle Trinkgefäße wunschgemäß befüllt wurden. Kalakia nahm ein Glas Wasser an und tauschte nickend stumme Grüße mit den Mitgliedern des Konzils aus. Stirner war der Letzte, der seinen Platz einnahm. Er wartete, bis die Kellner den Raum verlassen und die Tür hinter sich zugezogen hatten, bevor er würdevoll die Arme ausbreitete, die Handflächen zur Decke gerichtet.

„Willkommen, meine Herren“, sagte er. „Lassen Sie uns keine Zeit verschwenden. Es stehen eine Menge Punkte auf der Tagesordnung. Unser letztes Treffen liegt, wie Sie sich zweifellos erinnern können, bereits mehr als drei Monate zurück. Einiges ist geschehen, seit diese Neutralaser-*Krise*, von der wir hier sicherlich sprechen müssen ...“, Stirner pausierte und warf einen kurzen Blick zu Kalakia, „... zum ersten Mal an uns herangetragen wurde. Nun, lassen Sie uns freimütig einräumen, dass sich die Gemüter damals etwas erhitzten. Zugleich aber sollten wir eingestehen, dass die Maßnahmen, die Kalakia beschlossen hat, wirksam waren. Wir haben damals die Weisheit seiner Entscheidungen hinterfragt, wie es unsere Pflicht ist, doch wir alle können sehen, dass er die gewünschten Ergebnisse erzielt hat. Das Neutralaser-Projekt wurde erfolgreich eingedämmt. Inselheims Team befindet sich in unserer Gewalt. An allen Fronten herrscht Ruhe. Die Vereinigten Staaten, Russland, China und Indien tappen, soweit wir wissen, immer noch im Dunkeln. Die Nuklearprogramme der genannten Länder wurden nicht verändert. Alles sieht ganz so aus, als würde bis auf absehbare Zeit keine feindliche Regierung Zugriff auf den Neutralaser bekommen.“

„Ach, kommen Sie, Stirner“, meldete sich Richard DeLauer. Kalakia war nicht überrascht, dass gerade er den Vortrag unterbrach. „Warum machen wir uns etwas vor? Wie lange können wir all diese Wissenschaftler gefangen halten? Hm? Wie viele Informanten sind bereits durch unser Netz geschlüpft und sprechen jetzt gerade mit unseren Feinden? Wir wissen alle, dass diese Sache zu groß ist, um unter Verschluss zu bleiben.“

„Ich danke Ihnen, *Herr* DeLauer“, gab Stirner steif zurück. „Wir alle teilen Ihre Bedenken und werden sie selbstverständlich adressieren. Beginnen wir mit Inselheim. Wie ist sein Status?“

Alle Augen richteten sich auf Kalakia.

„Er wurde freigelassen, um wieder seinen Alltagsgeschäften nachzugehen“, sagte Kalakia. „Selbstverständlich unter strenger Überwachung. Außerdem hat sich herausgestellt, dass die Inselheim-Gruppe unter finanziellen Problemen leidet, verursacht durch die übermäßige Bindung von Ressourcen an das Neutralaser-Projekt.“

„Vollkommen inakzeptabel“, befand Stirner. „Unter den aktuellen Umständen dürfen wir nicht zulassen, dass das Unternehmen unnötige Aufmerksamkeit auf sich zieht.“

„Ich schlage vor, dass wir mit einem *Bailout* helfen“, sagte Kalakia. „Das sollte ihnen etwas Luft zum Atmen verschaffen, bevor andere etwas bemerken.“

„Einverstanden“, sagte Stirner. „Das sollten wir. Was ist mit den Gefangenen in der Forschungseinrichtung? Ich nehme an, wir sind uns einig, dass es so nicht ewig weitergehen kann.“

„Unser Aufklärungsteam hat von jedem der Beteiligten ein umfassendes Profil erstellt“, sagte Kalakia. „Dies versetzt uns in die Lage, eine vollständige Überwachung einzurichten und sofort zu handeln, falls jemand auf die Idee kommen sollte, zu reden.“

„Das Ganze gefällt mir nicht“, sagte DeLauer mit einem mürrischen Kopfschütteln.

„Haben Sie einen besseren Vorschlag, Richard?“, wandte sich Stirner ungeduldig an DeLauer.

DeLauer richtete sich in seinem Stuhl auf und rückte seine Brille zurecht.

„Selbstverständlich“, sagte er. „Es ist ganz einfach. Wir töten sie. Keine losen Enden.“

Rund um den Tisch erhob sich missbilligendes Gemurmel.

„Ein grotesker Vorschlag!“, rief Boris Parkishkov in die Runde.

„Sie wollen ein Massaker?“, mischte sich auch Phillip Burani ein.

Dieses Mal hob Kalakia die Hände, um die Versammlung zu beruhigen.

„Ich habe diese Möglichkeit selbstverständlich in Betracht gezogen“, erklärte er. „Die Vorteile liegen auf der Hand. Diese Männer und Frauen haben sich den größten Teil ihrer Karrieren mit Nuklearabwehrtechnik befasst. Sie sind gesellschaftliche Eremiten ohne enge familiäre Bindungen. Doch niemand lebt in einem perfekten Vakuum. Ihre Freunde und Angehörigen haben bereits angefangen Fragen zu stellen. Die Medien werden eins und eins zusammenzählen. Wenn wir sie töten, machen wir sie zu Märtyrern. Damit verwandeln wir eine ohnehin schon schwierige Situation in eine Farce.“

„Was also schlagen Sie vor?“, fragte Stirner.

„Eine Alternative“, sagte Kalakia. „Ich sage, wir lassen sie an dem Tag frei, an dem wir auch die Forschungseinrichtung dem Erdboden gleichmachen. Unsere Entschlossenheit bei der Zerstörung wird als Abschreckungssignal fungieren, zusammen mit ihren sechs getöteten Kollegen. Außerdem wird jede undichte Stelle, nachdem wir alle handfesten Beweise vernichtet haben, von der Öffentlichkeit als Verschwörungstheorie abgetan werden. Unser Desinformationsteam wird den Rest erledigen. Den Neutralaser und die dazugehörige Ausrüstung bringen wir an einem anderen Ort in Sicherheit.“

„Klingt riskant“, befand Stirner.

„Meiner Meinung nach ist es der beste Weg“, sagte Kalakia.

„Wie schnell kann die Verlegung des Neutralasers erfolgen?“, wollte Boris Parkishkov mit seiner heiseren Stimme wissen.

„Dastan Navolov kann innerhalb von zwei Wochen ein Team bereitstellen“, sagte Kalakia. „Aber er wird unsere Unterstützung brauchen. Gibt es Vorschläge für geeignete Orte in Europa?“

„Wir haben die alten Militärbasen in Südrumänien“, sagte Phillip Burani. „Jede davon verfügt über unterirdische Tunnelnetzwerke und Atomschutzbunker.“

„Wir könnten die Ausrüstung über das Schwarze Meer und dann über die Donau transportieren“, schlug Stirner vor.

„Damit wären wir in Falk Brauns Territorium“, merkte Kalakia an.

„Korrekt“, sagte Stirner. „Natürlich werden wir den General Europas informieren.“

„Sind wir dann endlich mit dieser Sache durch?“, mischte sich DeLauer ungeduldig ein. „Gut. Dann zum Thema Ihrer Nachfolge, Kalakia. Wir haben diesen Punkt schon viel zu lange hinausgezögert.“

„Danke, Richard“, erklärte Stirner ruhig. „Das wäre der nächste Tagesordnungspunkt gewesen.“

Kalakia spürte ein warmes Prickeln auf seiner Haut. Er warf DeLauer einen stechenden Blick zu.

„Vielleicht möchten Sie sich damit selbst für meine Nachfolge vorschlagen, DeLauer“, sagte er kühl.

Die Runde reagierte mit gedämpftem Lachen auf Kalakias Bemerkung. DeLauer blickte finster drein und verschränkte die Arme vor der Brust.

„Ich habe die Liste mit der Vorauswahl des Konzils geprüft“, fuhr Kalakia fort. „Und mir jeden der Namen genauestens angeschaut.“

„Dann steht Ihre Entscheidung also unmittelbar bevor?“, wollte Stirner wissen.

Kalakia dachte an die jüngsten Nachrichten aus der Ausbildungseinrichtung bei Zürich. Es war an der Zeit, der Wirklichkeit ins Auge zu blicken. Unter allen Namen auf der Liste erschien ihm Marco Lessio, der Brasilianer, als das geringste Übel. Zwar war Lessio übertrieben brutal, auch wenn es keinerlei Anlass dafür gab, aber er war ebenfalls ein exzellenter Stratege und loyaler General. Die Liga würde unter seiner Führung roher und gewalttätiger werden, aber sie würde zumindest so lange eine wirkungsvolle Macht bleiben, bis die Strategie rücksichtsloser Gewaltanwendung irgendwann nach hinten losging.

„Ja“, brachte Kalakia widerwillig hervor. „Ich werde meine Entscheidung zum Ende dieses Monats bekanntgeben.“

Die Versammelten reagierten mit zustimmendem Nicken. Die Erleichterung war ihnen deutlich anzusehen.

„Bestens", kommentierte Stirner. „Nun denn. Zum Punkt der anhaltenden Rezension. Das Volumen globaler Investitionen ist in den zurückliegenden zwölf Monaten stark zurückgegangen. Wir müssen handeln."

„Kaum eine Überraschung", befand Kalakia.

Kelly Larsen vom Internationalen Währungsfonds hatte ihn bereits gewarnt. Trotz ihrer Besorgnis hatte er beschlossen, dass die Zeit zum Eingreifen für die Liga noch nicht gekommen war. Die Regierungschefs der Welt sollten diese Bürde ruhig noch für einige Zeit alleine tragen. Ein wenig anhaltender wirtschaftlicher Druck würde ihnen guttun und sie zwingen, notwendige Veränderungen an ihren Volkswirtschaften vorzunehmen. Außerdem sandte das Ganze eine klare Botschaft an all die überambitionierten Investoren, die ihren eigenen Profit über alles stellten.

„Wir müssen irgendetwas tun", beharrte Stirner.

„Was schlagen Sie vor?", fragte Kalakia.

„Wir senken die Tributrate. Fünf Prozent sollten den gewünschten Effekt erzielen. Die Lage würde sich entspannen. Der Markt würde Vertrauen und Flexibilität zurückgewinnen."

„Man würde uns die Reaktion als Schwäche auslegen", gab Kalakia zu bedenken. „Wer mehr Leine gibt, ermutigt den Hund."

„Warum erweitern wir nicht unser Portfolio in den betroffenen Sektoren, wie wir es sonst immer tun?", warf eine Stimme von der Seite ein. „Es gibt genügend aufstrebende Märkte, die wir ins Visier nehmen können."

„Nein", sagte Boris Parkishkov und schüttelte den Kopf. „Wir sind schon in genügend Projekten involviert. Wenn wir

in dieser Richtung weitermachen, sind wir bald auf dem Weg
zur globalen Planwirtschaft."

„Es gibt noch eine andere Möglichkeit", merkte Stirner an.
„Wir können das Geld direkt durch die Regierungen ausschüt-
ten lassen. Sie können es über Steuererleichterung und öffentliche Investitionen zurück in ihren Wirtschaftskreislauf bringen."

„Das könnte funktionieren", stimmte jemand anderes zu.
„Vor ein paar Jahren haben wir schon einmal etwas Ähnliches
gemacht."

„Was denken Sie?", wollte Stirner an Kalakia gewandt wissen.

„Tun Sie es", sagte Kalakia. „Aber stimmen Sie sich vorher
mit Kelly Larsen ab. Sie kann uns bei der reibungslosen Umset-
zung helfen."

„Kelly Larsen?", sagte jemand. „Wir ziehen den Internationalen Währungsfonds mit in die Sache?"

Kalakia nickte.

„Sie ist eine Idealistin", räumte er ein. „Aber sie erfüllt ihren
Zweck. Und sie ist gut in dem, was sie tut."

„In Ordnung", sagte Stirner und wandte sich an die Runde,
„Haben wir Einstimmigkeit?"

Die Versammelten antworteten mit Nicken und zustimmendem Gemurmel. DeLauer starrte ins Nichts, die Arme vor der
Brust verschränkt. Er sah erst auf seine Uhr, dann aus dem
Fenster. Kalakia folgte seinem Blick. Draußen lag der Hofplatz,
der zu einem Museum gehörte. Ihnen gegenüber befand sich
ein Hotel. In einem der Räume stand ein Fenster offen. Ein
Mann lehnte auf der Fensterbank und peilte durch das Ziel-
fernrohr eines Gewehres, das in ihre Richtung ...

Kalakias Instinkte übernahmen. Sein Körper bewegte sich
wie von selbst. Er breitete die Arme zu den Seiten aus und

stieß sich kräftig mit den Füßen ab. Zusammen mit den Männern rechts und links neben ihm stürzte er rückwärts auf den Teppich. Ein lautes Klirren ertönte, als die Scheibe in Tausende von Splittern zerbrach.

„Runter!", brüllte Kalakia.

Einen Moment lang saßen die übrigen Mitglieder des Konzils vor Schreck wie erstarrt.

„Bewegung!", rief er noch einmal.

Jetzt stürzten die Männer von ihren Stühlen. Alles warf sich in Deckung. Einige duckten sich unter den Tisch. Andere versuchten in die Bibliothek zu entkommen. Die Vordertür des großen Saals flog auf. Die Leibwächter aus der Lobby stürmten herein. Aus der Bibliothek trat Francois, seine Pistole vor der Brust gezückt, gefolgt vom Rest der Leibwächter mit angelegten Waffen. Francois stürzte, gefolgt von zwei seiner Soldaten, zu Kalakia und schob sich schützend zwischen ihn und das Fenster. Die übrigen drückten sich neben den Rahmen und spähten hinaus.

„Das Hotel!", schrie Kalakia, fieberhaft hinüberdeutend. „Das Gebäude auf der anderen Seite!"

„Niemand zu sehen, Sir", rief einer der Leibwächter, der über Kimme und Korn die Häuserfront absuchte.

Kalakia erhob sich. Adrenalin pochte durch seinen Körper. Sein Brustkorb hob und senkte sich unter heftigen Atemzügen. Trotz seiner Wut war er vollkommen konzentriert. Francois verschwand, ohne eine Anweisung abzuwarten, in der Lobby, um weitere Befehle zu erteilen.

„Ihr drei bleibt hier und schützt das Konzil", befahl Kalakia mit einer Handbewegung zu den Leibwächtern. „Ruft Igor Nagy an. Er soll Verstärkung schicken. Der Rest kommt mit mir."

Die Bewaffneten formierten sich um Kalakia. In einem schützenden Kokon stürmten sie aus dem Saal.

„Die Wachen unten melden: alles sicher", informierte ihn Francois.

Kalakia nickte. Jemand drückte den Knopf und die Aufzugtüren glitten auf. Er wollte gerade einsteigen, als etwas ihn zurückhielt. Sein Verstand hatte, während er Anweisungen gegeben hatte, eigenständig die Lage analysiert. Eine innere Stimme warnte ihn davor, den Aufzug zu betreten. Etwas stimmte nicht. Dann fiel es ihm ein. Die Scheibe. Der Einschlag einer einzigen Kugel hatte sie zerschmettert. Das Fenster hätte kugelsicher sein sollen. Es gab nur eine Möglichkeit. Jemand hatte sie gegen gewöhnliches Glas ausgetauscht. Jemand, der Kalakia einen Sitz direkt in der Schusslinie zugewiesen hatte. Jemand *innerhalb* der Liga. Kalakia legte Francois die Hand auf die Schulter, um ihn zurückzuhalten. Francois erstarrte und wandte sich zu ihm um. Ihre Blicke trafen sich.

„Die Fensterscheibe", sagte Kalakia.

Francois überlegte einen Augenblick. Dann verstand er.

„Wer?", wollte er knurrend wissen.

Kalakia wusste es nicht. *Was* er wusste, war, dass dort unten höchstwahrscheinlich ein Hinterhalt auf sie lauerte.

„Ruf Igor zurück", befahl er. „Wir brauchen den Hubschrauber. Sofort."

Francois griff in seine Tasche und entfernte sich, um den Anruf zu tätigen.

„Sir!" Einer der Leibwächter kam in die Lobby gestürmt. „Stirner ist verschwunden."

Kalakia starrte den Mann ungläubig an. *Stirner.*

„Was ist mit den anderen?", fragte er mit eiskalter Stimme.

„Sind in Sicherheit. Soll ich nach ihm suchen lassen?"

Kalakia dachte nach. Er malte sich aus, was im Treppenhaus, hinter dem Notausgang und hinter allen anderen Ausgängen auf sie warten mochte. Falls Igor ebenfalls Teil dieser Verschwörung war, würde kein Hubschrauber kommen. Sie würden sich ihren Weg nach draußen freischießen müssen. Er konnte nicht riskieren, leichtfertig Männer zu verlieren.

„Nein", sagte er. „Sichert die Bibliothek und wartet dort auf meine Anweisungen."

„Verstanden, Sir. "

Die Leibwächter hatten sich rund um ihn formiert und hielten ihre Waffen auf die Ausgänge gerichtet. Sie warteten, angespannt und wachsam. Nach zehn endlosen Minuten erklang das erlösende Geräusch. Das Wummern eines starken Motors. Das Knattern von Rotorblättern. Dann schwang sich ein mächtiger grauer Körper über die Gebäude in den Hof. Dröhnend hing der Helikopter über dem Pflaster. Bewaffnete lehnten in der offenen Seitentür und sicherten den Platz ringsum. Ein Seilharnisch wurde herabgelassen.

Jetzt konnten sie es wagen, Kalakia über die Treppenläufe in den Hof zu führen.

„Ich gehe vor", sagte Francois, die Haare flatternd, den Arm zum Schutz vor dem Druck des Rotors vor sich erhoben. „Wir müssen wissen, dass es sicher ist."

Kalakia nickte. Einige der Leibwächter eilten mit Francois in den Hof, packten das Seil und hielten es fest. Francois legte den Harnisch an und gab mit zwei kräftigen Rucken zu erkennen, dass er bereit war. Kalakia sah mit an, wie man ihn emporzog. Er vertraute Igor und hatte es immer getan. Der Mann war seit den frühesten Gründungstagen in Berlin Mitglied der Liga. Trotzdem stimmte er Francois zu. Vorsicht war das Gebot der Stunde. Er wartete inmitten seiner Leibwächter, bis das Seil wieder herabgelassen wurde, zückte sein Handy und sah Francois' Bestätigung, dass alles sicher war. Er ließ sich in den Hof führen, hakte sich ein und ließ sich emporziehen. Igor empfing ihn persönlich und schlug ihm kameradschaftlich auf die Schulter. Sobald er sicher in der Kabine saß, schwenkte der Hubschrauber herum, stieg dröhnend auf und steuerte über das silbergraue Band der Donau davon.

„Was zum Henker war da unten los?", brüllte Igor über den Lärm.

Kalakia gab keine Antwort. Völlig regungslos saß er auf seinem Platz und starrte in die Ferne. Seine Gedanken waren bereits sehr viel weiter. Im Geiste ging er jeden einzelnen Schritt, jede Frage und jede Möglichkeit durch, die ihre Reaktion bestimmen würden. Wer außer Stirner war Teil dieser Verschwörung? Das gesamte Konzil? Nur einige der Mitglieder? Eines wusste er mit Sicherheit: Stirners Fahrkarte in die Hölle war bereits gebucht.

25

Frederich setzte sich in Bewegung. Es half nichts, in der Kälte herumzustehen und zu grübeln. Im Grunde blieben ihm nur zwei Möglichkeiten. Entweder er wandte sich nach Süden, Richtung Italien, oder er marschierte nordwärts, um dort ins Tal hinabzusteigen. Wenn er es schaffte, sich zu einem Dorf oder zu einer Schnellstraße durchzuschlagen, konnte er vielleicht per Anhalter zurück nach Zürich fahren. Nun zahlte es sich aus, dass er schon während ihrer früheren Gepäckmärsche mögliche Routen sondiert hatte. Die südliche Option erschien ihm als die aussichtsreichere. Der Weg nach Norden führte durch eine gefährliche Passage zwischen einem See und einem Berg mit aufragenden Klippenwänden, die nur durch einen strapaziösen Aufstieg überwunden werden konnten. Wenn er es dort hinüberschaffte, stand ihm immer noch ein unsicherer Abstieg ins Tal bevor, gefolgt von der Suche nach einer Siedlung. *Falls* er es hinüberschaffte, korrigierte er sich. Ihm fehlte die Ausrüstung für eine solche Art von Marsch. Er entschied sich für die weniger gefahrvolle Option und wandte sich nach Süden.

Er ließ das Waldstück hinter sich und trat hinaus auf die Ebene. Seine Rippen schmerzten bei jedem Schritt. Er senkte den Kopf und versuchte das Gefühl zu ignorieren. Seine Zeit in der Liga war vorbei. Er stand wieder ganz am Anfang, dieses Mal mitten im Nirgendwo. Was nun? Was sollte er tun? Er verspürte keinerlei Verlangen, als Gescheiterter nach Berlin zurückzukehren. Er wusste, wohin *dieser* Pfad ihn führen würde.

Italien, dachte er. Er könnte nach Sizilien reisen. Dort war es wenigstens etwas wärmer. Ein Ort nah am Strand. Kaffee. Rotwein. Ab und zu ein Bad im Mittelmeer. Das Ganze klang verlockend. Er dachte an blauen Himmel, an all die Möglichkeiten, die ihm offenstanden. Dann schüttelte er den Kopf. Es war zu früh für Tagträume. Die eigentliche Anstrengung hatte noch nicht einmal begonnen.

Der Himmel war grau und verhangen. Schnee bildete eine frische Schicht auf dem Eis. Ihm war noch immer heiß von seinem Kampf mit Scheffler. Er öffnete den Reißverschluss der Jacke und genoss die eindringende Kälte. Nach einer Weile hatte er die Ebene durchquert und machte sich mit vorsichtigen Schritten an den Abstieg. Er musste äußerst vorsichtig vorgehen. Immer wieder sank der Schnee unter seinen Schritten ein. Der Wind heulte über die glitzernde Schräge in wilden Stößen aufwärts. Er zog den Reißverschluss seiner Jacke zu und senkte den Kopf.

Nach einer Weile merkte er, dass ihm das Atmen schwerfiel. Er legte eine Pause ein und konzentrierte sich auf das Gefühl. Ein Kribbeln lief über seine Haut. Es war nicht nur die Kälte. Hier war noch irgendetwas *anderes*. Instinktiv gehorchte er der Warnung seines Körpers und duckte sich in den Schutz einiger Bäume. Aus seiner Deckung spähte er zurück, hinauf über die Bergflanke, um zu sehen, ob ihm jemand folgte. Nichts war zu sehen außer langsam fallenden Schneeflocken. *Was ist mit dir, Frederich?* Er ließ suchende Blicke nach links und rechts schweifen. Seine Position war alles andere als ideal. Von hier aus war nicht viel zu erkennen. Er wartete eine volle Minute, bevor er sich aus seiner Deckung wagte und nach links weiter über den Abhang marschierte. Dann, nach einem kurzen

Stück, sah er sie: Fußabdrücke. Mehrere Reihen, die aufwärts über die Böschung in Richtung der Ausbildungseinrichtung führten. Zehn Personen mussten erst vor Kurzem hier entlanggekommen sein. Sofort fiel ihm der Umriss wieder ein, den er während seines nächtlichen Wachdienstes gesehen hatte. Einige Momente lang zögerte er. Dann zuckte er mit den Schultern, wandte sich ab und setzte seinen Abstieg fort. Das Ganze war nicht mehr sein Problem. Sollte sich Scheffler ruhig alleine um die Sache kümmern. Dann aber hielt er wieder inne. Er biss sich auf die Lippe. Die Rekruten würden jeden Moment zu ihrem Übungsmarsch aufbrechen. Ihr Begleitschutz bestand aus zwei Bewaffneten – maximal. Falls diese Fußspuren auf einen Hinterhalt hinwiesen, würde es ein Massaker geben. Er spürte ein schmerzhaftes Ziehen in der Brust. Auch *Piotr* würde unter ihnen sein. Er wandte sich um, zog die Riemen seines Rucksacks fest und begann, im Laufschritt den Fußabdrücken über den Hang hinauf zu folgen.

Als er die Ebene erreichte, presste er sich auf den Boden und spähte über den Rand hinaus. Seine Haare richteten sich auf. Dort vorne waren sie. Männer in weißen Schneeanzügen und mit cremefarbenen Gewehren, die gut koordiniert zwischen den Bäumen ausschwärmten. *Profis*. Er zählte acht. Nach einem Blick über die Ebene fand er die übrigen beiden. Zwei Scharfschützen hatten in einer Ansammlung von Felsen Stellung bezogen, bereit, jeden zu erledigen, der dem Zuschnappen der Falle entkam. Frederich ließ sich den Rucksack von den Schultern gleiten, duckte sich hinter den Rand der Böschung und rannte los. Wenn er nur seine Pistole bei sich gehabt hätte! Die Waffe lag in einer Schublade in Berlin. Es war zwecklos, sich zu ärgern. Er würde improvisieren müssen. Je länger er dabei unbemerkt blieb, desto besser. Wenigstens hatte er das

Überraschungsmoment auf seiner Seite. Zuerst musste er sich um die beiden Scharfschützen kümmern.

Den Hang als Deckung nutzend, arbeitete er sich an die Stellung zwischen den Felsen heran. Er hob den Kopf und nahm Maß. Die Entfernung zwischen ihm und den Heckenschützen betrug noch etwa zwanzig Meter. Nach kurzer Suche fand er eine geeignete Waffe: einen Stein, etwa so groß wie eine Honigmelone. Er hob ihn auf und wog ihn in der Hand. Das Manöver war riskant. Wenn einer der beiden Männer den Kopf auch nur ein wenig bewegte, war er tot. Er hatte keine Wahl. Langsam, sorgsam darauf bedacht, sich nicht durch einen Tritt auf einen Stein oder ein Stück Holz zu verraten, näherte er sich dem vordersten der Schützen. Das Geheul des Windes erfüllte die Ebene. Die beiden Männer lagen regungslos in ihren Stellungen. Stück um Stück schob sich Frederich näher. Nur noch etwa drei Schritte trennten ihn von seinem Ziel. Er holte mit dem Brocken aus, hielt den Atem an und trat noch einen weiteren Schritt vor. Der Schütze räusperte sich. Seine Aufmerksamkeit galt ganz dem Rand der Bäume. Frederich nahm die Rückseite des Kopfes ins Visier.

Ein scharfer Knall ertönte in der Ferne. Der Schütze zuckte zusammen. Prasselndes Gewehrfeuer durchbrach die Stille der Wildnis. Frederich nutzte den Moment, um vorzustürzen. Mit einem dumpfen Krachen ließ er den Brocken auf den Kopf des Mannes niedergehen. Er holte weit mit beiden Armen aus und schlug noch einmal zu. Dieses Mal konnte er hören, wie der Schädel brach. Der Schütze sank in sich zusammen und rührte sich nicht mehr. Das Geratter automatischer Gewehre erklang in der Distanz. Frederich wandte sich dem zweiten Schützen zu, der mit seiner Waffe in Richtung der Bäume zielte. Frederich hob das Scharfschützengewehr des Toten vom Boden auf, nahm den Kopf des zweiten Heckenschützen ins Visier, atmete aus und drückte ab. Der Einschlag warf den Mann ruckartig herum. Dann sank er tot in sich zusammen und die Waffe fiel ihm aus den Händen.

Die Dringlichkeit der Lage trieb Frederich voran. Das Blut wummerte in seinen Schläfen. Er presste sich das Gewehr an die Brust und rannte über die Ebene. Als er den Waldrand erreichte, legte er die Waffe an. Über Kimme und Korn verschaffte er sich einen Überblick. Er machte jeden der acht Schützen aus, verteilt hinter den Stämmen. Die Männer duckten sich abwechselnd und gaben immer wieder konzentrierte Feuerstöße in Richtung der Ausbildungseinrichtung ab. Schefflers Wächter waren bei den Türmen vor dem Eingang in Deckung gegangen und erwiderten das Feuer, doch sie waren deutlich unterlegen. Die Rekruten des Marschzuges hatten sich in alle Richtungen zerstreut. Manche versuchten, sich zum Eingang der Einrichtung zu retten. Andere rannten zum Waldrand, um zwischen den Bäumen Deckung zu suchen. Frederich konzentrierte sich, um seinen Atem zu beruhigen. Er legte auf den Kopf des Schützen ganz zur Linken an. Adrenalin durchschoss ihn und drohte seine Arme unkontrolliert zittern zu lassen. Er spürte, wie sich der dunkle Abgrund in ihm auftat, nahm einen langen, tiefen Atemzug, atmete aus und zog den Abzug durch.

Ein Blutschwall schoss aus dem Kopf des Getroffenen und der Mann stürzte zu Boden. Frederich schwang die Waffe herum, nahm den nächsten Schützen ins Visier und drückte ab. Als auch dieser Feind zu Boden ging, sprang Frederich aus seiner Deckung und tat einige Schritte nach vorne, um sich eine freie Sicht zwischen den Bäumen zu verschaffen. Man hatte ihn noch immer nicht bemerkt. In schneller Abfolge tötete er den dritten und den vierten Feind. Wieder stürmte er ein Stück nach vorn, legte an und feuerte. Als auch der fünfte Schütze fiel, bemerkten ihn die anderen. Die Männer fuhren herum und sahen ihn zwischen den Bäumen. Der sechste Schütze legte auf ihn an, doch Frederich jagte ihm eine Kugel in den Kopf. Er schwang sein Gewehr herum, nur um in die Mündung einer Waffe zu blicken, die direkt auf ihn gerichtet war. Aus einem Instinkt heraus ließ er sein Gewehr fallen und warf sich zur Seite. Kugeln zischten über ihn hinweg und schlugen in die Bäume. Auf allen vieren kroch er zurück, bekam seine Waffe zu fassen und rollte sich hinter einen Stamm. Einige Sekunden später endete der Kugelhagel. Vorsichtig spähte Frederich um den Baum herum.

Sie waren fort. Zur Linken machte sich einer der Angreifer durch den Wald davon. Rechts versuchte es ein weiterer auf der anderen Seite. Frederich legte an und versuchte eine freie Schussbahn auf den Mann zur Linken zu bekommen, doch die Bäume versperrten ihm die Sicht. Er zögerte nur eine Sekunde. Dann sprang er vor und nahm die Verfolgung auf.

Als er den Rand des Waldstücks erreichte, ließ er, wild um Atem ringend, den Blick über die Ebene schweifen. Nichts. Leere. *Wo ist der Kerl?* Aus dem Augenwinkel nahm er eine Bewegung wahr. Panisch fuhr er herum, um zu sehen, wie der Schütze etwa fünf Meter entfernt hinter einem Baum hervortrat. Die Mündung seiner Waffe war direkt auf Frederichs Brust gerichtet. Frederichs gesamter Körper sank in sich zusammen. Er war zu leichtsinnig gewesen und hatte sich ausmanövrieren lassen. Wehrlos, ergeben in sein Schicksal, wartete er auf das tödliche Geschoss. Stattdessen gab es einen dumpfen Schlag. Der Schütze taumelte, ließ die Waffe fallen und sank auf die Knie. Ein Stein von der Größe eines Golfballs lag vor ihm auf dem schneebedeckten Untergrund. Frederichs Blick schoss nach links. Piotr trat in etwa zehn Metern Entfernung zwischen den Bäumen hervor. Frederichs Blick richtete sich wieder auf den Feind. Der Schütze war benommen, aber noch am Leben. Unvermittelt wirbelte die Dunkelheit des Abgrunds in ihm auf. Sein Körper wurde taub. Die Geräusche der Umgebung verstummten. In ihm wurde es totenstill. Als es ihn überkam, war er sich voll bewusst, was vor sich ging, doch er war unfähig, es aufzuhalten. *Nein! Bitte nicht.* Aus dem Abgrund raste es heran, gewaltig wie die Flut nach einem Dammbruch: ein Rausch aus reiner, unbeherrschter Wut. Weiß wurde zu Schwarz. Grün zu Rot. Nur kurz blitzte ein Eindruck vor ihm auf. Piotr, der mit jemandem rang. Piotr, der rückwärts hinstürzte. Blut. Piotr, der wieder auf die Füße kam, wieder hinfiel. In seinen Ohren hallte ein Geschrei, das hemmungslose Kreischen eines Gestörten. Das furchterregende Gebrüll eines Wahnsinnigen. Dann endlich: Schwärze.

Als er wieder zu sich kam, lag er mit dem Gesicht nach unten im Schnee. Ein schweres Gewicht auf seinem Rücken presste ihn zu Boden. In der Nähe erklangen gemurmelte Gespräche. Er versuchte sich aufzurichten, doch die Last auf seinem Rücken hielt dagegen.

„Er kommt zu sich", sagte jemand.

Frederich hörte, wie Schritte näher kamen.

„Was zum ...", stieß eine andere Stimme aus.

„Oh Gott ..."

Sie reagierten auf irgendetwas. Frederich versuchte seinen Körper so zu drehen, dass er etwas sehen konnte. Der Druck auf seinem Rücken ließ leicht nach, sodass er sich umwenden konnte. Scheffler saß auf ihm, wachsam und alarmiert, scheinbar bereit, ihn jederzeit wieder hinabzudrücken. Träumte er? Noch nie hatte er ihn so gesehen. In Schefflers Zügen stand Entsetzen. Frederichs Blick ging zu den Händen, die ihn festhielten. Sie waren ganz mit Blut bedeckt. Das Gleiche galt für seine eigenen. Blut war einfach überall. Seine Knöchel pochten vor Schmerz. Er sah sich um, so gut er konnte. Immer mehr Rekruten versammelten sich um sie. Sie wirkten ebenfalls benommen.

„Was starrt ihr ihn so an!?", rief Piotr wütend in die Runde. Er trat näher und versuchte, Scheffler von Frederich herabzuschieben.

„Runter von ihm!", setzte er nach.

Piotrs Versuche ließen Scheffler völlig unbewegt. Schließlich aber löste er den Druck seiner Hände und Knie und gab Frederich frei.

Piotr packte Frederich unter den Armen und half ihm auf. Frederich fühlte sich schwach und benommen. In seinem Kopf drehte sich alles. Bereitwillig ließ er sich von Piotr stützen.

„Komm, Bruder", sagte Piotr. „Lass uns dich aus dieser Kälte schaffen. Du musst dich aufwärmen."

Gemeinsam wankten sie zwischen den Stämmen hindurch in Richtung der Ausbildungseinrichtung. Frederich wandte sich um und warf einen letzten Blick in die bestürzten Gesichter Schefflers und der Rekruten. Der Schütze, den Piotrs Steinwurf ausgeschaltet hatte, lag halb verdeckt hinter einem Baum. Nur der untere Teil seines Torsos und die Beine ragten hinter dem Stamm hervor. Der Schnee ringsum war ganz mit Blut durchtränkt.

„Komm", flüsterte Piotr, den Blick konzentriert nach vorne gerichtet.

Zusammen durchquerten sie das kleine Waldstück. Unterwegs passierten sie die Leichen der übrigen Feinde. Dann erreichten sie die Ebene. Mehr Blut. Dazwischen die regungslosen Körper Dutzender Rekruten. Frederich erkannte Otto unter den Gefallenen. Immer mehr Personal der Ausbildungseinrichtung kam aus dem Inneren hervorgeströmt, um die Verwundeten zu bergen. Schmerzensschreie gellten über die Ebene. Piotr schenkte ihnen keine Beachtung. Sein Blick blieb konzentriert nach vorn gerichtet, bis sie es geschafft hatten und durch den Eingang traten.

Gemurmelte Gespräche im Aufenthalts- und Ruheraum rissen Kimberley Brunswick aus ihrem Nickerchen. Das Gefühl völliger Taubheit und Empfindungslosigkeit in ihrem Körper hielt noch für einige Momente an. Sie lag still und erlaubte sich, den seltenen Augenblick sorgloser Glückseligkeit zu genießen. Dann sickerte die Wirklichkeit wie ein langsam wirkendes Gift zurück in ihr Bewusstsein. Alles fiel ihr wieder ein. Sie war eine Gefangene, festgehalten von einer skrupellosen Organisation, die vor keiner Art von Grausamkeit zurückschreckte.

Sie rieb sich die Augen und richtete sich auf. Sie trug noch immer ihr altes graues T-Shirt und ihre dunkelgrauen Jogginghosen. Ein kurzer Geruchstest ergab, dass beides eine Wäsche nötig hatte. Zuerst aber musste sie ihre Runde machen, um nach dem Team zu sehen. Sie schlüpfte in ihre Sneakers und machte sich unter der grellen Deckenbeleuchtung auf den Weg zur Tür. Überall auf dem Boden lagen Schlafende verteilt, bleiche Gesichter auf improvisierten Lagern. Phil und Lena blickten von ihrem Kartenspiel auf, als Brunswick sie passierte und Lena mit der Hand über die Schulter strich. Reiko kritzelte etwas in ihr Notizbuch und beachtete sie nicht. Shirvan lag auf dem Rücken, die Arme und die Beine zu den Seiten ausgebreitet. Er trug Kopfhörer und schien Musik zu hören. Als Brunswicks Schatten auf ihn fiel, schlug er die Augen auf und bedachte sie mit einem müden Grinsen. Sie schenkte ihm ein warmes Lächeln und nickte ihm zu, bevor sie ihren Weg fortsetzte. Mona saß auf einem der Sofas, die Beine angewinkelt und die Knie mit den Armen umschlungen. Brunswick ging vor ihr in die Hocke und versuchte den Blick ihrer ausdruckslosen Augen einzufangen. Mona wirkte noch abwesender als sonst. Eine Zeit lang wartete Brunswick geduldig. Dann legte sie ihr sanft eine Hand aufs Bein.

„Wie geht es dir, Mona?“, fragte sie leise.

Mona zuckte halbherzig mit den Schultern. Ihr dichtes rotes Haar hing wild durcheinander, da sie ständig daran herumspielte. Ihre braunen Augen waren auf den Boden gerichtet.

„Kommst du mit spazieren?“, fragte Brunswick. „Wir sollten uns ein bisschen die Beine vertreten.“

Mona seufzte laut.

„Und wohin?“, wollte sie wissen. „Ins Fitnessstudio oder doch lieber in die Räume im oberen Geschoss? Tolle Auswahl.“

„Wohin, ist nicht so wichtig“, sagte Brunswick. „Wichtig ist, dass wir in Bewegung bleiben.“

„Das bringt doch alles nichts“, gab Mona schwach zurück. „Wir sitzen hier drinnen fest. Sie werden uns nicht gehen lassen.“

„Da hast du recht“, sagte Brunswick. „Wahrscheinlich sitzen wir hier drinnen fest, bis wir sterben.“

Mona hob den Blick und warf ihr einen fragenden Blick zu.

„Richtig“, sagte sie dann argwöhnisch und nickte. „Genau.“

„Richtig“, wiederholte Brunswick. „*Oder* wir beschließen, die Sache anders zu sehen. Je fitter wir uns halten, umso besser werden wir vorbereitet sein, falls sich an unserer Lage etwas ändert.“

Mona musterte sie einige Momente lang nachdenklich und sah dann zur Tür. Brunswick folgte ihrem Blick. Der bewaffnete Wächter war auf seinem Patrouillengang hereingekommen.

Ihr kam ein Einfall. Sie ahnte bereits, wie er reagieren würde, aber versuchen musste sie es trotzdem.

„Ich bin gleich wieder da", sagte Brunswick. Sie rieb Mona ermutigend übers Bein und erhob sich. „Hallo", sagte sie, während sie sich dem Wächter näherte und sein Tempo annahm, um neben ihm herzugehen.

„Ich habe Ihnen nichts zu sagen", erklärte der Mann schroff.

„Schon in Ordnung", sagte sie. „Lassen Sie uns einfach eine Weile hier heraus, um frische Luft zu schnappen."

Der Mann schüttelte den Kopf.

„Nächste Woche wieder", sagte er bestimmt. „Diese Woche hattet ihr schon euren Freigang."

„Das ist zu lange", sagte Brunswick. „Wir verlieren hier drinnen den Verstand."

Der Wächter schüttelte erneut den Kopf. Er ließ einen prüfenden Blick durch den Raum wandern. Dann wandte er sich um und steuerte zurück zur Tür.

„Dann rufen Sie Ihren Vorgesetzten", forderte Brunswick. Ihre Stimme wurde lauter und drängender, je näher er dem Durchgang kam „Wir müssen irgendeine Lösung finden. Verdammt noch mal!", stieß sie aus. „Wir sitzen seit vier Monaten hier drinnen fest. Bitt..."

Eine krachende Explosion ließ den Boden unter ihren Füßen erzittern. Sie taumelte und hielt sich an ihm fest, bevor sie ihr Gleichgewicht wiedergefunden hatte. Der Wächter schüttelte sie ab und stürmte aus dem Raum. Die anderen erhoben sich unsicher und tauschten besorgte Blicke aus. Brunswick stand wie erstarrt. Eine weitere, noch mächtigere Explosion riss sie aus ihrer Trance.

Sie sprang vor und folgte dem Soldaten durch die offenstehende Tür. Sie bog nach links und lief, den Aufenthalts- und Ruheraum hinter sich lassend, durch den Korridor. Der

Durchgang zur Lobby, der einzige Ausgang aus den Schlafquartieren, stand weit offen. Das Rattern von Schnellfeuergewehren erfüllte die dahinterliegende Halle. Geduckt schlich Brunswick näher, bemüht, das Zittern in ihrem Körper zu beherrschen. Vorsichtig spähte sie in die Halle.

Die Wachen hatten ihre üblichen Posten verlassen und hockten ringsum hinter verschiedenen Deckungen. Eine gewaltige Rauch- und Staubwolke wogte durch den hinteren Bereich des Raumes. Immer wieder leuchtete Mündungsfeuer darin auf wie Blitze in einer Gewitterwolke. Dutzende von Bewaffneten in Tarnanzügen stürmten aus den Schwaden und arbeiteten sich unter dem Deckungsfeuer ihrer Kameraden durch die Halle weiter vor. Die Liga-Soldaten erwiderten das Feuer.

Brunswick taumelte entsetzt zurück, als Schüsse die Wand direkt neben ihr trafen, nur um rückwärts gegen Shirvan zu prallen, der unbemerkt herangekommen war. Sein Ausdruck des Entsetzens spiegelte ihr eigenes wider.

„Hol die anderen“, rief sie. „Alle sollen sich sofort im Gang versammeln. Na los!“

Auch Shirvan hatte sich vorgebeugt und beobachtete die Kämpfe in der Halle. Nur mit Mühe riss er sich von dem Feuergefecht los.

„Was hast du vor?“, fragte er.

„Wir machen uns bereit“, gab sie knapp zurück. „Das hier ist unsere Chance. Wenn wir es bis zum Tunnel schaffen, können wir entkommen. Warte hier auf mich und sag allen Bescheid. Ich hole die anderen von oben.“

Shirvans Blick wanderte zurück zur großen Halle. Brunswick ahnte, woran er dachte. „Nein“, sagte sie und schüttelte den Kopf. Dort einfach hinauszurennen wäre ein Himmelfahrtskommando. Dies war keine Rettungsaktion. Sie kannte Inselheim. Er hätte niemals seine Mitarbeiter in Gefahr gebracht, indem er die Regierung aufforderte, die Einrichtung zu stürmen. Wer auch immer hinter dem Angriff steckte, agierte brutal und ohne Rücksicht auf Verluste. Hierzubleiben war mit Sicherheit die gefährlichste Option.

Shirvan sah sie fragend an.

„Du musst mir vertrauen!", rief sie über den Lärm hinweg.

„Okay", gab er zurück, nickend, aber immer noch erkennbar zweifelnd.

„Wir treffen uns an der Ecke des Ganges dort drüben", setzte sie nach und deutete zurück zum Aufenthalts- und Ruheraum.

„Okay", signalisierte Shirvan. Er warf einen weiteren kurzen Blick zum Chaos hinter dem Durchgang, bevor er sich in Bewegung setzte.

Brunswick sprang auf, stürmte zur Treppe und hastete hinauf in die obere Etage. Unterwegs traf sie auf Teammitglieder, die vorsichtig über das Geländer spähten.

„Runter in den Gang!", rief sie. „Haltet euch bereit. Wir verschwinden von hier."

Im Laufschritt passierte sie Tür um Tür. „Runter in die Lobby!", rief sie den schockierten Gesichtern hinter Durchgängen entgegen, während das Geratter in der Halle unablässig weiterging. „Wir sammeln uns unten im Gang!"

„Was zur Hölle ist da unten los?", wollte jemand wissen.

„Macht euch einfach nur bereit, von hier zu verschwinden!", schrie Brunswick zurück. „Lasst alles stehen und liegen."

Sie hämmerte mit den Fäusten gegen alle Türen, die verschlossen blieben, bis sie die gesamte Etage aufgerüttelt hatte. Dann stürmte sie zurück nach unten. Dutzende erschrockener Gesichter wandten sich ihr zu. Die Teammitglieder standen dicht gedrängt im Gang. Ihr Blick wanderte über die Versammelten. Sie versuchte festzustellen, ob irgendjemand fehlte.

„Sind alle hier?", wollte sie von Shirvan wissen.

„Ich glaube schon", gab er zurück.

Die Schießerei in der großen Halle hatte während der gesamten Zeit nicht nachgelassen. Vorsichtig spähte Brunswick durch die Tür. Die Rauchwolke hatte sich gelegt. Mehrere Wächter lagen tot auf dem Boden. Die Angreifer hatten etwa die Hälfte der Halle eingenommen, doch das anhaltende Feuer der Verteidiger hielt sie zurück. Immer wieder preschten einzelne Soldaten vor, gedeckt von ohrenbetäubendem Unterdrückungsfeuer. Brunswick versuchte die Distanz zum rettenden Tunnel abzuschätzen. Der Eingang lag unmittelbar hinter dem Neutralaser in etwa dreißig Metern Entfernung. Schon die Vorstellung, dort hinauszugehen, ließ sie erzittern. Ihre Zähne klapperten unkontrolliert aufeinander. Das volle Bewusstsein der Gefahr, in die sie ihr Team mit der Entscheidung brachte, drohte sie zu übermannen. Sie schloss die Augen und biss die Zähne zusammen, gelähmt von Zweifeln und Entsetzen. Die Zeit für eine Entscheidung wurde immer knapper. Dann gab sie sich einen Ruck. Sie wandte sich um zu ihrem Team.

„Also gut", rief sie. „Vorwärts! Bildet eine Reihe. Alle mir nach!"

Zögerlich reihten sich ihre Kollegen entlang der Wand auf. Manche von ihnen stöhnten vor Angst. Auch Brunswick selbst war schweißgebadet. Als sie sich einige Haarsträhnen aus der Stirn wischte, die ihr die Sicht versperrten, spürte sie ein zitterndes Paar Hände auf ihren Schultern. Mona stand hinter ihr. Ihr Kiefer war herabgesunken und ihre Augen standen weit offen. Brunswick setzte ein Lächeln auf, das bestärkend wirken sollte, und nickte ihr zu. Mona straffte sich und erwiderte die Geste.

„Auf geht's!", rief Shirvan ungeduldig von hinten.

Brunswick setzte sich in Bewegung. Es krachte zweimal laut, sodass sie für einen Augenblick erstarrte. Frischer Rauch waberte über die Stellungen der Wächter vor dem Durchgang. Mona stieß ihr von hinten in den Rücken.

„Gott schütze uns", flüsterte Brunswick und rannte los.

Auch der Rest des Teams stürzte vor, um ihr zu folgen. Mit Brunswick an der Spitze bahnten sie sich einen Weg durch die Halle. Sie suchten Deckung hinter umgestürzten Schreibtischen und Maschinen, hinter Kisten, Trennwänden und wo immer sie sich finden ließ. Ein dumpfer Schlag zu ihrer Linken erfüllte sie mit eiskaltem Entsetzen. Brunswick starrte auf ein Einschussloch nur eine Handbreit von ihrem Kopf entfernt, wo eine Kugel eine Holzplatte durchschlagen hatte. Für einen Augenblick verlor sie jegliches Gefühl für ihren Körper und schien auf sich selbst herabzublicken. Dann fing sie sich und schaffte es zu einer Trennwand unmittelbar neben dem Durchgang zum Tunnel. Alle vierzehn Tage hatte man sie hier für eine kurze Zeit herausgelassen, um im Tunneleingang etwas frische Luft zu schnappen. Dieses Mal war sie entschlossen, nie wieder zurückzukehren.

Sie trat vor das Terminal und hämmerte ihren PIN-Code in das Nummernfeld. Das Adrenalin ließ ihren Finger über das Zahlenfeld fliegen. „FEHLER" erschien in leuchtend roten Buchstaben auf dem Monitor. Sie versuchte es noch einmal. Ihre Hand zuckte zurück, als hinter ihr ein Schrei erklang. Sie fuhr herum und sah Blut, daneben einen Körper auf dem Boden. Ein Kugelhagel prasselte gegen die Tische, Stühle und Kisten rund um sie herum. Die Schwaden hatten sich beinahe verzogen. Die Angreifer hatten die Wächter bis zu den Schlafquartieren zurückgedrängt. Ein weiteres Mitglied ihres Teams stürzte getroffen zu Boden, dann noch eines. Der Rest drängte sich wild hinter alle möglichen Deckungen. Brunswicks Blicke schossen zwischen ihren Kollegen und dem Terminal hin und her. Sie hatte jegliche Übersicht verloren. Sie wusste nicht einmal, wer getroffen worden war. Sie wollte sich abwenden, um zu den Verwundeten …

„Mach die verdammte Tür auf!", schrie Shirvan und drängte sich nach hinten. „Ich kümmere mich um die anderen!"

Der Impuls, ihm nachzurennen und den anderen zu helfen, war überwältigend. *Sie* trug die Verantwortung für die Leben ihrer Teammitglieder. Dann riss sie sich los und wandte sich zurück zum Touchpad. Ihre Finger tippten den Code ein, ohne ihr Gehirn zu konsultieren. Die Tür begann nach oben hin aufzugleiten. Nun drängten alle Kollegen, die noch laufen konnten, zu ihr vor. Erleichterung regte sich in ihr, doch nur für einen kurzen Augenblick. Geschrei ließ sie herumfahren und erstarren. Shirvan kam ihr entgegengestürmt und gestikulierte wild mit beiden Händen.

„Zurück!", schrie er. „Zurück! Sie kommen." Im Vorbeistürzen packte er sie und zog sie rückwärts mit sich in den Tunnel.

„Die anderen!", schrie Brunswick. „Was ist mit ihnen? Wir dürfen sie nicht …"

„Drück den Knopf!", brüllte Shirvan ihr entgegen, ohne sie aus seinem Griff zu entlassen. „Schließ die Tür. Sofort!"

„Nein!" Brunswick warf sich in der Umklammerung herum. Shirvan war schneller. Ein schneller Schlag gegen den Knopf, und das Stahlschott fuhr herab. Brunswick sah hilflos mit an, wie die Wand aus Metall sich schloss und den Lärm des Gewehrfeuers jäh abschnitt.

26

Der Privatjet durchschnitt die Wolken über der Tschechischen Republik auf dem Weg zurück nach Berlin. Kalakia starrte aus dem Fenster. In seinen Ohren erklang ein dumpfes Dröhnen. Seine Finger zitterten noch immer. Seine Gedanken durchwanderten finstere Regionen. Er malte sich die Art von Folter aus, der man Stirner unterziehen würde. Er war gerade bei dem Teil angekommen, in dem man den Verräter wie ein Tier ausbluten ließ, um anschließend seinen Körper in Flusssäure aufzulösen und unzeremoniell zu beseitigen. Davor, das hatte Kalakia bereits entschieden, würde er Stirners Haus niederbrennen und seine Angehörigen auf unaussprechliche Weise von den sadistischsten Killern der Liga ermorden lassen. Stirners übrige Besitztümer würden verkauft und sein Vermächtnis ausgelöscht werden. *Damnatio memoriae.* Nichts würde von ihm übrig bleiben, ganz so, wie Verräter es verdienten.

Kalakia fuhr zusammen und hob den Blick, als Francois ihm sanft die Hand auf die Schulter legte.

„Hm?", brachte er, mehrfach blinzelnd, rau hervor.

„Ich habe mit Igor gesprochen", sagte Francois.

Kalakia richtete sich auf und bedeutete ihm, im Sitz gegenüber Platz zu nehmen.

„Ich höre."

„Igors Männer haben die Parkgarage gestürmt", sagte Francois. „Sie hatten recht. Ein Todeskommando hatte dort unten einen Hinterhalt für uns gelegt. Sie haben unsere Wachen ausgeschaltet und am Aufzug auf uns gewartet. Igors Männer haben sich um sie gekümmert."

„Was ist mit Stirner?", brachte Kalakia mürrisch hervor.

„Bisher noch keine Spur von ihm."

„Und das Konzil?"

„Igor hat sie in Gewahrsam genommen. Die alten Herren stellen sich dumm."

Kalakia knirschte mit den Zähnen und tippte mit dem Finger auf dem kleinen Tisch an seiner Seite.

„Es gibt noch mehr Neuigkeiten", sagte Francois.

Kalakia unterbrach seine nervöse Bewegung und sah ihn an.

„Dieser Angriff richtete sich nicht nur gegen Sie", fuhr Francois fort. „Es scheint sich um eine groß angelegte feindliche Aktion zu handeln. Bisher liegen uns Meldungen über mehr als zwei Dutzend Attacken auf unsere Soldaten und Einrichtungen vor. Alles innerhalb der letzten sechs Stunden. New York. Rio. Moskau. London. Zürich. Doha. Tokio. Kapstadt. Wir ordnen noch die eingehenden Meldungen. Schon jetzt sind Dutzende unserer Männer tot oder verwundet. Wer auch immer dahintersteckt, ist extrem gut informiert. Unsere Feinde wissen, wo und wann sie zuschlagen müssen. Die Geheimdienste der wichtigsten Nationen haben uns kontaktiert. Amerikaner, Briten, Chinesen, Russen … niemand will etwas gewusst haben."

Kalakia ballte die Hand zur Faust, bis die Knöchel weiß hervortraten. Er hatte keine Zweifel mehr, dass jemand von innerhalb der Liga hinter den Attacken steckte. Als er sprach, erschien ihm seine eigene Stimme heiser und unvertraut.

„Lass das Konzil nach Berlin schaffen", befahl er. „Ich will, dass sie verhört werden. Niemand soll sie anrühren. Noch nicht. Und nimm Kontakt mit Interpol auf. Sie sollen alle

Flughäfen überwachen. Falls Stirner auftaucht, sollen sie ihn festsetzen. Ich will ihn lebend."

„Soll ich den Notstand ausrufen lassen?"

„Das hättest du schon tun sollen, als du in dieses Flugzeug gestiegen bist", erklärte Kalakia beherrscht. „Kümmere dich sofort darum. Als Allererstes. Unsere Männer müssen vorbereitet sein, falls noch weitere Attacken folgen."

Francois' Handy summte in seiner Hand. Er warf einen Blick auf den Bildschirm.

„Es ist Dastan Navolov", sagte er.

Kalakia richtete sich in seinem Sitz auf. *Die Forschungseinrichtung!* Francois hob das Telefon ans Ohr.

„Ja?", fragte er.

Francois blieb stumm und lauschte. Dann trat ein alarmierter Ausdruck in seine Augen.

„Angegriffen?", versicherte er sich. „Wann?"

Eine ganze Zeit lang hörte Francois aufmerksam zu, wobei er mehrfach in seinem Sitz herumrutschte. Kalakia verharrte angespannt und wartete.

„Einen Augenblick", sagte Francois und senkte das Telefon.

„Die Neutralaser-Einrichtung wurde angegriffen", sagte er. „Sie haben den Zugang aufgesprengt und die Halle gestürmt. Einer unserer Wächter im Inneren hat einen Notruf abgesetzt. Dastan sagt, im Hintergrund war ein Feuergefecht zu hören. Die Verbindung ist abgerissen. Seitdem kann er die Einrichtung nicht mehr erreichen."

Frederich saß auf dem kalten Betonboden des Korridors, den Rücken an die Wand gelehnt, und rieb sich die Handknöchel. Er war noch immer benommen. Seine Hände waren rot und pochten vor Schmerz. Gequältes Stöhnen drang aus den angrenzenden Räumen, die man zu provisorischen Lazaretten umfunktioniert hatte. Die von Scheffler angeordnete Zählung der Toten war abgeschlossen. Noch immer wurden Verwundete hereingebracht. Ralph passierte ihn, zwei enorme Plastik-Wasserkanister auf den Schultern. Sie tauschten stumme Blicke aus und nickten einander zu, bevor Ralph in einem Raum verschwand. Ein Schatten fiel auf Frederich. Er hob den Kopf und blickte in Piotrs erschöpftes, verfinstertes Gesicht.

„Ich wollte dich wirklich in Ruhe lassen", versicherte ihm Piotr. „Aber wir brauchen Hilfe, um die Toten abzutransportieren."

Frederich nickte und presste sich mit beiden Handflächen vom Boden in die Höhe.

„Dann lass uns loslegen", sagte er.

Gemeinsam betraten sie die Trainingshalle. Scheffler war in der Mitte des Raumes damit beschäftigt, einer Gruppe von Rekruten Anweisungen zu erteilen. Man hatte sie mit Gewehren ausgestattet. Offenbar sollten sie gemeinsam mit den überlebenden Wächtern den Eingang sichern.

„Bleibt zusammen", rief Scheffler. „Ich will heute niemanden verlieren."

Schefflers Gesicht war bleich und ausgezehrt, doch seine Entschlossenheit war unerschütterlich wie eh und je. Seltsam, dachte Frederich. Seit wann sorgte sich Scheffler um das Wohl seiner Rekruten?

„Scheffler!", rief jemand vom Eingang herüber. „Helikopter sind im Anflug."

Ein Kribbeln lief über Frederichs Haut. Auch Schefflers Augen wurden weit, bevor er sich in Bewegung setzte und aus der Halle stürmte, gefolgt von Frederich, Piotr und den bewaffneten Rekruten. Das Geräusch von Rotorblättern in der Ferne wurde immer lauter. Draußen hatten bereits einige Wächter und Rekruten Stellung bezogen, die Gewehre zum Himmel gerichtet. Die nahen Bäume schüttelten sich, als drei Helikopter heranbrausten. Scheffler, breitbeinig, die Hände in die Hüften gestemmt, beobachtete argwöhnisch den Anflug. Die Hubschrauber schwebten für einen Augenblick über ihnen und gingen dann langsam auf der Freifläche nieder. Schefflers Haare und Bekleidung flatterten wie in einem Sturm. Winkend wies er die Bewaffneten an, ihre Gewehre zu senken.

„Nicht schießen“, rief er. „Das sind unsere. Nicht schießen!“

Frederich schirmte seine Augen mit den Händen ab. Drei schwarze Militärhubschrauber setzten auf dem Schnee auf, in dem noch immer Blutspuren zu erkennen waren: ein großer Kampfhubschrauber sowjetischer Bauart, gefolgt von zwei Transportern. Sechs Bewaffnete in Kampfanzügen sprangen aus der Kabine des ersten Transporthubschraubers und sicherten die Umgebung. Es folgten sechs Männer und Frauen in Zivil mit medizinischen Notfallkoffern. Auch die Tür des Kampfhubschraubers schwang auf. Zwei Soldaten sprangen in den Schnee. Die beiden Männer wandten sich um und halfen zwei weiteren Bewaffneten dabei, einen Gefangenen aus dem Innenraum hervorzuzerren. Man hatte ihm die Hände auf dem Rücken zusammengebunden. Er trug den weißen Tarnanzug der Angreifer aus dem Wald. Einer der Männer stieß den Häftling auf die Knie. Frederich biss die Zähne zusammen. Er kannte diesen Mann. Es war der Angreifer, der ihm entkommen war. Der letzte Schütze. Sie hatten ihn gefunden.

Kurz vor Sonnenuntergang setzte Kalakias Jet auf der privaten Landebahn der Liga im ländlichen Brandenburg auf. Was seine Sicherheit betraf, wurde kein Risiko eingegangen. Die gesamte Umgebung war auf mögliche Bedrohungen hin durchkämmt worden. Auf dem Rollfeld wartete ein Konvoi, bestehend aus sieben Fahrzeugen voller bewaffneter Soldaten. Nachdem das Flugzeug zum Stehen gekommen war und die mitgereisten Leibwächter das Flugfeld gesichert hatten, geleitete man Kalakia und Francois zum zweiten Wagen in der Reihe. Unmittelbar nachdem sie Platz genommen hatten, setzte sich die Kolonne in Bewegung.

Die Fahrt nach Berlin verlief ereignislos. Auf dem letzten Wegstück zu Kalakias Penthouse am Zoologischen Garten waren die Sicherheitsmaßnahmen noch einmal erhöht. Zusätzliche Einheiten waren aus Hamburg, Frankfurt, München und Köln angerückt, um Kalakia zu schützen und die Stadt zu sichern. Immer wieder passierten sie SUVs voller Soldaten, die an strategischen Punkten rund um das Grand Luxus Hotel Position bezogen hatten. Weitere Kämpfer der Liga patrouillierten zu Fuß und in Zivil durch die Straßen. Scharfschützen auf den Dächern hielten Ausschau, als Kalakias Konvoi in die Tiefgarage einbog. Ringsum beschirmt von seinen Leibwächtern, begab sich Kalakia in den Aufzug. Kurz darauf trat er mit Francois an seiner Seite durch den geschützten Zugang seines Penthouse. Sofort zückte Francois sein Handy und nahm Kontakt mit Dastan Navolovs Kommandos auf.

„Sein Team nähert sich der Forschungseinrichtung“, gab Francois bekannt. Er schaltete sein Handy in den Lautsprecher-Modus und legte es auf einen Beistelltisch. Das Geräusch von Rotorblättern dröhnte blechern aus dem Hörer. Kalakia und Francois warteten angespannt.

„Wir sehen Feuer an den Zielkoordinaten“, erklang eine verzerrte Stimme. „Dort unten brennt etwas.“

„Feuer?“ Francois beugte sich näher an den Lautsprecher. „Was für ein Feuer?

„Das Ziel befindet sich direkt vor uns“, sagte die Stimme. „Wir sehen schwarzen Rauch, der aus einem Loch im Boden aufsteigt. Sieht aus, als hätte jemand die Betonwand aufgesprengt und alles niedergebrannt.“

Kalakia und Francois tauschten alarmierte Blicke aus. Kalakia beugte sich vor.

„Irgendwelche Überlebenden?“, wollte er wissen.

„Bisher keine Anzeichen“, erklang es nach kurzer Verzögerung aus dem Hörer. „Überall sind Flammen. Auf dem Hinflug haben wir niemanden gesehen.“

„Bildet Suchtrupps“, befahl Kalakia. „Schickt ein Landungsteam, das die Einrichtung überprüft. Ich will, dass das gesamte Gebiet durchkämmt wird. Bleibt vor Ort, bis ihr etwas gefunden habt.“

„Verstanden“, bestätigte die Stimme.

Die Verbindung endete mit einem Klicken. Kalakia lehnte sich ächzend zurück.

„Der Feind muss Hubschrauber verwendet haben“, sagte Francois. „Wenn sie den Neutralaser auf dem Landweg fortgeschafft hätten, hätten unsere Kommandos sie gesehen.“

„Oder alles ist dort unten längst verbrannt“, kommentierte Kalakia bitter.

„Das würde keinen Sinn ergeben“, hielt Francois dagegen. „Stirner weiß, dass wir immer noch die Blaupausen haben.“

Sie wandten gleichzeitig die Köpfe und starrten einander an. Sofort griff Francois nach dem Telefon und rief den Nachrichtendienst der Liga an.

„Die Neutralaser-Pläne“, fragte er ohne einen Gruß. „Hatte jemand in der letzten Zeit Zugriff darauf?“ Eine kurze Pause folgte. „Genau“, setzte er nach. „Ich muss wissen, ob jemand in den letzten Monaten Zugang hatte.“ Wieder eine Pause. „Gut. Ruf mich zurück.“

Francois legte auf. Das Handy sank in seinen Schoß.

„Sie prüfen es", sagte er.

Kalakia erhob sich und trat ans Fenster. Seine Gedanken schweiften zum schlimmsten denkbaren Szenario. Die Versuchseinrichtung und der Neutralaser-Prototyp waren zerstört. Das gesamte Forschungsteam war tot. Falls Stirner sich auch noch die Blaupausen gesichert hatte, war die Technologie für die Liga verloren. In diesem Fall drohte nicht weniger als eine internationale Krise. Stirner konnte seine revolutionäre Nuklearabwehrtechnik nach Belieben einzelnen Nationen zur Verfügung stellen und so das Gleichgewicht der sicheren gegenseitigen Vernichtung zwischen den Atommächten beenden. Die Regierungen der Welt würden in Panik verfallen. Irgendjemand würde etwas Dummes tun. Die Folge wäre beinahe unweigerlich ein Krieg.

Francois' Handy klingelte.

„Ja?"

Er hörte einige Momente lang zu. „Verstanden", sagte er mit einem Nicken zu Kalakia. „Danke."

Francois legte auf. Sein Ausdruck war sichtbar erleichtert.

„Niemand hatte Zugang zu den Blaupausen", sagte er.

„Sind wir ganz sicher?", drängte Kalakia.

Francois nickte erneut. „Das Protokoll ist wasserdicht. Es gibt mehrere Kontrollpunkte."

Kalakia schwieg und dachte nach. Gab es etwas, das sie übersahen? Er hatte völliges Vertrauen in Francois und den Nachrichtendienst der Liga. Trotzdem meldete sich ein unwohles Bauchgefühl, das ihn beunruhigte. *Irgendetwas* ging hier vor.

„Was wissen wir bisher über die Angreifer?", fragte er.

„Nicht viel", sagte Francois. „Aber wir haben eine Spur. Was das angeht: Schefflers Ausbildungseinrichtung wurde ebenfalls angegriffen."

„Was?", entfuhr es Kalakia. „Scheffler! Was ist mit ihm?"

„Er lebt", beruhigte ihn Francois. „Aber Otto Litger ist in einem Hinterhalt getötet worden. Sie wurden aus den Wäldern heraus angegriffen. Bisher gibt es einundzwanzig Tote und Dutzende Verwundete, viele davon im kritischen Zustand. Wir haben ein Verstärkungsteam mit Sanitätern hingeschickt, um sich um sie zu kümmern."

Kalakia rief sich das Terrain rund um die Ausbildungseinrichtung ins Gedächtnis.

„Die Angreifer", wollte er wissen. „Wie sind sie entkommen? Gibt es irgendeine Spur?"

„Das ist die gute Nachricht", sagte Francois. „Wenn man unter den gegebenen Umständen von so etwas sprechen kann. Der Junge. Frederich Abel. Er war alleine in den Bergen unterwegs und hat den Feind bemerkt. Er hat zwei Scharfschützen im Nahkampf ausgeschaltet, dann noch sechs weitere mit einer Beutewaffe. Fast wäre er dabei getötet worden, doch ein anderer Rekrut kam gerade rechtzeitig zu Hilfe. Danach …"

Francois unterbrach seinen Bericht und räusperte sich.

„Was?" drängte Kalakia ungeduldig nach.

„Nun …" Francois senkte den Blick. „Es scheint, als hätte der Junge ein noch schlimmeres Massaker verhindert. Scheffler und die anderen saßen dort draußen auf dem Präsentierteller. Allerdings … nun, die Art, in der Abel den letzten Schützen ausgeschaltet hat, klang etwas … beunruhigend."

„Beunruhigend?", fragte Kalakia. „Was soll das heißen?"

Francois bedachte ihn mit einem ausdruckslosen Blick. „Der Junge hat den Mann zu Brei geschlagen", sagte er. „Hat immer wieder mit den Fäusten und einem Gewehrkolben auf ihn eingedroschen. Niemand konnte ihn aufhalten. Von dem Feind war kaum noch etwas übrig, als Scheffler es schließlich irgendwie geschafft hat, Abel zu überwältigen. Er sagt, der Junge habe sich gebärdet wie ein wildes Tier. Er meint, so etwas hätte er noch nie erlebt.“

Kalakia nickte langsam. Er konnte sich gut vorstellen, was Scheffler meinte. Frederichs Kämpfe mit Khartoum und Vivar waren ihm noch deutlich im Gedächtnis. „Wir haben früh genug erlebt, wozu der Junge in der Lage ist“, sagte er. „Wir können also nicht so tun, als wären wir überrascht, wenn wir ihn von der Leine lassen und er durchdreht.“

„Allerdings“, befand Francois vielsagend.

„Befindet er sich immer noch in diesem … Zustand?“, fragte Kalakia.

Francois schüttelte den Kopf. „Laut Scheffler war die Episode nur vorübergehend. Abel ist wieder klar im Kopf und ansprechbar.“

„Gut“, befand Kalakia. „In dem Fall ist das Wichtigste an dem Bericht, dass der Junge ganz allein neun Feinde ausgeschaltet hat. Ich will, dass die Toten unverzüglich identifiziert werden. Wir müssen wissen, mit wem wir es zu tun haben.“

„Selbstverständlich“, sagte Francois. „Und es gibt noch eine weitere gute Neuigkeit. Unser Verstärkungsteam hat auf dem Flug zur Ausbildungseinrichtung den letzten Überlebenden der Angreifer entdeckt. Es ist ihnen gelungen, ihn lebend gefangen zu nehmen.“

Kalakia spürte einen kurzen Anflug von Erleichterung. *Endlich. Eine Spur.*

„Lass ihn herbringen“, befahl er. Ich will, dass er hier verhört wird.“

„Verstanden“, sagte Francois.

„Und sag ihnen, sie sollen Frederich zu mir schicken.“ Kalakia legte die Hände ineinander. „Ich würde gern einige Worte mit unserem jungen Heißsporn wechseln.“

27

Frederich hob den Blick zum vom Mondlicht erhellten Himmel. Er konnte spüren, wie sich sein Inneres beruhigte. Mit
beiden Händen hielt er das Gewehr vor seiner Brust und schob
vor dem Eingang der Ausbildungseinrichtung Wache. Er war
dankbar für die Ruhepause, die es ihm erlaubte, endlich einmal
seine Gedanken zu sammeln. Man hatte Ralph, ihn und die
anderen Wächter angewiesen, auf keinen Fall die innere Umzäunung vor dem Eingang zu verlassen. Zu ihrer eigenen Sicherheit, wie Scheffler versichert hatte. Nach den zurückliegenden Ereignissen sah Frederich keinen Grund, auf ihn zu hören.
Schon kurz nach dem Antritt seines Wachdienstes war er losgeschlendert, hatte, Ralphs Protestrufe geflissentlich ignorierend,
die kleine Lichtung überquert und war zwischen den Bäumen
in den Wald getreten. Sie hatten ihn bereits aus dem Programm geworfen. Er unterstand nicht mehr Schefflers Kommando, also konnte ihm auch niemand vorschreiben, was er zu
tun und zu lassen hatte.

Das Gefühl der Kälte auf seiner Haut war angenehm. Nun,
da die Lage wieder einigermaßen unter Kontrolle war, erlaubte
er sich, an die Reise nach Sizilien zu denken. Er konnte alles
vor sich sehen: die offene Straße. Das Alleinsein. Vielleicht war
Einsamkeit nach allem, was er durchgemacht hatte, nicht die
allerbeste Idee. Trotzdem sehnte er sich danach. Die Vorstellung, ganz auf sich allein gestellt zu sein, weckte dieses Mal kei-

ne dunklen Erinnerungen. Er fühlte überhaupt nichts. Zu viel war geschehen in zu kurzer Zeit. Niemand hatte ihn auf den Vorfall mit dem Schützen auf der Lichtung angesprochen. Schwärze überdeckte jegliche Erinnerung an jene letzten, rauschhaften Minuten. Scheffler hatte den entstellten Körper beseitigen lassen. Frederich wusste auch ohne eine Aussprache, was alle anderen nun über ihn dachten. Die Wahrheit war ans Licht gekommen. Alle hatten ihn sehen können: Frederich, den Wahnsinnigen. Auch ihre Reaktionen waren vorhersehbar gewesen: Schock, gefolgt von Argwohn und schließlich dem Versuch, sich von ihm zu distanzieren. Alle waren von ihm abgerückt. Alle bis auf Piotr. Piotr hatte nicht einmal mit der Wimper gezuckt.

Ein dumpfer Schlag traf einen Baum hinter seinem Rücken. *Wenn man vom Teufel spricht …* Er wandte sich halb um. Nun war das Geräusch von Schritten zu vernehmen, die langsam näher kamen.

„Du bist ein miserabler Schütze", teilte er dem dunklen Umriss mit.

„Wenn ich gezielt hätte, hättest du jetzt Kopfschmerzen", gab Piotr zurück.

Eine Hand klopfte auf seine Schulter. Dann stand Piotr neben ihm.

„Wie sieht es drinnen aus?", fragte Frederich.

„So gut, wie es nur sein kann", sagte Piotr. „Wenigstens ist niemand mehr gestorben. Gott sei Dank."

Frederich nickte.

„Wenigstens ein verdammter Lichtblick", sagte er. „Was war eben mit den Helikoptern los?"

„Sie haben Lewis ausgeflogen", sagte Piotr. „Sieht nicht besonders gut für ihn aus."

Frederich grunzte und richtete den Blick zum Himmel. Einen Moment lang standen sie still in der sternenklaren Nacht.

„Scheffler sucht nach dir“, sagte Piotr schließlich.

„Von mir aus. Irgendeine Ahnung, was er will?“

„Nein.“

„Spielt eh keine Rolle.“ Mit dem Ärmel rieb er sich über die Stirn. „Ich sollte besser schnell von hier verschwinden.“

„Wie bitte? Was soll das heißen?“ Piotr wandte über-rascht den Kopf.

„Rausgeschmissen ist rausgeschmissen. Außerdem wissen jetzt alle über mich Bescheid.“

„Bescheid? Worüber?“

Frederich blickte wortlos zu Boden.

„Worüber?“, wiederholte Piotr.

„Hör auf. Du brauchst dich nicht dumm zu stellen.“

„Ich weiß ganz einfach nicht, wovon du redest.“

„Ach, komm!“ Der Ausruf entfuhr Frederich ungewöhnlich scharf. „Genug davon! Ich weiß es. Du weißt es. *Jeder* weiß davon.“

Piotrs Augen verengten sich. Sein Blick blieb fest auf Frederich gerichtet. Dann trat er vor und packte Frederich hart an beiden Schultern.

„Jetzt hör mal zu, du Bastard!“, sagte er. „Du bist ein Held. Vergiss das nicht.“

Frederich senkte den Kopf. Seine Schultern sanken herab.

„Was soll das, Piotr? Was machst du hier draußen? Alle anderen sind klug genug, sich von mir fernzuhalten. Warum redest du überhaupt noch mit mir?“

„Weil du mein Freund bist“, beharrte Piotr. Der Pole ließ ihn los und trat einen Schritt zurück. „Und weil du mir geholfen hast, überhaupt so weit zu kommen.“

„Du hast gesehen, was ich dort im Wald getan habe", sagte Frederich. „Wie kann es sein, dass du immer noch zu mir hältst?"

„Ja", schoss Piotr mit Nachdruck zurück. „Ich *habe* es gesehen. Aber warum glaubst du, dass ich dich dafür verurteile?"

„Ich verstehe nicht …"

„Glaubst du, ich habe so etwas zum ersten Mal gesehen?" Piotr schnaufte in bitterer Belustigung. „Du verstehst nicht viel von Menschen, wenn du glaubst, dass du der Einzige hier bist, der zu solchen Sachen fähig ist. Jeder von uns trägt eine Bestie in sich. Jeder."

„Was soll das bitte heißen: Du hast so etwas nicht zum ersten Mal gesehen?"

Piotr reckte knackend seinen Hals, legte den Kopf in den Nacken und blickte zum Himmel.

„In meiner Heimat", sagte er. „In Polen. Als ich ein Junge war, gab es in unserer Gegend eine Reihe von Morden. Damals wusste noch niemand, dass es zwei Serienmörder waren. Die Polizei war noch dabei, die Spuren miteinander zu verbinden. Dabei war es immer das gleiche Muster. Ein Hammer und ein Schraubendreher. Damit haben sie ihre Opfer abgeschlachtet." Piotr senkte den Blick und sah ihn an. „Sie töteten einfach jeden, der ihnen über den Weg lief", fuhr er fort. „Kinder. Frauen. Obdachlose. Immer Menschen, die sich nicht wehren konnten." Piotr seufzte und wandte sich zu den Bäumen. „Es gab da diesen Jungen. Juva. Ein Kind aus unserem Dorf. Er und ein Freund von ihm gingen zum Spielen in den Wald. Sie kehrten nie von dort zurück. Ein Mann kam zufällig vorbei und sah zwischen den Bäumen, was die Killer mit ihnen machten. Es war bereits zu spät, um etwas für die Kinder zu tun, aber er erkannte die Gesichter ihrer Mörder, ohne dass sie ihn bemerkten. Er wusste, wer sie waren. Luka und Robert. Zwei

Männer aus unserem Dorf. Die beiden standen dort, neben den Leichen. Und sie *lachten*." Piotr schüttelte den Kopf, den Blick zum Boden gesenkt. „Er hätte zur Polizei gehen können", fuhr er fort. „Doch das tat er nicht. Er ging zu Marja. Juvas älterem Bruder. Als er ihn zu der Stelle im Wald führte ... als Marja die Leichen sah ... da ist er ausgerastet. Ich meine, *komplett* ausgerastet. Das hier war kein Menschenwerk. Kein Mensch ist zu so etwas fähig. Es war das Werk des Teufels. Nicht einmal ihre Gesichter waren noch ..." Piotr verstummte. Er zog eine Grimmasse und legte den Kopf schief. „Was glaubst du, was ein großer Bruder tut, der so etwas gesehen hat?", fragte er. „Zur Polizei gehen? Sich *beherrschen*? Ich sage dir, was Marja getan hat. Er hat den Killern einen Besuch abgestattet. Nachts. Mit einem Hammer und mit einem Schraubendreher. So wie sie es mit all den anderen getan hatten. Niemand im Dorf hat ihn verraten. Alle wussten, dass er das Richtige tat. Aber von dieser Nacht an ..." Piotrs Blick richtete sich wieder auf Frederich. „So wie die anderen Rekruten dich angesehen haben, nachdem du diesen Angreifer erledigt hattest ... genauso haben alle anderen im Dorf anschließend Marja angesehen. Ich kenne diesen Blick. Wenn Leute etwas einfach nicht begreifen können. Wenn sie nicht verstehen, wie jemand so weit gehen kann. Darum waren heute alle so entsetzt. Aber ich nicht."

„Aber warum nicht?", wollte Frederich mit rauer Stimme wissen.

„Weil ich *dabei* war, als Marja es getan hat", erklärte Piotr ruhig. „Wir waren Freunde. Schon seit wir Kinder waren. Er wollte nicht, dass ich mitkomme. Er hat gesagt, ich soll zu Hause bleiben. Aber ich *bin* mitgekommen, um Luka und Robert zu besuchen. Nicht nur, um zuzusehen. Ich habe sie in Schach gehalten. Ich hatte die Pistole, um zu verhindern, dass sie weglaufen. Marja ... er hat seinen kleinen Bruder so geliebt. Mehr als irgendjemand anderen. Den Kleinen so sterben zu sehen hat ... es hat etwas in ihm zerbrochen. Was mit den Kindern geschehen ist ... es hätte einfach nicht passieren dürfen. Nicht in dem Alter. Nicht *so*. Es war zu schlimm, um wahr zu sein. Marja wusste, was er tat. Er wusste, dass es für ihn kein Zurück mehr geben würde. Ich war dabei. Ich habe es gesehen. Der Teufel war in seinen Augen. Er hatte einfach keine Wahl. Niemand gibt sich freiwillig dem Teufel hin. Und daher weiß ich: Auch du hast dir nicht ausgesucht, was du getan hast. Wer du bist." Piotr musterte Frederichs Gesicht. „Das heute war nicht das erste Mal für dich, oder?", wollte er wissen.

Frederich erwiderte Piotrs Blick, unfähig zu atmen oder auch nur ein Wort hervorzubringen.

„Was immer dich zu dem gemacht hat, was du heute bist: Es war nicht deine Schuld", fuhr Piotr fort. „Ich sage dir: Niemand entscheidet sich freiwillig für den Teufel. Der Teufel entscheidet sich für *ihn*. Also hör auf, dir Vorwürfe zu machen. Dieser Dreckskerl hat dich zuerst bedroht. Er hat seine Waffe auf dich gerichtet. *Er* hat dich dazu gebracht. Alles, was ich von dir gesehen habe ... jede Entscheidung, die du getroffen hast, zeigt mir, dass du ein guter Mensch bist. Es tut mir leid, dass du diese Dunkelheit mit dir herumträgst. Genauso wie mir Marja leidgetan hat. Aber wir haben keine Wahl. Wir müssen akzeptieren, was wir sind."

Frederich fühlte sich noch immer seltsam taub. Akzeptieren? Was wusste Piotr davon, wie es war, mit dieser Dunkelheit zu leben? Es war eine Sache, einen Gewaltausbruch mitanzusehen. Es war etwas völlig anderes, permanent damit zu leben.

„Heute im Wald hast du versucht mich aufzuhalten", sagte Frederich. „Warum hast du Marja damals geholfen, die Kerle umzubringen?"

Piotrs Gesicht verzog sich zu einem schiefen, hässlichen Grinsen.

„Weil der Teufel auch in mir war“, sagte er. „Dieser Hass … er war wie ein Feuer. Ich *wollte,* dass Marja sie umbringt. Nicht nur, dass er sie verletzt oder ihnen einen Schrecken einjagt oder sie zur Polizei bringt. Ich wollte, dass er sie *vernichtet.* Nachher habe ich mich dafür geschämt. Genau wie du. Ich kam mir vor wie ein Monster. Ich wollte nie wieder einen solchen Hass verspüren.“

Frederich musterte Piotr.

„Hast du dich darum der Liga angeschlossen?“, wollte er wissen. „Um vor dem, was du getan hast, davonzulaufen?“

Piotr zuckte mit den Schultern.

„Die Polizei war hinter uns her“, sagte er. „Marja hat sich gestellt. Ich bin geflohen. Die Liga war die einzige Möglichkeit, um nicht im Knast zu landen.“

„Hast du jemals bereut, was du damals getan hast?“

„Nein“, erwiderte Piotr kühl. „Wir haben getan, was getan werden musste. Das Einzige, was ich bereue, war, ist, dass es *nötig* war, es zu tun.“

Frederich gab nichts zurück. Er kannte das Gefühl der inneren Zerrissenheit nur zu gut. Sie beide blickten auf die Ebene hinaus, die sich unter dem Sternenhimmel erstreckte.

„Man wird es nie wieder los, oder?“, wollte er leise wissen.

Piotr schüttelte den Kopf.

„Ich fürchte nicht.“

Frederich atmete tief durch. „Was glaubst du, was ich tun sollte?“

Piotr blickte ihm fest ins Gesicht.

„Du gehst zurück und schaust, was Scheffler von dir will“, sagte er. „Und du erlaubst dir, du selbst zu sein.“

Frederich nickte. Er trat vor und legte Piotr eine Hand auf die Schulter.

„Danke", sagte er, beugte sich vor und umarmte seinen Freund. Dann wandte er sich ab und stapfte zwischen den Bäumen davon, in Richtung der Einrichtung, um zu sehen, was Scheffler von ihm wollte.

Frederich durchquerte die Korridore und fand die große Trainingshalle leer vor. Im Speisesaal brannte Licht. Aus dem Inneren drangen gedämpfte Unterhaltungen. Scheffler trat in einiger Entfernung durch den Türrahmen. Als er sah, dass Frederich ihn bemerkt hatte, wandte er sich um und trat zurück in sein Büro. Frederich folgte ihm.

Er fand Scheffler an die Vorderkante seines Schreibtischs gelehnt, breitbeinig stehend, die Arme vor der Brust verschränkt.

„Tür zu", sagte Scheffler.

Frederich gehorchte und wandte sich um. Der Besucherstuhl stand etwas abseits. Statt sich hinzusetzen, trat er vor, lehnte sich neben Scheffler an den Schreibtisch.

Einige Momente lang blieb Scheffler stumm. Dann biss er sich auf die Lippe und schüttelte den Kopf. „Dieser Kalakia", stieß er aus. „Ich sag es dir: Er hat es gleich gewusst. Er wusste von Anfang an, woran wir bei dir sind."

Frederich verlegte sich darauf, zu schweigen. *Worauf will er hinaus?*

„Weißt du", fuhr Scheffler fort. „Ich habe in meinem Leben schon viel Scheiße mitgemacht. Damals, während meiner Zeit beim Militär. Aber ich war noch nie einer Gefahr hilflos ausgeliefert. Wir haben immer unsere Hausaufgaben gemacht. Getan, was getan werden musste. Planung. Präzision. Vorbereitung. Vierundzwanzig Stunden am Tag. Wir waren unseren

Feinden immer einen Schritt voraus. Ich weiß nicht, was in letzter Zeit mit mir los ist. Vielleicht habe ich meinen Schneid verloren. Vor ein paar Jahren wäre es mir nie passiert, dass mir so etwas Wichtiges entgeht."

„In welcher Einheit waren Sie beim Militär?", fragte Frederich.

„Britischer SAS", gab Scheffler zurück. „Special Air Service. Wer wagt, gewinnt." Schefflers Augen funkelten. „Diese Dreckskerle heute haben sich den perfekten Zeitpunkt ausgesucht, um zuzuschlagen", fuhr er fort. „Genau in dem Moment, in dem wir am verwundbarsten waren. Sie hätten uns alle erledigt, wenn du nicht aufgetaucht wärst."

„Es hätte mich genauso erwischt, wenn ich nicht schon dort draußen gewesen wäre", gab Frederich zurück.

„Da hast du verdammt recht", sagte Scheffler. „Nur: Das Schicksal scheißt auf ‚Was-wäre-wenn'-Spekulationen. Das da draußen war kein Zufall. Wer hat dich ausgebildet, Abel?"

„Mein Vater", sagte er. „Kraas Abel. Er war bei den Speznas."

„Ah", sagte Scheffler, legte den Kopf zurück und starrte an die Decke. „Ja. So langsam ergibt alles einen Sinn."

„Und Sie?", wollte Frederich wissen. „War Ihr Vater ebenfalls Soldat?"

„*Mein* Vater?" Scheffler stieß belustigt die Luft aus und schüttelte den Kopf. „Nein. Mein Alter war ein Boxer. Dirk ‚Die Kobra' Scheffler. So haben sie ihn genannt. Hast du je von ihm gehört? Vermutlich nicht."

Frederich schüttelte den Kopf.

„Er hat sich einen Namen gemacht, drüben in England", erklärte Scheffler. „Mein Großvater ist vor dem Krieg aus Deutschland abgehauen. Hat sich in London niedergelassen. Dort hat er meine Großmutter getroffen." Wieder zog Scheffler eine Grimasse. „Du kannst dir sicher vorstellen, wie das war.

Nach dem Krieg, in London, mit einem deutschen Namen. Mein Alter musste viel aushalten während seiner Schulzeit. Er konnte gar nicht anders als zu lernen, wie man kämpft. Er hat angefangen seine Freizeit im Boxring zu verbringen. Später schaffte er es dann bis auf die Landesebene. Gewann einige Kämpfe. Bis ihm der Suff dazwischenkam."

Frederich blickte zu Boden und nickte. „Ich nehme an, er hat Ihnen ein paar Tricks beigebracht? Ich habe noch nie gegen jemanden gekämpft, der so schnell war wie Sie."

„Yeah", gab Scheffler zurück. „Mit ihm hat alles angefangen. Aber irgendwann hatte ich die Schnauze voll. Alle kannten mich immer nur als *Dirk the Cobra's kid*. Deshalb bin ich zum Militär gegangen. Um mir selbst einen Namen zu machen."

„Das kann ich gut verstehen", sagte Frederich. Er spürte einen seltsamen Anflug von Kameradschaft. Dies war das erste Mal, dass er mit Scheffler eine zivilisierte Unterhaltung führte. „Ich glaube, ich bin aus dem gleichen Grund der Liga beigetreten", sagte er. „Nur wusste ich nicht, wie sehr mein Vater mich beeinflusst hat, bis er nicht mehr da war."

„Tut mir leid zu hören."

„Ja", sagte Frederich. „Es tut mir leid, was mit Otto passiert ist. Er schien ein guter Mann zu sein."

„Das war er auch", bestätigte Scheffler. „Weit mehr, als die meisten sehen konnten. Möge er in Frieden ruhen. Ich selbst habe es erst ganz begriffen, als ich seine Leiche auf den Schultern trug."

Scheffler atmete tief aus und schüttelte den Kopf.

„Die letzte Zeit …", setzte er an. „Ich war immer so *wütend*. Sag mir, Abel: Hast du jemals das Gefühl gehabt, als wärest du mit einem Mal aus einem langen, dunklen Traum erwacht?"

Frederich verzog das Gesicht zu einem schwachen Lächeln. „Das Gefühl kenne ich nur zu gut."

Ein kurzes Schweigen folgte. Schefflers Ausdruck wurde unvermittelt wieder ernst. „Also“, sagte er, sich Frederich wieder zuwendend. „Was du da draußen abgezogen hast … der Scheiß war ziemlich heftig. Passiert dir so was öfter? Oder ist dir einfach nur alles zu viel geworden? Könnte dir keinen Vorwurf machen, falls es so war.“

Frederich starrte auf den Boden. „Nein“, gestand er ein. „Es ist mir nicht zum ersten Mal passiert.“

„Verstehe.“ Scheffler nickte langsam. „Nun. Wie dem auch sei. Ich bin froh, dass du da warst, Abel.“

Frederich hob den Blick. Er wusste nicht, was er sagen sollte. Nie hätte er damit gerechnet, solche Worte von Scheffler zu hören.

„Okay“, sagte Scheffler und stieß sich vom Schreibtisch ab. „Dann wäre das also erledigt. Eine Sache noch: Man will dich in Berlin sehen.“

Frederich blinzelte verdutzt. „Und warum?“, wollte er wissen.

„Was glaubst du?“, gab Scheffler zurück. „Der Hubschrauber kommt um 06:00 Uhr zurück, um dich abzuholen. Dich und den Gefangenen.“

„Was ist mit Ihnen und der Ausbildungseinrichtung?“, fragte Frederich. „Wir wird es hier weitergehen?“

„Das Ausbildungsprogramm ist fürs Erste ausgesetzt“, entgegnete ihm Scheffler. „Der Teufel weiß, warum. Ich habe so etwas noch nie erlebt. Irgendetwas Großes braut sich zusammen. Sie haben uns wohl ziemlich hart getroffen. Sogar auf den *Big Man* gab es einen Anschlag.“

„Auf Kalakia?“

Scheffler nickte. „Er kann von Glück reden, dass er noch lebt.“

Frederichs Lippen teilten sich. *Nicht einmal Kalakia ist vor ihnen sicher?*

„Ruh dich aus, Abel“, sagte Scheffler und schlug ihm auf die Schulter. „Es war ein anstrengender Tag für uns alle.“

Frederich nickte und verließ den Raum. Er fühlte sich benommen. Wie es aussah, war die Reise nach Sizilien erst einmal vertagt.

28

Als Frederich aus dem Privatjet auf die Landebahn im ländlichen Brandenburg trat, lag die Anspannung wie eine bedrückende Schwüle in der Luft des ansonsten friedlichen Tages. Das üppige Grün von Sträuchern und einzelnen Bäumen umgab die Rollbahn außerhalb der Umzäunung wie auf einem Landschaftsgemälde. Davor aber standen Liga-Soldaten Wache, ganz in Schwarz gekleidet und mit Waffenholstern unter den Jacketts. Die Blicke aller waren auf den zweiten Passagier gerichtet. Man hatte dem Gefangenen Zivilkleidung, Handschellen und eine Augenbinde angelegt. Zusammen näherten sie sich zwei wartenden SUVs. Einer der Soldaten zog die Tür des vorderen Wagens auf, versetzte dem Gefangenen einen Schlag in die Magengrube, der ihn zusammenkrümmte, und stieß ihn grob auf die Rückbank, wobei der Kopf des Mannes gegen den Rahmen schlug. Die übrigen Wachen grinsten und nickten zustimmend. Einer spuckte auf den Boden.

Ein weiterer Soldat öffnete die hintere Tür eines zweiten SUVs und richtete einen finsteren Blick auf Frederich. Er trug einen bis auf die Haut rasierten *Undercut* und hatte die tadellose Haltung eines ehemaligen Soldaten. Als Frederich näher trat, veränderte sich der Ausdruck im Gesicht des Mannes. Der Veteran grinste und bedachte ihn mit einem Nicken. Frederich zögerte einen Augenblick, bevor er ins Fahrzeug stieg. Hatte er sich den freundlichen Gruß nur eingebildet? Im Inneren erwarteten ihn der Fahrer und zwei Wachen, die ausdruckslos geradeaus starrten. Niemand schenkte ihm Beachtung. Nein, beschloss er. Vermutlich hatte ihm nur die Erschöpfung einen Streich gespielt.

Die Fahrzeuge setzten sich in Bewegung. Sie durchquerten Brandenburg und folgten den Schildern nach Berlin. Niemand sprach ein Wort. Sie passierten Bauernhöfe, kleine Ortschaften und leuchtend gelbe Rapsfelder. Kurz vor Sonnenuntergang erreichten sie die südlichen Ausläufer der Hauptstadt. Die beiden Wagen trennten sich. Ihr Gefährt steuerte nach Westen, während das zweite Fahrzeug seine Fahrt nach Norden fortsetzte. Vermutlich stand dem Gefangenen ein Besuch in der Folterkammer am Potsdamer Platz bevor.

Sie passierten den Zoologischen Garten und näherten sich dem Grand Luxus Hotel. Beim Einbiegen in die Tiefgarage fiel Frederich der verstärkte Wachschutz auf. Der Wagen folgte den Kurven der Rampe in die Tiefe, bis sie die unterste Etage erreichten. Mehr schwarz gekleidete Liga-Soldaten erwarteten sie im Inneren, einige an der Rampenauffahrt, andere vor dem Aufzug. Jetzt erst wurde sich Frederich bewusst, dass auch einige der Männer in Zivil auf den Bürgersteigen verdächtig nach Liga-Soldaten ausgesehen hatten.

Ihr SUV hielt in einer Parklücke. Frederich und seine Begleiter stiegen aus und begaben sich zum Aufzug. Im Inneren gab es nur einen Knopf. Sie fuhren aufwärts, anscheinend bis in die oberste Etage. Durch die aufgleitenden Türen traten sie in eine Lobby, wo weitere Soldaten sie erwarteten. Die Ausdrücke der Wachen angespannt, genau wie die von Frederichs Begleitern. Es war unverkennbar: Die Liga befand sich im Kriegszustand.

Die Metalltür auf der anderen Seite des Raumes glitt auf. Der Ex-Militär mit dem Undercut bedeutete Frederich einzutreten. Vor ihm lag eine weitere Lobby mit einer Metalltür.

Auch diese öffnete sich. Im Türrahmen stand Kalakia mit seinem kräftigen Körperbau und starrte ihn aus seinen raubtierhaften Augen an.

Vidrik starrte auf den Gefangenen herab. Der Gefangene erwiderte seinen Blick. Vidrik nahm sich immer gerne einen Moment lang Zeit, um seine Besucher kennenzulernen. Er nahm fachmännisch Maß, um möglichst genau abzuwägen, wie viel Angst der Mann bereits empfand. Davon würde abhängen, welche Strategie er wählen musste, um ihn in seinen Machtbereich zu ziehen. Von dort an würde Schmerz die einzige Form der Kommunikation darstellen. Begriff der jämmerliche, an einen Tisch gefesselte Wurm überhaupt, wie viel *Kunst* dahintersteckte? Aktuell noch nicht. Der Wurm blinzelte und leckte sich über die Lippen, bemüht, möglichst gleichgültig auszusehen. Vidrik ließ sich nicht täuschen. Er kannte dieses Spiel. Der Wurm würde schon bald genug Interesse zeigen.

Vidrik wandte sich zu seinem Werkzeugkoffer und ging verschiedene Optionen durch. Sein Blick strich über den Gasbrenner und die Fräse. Nein. Für seinen Gast hatte er etwas *Besonderes* im Sinn. Dieser Wurm und seine Freunde hatten es gewagt, die absolute Dominanz der Liga auf die Probe zu stellen. Unter Umständen wie diesen war es wichtig, ein Exempel zu statuieren. Die Liga-Soldaten brannten auf Vergeltung. Kalakia ließ sich, wie leider immer öfter, Zeit damit, eine Reaktion auf die Angriffe zu planen. Die große Neuigkeit der Stunde war eine andere. Alle zerrissen sich ihre Mäuler über diesen ach so großartigen Abel. Darüber, wie er ganz allein neun Feinde ausgeschaltet und den letzten brutal verstümmelt hatte, um ein Zeichen zu setzen.

Vidriks Laune verfinsterte sich bei dem Gedanken. Kein Wunder, dachte er, dass die Soldaten die Geschichte von Abels Heldentaten mit deutlich zu viel Begeisterung aufnahmen. Die Führung der Liga hatte in letzter Zeit viel zu schwach und zögerlich agiert. Aber er würde die Gemüter schon beruhigen, indem er selbst ein Zeichen setzte. *Er* war hier derjenige, der entschied, wer es in ihrer Organisation nach oben schaffte und wer nicht. *Er* war ihr Beschützer und Bewacher, nicht Frederich *fucking* Abel.

Er wandte sich um und senkte seinen Blick wieder auf dem Wurm, der nackt auf dem Rücken auf dem Metalltisch lag, die Knöchel und Handgelenke mit Lederriemen festgeschnallt. Der Wurm war ein recht ansehnlicher junger Mann mit einem gebräunten Gesicht voller Sommersprossen. Die Befragung konnte warten. Vidrik hob das Skalpell vor die Augen und musterte die Spitze. Die Handsäge lag auf einem nahen Tisch bereit. Er war in seiner eigenen Welt und dachte kaum noch an das Dutzend hochrangiger Soldaten, die mit ihm um den Tisch versammelt standen. Falk Braun, den General Europas, hatte er persönlich dazu eingeladen, dem Ritual beizuwohnen. Nur einer dieser Männer störte ihn.

Vidriks Blick glitt vom Skalpell zu der Gestalt auf einem Stuhl ganz hinten an der Wand. Francois hatte die Arme vor der Brust verschränkt. Ihn hatte er *nicht* eingeladen. Ganz sicher würde dieser Wicht, wenn sie hier fertig waren, nach Hause rennen und Papa alles haarklein berichten. Doch dieses Problem konnte bis später warten. Es war an der Zeit, mit der Arbeit zu beginnen.

„Nun denn“, sagte Vidrik und bedachte jeden der Versammelten mit einem konzentrierten, genau gleich langen Blick, bevor er sich wieder dem Wurm zuwandte, der mit einem Mal deutlich interessierter schien, je näher die Klinge seinem Körper kam. „Beginnen wir damit, die Haut abzuschälen. Wir wollen doch mal sehen, was zum Vorschein kommt."

„Frederich", sagte Kalakia ohne jeden Gruß. „Tritt ein."

Frederich trat am Anführer der Liga vorüber in das Apartment. Er konnte Kalakias Blick in seinem Rücken spüren, als er sich umsah. Einige Momente lang ließ er die Ausmaße und den ungewöhnlichen Grundriss der Wohnung auf sich wirken. Die Kunstgegenstände und Gemälde interessierten ihn nur wenig. Er trat zum Fenster, um seinen Blick über die Stadt schweifen zu lassen. Das Panorama war beeindruckend. Nur wenige Gebäude der Umgebung waren höher als fünf oder sechs Stockwerke, sodass man bis zum Stadtrand in der Ferne blicken konnte.

„Nette Aussicht", befand er.

„Ich nehme an, deine Ausbildung bot einige Ausblicke, die noch weitaus spektakulärer waren", sagte Kalakia hinter seinem Rücken.

Frederich betrachtete Kalakias Reflexion in der Scheibe. Der Anführer der Liga stand aufrecht, das Kinn erhoben und die Hände hinter dem Rücken verschränkt.

„Leider immer nur für kurze Zeit", sagte Frederich. „Wir waren nicht dort, um die Landschaft zu genießen."

„Nein", bestätigte Kalakia. „Das wart ihr nicht. War dies deine erste Reise in die Alpen?"

„Ja", gab Frederich zurück. „Ich könnte jetzt erzählen, dass ich Estland erst vor Kurzem zum ersten Mal verlassen habe. Doch das wissen Sie bereits, oder? Sie wissen alles über mich."

„Nun", sagte Kalakia. „Es hätte ja durchaus sein können, dass Kraas dich mit auf einen Familienurlaub durch Europa genommen hat."

Frederich wandte sich um und verengte die Augen. Ein kurzer Ausdruck von Belustigung blitzte in Kalakias Gesicht auf und war ebenso schnell wieder verschwunden.

„Hast du das Feuergefecht unbeschadet überstanden?", fragte Kalakia, nun wieder völlig ernst.

„Ja", sagte Frederich. „Es geht mir gut."

„Das freut mich zu hören." Kalakia deutete zur Sitzecke.

Frederich wandte sich vom Fenster ab, trat zu den Sofas und nahm Platz. Zwei Wassergläser standen auf dem Beistelltisch, daneben eine Flasche Whiskey und zwei leere Whiskeygläser.

„Ausgezeichnet", sagte Kalakia, während auch er sich niederließ. „Wie ich höre, hast du eigenhändig das Leben deines Ausbilders und Dutzende deiner Kameraden gerettet. Scheffler ist ein integraler Bestandteil dieser Organisation. Nur wegen dir ist er noch unter uns."

„Ich habe getan, was ich musste", gab Frederich zurück.

„Hast du das, ja?", fragte Kalakia. „In dem Fall sag mir: Wer hat dir befohlen, dein Leben für die anderen zu riskieren? Nach dem, was ich gehört habe, hat Scheffler dich verprügelt und ausgesetzt wie ein wildes Tier."

„Ich habe es nicht für ihn getan."

„Für wen dann?", wollte Kalakia wissen. „Für mich? Für die Liga?"

„In Teilen, ja. Aber auch für meinen Freund, Piotr Paleski."

„Für einen anderen Rekruten?"

Frederich nickte.

Kalakia überlegte einen Augenblick. „Dann waren es also Loyalität und Freundschaft, die dich angetrieben haben."

„Ich nehme an, so ist es." Frederich wurde ungeduldig. Was wollte dieser Mann von ihm?

„So, so." Kalakia musterte ihn gründlich. „Nun denn", sagte er dann. „Du hast einigen Eindruck auf die Männer gemacht.

Die Geschichte von Frederich Abel verbreitet sich rasant. In Kriegszeiten wie diesen kommt dein heldenhafter Einsatz gerade recht, um unsere Moral zu stärken."

„Wie ich hörte, hatten Sie ebenfalls ein paar Probleme?", hielt Frederich dagegen. Er fühlte sich unwohl dabei, sich Lobeshymnen anzuhören.

„Das hast du richtig gehört", bestätigte Kalakia. „Aber wie du siehst, bin ich noch am Leben."

„Wissen wir schon, wer hinter dieser ganzen Sache steckt?", wollte Frederich wissen.

„Ja und nein." Kalakias Blick blieb fest auf ihn gerichtet. „Die Beantwortung dieser Frage ist nicht ganz einfach. Unserem Feind ist es gelungen, völlige Überraschung zu erzielen. Eine beachtliche Leistung, wie ich eingestehen muss. Ein Angriff dieser Präzision und Größenordnung kann nur bedeuten, dass ein schlagkräftiges und gut organisiertes Netzwerk dahintersteckt. Eine Art Schattenorganisation, der es bisher gelungen ist, völlig unentdeckt zu bleiben. Im Verborgenen agierend. Nicht zurückverfolgbar. Ohne feste Form."

„Eine Art Liga also", merkte Frederich trocken an.

Kalakia nickte. „Ich habe immer schon gewusst, dass dieser Tag irgendwann kommen wird", erklärte er. „Unsere Feinde schlafen nicht. Sie passen sich an und entwickeln sich weiter. Unsere Doktrin verbietet es, alle Macht komplett in unseren Händen zu konzentrieren. Doch wenn man der Macht nicht erlaubt, sich in einem einzigen Punkt zu sammeln, verliert sie ihre Form und breitet sich aus. Man könnte sagen, unsere Prinzipien und unsere Strategie werden derzeit gegen uns verwendet."

„Ein völlig unbekanntes Netzwerk dieser Größenordnung?", merkte Frederich zweifelnd an. „Nicht sehr wahrscheinlich. Sogar unmöglich, würde ich sagen. Es muss Verräter innerhalb der Liga geben.“

Kalakia seufzte und blickte für einen Augenblick zur Seite.

„Lass uns über dich sprechen“, fuhr er fort. „Erzähl mir von deinem Streit mit Scheffler.“

„Was gibt es da noch zu erzählen?“

„Eine ganze Menge, würde ich sagen. Du hast dich ihm nicht nur einmal, sondern gleich zweimal widersetzt. Du wusstest, welche Strafe dir droht. Trotzdem hast du es getan. Ich weiß bereits, dass dich der Gedanke an den Tod nicht mehr erschreckt. Aber warum alles riskieren für einen so unbedeutenden Streit?“

„Ich sage Ihnen, warum“, stieß Frederich aus. „Scheffler ist die ganze Sache mit der Ausbildungseinrichtung zu Kopf gestiegen. Nicht nur die Höhenkrankheit. Er hat dort oben immer mehr über die Stränge geschlagen. Ich wusste, dass es immer schlimmer mit ihm werden würde, solange niemand ihm entgegentritt. Ich hatte nie vor, meinen Platz in der Liga zu riskieren. Ich will das hier schaffen, mehr als irgendetwas anderes. Aber ich musste einfach …“

Kalakia hob die Brauen.

„Ja?“, wollte er wissen.

Frederich zuckte mit den Schultern.

„Ich weiß es nicht“, gab er zurück. „Es war so ungerecht. Ich war einfach so wütend. Manchmal tue ich unüberlegte Sachen. Auch ohne genau zu wissen, warum.“

„Nein.“ Kalakia schüttelte den Kopf. „Die Antwort genügt mir nicht. Es ist wahr: Du handelst manchmal leichtsinnig. Aber hierbei war noch irgendetwas anderes im Spiel. Ich will wissen, was es ist.“

Frederich blieb stumm. Etwas regte sich in ihm. Er hatte das Gefühl in dieser Form nicht mehr gespürt, seitdem er aus Berlin nach Zürich aufgebrochen war. Er sehnte sich danach, Kraas wiederzusehen.

„Ich musste etwas tun, weil Kraas es von mir erwartet hätte", hörte er sich sagen. „Ich konnte diese Sache nicht auf sich beruhen lassen. Ich musste Scheffler gegenübertreten. Ganz egal, was er dann mit mir machen würde."

Kalakias Gesicht verzog sich zu einem Grinsen. Der Anführer der Liga nickte. „Kein Zweifel mehr", sagte er. „Du bist wirklich deines Vaters Sohn."

Frederich hob den Kopf. Mit einem Mal fühlte er sich Kalakias Blick auf seltsame Weise ausgeliefert.

„Hat dir dein Vater je erzählt, warum er sich den Speznas angeschlossen hat?", fragte Kalakia.

„Er sagte immer, es sei seine Pflicht gewesen", gab Frederich zurück. „Er hasste den Konflikt zwischen der Sowjetunion und dem Westen. Seiner Meinung nach hatten beide Ideologien ihre Schwächen. Aber er war auch der Meinung, dass sich niemals etwas ändern würde, wenn er sich einfach nur heraushielt."

„Eine verständliche Auffassung", befand Kalakia. „Leider waren all seine Mühen letztendlich vergebens. Das unrühmliche Ende der Sowjetunion muss ihn gebrochen haben. Hat er sich aus diesem Grund alleine in die Wälder zurückgezogen?"

„Ich nehme an, so war es", gab Frederich zurück. „Ich habe nie allzu viel darüber nachgedacht."

„Und nun?", wollte Kalakia wissen. „Trägst du jetzt seine Fackel weiter?"

„Ich?", wunderte sich Frederich. „Nein. Auf keinen Fall."

„Warum nicht?"

„Weil ... Kraas war... er war einfach ..."

„Er war *was*? Ein Held?"

„Nun ... ja", erklärte Frederich zögerlich.

„Ein hochdekorierter Soldat?“

„Genau“, sagte er. „Ich bin kein bisschen so wie er.“

„Nein“, bestätigte Kalakia. „Das bist du nicht. Du bist noch weitaus mehr.“

Frederich hob erstaunt den Blick. Wovon redete der Mann?

„Sieh nur, was du innerhalb kürzester Zeit erreicht hast“, fuhr Kalakia fort. „Du trägst Kraas’ Tapferkeit in dir. Du setzt dich für das Wohl anderer ein. Genau, wie er es sein ganzes Leben lang getan hat. Nur dass du dich nicht von irgendwelchen fehlerhaften Ideologien blenden lässt. Es ist, wie du gesagt hast: Scheffler hat dort oben in der Ausbildungseinrichtung jegliches Maß verloren. Ihm fehlte jemand, der ihm Kontra geben konnte. Ein gesundes Gegengewicht. Scheffler ist ein ehrenhafter Mann, aber er ist immer noch ein Mann und alle Männer haben Schwächen. *Du* warst derjenige, der ihn zurück auf den Boden der Tatsachen geholt hat. Du bist es, der seiner Willkür die Stirn geboten hat. Du kannst dich vielleicht selbst darüber täuschen, wer du bist. Mich aber täuschst du nicht.“

„Ich weiß nicht“, gab Frederich zurück. „Ich glaube, der Hinterhalt hat einen stärkeren Eindruck auf ihn gemacht, als ich es jemals könnte.“

„Hegst du noch irgendeinen Groll gegen ihn?“

Frederich schüttelte den Kopf. „Wir hatten die Gelegenheit, uns auszusprechen, und haben unsere Differenzen beigelegt. Das ist mir lieber, als gegen ihn zu kämpfen.“

„Scheffler ist ein herausragender Krieger“, sagte Kalakia. „Seine Methoden sind vielleicht brutal, aber alles, was er tut, ist Ausdruck seiner Loyalität gegenüber der Liga. Er will, dass nur die Besten sein Programm überstehen. Nur die Stärksten erlangen seinen Respekt und dürfen sich uns anschließen. Du hast es geschafft. Ich hoffe, ihr beide findet einen Weg, um reibungslos zusammenzuarbeiten.“

Frederich legte den Kopf schief.

„Zusammenarbeiten? Sie meinen …"

„Mit deinem beispielhaften Einsatz hast du es geschafft, unsere Soldaten zu inspirieren", kam ihm Kalakia zuvor. „Wir befinden uns im Auge eines Orkans. Wir werden uns verändern, uns anpassen müssen, um den Angriff unseres neuen Feindes zu überstehen. Aus diesem Grund werden wir deine Karriere etwas beschleunigen. Wir brauchen deine Fähigkeiten für die nächste Phase. Bist du bereit für deinen Dienst, Soldat?"

Frederich wurde flau im Magen. Alles ging so schnell. Gestern noch hatte er über einen längeren Italien-Urlaub nachgedacht. Nun wollte ihn die Liga der Vergeltung doch in ihren Reihen? Er räusperte sich.

„Welche Art von Aufgaben …"

Kalakia hob die Hand, als sein Handy klingelte, und hob sich das Telefon ans Ohr.

„Ich höre", sagte er. Eine ganze Zeit lang blieb er stumm und lauschte. Je länger sich der Bericht am anderen Ende hinzog, desto finsterer wurde sein Ausdruck. „In Ordnung", sagte er schließlich. „Danke, Francois."

Kalakia legte auf. Die Stimmung im Raum hatte sich verändert. Kalakias Blick verriet, dass er mit den Gedanken plötzlich bei anderen Dingen war. Frederich wartete geduldig.

„Wir bekommen gleich Gesellschaft", sagte Kalakia, während er sich von seinem Platz erhob. „Mach es dir bequem. Genehmige dir einen Drink, falls dir danach ist. Ich bin gleich wieder da."

Kalakia verschwand durch einen Durchgang im Nebenraum und zog die Tür hinter sich zu, während Frederich allein zurückblieb und sich fragte, was gerade geschehen war.

„Ist Vidrik bei Ihnen eingetroffen?", fragte Francois durch das Telefon.

„Noch nicht", erwiderte Kalakia.

„Verstanden", gab Francois zurück. „Falk Braun lässt ausrichten, dass er mit der Demonstration zufrieden ist."

„Ist er das?"

„Offenbar war Vidrik der Meinung, wir müssten eine klare Botschaft an unsere Feinde senden."

„Dafür gibt bessere Arten, als einen Mann bei lebendigem Leib zu häuten", gab Kalakia kühl zurück.

„Sie kennen meine Ansichten zu Vidrik", sagte Francois. „Dieser abscheuliche Akt der Barbarei ist nur ein weiterer seiner Versuche, Ihre Autorität zu untergraben."

„Ich kümmere mich um ihn", sagte Kalakia. Er wusste bereits, wie er Vidrik die Flügel stutzen würde. Vor einiger Zeit hatte ihm Felipe Vivar ganz ähnliche Probleme bereitet. „Gibt es sonst noch irgendetwas Neues?"

„Ja", sagte Francois. „Stirner ist aufgetaucht. Er ist in Frankreich. Wir haben Aufnahmen von Überwachungskameras, die zeigen, wie er am Flughafen von Nizza abgeholt wird."

Kalakia durchlief ein Kribbeln.

„Abgeholt? Von wem?"

„Wir haben die Nummernschilder überprüft. Der Wagen gehört einer obskuren Marketing-Firma. Unser Team ist bereits dran."

Kalakia biss die Zähne zusammen.

„Ich kann verstehen, wenn es Sie verärgert, dass wir noch nicht weiter sind", fügte Francois hinzu, nachdem Kalakia einige Momente stumm geblieben war. „Unsere Männer tun, was sie können."

„Findet ihn einfach", grollte Kalakia.

„Das werden wir."

„Was ist mit dem Gefangenen?“, wollte Kalakia wissen. „Was hat Vidrik bei seiner ‚Demonstration‘ aus ihm herausbekommen?“

„Der Mann war ein entlassener Soldat“, erklärte Francois. „Früher bei der Israelischen IDF. Auch die anderen Mitglieder seines Angriffsteams waren unzufriedene Veteranen. Amerikaner. Russen. Briten. Iraner. Jemand hat sie als Söldner angeheuert. Wir haben den Namen einer Kontaktperson aus ihm herausbekommen: Christian Haargersen. Wir sind bereits auf seiner Spur. Er lebt in Kopenhagen. Haargersen hat ihnen die Informationen für den Angriff auf die Ausbildungseinrichtung bereitgestellt.“

„Wir müssen handeln“, drängte Kalakia. „Jetzt sofort.“

„Natürlich. Wen soll ich schicken?“

Es war eine gute Frage. Wem konnten sie unter den gegebenen Umständen noch vertrauen? Niemand konnte sagen, wie weit die Fühler ihrer Feinde reichten. So gut wie jeder in der Liga konnte kompromittiert sein. Sie brauchten jemanden, der außerhalb der Hierarchie stand. Jemanden, der die Fähigkeiten und die Nerven hatte, um den Job zu erledigen. Der unter dem Radar blieb und bei Bedarf unsichtbar werden konnte. Kalakia lehnte sich in seinem Stuhl zurück. Zum Glück kannte er genau den Richtigen.

Ein Summen ertönte von der Eingangstür der Wohnung. Kalakia trat zurück in den Außenbereich seines Penthouse. Frederich, der wieder vor der Fensterfront gestanden und auf die Stadt hinabgeschaut hatte, wandte den Blick zum Eingang, um zu sehen, wer der Besucher war. Die Sicherheitstür glitt auf und ein großer, unangenehm aussehender Mann mit dichten braunen Haaren trat herein. Er trug einen schwarzen Rollkragenpullover und schwarze Hosen.

„Frederich“, verkündete Kalakia mit einem Blick zu dem Besucher. „Das hier ist Matthias Vidrik. Felipe Vivars Nachfolger.“

Vidrik verharrte auf der Stelle und starrte Frederich aus weiten Augen an. Dann stieß er ein Grunzen aus und trat zum Beistelltisch, um sich einen Whiskey einzugießen.

„Ich nehme an, Ihr kleines Vögelchen hat Ihnen bereits alles berichtet“, brachte er mürrisch hervor.

„Welcher Grund bestand für Falk Brauns Anwesenheit bei dem Verhör?“, wollte Kalakia wissen, ohne auf die Bemerkung einzugehen.

„Er hat die Show genossen“, gab Vidrik zurück. „Was sonst?“

Er nahm einen Schluck von seinem Whiskey, trat an den Sofas vorüber und begann Frederich argwöhnisch zu umkreisen.

„Sieh an“, sagte er. „Da ist ja unser Held. Wie alt bist du, Junge? Sechzehn?“

Frederich sah keinen Sinn darin, auf die Provokation einzugehen oder auch nur die Anwesenheit des Mannes mit einer Reaktion zu würdigen. Er legte die Hände hinter dem Rücken zusammen, wandte sich ab und trat wieder vor die Panoramascheibe, um hinauszublicken. In der Spiegelung sah er, wie Vidrik wütend das Gesicht verzog, sodass sein Ausdruck noch gestörter wirkte.

„Hör zu, du kleiner …“, begann Vidrik, nur um jäh unterbrochen zu werden. Kalakia bewegte sich so schnell, dass ihm keine Zeit blieb, um zu reagieren. Ungerührt sah Frederich in der Spiegelung mit an, wie Kalakia Vidrik an der Kehle packte. Das Whiskeyglas löste sich aus seiner Hand und zersplitterte klirrend auf dem Boden.

„Vidrik", stieß Kalakia scharf aus. „Du bist unaufmerksam. Die Augen hierher!"

Vidrik krächzte und stieß quiekende Geräusche aus. Seine Hände fuhren empor, um sich aus Kalakias Griff zu befreien.

„Die Hände runter!", donnerte Kalakia.

Nach kurzem Zögern streckte Vidrik demonstrativ die Arme zu den Seiten aus und ließ sie langsam sinken.

„Erstens", herrschte Kalakia ihn an. „Sei dir sicher, dass dein widerwärtiger kleiner Trick in der Verhöreinrichtung zur gebotenen Zeit ein Nachspiel haben wird. Im Augenblick beschäftigten mich ernste Anliegen. Ich habe keine Zeit oder Geduld für deine Spiele."

Vidrik blinzelte mehrfach. Noch einige weitere Momente hielt Kalakia ihn fest. Dann entließ er ihn aus seinem Griff. Vidrik taumelte rückwärts, rang um Atem und rieb sich die Kehle.

„Ja, ja", zischte er und würgte ein Husten hervor. „Schon gut, schon gut! Das hier ist Krieg! Sobald ich mit dem Kerl in Kopenhagen fertig bin …"

„Nein", unterbrach ihn Kalakia. „Zweitens: Den Kopenhagen-Job erledigt jemand anderes. Du wirst hierbleiben. Du wirst dich ruhig verhalten und auf meine Befehle warten."

„Was?", stieß Vidrik aus und verzog ungläubig das Gesicht. „Ich habe die Situation unter Kontrolle! Wer sonst soll …"

„Du hast für den Moment mehr als genug getan", fiel ihm Kalakia ins Wort.

„Aber …"

„Geh nach Hause", setzte Kalakia scharf nach. „Warte dort auf weitere Befehle."

Kalakia nickte zur Tür und warf dem sichtlich verblüfften Vidrik einen auffordernden Blick zu. Einige Momente lang rührte sich Vidrik nicht. Dann setzte er sich langsam und widerwillig in Bewegung. In seinem Gesichtsausdruck lag eine Bitte, fast schon ein Flehen. Er schien darauf zu hoffen, dass Kalakia seine Meinung doch noch änderte. Die Wohnungstür glitt auf. Kalakia bedeutete ihm hindurchzutreten. Vidriks Blick schoss noch einmal zurück zu Frederich. Sein Gesicht verhärtete sich. Der Ausdruck seiner Augen wurde stechend.

„Auf Wiedersehen, Vidrik“, sagte Kalakia.

Vidrik stand wie erstarrt hinter dem Durchgang. Seine Aufmerksamkeit blieb ganz auf Frederich gerichtet, bis die Tür zwischen ihnen zugeglitten war.

„Gut“, sagte Kalakia, bewegte seine Schultern und wirkte wieder etwas entspannter. „Also. Lass uns über deinen ersten Einsatz sprechen.“

29

Sein Name war Christian Haargersen. Er wohnte am Ufer der Havnegade-Promenade und er war mit seiner Miete drei Monate im Rückstand. Kürzlich hatte er seine Anstellung als Diplomat gekündigt, kurz vor dem Erreichen seines zehnjährigen Dienstjubiläums. Der sechsseitige Bericht des Nachrichtendienstes der Liga enthielt eine Porträtaufnahme, die mit einer Büroklammer am Rand des Dokuments befestigt war. Es lag auch noch ein weiteres Foto bei: Haargersen, der in Begleitung einer jungen Dame ein Fußballspiel besuchte. Die beiden saßen dicht zusammen. Unter der dicken Jacke der Frau war ein Trikot des F.C. Kopenhagen zu erkennen. Haargersen selbst trug einen grauen Anzug und einen Trenchcoat.

Der sechsundvierzig Jahre alte Haargersen war ein rundlicher Mann mit lederartiger, sonnengebräunter Haut, blonden Haaren und zusammengekniffenen Augen. Die Aufnahme zeigte ihn entspannt zurückgelehnt, den Arm besitzergreifend um die Lehne seiner Begleiterin gelegt und selbstgefällig in die Kamera blickend, während alle anderen um das Paar herum das Spiel verfolgten. Die Pose der Frau war auffällig aufrecht, wie sorgfältig eingeübt, und sie blickte mit einem fast schon kindlichen Grinsen in die Kamera. Das Bild ließ keinen Zweifel, dass Haargersen sich nicht im Geringsten für Fußball interessierte. Er war eindeutig wegen ihr dort. *Frauenschwarm*. Nie verheiratet. Gut bezahlter Job bei der dänischen Regierung bis zu seinem Rücktritt. Heute residierte Haargersen zwar immer noch mit unverbaubarem Blick aufs Wasser, doch seine Lebensumstände waren deutlich weniger luxuriös.

Frederich saß zwischen dem Bäumen am Ufer der Freistadt Christiania, der autofreien, mit Graffiti bedeckten anarchistischen Kommune im Zentrum von Kopenhagen, und beobachtete nun schon seit einer guten Stunde, wie Haargersen am gegenüberliegenden Ufer in einem alten Gartenstuhl hing und auf seinen Nägeln kaute. Frederich hatte doppelt und dreifach auf das Foto schauen müssen, um sich zu versichern, dass er tatsächlich den Haargersen vor sich hatte, den er suchte. Verglichen mit dem selbstbewussten Frauenschwarm auf dem Foto wirkte der Haargersen, der am anderen Ufer in einer billigen Shorts- und-T-Shirt-Kombination auf das Wasser starrte, stark gealtert und gebeugt von Sorgen.

Das dort drüben war also Haargersens neues Domizil in Uferlage. Die Hütte war aus bunt gemischten Holz- und Metallplatten grob zusammengezimmert. Im zum Wasser hin offenen Hof baumelte eine Reifenschaukel von einem Ast. Die wilde Ansammlung von Pflanzen und Büschen, die ringsum alles überwucherte, ging nahtlos in ein angrenzendes Waldstück über. Sogar verglichen mit den anderen Gebäuden der Kommune, von denen viele aus Recycling-Materialien oder Fundgegenständen bestanden, wirkte Haargersens Wohnstätte bescheiden. Das hier war wohl sein Versuch, von der Bildfläche zu verschwinden, ohne die Stadt verlassen zu müssen. Frederich zog den Hut vor dem Geheimdienst der Liga, der Haargersen in Rekordzeit aufgespürt hatte. Er erinnerte sich nur zu gut, wie die Liga *seine* Identität festgestellt hatte, anhand von nicht mehr als einem zweiminütigen Gespräch vor einem Neuköllner Kebab-Imbiss.

Bisher sah Frederich zwei Möglichkeiten, um den Auftrag zu erledigen. Entweder er brach nachts in Haargersens Hütte ein, um ihn zu verhören, oder er beschattete ihn bei all seinen Erledigungen rund um Christiania, in der Hoffnung, dass er dadurch weitere Kontaktpersonen aufdeckte. Nach kurzer Überlegung entschied sich Frederich für die erste Option. Die leicht abgeschiedene Lage von Haargersens Hütte machte sie perfekt für einen Zugriff. Außerhalb seiner Behausung gab es zu viele Variablen, die die Situation verkomplizieren konnten. Er durfte nicht riskieren, die Zielperson aus den Augen zu verlieren.

Es gab noch einen weiteren Grund dafür, die Mission schnell zu Ende zu bringen. Frederich senkte den Blick auf seine zitternden Finger und versuchte, die aufkommende Panik durch ruhiges Atmen niederzukämpfen. Ohne Erfolg. Das Gefühl breitete sich weiter in ihm aus. Seine Handflächen und seine Achselhöhlen wurden feucht vom Schweiß. Er schloss die Augen und sah wieder den Schützen im Schneeanzug vor sich liegen, die Glieder verdreht, der Kopf eine blutige Masse. Er war wieder in dem Wäldchen in den Alpen zwischen Leichen und rot gefärbtem Schnee. Er vernahm das Stöhnen der Verwundeten und konnte nichts tun, um sie verstummen zu lassen. Er sah die entsetzten Blicke Schefflers und der Rekruten. *Warum ausgerechnet jetzt?* Auch seine Beine begannen zu zittern. Er wusste, dass er etwas brauchte, um sich zu beruhigen.

Er tastete in seiner Tasche nach der Cannabis-Zigarette. Das *„Silver Haze"*, so hatte ihm der Verkäufer in der „Dealer-Straße" von Christiania versichert, würde ihn beruhigen, ohne seine Sinne zu vernebeln. Frederich fand den Joint, zündete ihn mit zitternden Händen an und nahm einen langen, tiefen Zug. Er hielt den Rauch für einige Sekunden in den Lungen, bevor er langsam wieder ausatmete. Schon kurz darauf begann seine Haut zu kribbeln. Eine wohltuende Energie senkte sich über ihn wie eine warme Decke. Die Bäume schienen lebendiger zu werden. Das Schimmern auf der Wasseroberfläche erstrahlte in einem neuen Glanz. Er wusste, dass es unklug war, sich unter Drogeneinfluss in den Einsatz begeben, doch er hatte keine Wahl. Die *Flashbacks* hätten ihn nur noch mehr behindert.

Der Cannabis hatte die erhoffte Wirkung. Während sein Körper zu zerfließen schien, verschwanden auch die Paranoia und die Visionen. Das Wetter war mild und sonnig und die Brise angenehm und kühlend. Haargersen hatte sich kein Stück gerührt und kaute immer noch auf seinen Nägeln. Als Frederich den Kopf in den Nacken legte und die Eindrücke der Umgebung auf sich wirken ließ, spürte er, wie Freude in ihm aufstieg. Er fühlte sich eins mit der Natur und badete in einer unerklärlichen Ruhe, die ihn in sich aufnahm. Dann, zum ersten Mal seit langer Zeit, musste er an Ida denken.

Als die Sonne bereits hinter dem Horizont verschwand, erhob sich Haargersen und zwang damit auch Frederich, sich aus seinen Tagträumen zu schütteln. Haargersen verschwand in seiner Hütte. Wenige Minuten später trat er wieder daraus hervor und steuerte zielstrebig auf einen nahen Fußpfad zu. Frederich beeilte sich, seinen Rucksack zu schultern, der mit Ausrüstung für den Einsatz völlig überladen war. *Ich habe ihnen doch gesagt, dass ich den ganzen Mist nicht brauche*! Mit dem zusätzlichen Gewicht auf seinem Rücken, setzte er sich in Bewegung.

In der Deckung der Bäume und in einem leichten Schwindelzustand verfolgte Frederich die Bewegungen des Ex-Diplomaten, der die Brücke zum Hauptteil von Christiania überquerte. Haargersen näherte sich ihm und passierte ihn unbemerkt auf dem Fußpfad Richtung Zentrum. Frederich wartete, bis etwa dreißig Meter zwischen ihnen lagen, und nahm dann die Verfolgung auf.

Haargersen eilte über den Pfad zwischen den Bäumen. Er legte ein ordentliches Tempo vor. Frederich folgte in einigem Abstand. Nach einem kurzen Stück weckte etwas zwischen den Stämmen seine Aufmerksamkeit. Er verlangsamte seine Schritte und ließ den Blick über den Waldrand wandern, ohne etwas zu entdecken. Er schüttelte den Kopf. Vermutlich nur eine Nebenwirkung der Droge. Für einen Moment aber war er *sicher* gewesen, etwas gespürt zu haben. *Es ist die Droge. Weiter.* Er richtete den Blick zurück zum Pfad und stieß einen leisen Fluch aus. Der Augenblick des Zögerns hatte ausgereicht. Haargersen war auf dem Weg zum Zentrum außer Sicht geraten. Frederich verfiel in ein leichtes Joggingtempo, wobei der Rucksack schmerzhaft auf seinen Schultern wippte. Nach einem kurzen Stück hatte er Haargersen wieder vor sich. Er verlangsamte seine Schritte und nahm die Verfolgung wieder auf.

Bevor sie das Stadtzentrum erreichten, bog Haargersen unvermittelt vom Weg ab. Durch die Baumreihe trat er in einen ganz mit Gras und Büschen zugewachsenen Hof. Frederich duckte sich hinter einen Baumstumpf und beobachtete, wie Haargersen sich einem kleinen, frei stehenden Ziegelbau näherte, der halb im Boden versunken war. Er ließ die Stufen, die hinab zum Eingang führten, links liegen und stapfte zur Rückseite der Hütte, wo das Gras sogar noch höher stand. Nachdem er sich einen Weg durch das dichte Unkraut gebahnt hatte, duckte er sich und verschwand aus Frederichs Sichtfeld. Frederich wartete einige Momente lang unschlüssig. Es wäre zu riskant gewesen, noch näher heranzuschleichen. Er entschied sich, weiter abzuwarten. Weniger als eine Minute später trat Haargersen aus dem Gestrüpp hervor. Er trug eine große schwarze Sporttasche auf seiner Schulter. Der Ex-Diplomat stapfte durch das hohe Gras an ihm vorüber, ohne ihn zu bemerken. Nach einem kurzen Schulterblick trat er zurück auf den Pfad und marschierte dann wieder in die Richtung, aus der sie hergekommen waren. Frederich blieb noch für einige Momente in seiner Deckung. Ein dunkelhäutiger, stabil gebauter Mann mit Dreadlocks und in einem farbenfrohen, ärmellosen Shirt kam Haargersen auf dem Pfad entgegen. Der Mann hielt an, als Haargersen an ihm vorüberging, und starrte ihm noch eine ganze Zeit lang nach. Frederich teilte seinen Argwohn. Wie es aussah, war Haargersen das Versteckspiel leid. Er wirkte ganz wie jemand, der den Entschluss getroffen hatte, sich mit seinem Notgroschen davonzumachen.

Während Frederich ungeduldig abwartete, dass der Mann mit den Dreadlocks verschwand, kam ihm eine jähe Eingebung. Er zückte sein Handy, um zu prüfen, ob es neue Nachrichten zu seinem Einsatz gab. Er fuhr zusammen, als er die bereits drei Stunden alte Mitteilung des Liga-Nachrichtendienstes las, die über die verschlüsselte Verbindung eingegangen war: „Vidrik verschwunden. Zuletzt gesichtet beim Boarding eines Linienflugs nach Kopenhagen. Einsatz mit erhöhter Vorsicht fortsetzen."

Vidrik hob den Kopf, spähte über den Lauf seines Scharfschützengewehrs und kaute auf seiner Unterlippe. Wohin zur Hölle war Abel so plötzlich verschwunden? Gerade war er noch dort vorne bei dem Baumstamm gewesen. Dann war ihm der Hippie mit den verfilzten Haaren in den Weg gekommen und hatte ihm die Sicht verdeckt.

Er richtete den Blick zurück zu Haargersen, der sich über den Fußweg entfernte. Er durfte nicht riskieren, dass der Mann ihm durch die Finger schlüpfte. Widerwillig erhob er sich, nahm sein Gewehr und machte sich an den Rückweg zwischen den Bäumen. Er folgte dem Verlauf des Flusses, bis er eine geeignete Position fand, an der er sich ausstreckte und erneut über seine Waffe spähte. Da war er. Haargersen überquerte gerade die Brücke. Wohin er sich anschließend wandte, würde Vidriks nächsten Zug bestimmen. Er umklammerte den Griff seiner Waffe fester und bereitete sich auf den Schuss vor. Haargersen wandte sich nach rechts. Für einige Sekunden verschwand er hinter den Bäumen, bevor er auf der anderen Seite wieder hervorkam, schnurstracks auf seine Hütte zuhielt und im Inneren verschwand. Eine Minute verging, ohne dass sich etwas rührte. Dann eine weitere. Vidrik wartete, den Finger am Abzug.

Frederich schaffte es gerade noch rechtzeitig, die Hintertür zu Haargersens Hütte aufzustemmen und ins Innere zu huschen, während Haargersen sich an der Vorderseite bereits näherte. Er war völlig durchnässt. Das Blut pochte in seinen Adern und sein Herz schlug wie ein Presslufthammer. Er nahm einen tiefen Atemzug und versuchte sich zu sammeln. Die Benommenheit tobte in seinem Inneren wie ein Sandsturm. Er stand kurz davor, das Bewusstsein zu verlieren. Gerade noch gelang es ihm, sich Halt an der Wand neben dem Bett zu verschaffen. Der lange Sprint durch die Wälder, gefolgt vom Tauchgang durch den Fluss, dazu die Droge und die Last auf seinem Rücken ergaben einen gefährlichen Cocktail. Auch die Rippenprellung von Schefflers Schlägen machte sich durch die Anstrengung wieder bemerkbar. Die Umstände hatten ihm keine Wahl gelassen, als es auf diese Weise zu versuchen.

Ein dumpfes Geräusch erklang von der Vordertür. Frederich zückte seine Pistole. Schnelle, laute Schritte drangen aus dem Flur heran. Dann erschien Haargersens Umriss im Türrahmen.

„Keine Bewegung!", stieß Frederich aus, die Waffe angelegt, den Rücken zur Wand. „Keinen Schritt weiter."

Haargersen fuhr zusammen. Seine Augen wurden weit und sein Unterkiefer sank herab.

„Wer …", begann er.

„Mund halten und zuhören", fiel Frederich ihm ins Wort. „Ich bin nicht hier, um Sie zu töten. Meine Befehle lauten, Sie gehen zu lassen, sobald Sie mir verraten haben, wer Ihre Freunde sind."

„Was?", stammelte Haargersen. „Freunde? Welche Freunde?"

Frederich wartete. Nachdem einigen Momenten ließ Haargersen die Schultern hängen.

„Ich verstehe", brachte er mit leiser, ausdrucksloser Stimme hervor. „Die Liga der Vergeltung hat Sie hergeschickt, nicht wahr?"

„So ist es."

Haargersen zögerte. Er durfte keine Zeit bekommen, um sich Lügen auszudenken.

„Reden Sie", stieß Frederich aus. „Jetzt sofort!"

Haargersen hob den Blick. „Und Sie werden mich auch wirklich gehen lassen, wenn ich Ihnen sage, was Sie wissen wollen?"

„Ja."

„Nein! Nein, das werden Sie nicht. Sie werden mich so oder so töten."

„Wir sind hinter den Leuten her, für die Sie arbeiten", erklärte Frederich langsam und drohend. „Wir wollen Ihre Auftraggeber. Auch Ihre ‚Freunde' wissen, dass Sie ein Risiko darstellen. Ich nehme an, das ist der Grund, warum Sie sich hier draußen verstecken. Bestimmt sind sie bereits auf Ihrer Spur. Also. Das hier ist Ihre einzige Chance, lebend aus der Sache rauszukommen. Vergeuden Sie sie nicht."

Eine lange Pause folgte.

„Was wollen Sie wissen?", fragte Haargersen niedergeschlagen.

„Alles", sagte Frederich. „Fangen Sie mit dem Anfang an."

Haargersen senkte den Blick und atmete tief durch. „Mit dem Anfang, hm? Okay. Darf ich mich wenigstens setzen?"

„Nein. Sie dürfen reden."

Haargersen seufze und vollführte eine hilflose Geste mit den Händen.

„Sie haben mich vor etwa einem Monat kontaktiert", brachte er widerwillig hervor. „Sie sagten, sie hätten einen Weg gefunden, um die Tyrannei der Liga zu beenden, und ich könnte ihnen dabei helfen. Die Liga treibt die Welt auf einen Abgrund zu. Auf einen wirtschaftlichen Kollaps. Sie wollten eine Gegenorganisation aufbauen, um eine Katastrophe zu verhindern. Sie sagten, sie hätten bereits alles vorbereitet. Sie hätten Informationen, wo man die Liga treffen muss, um ihr so viel Schaden wie möglich zuzufügen. Kalakia sollte durch ein Attentat getötet werden. Er und seine wichtigsten Soldaten. Mein Job war es nur, den Angriff auf eine Ausbildungseinrichtung in der Schweiz zu organisieren. Das Ziel war Vincent Scheffler. Er und möglichst viele seiner Rekruten."

„Und zu all dem haben Sie einfach ‚Ja' gesagt?"

Wieder warf Haargersen die Hände in die Luft. „Was hätte ich denn tun sollen? Es war kein Zufall, dass sie sich an mich gewendet haben. Meine Ansichten zur Liga der Vergeltung sind bekannt. Wissen Sie eigentlich, was Ihre ‚Liga' der Welt antut? Welches Leiden …"

„Rührend“, unterbrach ihn Frederich. „Ein Idealist also. Soll ich einen Blick in Ihre Sporttasche werfen?“

Haargersen ließ ein gequältes Stöhnen hören. „Ja, sie haben mich bezahlt“, gestand er ein. „Sehr gut sogar. Aber das bedeutet nicht …“

„Wer hat Sie kontaktiert?“, presste Frederich zwischen den Zähnen hervor. „Von wem haben Sie Ihre Anweisungen erhalten?“

„Ich weiß nicht, wer sie ist“, beteuerte Haargersen. „Sie sagte, ihr Name wäre Tina. Wir haben ein paar Mal miteinander telefoniert. Nur einmal kam sie persönlich hier nach Kopenhagen, um mich zu treffen. Das Geld war schon am nächsten Tag auf meinem Konto. Sie hat mir ein Handy gegeben, über das sie mich erreichen können. Mit einer verschlüsselten Verbindung. Die ganze Operation war mit möglichst kurzem Vorlauf geplant, damit sie nicht aufgedeckt wird.“

Frederich dachte nach. Dann schüttelte er den Kopf. „Das reicht mir nicht“, erklärte er. „,Tina‘? Was soll ich damit anfangen? Ich brauche mehr. Irgendetwas Greifbares.“

„Sie sagte, Sie wäre eine Anwerberin.“ Haargersens Tonfall wurde verzweifelt. „Britin. Gut aussehend. Ernste braune Augen. Extrem fit. Kurz rasierte braune Haare. Olivfarbene Haut.“

„Immer noch nicht genug.“ Frederich hob drohend die Pistole.

„*Shit*! Okay. Okay!“ Haargersen hob die Hände. „Ich … ich habe Fotos von ihr. Ich habe einen Privatdetektiv auf sie angesetzt, weil ich wissen wollte, mit wem ich es zu tun habe. Als Vorsichtsmaßnahme. Er hat sie verfolgt. Nach Russland. Sotschi. Sie hat dort ein paar Männer in einem Café getroffen. Hier.“ Haargersen schob die Sporttasche mit dem Fuß in Frederichs Richtung. „Die Fotos sind hier drin. Sie können sie haben. Auch das Handy. Da drin ist alles eingespeichert. Unterlagen. Chat-Protokolle. Das hilft Ihnen doch, oder?"

Frederich nickte. „Schon besser."

„Bitte töten Sie mich nicht." Haargersens Lippen zitterten. Sein Körper sank immer weiter in sich zusammen, so als überwältige ihn der Gedanke an den Tod. Tränen füllten seine Augen. „Bitte", schluchzte er.

„Ich werde Sie nicht töten. Nicht, wenn Sie mit mir kooperieren. Ich will sehen, was in der Tasche ist." Mit der Waffe winkte Frederich zu einem abgenutzten Tisch vor dem Fenster.

Haargersen schniefte. Er ließ die Hände sinken, ergriff die Tasche, legte sie auf den Tisch und öffnete den Reißverschluss. Bitte, signalisierte er. Frederich trat vor. Er senkte den Kopf, um im spärlichen Licht etwas zu erkennen. Zwei Kugeln durchschlugen in schneller Abfolge das Fenster. Das Letzte, was Frederich spürte, war ein stechender Schmerz in seinem Rücken, als er und Haargersen zu Boden stürzten.

Vidriks Haut glühte und prickelte. Er blinzelte immer wieder, unfähig, seine Aufregung zurückzuhalten. Was für ein Glücksfall! Wie war Abel plötzlich mitten in sein Schussfeld geraten? Eine ganze Weile lag er still und versuchte zu verstehen, was gerade geschehen war. Dann zuckte er mit den Schultern und machte sich daran, sein Gewehr zu zerlegen. Wen interessierte das „Warum"? Abel war Geschichte! Nur darauf kam es an.

Mit der Tragetasche auf der Schulter machte sich Vidrik auf den Rückweg zwischen den Bäumen. Er hatte seinen Wagen direkt gegenüber von Christiania am Straßenrand geparkt. Wenn die Polizei eintraf, um den Tatort zu untersuchen, würde

er schon längst über alle Berge sein. Vielleicht sogar schon außer Landes. Bis Südfrankreich war es eine lange Fahrt.

Er erreichte den Pfad zur Stadt, versicherte sich mit einem
Blick in beide Richtungen, dass ihn niemand sah, und durch-
querte dann im Schutz der Bäume den Rand von Christiania.
Er trat durch den Ausgang und schlenderte gelassen zu seinem
Auto auf der anderen Straßenseite. Nachdem er die Tasche im
Kofferraum verstaut hatte, stieg er ein und fuhr davon. Mit
den Zähnen, eine Hand am Lenkrad, versuchte er den zweiten
Handschuh auszuziehen. Das Summen seines Handys zwang
ihn, seine Bemühungen zu unterbrechen. Er warf einen arg-
wöhnischen Blick auf das Display. Unterdrückte Nummer.
Stirner? Er nahm den Anruf an und wartete, ohne ein Wort zu
sagen.

„Danke, Vidrik“, sagte die Stimme am anderen Ende. „Du
hast mir da eben echt geholfen. Du weißt schon. Haargersen,
der abhauen wollte. Und dann auch noch zu wissen, dass du
mit einem Gewehr in diesen Büschen herumkriechst. War ein
ziemliches Dilemma für mich, wirklich. Wenn Haargersen davongekommen wäre, hätte er mich identifizieren können.
Gleichzeitig musste ich auch noch dich loswerden. Aber dan-
kenswerterweise hast du ja beide Probleme auf einen Schlag für
mich gelöst.“

Vidrik starrte auf die Straße. Der Raum zwischen seinen
Schläfen wurde weiß und leer. Bevor er wusste, was geschah,
zitterten seine Hände. Sein ganzer Körper wurde taub. *Abel.
Am Leben. Aber wie?*

„Du …“, begann er. Worte genügten nicht, um auszudrücken, was er empfand.

„Mach dir nicht zu viele Vorwürfe“, tröstete ihn die Stimme.
„Es war nicht alles mein Verdienst. Kalakia hat geahnt, dass du
irgendetwas Dummes tun wirst, also hat er dich beschatten las-

sen. Falls das überhaupt nötig war. Ich konnte dich zwischen diesen Bäumen *riechen*. Auch deine Schussposition war nicht besonders gut gewählt."

Vidrik hatte auf einmal Mühe, zu atmen. Sein Fuß löste sich vom Gaspedal. Der Wagen wurde immer langsamer. Irgendwann fing der Fahrer hinter ihm an zu hupen.

„Ich sage dir: Ein Tauchgang in einer Keramik-Schutzweste ist kein Vergnügen", fuhr Frederich weiter fort. „Du musst besser auf deine Situationsübersicht achten, Vidrik. Bestimmt gibt es dafür in Schefflers Ausbildungseinrichtung Nachhilfekurse. Es ist schon ziemlich peinlich, dass ich den Fluss direkt vor deinen Augen einfach so durchqueren konnte."

„Du …" Vidrik atmete heftig ein. „Wenn ich dich zu fassen kriege …"

„Ja, ja. Darüber kannst du dir Gedanken machen, nachdem Kalakia mit dir fertig ist."

Der Anruf endete abrupt. Vidriks Wagen rollte langsam von der Straße, bis er heftig in die Bremsen trat. Das Schütteln, das durch seinen Körper ging, verselbstständigte sich. Ihm war, als stände sein gesamtes Inneres in Flammen. Schließlich blieb ihm nichts mehr übrig, als den Kopf zurückzuwerfen und aus vollen Lungen seinen Frust herauszubrüllen. Mit den Fäusten drosch er immer wieder auf das Lenkrad ein, während eine unbeschreibliche Raserei ihn überkam.

Frederich ließ das Handy sinken, lehnte sich zurück und lachte leise in sich hinein, bis der Schmerz in seinem Rücken ihn zusammenfahren ließ. Er hatte großes Glück gehabt, dass das Geschoss seine Wirbelsäule verfehlt hatte. Der Fahrer mit dem Pferdeschwanz versicherte sich mit einem Blick in den Rückspiegel, dass alles in Ordnung war, und richtete seine Aufmerksamkeit dann wieder auf die Straße. Der Liga-Mitarbeiter hatte allen Grund, sich über ihn zu wundern, dachte Frederich. Er war immer noch von Kopf bis Fuß durchweicht. Die Blicke des Mannes störten ihn nicht. Das Wichtigste war, dass er der *anderen* Art von Aufmerksamkeit entkommen war. Fast jeder auf dem Weg in Christiania hatte ihn angestarrt, als er sich über den Zaun auf den Fußpfad geschwungen hatte, seinen eigenen Rucksack auf dem Rücken und Haargersens Sporttasche in der Hand. Glücklicherweise hatte der Wagen der Liga schon bereitgestanden, um ihn abzuholen.

Frederich fuhr sich mit der Hand durch die Haare, die allmählich wieder trockneten, und richtete seine Aufmerksamkeit auf Haargersens Tasche, die neben ihm auf der Rückbank lag. Er öffnete den Reißverschluss und durchsuchte sie. Haargersen hatte nicht gelogen. Er fand einen Stapel Fotos, zusammengehalten von einem Gummiband. Darüber hinaus enthielt die Tasche einen IBM-Laptop, das erwähnte Smartphone mit der sicheren Verbindung, einen leichten grauen Kaschmir-Pullover und Haargersens Notgroschen: einen dicken Stapel 50-Euro-Scheine.

Frederich nahm die Fotos aus der Tasche, löste das Gummiband und blätterte durch die Aufnahmen. Die ersten Bilder zeigten eine Frau, bei der es sich um „Tina" handeln musste. Auf diesem hier ließ sie sich gerade in den Fahrersitz einer weißen Limousine gleiten. Zwei Dinge waren sofort unverkennbar: Erstens, mit ihr war nicht zu spaßen. Zweitens, sie war tatsächlich körperlich in Topform. Das erste Foto zeigte, wie sie eine Straße überquerte. Sie trug schwarze Stilettos, eng anliegende graue Hosen und einen Kaschmir-Pullover. Auf dem zweiten Bild stieg sie aus einem Auto. Ihr Gesicht war gut zu erkennen. Frederich musterte den entschlossenen Blick und die zusammengepressten Lippen. Der Reiz, der von ihr ausging, war unübersehbar. Selbst die Aufnahmen erweckten in ihm das Verlangen, ihr irgendwann einmal persönlich zu begegnen.

Der zweite Satz Fotos musste, der russischen Beschriftung auf einem Schaufenster im Hintergrund nach, in Sotschi aufgenommen worden sein. „*Rose's Café*" verkündete ein Schild. Wieder lag der Fokus auf der Dame namens Tina, die vor einem Café, inmitten der verwischten Umrisse von Passanten, einem Mann die Hand schüttelte. Frederich musterte den Kerl. Er musste etwas fünfundsechzig Jahre alt sein und sah aus wie ein Relikt der 1970er. Er hatte einen runden Bauch, einen vollen Schopf ergrauender Haare und einen dicken Schnäuzer. Als wäre dies noch nicht genug, trug er ein kurzärmeliges braunes Shirt im Vintage-Stil und cremefarbene Cordhosen.

Für wen auch immer der Mann arbeitete: Er war unverkennbar wichtig. Er wirkte fast schon übermäßig selbstbewusst, so als sei er öffentliche Auftritte gewohnt. Tina schien, das musste man ihr zugutehalten, von seiner Ausstrahlung vollkommen unbeeindruckt. Auf jeder Aufnahme hielt sie ihren Körper stolz und aufrecht und ihr Kinn erhoben. Die Bilderserie zeigte, wie die beiden nach dem Abschluss der Begrüßung einige Worte miteinander wechselten und dann gemeinsam im Café verschwanden. Nachdem Frederich jede einzelne der Aufnahmen mehrfach inspiziert hatte, fotografierte er sie mit seinem Handy ab und schickte sie verschlüsselt an die Liga. Sein Bauchgefühl verriet ihm, dass sich der Nachrichtendienst brennend für den Burschen interessieren würde. Er schob den Fotostapel wieder in die Sporttasche, lehnte sich zurück und schloss die Augen, um sich zu entspannen. Bis nach Berlin war es noch ein weiter Weg.

30

Hubschrauber ratterten über den noch dunklen morgendlichen Himmel und gingen nacheinander auf der Bergflanke in den Schweizer Alpen nieder. Jede Welle brachte einen weiteren der vier Liga-Generäle, zusammen mit Dutzenden seiner ergebensten Soldaten. Von der Landezone aus wurden die VIPs zum Eingang der Bergfestung eskortiert, wo Kalakia sie inmitten seiner Leibwächter persönlich in Empfang nahm. An seiner Seite stand neben Francois auch Vincent Scheffler, der in letzter Minute ebenfalls eine Einladung erhalten hatte. Dank der nahe gelegenen Ausbildungseinrichtung hatte er von allen Versammelten die kürzeste Anreise gehabt. Kalakia begrüßte jeden der Anführer mit einem kräftigen Händedruck und bat sie, einzutreten. Als Letzter traf Dastan Navolov ein. Der General Asiens trug ein breites Grinsen auf dem Gesicht. Mit Daumen und Zeigefinger brachte er seinen buschigen Schnauzbart in Form, beschleunigte seine Schritte und legte Kalakia die Hand auf die Schulter, als sie einander begrüßten.

„Ich bitte um Verzeihung für die Verspätung", sagte Navolov. „Ich musste mich in Sotschi um einige dringende Angelegenheiten kümmern."

„Kommen Sie, Dastan", sagte Kalakia, nicht ohne die Waffe zu bemerken, die Navolov im Gürtelholster unter seinem braunen Hemd trug. „Die anderen warten schon."

Navolov trat an ihm vorüber. Kalakia warf einen Blick zum Anführer seiner Wächter, der nickend bestätigte, dass der Außenbereich gesichert war.

„Alles klar, Sir", sagte der Soldat. „Das Scharfschützen-Team ist in Position. Die Späher melden: alles sicher."

Kalakia nickte und wandte sich ebenfalls zum Eingang. Seite an Seite folgten er und Navolov dem Höhlentunnel. Sie passierten eine Reihe von Durchgängen zu ehemaligen Munitions- und Waffenlagern und erreichten schließlich die spärlich beleuchtete Höhle, in der Kalakia die Versammlung einberufen hatte. Navolov schien einen Augenblick zu zögern, als er die ungewöhnliche Sitzordnung bemerkte. Die drei übrigen Generäle blickten ihnen von nebeneinander aufgereihten Stühlen entgegen. Im rechten Winkel dazu saßen steif, die Hände auf den Schenkeln und mit finsteren Gesichtsausdrücken, die Mitglieder des Konzils. Entlang der Höhlenwände stand ein stummes Publikum aus Soldaten verschiedenster Ränge.

Nachdem er Navolov seinen Platz zugewiesen hatte, trat Kalakia ins Zentrum der Versammlung. Seine Haltung war selbstsicher und aufrecht. Er hielt seine Arme locker an den Seiten, die Schultern entspannt und das Kinn erhoben. Schweigend musterte er nacheinander seine vier Generäle, wobei er sich die Laufbahn jedes Einzelnen ins Gedächtnis rief. Nanda Diop, der hagere Sambier und General Afrikas. Ein taktisches Genie, dem es gelungen war, die meisten Stammesmilizen und kriminellen Gruppen auf dem Kontinent zu vereinen und zur Treue gegenüber der Liga zu verpflichten. Falk Braun, der General Europas. Von einem einfachen Straßenkämpfer hatte er sich zu einem von Kalakias wichtigsten Mitstreitern für den Aufstieg zur globalen Dominanz der Liga entwickelt. Dastan Navolov, der General Asiens. Anfangs noch ein kleiner Mafioso, hatte er ohne Skrupel seinen eigenen Boss getötet und Hunderte Mitglieder seiner Gruppierung überzeugt, zur Liga überzulaufen. Johnny Fez, der schwerreiche frühere Kartellboss und heutige General Amerikas, war aus einem jahrelangen brutalen Krieg mit anderen Drogenkartellen als Sieger hervorgegangen und hatte in der Liga eine höhere Berufung gefunden.

„Meine Herren“, begann Kalakia mit seiner durchdringenden, wohltönenden Stimme, deren Echo durch die Kaverne hallte. „Ich werde keine Zeit verschwenden. Dies sind denkwürdige Tage. Wir blicken in den Abgrund. Die Liga ist einem groß angelegten Angriff ausgesetzt, wie wir ihn noch nie zuvor erlebt haben. Unser Feind hat uns dort getroffen, wo wir am verwundbarsten sind. Er hat seine Eröffnungssalve abgefeuert. Und nicht alle der Verluste, die wir zu beklagen haben, betreffen Tote oder Verwundete. Wie Sie sicher bereits wissen, ist Horst Stirner, ein Mitglied unseres eigenen Konzils, zum Feind übergelaufen.“

Dastan Navolov spuckte auf dem Boden aus, als Stirners Name fiel, und ließ einige gemurmelte Schimpfwörter auf Russisch folgen. Kalakia beachtete ihn nicht. Er fing an, langsam auf und ab zu gehen, bevor er weitersprach.

„Unsere Lage ist wie folgt“, erklärte er. „Unser erster Grund zur Sorge ist die Organisationsform unseres Feindes. Wie es aussieht, haben sie hierfür unsere eigene Struktur kopiert. Wir haben es mit jemandem zu tun, der herausragende nachrichtendienstliche Arbeit und größtmögliche Geheimhaltung mit einem ausgedehnten und schlagkräftigen Söldner-Netzwerk kombiniert. Ein solches Modell kann, wie wir wissen, äußerst effektiv sein, solange es auf zeitlosen Werten wie Wahrhaftigkeit und Ehre gegründet ist. Ohne ein Fundament belastbarer Prinzipien kann keine Organisation den Test der Zeiten überdauern. Und genau darin unterscheiden wir uns von diesen seelenlosen Feiglingen. *Nichts* kann uns aufhalten, wenn wir unserem Auftrag in der Welt die Treue halten und in dieser Sache standhaft und geschlossen bleiben. Unsere Liga, unsere Entschlossenheit ruhen auf unerschütterlichen Grundfesten. Der Ansturm unserer Feinde wird an uns zerbrechen wie eine Welle an einer Felsenklippe."

Die Männer blieben still. Nur Dastan Navolov nickte nachdrücklich und warf feurige Blicke in die Runde. „So und nicht anders wird es sein", bekräftigte er. „Ich werde mir die Schädel dieser Dreckskerle als Trophäen holen!"

Kalakia unterbrach seine Wanderung durch die Kaverne und verschränkte die Hände hinter dem Rücken. Navolov und seine Männer hielten ihre Augen stumm auf ihn gerichtet.

„Ja", sagte Kalakia langsam und wandte sich zu Navolov. „Wir werden größte Härte zeigen. Unser Sieg erfordert eine Führung, die fest zusammensteht. Im Krieg ist innere Spaltung unser größter Feind. Die Korruption von Führungspersonal ist wie ein Krebs, der aus dem Körper dieser Organisation geschnitten werden muss. Stirner wird sich bald genug daran erinnern."

Die Generäle nickten zustimmend. Kalakias Blick war noch immer auf Navolov gerichtet. Langsam trat er auf den General Asiens zu.

„Und wie ein Krebs, der an einer einzigen Stelle beginnt, kann auch die Korruption bis in die wichtigsten Organe eines Körpers streuen."

Kalakia trat noch näher an Navolov heran. Seine Haut begann zu kribbeln.

„Sie kann sich von der höchsten Führungsriege bis in alle Ränge ausbreiten", fuhr er fort, nun mit einem Grollen in der Stimme. Ein Feuer loderte in seiner Brust und erfasste immer weitere Teile seines Körpers. Navolov warf nervöse Blicke um sich, bevor er wieder zu Kalakia aufsah.

„Bis in die Herzen derer, denen wir vertrauen!“, brüllte Kalakia.

Er war nun so nah an Navolov herangetreten, dass er fast sein Spiegelbild in Navolovs vor Entsetzen geweiteten Augen sehen konnte. Navolov begann, sich aus seinem Stuhl zu erheben, als Kalakia das Jagdmesser aus seiner Jackentasche zog.

„Du Schwein!“, bellte Kalakia, den Griff des Messers fest umklammert.

Seine nächste Bewegung war blitzschnell. Noch während Navolovs Hand zu seinem Holster ging, rammte ihm Kalakia das Messer in die Kehle. Er lehnte sich gegen den Griff und drehte die Klinge, bis sie in Navolovs Genick wieder hervorkam. Navolov gurgelte, krächzte und spuckte Blut. Seine Augäpfel traten aus den Höhlen. Kalakia, das Gesicht zu einer wilden Grimasse verzogen, starrte direkt in sie hinein. Er sah und hörte, wie die anderen Generäle alarmiert aufsprangen. Von überallher drangen Schreie des Protests heran. Francois, Scheffler und ein Wächter stürzten vor und richteten ihre Pistolen auf die Köpfe der Generäle.

„Keine Bewegung!“, brüllte Scheffler.

Warmes Blut sprühte aus Navolovs Kehle und lief über Kalakias Arm. Mit einem Ruck befreite er das Messer und ließ Navolovs blutüberströmten, leblosen Körper vornüber auf den Boden fallen. Einige der Generäle standen vor Schreck wie erstarrt. Andere hatten ihre Pistolen gezückt, genau wie viele der ungläubig starrenden Soldaten ringsum. Es war der entscheidende Moment. Kalakia ließ sein Messer auf den Boden fallen, hob die Arme und breitete die Hände zu den Seiten aus.

„Falls irgendjemand vorhat, seinen General zu rächen, soll er es jetzt tun!“, rief er. „Wer von euch sein Vertrauen in mich verloren hat, feuere die erste Kugel ab! Zeigt mir eure Ehre!“

Kalakias gesamter Körper zitterte vor Zorn. Diejenigen, die ihre Waffen gezogen hatten, zögerten.

„Tut es!", donnerte Kalakia mit all seiner Macht.

Stille senkte sich über die Höhle. Die Zeit schien zu einzufrieren. Kalakia wartete. Mit jeder Faser seines Körpers erwartete er den Einschlag der Kugel. Ein einziger abtrünniger Soldat, und er war tot. Dutzende von angespannten Kriegern, die Waffen gezückt, die Ausdrücke finster, die Blicke unsicher, starrten ihm entgegen. Kalakia drehte sich langsam im Kreis, die Hände immer noch erhoben. Der tödliche Schuss konnte von überallher kommen. Eine gefühlte Ewigkeit hielt die Spannung an. Dann erklang ein klackendes, metallisches Geräusch. Der erste Soldat ging in die Hocke und legte seine Waffe vor sich auf den Boden. Nach einer kurzen Pause folgte das leise Scheppern einer zweiten Waffe. Immer mehr Soldaten schlossen sich der Geste an. Kalakia bedachte einen nach dem anderen mit einem grimmigen Blick. In seinen Augen glühte die Herausforderung, zu tun, was getan werden musste, zu wagen, was sie glaubten wagen zu müssen. Nach einiger Zeit steckten alle Waffen entweder wieder in den Holstern oder lagen vor ihm auf dem Höhlenboden. Kalakia atmete tief in seine Magengrube, hielt inne und fing sich wieder. Er spürte, dass das Schlimmste überstanden war. Er wandte den Kopf zur Seite, ohne sich umzudrehen.

„Tötet sie", befahl er ohne jede Gefühlsregung über seine Schulter.

Drei seiner Leibwächter traten vor. Drei Schüsse erklangen. Blut spritzte, als die Körper der drei übrigen Generäle tot zusammenbrachen, ein jeder mit einer Kugel im Kopf. Als Nächstes wandte sich Kalakia dem Konzil zu. Die alten Männer ahnten, was ihnen bevorstand. Boris Parkishkov hielt sein Kinn trotzig erhoben. Er konnte trotzdem nicht verhindern, dass seine Lippen bebten. Richard DeLauer saß auf der Vorderkante seines Stuhls und bedachte Kalakia mit einem Blick, in dem alle Abscheu lag, zu der er in der Lage war. Die übrigen Mitglieder zitterten in Stille.

„Das Konzil ist hiermit aufgelöst", erklärte Kalakia kühl. „Es wird ersetzt durch eine neue Führung, die besser für Kriegszeiten geeignet ist. Eine, die noch nicht durch Gier und Geltungsdrang verdorben ist."

Entsetztes Stöhnen und Gejammer erhob sich aus den Reihen des Konzils. Niemand wagte es, sich zu erheben.

„Wir hatten nichts damit zu tun!", kreischte DeLauer. „Wie oft müssen wir noch schwören, dass wir nichts von dieser Sache wussten?"

„Das Konzil ist eine Einheit", sagte Kalakia ruhig. „So wie unsere Generäle. Ihr tragt den Verdienst für die Erfolge eurer Kameraden und die Schuld für ihr Versagen. Darum teilt ihr auch das gleiche Schicksal."

Im neu einsetzenden Protestgeschrei verschränkte Kalakia die Hände hinter dem Rücken und nickte. Seine Leibwächter traten vor und richteten ihre Gewehre auf die Sitzenden.

„Wir sagten doch: Wir haben mit der Sache nichts zu ..."

Das nachfolgende Geratter hallte ohrenbetäubend von den Höhlenwänden wider. Die Köpfe der acht alten Männer wurden vom Einschlag der Kugeln wild herumgeworfen, bis ihre toten Körper in den Stühlen zusammensanken. Nur einer rührte sich noch. Boris Parkishkov, der im Gesicht getroffen worden war, zuckte schwach und rang krächzend um Atem. Der verantwortliche Schütze trat vor und beendete seinen Kampf mit einer weiteren Kugel.

Kalakia senkte den Kopf. Niemand sprach ein Wort. Die Echos der Schüsse, das Fiepen in den Ohren aller, klangen langsam aus. Er rührte sich nicht von der Stelle. Eine volle Minute lang verharrte er in absoluter Stille. Eine Minute lang, in der es niemand wagte, das Wort zu erheben oder sich zu rühren, zollte Kalakia den Toten rings um ihn herum Respekt; den verdienten Mitstreitern, die er für das Wohl der Liga hatte opfern müssen. Er hatte alle anderen Möglichkeiten abgewogen: Ausschluss aus der Liga, Inhaftierung, sogar einen Prozess, um die Schuld der Betroffenen festzustellen. Die meisten der Gefallenen hatten ihn von Anfang an auf seinem Weg begleitet. Sie hatten alles für die Liga gegeben. Der Gedanke daran, das Konzil und die Generäle auszulöschen, hatte bei ihm Schweißausbrüche ausgelöst. Dann aber hatte ihm der Nachrichtendienst die Aufnahmen von Navolovs Treffen in Sotschi vorgelegt. Das war das Ende seiner Unentschlossenheit gewesen. Tief in seinem Inneren hatte er von Anfang an gewusst, welcher Handlungspfad der richtige war. Der letzte Beweis hatte ihm die Kraft dafür gegeben, den Plan auch wirklich auszuführen.

Er straffte sich und wandte sich zu seinen versammelten Kriegern. Es war Zeit für seine Schlussansprache.

„Soldaten der Liga", verkündete er laut. „Ich trage die Verantwortung für alles, was heute hier geschehen ist. Unsere Führung hat euch im Stich gelassen. *Ich* habe euch im Stich gelassen. Doch wir befinden uns im Krieg. Wir müssen uns so schnell wie möglich neu formieren, wenn wir ihn gewinnen wollen. Heute haben wir damit begonnen, das Alte zu beseitigen, um eine Phase der Erneuerung einzuleiten. Noch an diesem Tag setzen wir eine neue Führung ein. Einen Leitungsstab aus fähigen, verdienten Männern, die uns erlauben werden, unserer Liga Ordnung, Stärke und ihre *Bestimmung* wiederzugeben. Und sobald wir gemeinsam unseren Feind bezwungen haben …"

Kalakia verstummte und musterte die Ausdrücke der Männer. Die Soldaten hingen an seinen Lippen. Ihre Gesichter verrieten Furcht und Zweifel.

„… werde ich zurücktreten", fuhr er fort, „um den Weg für eine neue Ära frei zu machen."

Lautes Gemurmel erhob sich unter den Soldaten.

„Die Liga der Vergeltung wird niemals untergehen!", rief Kalakia und hob eine Faust in die Luft, um ihre Aufmerksamkeit zurückzugewinnen. „Wir sind die Löwen in einer Welt der Schafe. Wir fürchten weder Kampf noch Tod. Wenn dieser Krieg gewonnen ist, wird unsere Erneuerung abgeschlossen sein. Wir werden stärker und schlagkräftiger zurückkehren, als wir es jemals waren. Ein neues Oberhaupt wird uns in eine neue Ära des Friedens und der Gerechtigkeit führen, wie sie diese Welt noch nicht gesehen hat. Die Liga, unsere Doktrin mit ihren unsterblichen Prinzipen, wird all das schaffen, was sterbliche Menschen niemals könnten. Nur die Liga garantiert Gerechtigkeit! Wir sind die einzige Verteidigungslinie zwischen Wohlstand und Chaos!"

Erste Jubelrufe erklangen in der Kammer. Kalakia hob die Hände und sorgte für Stille, um seine Worte einsinken zu lassen.

„Das nächste Oberhaupt wird seine Dienstzeit damit beginnen, ein neues Konzil einzuberufen", fuhr er fort. „In dieser Zeit des Krieges brauchen wir keine weisen alten Männer. Wir brauchen Krieger. Wir brauchen Könige! Seht nun die neuen Generäle, die ich aus euren Rängen bestimmt habe, um uns in diesem Kampf mit ihrem exzellenten Beispiel anzuführen. Ich erwarte von jedem hier, dass er bereit ist, seine *Pflicht* zu tun. Marco Lessio", stieß er aus. „Ich rufe meinen neuen General Amerikas!"

Die Gesichter der Versammelten wandten sich zum Angesprochenen, der aus der Menge der Soldaten vortrat. Er trug schwarze Hosen, ein schwarzes, ärmelloses Shirt und strich sich mit der Hand über die kurzen schwarzen Haare. Nachdem er die tätowierten Arme vor der Brust verschränkt hatte, hob er das Kinn und nickte Kalakia zu.

„Tamju Lau“, verkündete Kalakia als Nächstes. „Ihnen übertrage ich die Verantwortung für Asien. Mögen Sie in Ihrer Weltregion als General Ordnung und Ehre wiederherstellen.“

Lau in seinem schwarzen Anzug stand bereits in vorderster Reihe. Seine ergrauenden Haare und sein Oberlippenbart waren akkurat zurechtgestutzt. Er legte sich eine Hand auf die Brust und senkte den Kopf. Kalakia nickte zurück. Er war sich sicher, in Lau eine gute Wahl getroffen zu haben. Lau war das genaue Gegenteil von Navolov. Er war bescheiden, ausgeglichen und griff nur dann zu Gewalt, wenn es taktisch vorteilhaft war.

„Daps Limbaba“, rief Kalakia. „Ich weiß, dass Sie mit Ihrer ungezähmten Kraft und dem stolzen Erbe Ihrer Familie ein starker Führer Afrikas sein werden.“

„Bis zu meinem Tod!“, stieß der neu ernannte General mit seiner rauen, dröhnenden Stimme aus.

„Ihr Vater wäre stolz auf Sie“, fügte Kalakia hinzu. Limbaba schloss die Augen und senkte den Kopf.

„Vincent Scheffler“, erklärte er als Nächstes. „Sie werden in Europa die Führung übernehmen.“

Schefflers Gesicht erhellte sich in aufrichtiger Überraschung. Kalakia bedachte ihn mit einem eindringlichen Blick. Nach kurzem Zögern ließ der anfängliche Schreck nach. Schefflers Züge entspannten sich. Auch er senkte ergeben den Kopf.

Kalakia atmete tief durch. Scheffler war seine riskanteste Wahl. Vielleicht kam die Beförderung noch zu früh, doch es gab nur wenige Männer, denen er mehr vertraute. Er hoffte, dass die Veränderung zum Guten, die er an ihm seit dem Anschlag auf die Ausbildungseirichtung beobachtet hatte, von Dauer war. Falls Scheffler seine gewalttägigen Ausbrüche unter Kontrolle brachte, hatte er das Potenzial, zu einem klugen und fähigen Anführer zu werden. In allem anderen hatte er die Beförderung nicht weniger verdient als irgendjemand sonst in der Runde. Er gehörte zur militärischen Elite, war ein treuer Soldat und, was noch wichtiger war: Er wurde von Hunderten verdienter Veteranen, die sein Ausbildungsprogramm durchlaufen hatten, vielleicht nicht geliebt, aber hochrespektiert.

„Meine Herren", sagte Kalakia und breitete die Hände aus. „Ich beglückwünsche Sie."

Damit kam Bewegung in den Raum. Die Soldaten traten vor, schüttelten den neuen Generälen die Hände und schlugen ihnen bestärkend auf die Schultern. Kalakia genoss einige Momente lang still den Anblick. Er sah an sich herab. Seine Kleidung war durchtränkt von Dastan Navolovs Blut. Das hier war nur der Anfang. In den kommenden Wochen und Monaten würde noch mehr davon vergossen werden. Viel mehr, wie die bisherigen Ereignisse befürchten ließen. Das anfängliche Opfer war gebracht worden. Der Zündfunken, damit die Liga eine Wiedergeburt erfahren konnte, um den bevorstehenden Krieg zu überstehen.

„Lang lebe Kalakia!", rief Marco Lessio und reckte eine Faust in die Luft.

„Lang lebe Kalakia!", schloss sich der Rest der Soldaten mit der gleichen Geste an.

Jubel und Kriegsgeschrei brachen ringsum in der Kammer los, als die Anspannung der Hinrichtungen von den Männern abfiel und in einen ungezügelten, stürmischen Ausbruch von Kameradschaft umschlug. Die neu gefundene Entschlossenheit, das Entgegenfiebern der Soldaten auf den Kampf entfachte in Kalakia eine ungeahnte Zuneigung zu ihnen. Er konnte nicht verhindern, dass der spontane Ausbruch von Leidenschaft auch ihn mitriss. Er hob die Faust und nickte in die Runde. Ein warmes Kribbeln ging durch seinen Körper. Während der Tumult rings um ihn anhielt, blieb er in seinem Innersten ruhig und konzentriert. Die erste Welle der Säuberung war geschafft, doch der Krieg hatte gerade erst begonnen.

31

Inselheim schloss die Tür zu seinem Haus in Dahlem auf und trat in den Flur. Er stellte seinen Aktenkoffer auf den Boden und stand im Dunklen, während sein Blick über die Umrisse der Möbel im Wohnzimmer wanderte. Ein weiterer Tag war geschafft. Eine nebelhafte Aneinanderreihung von Meetings, Telefonaten und Versuchen, nicht darüber nachzudenken, ob Brunswick und ihr Team gesund oder überhaupt noch am Leben waren. Auf dem Heimweg hatte er sich vorgenommen, sich ins Bett fallen zu lassen, ohne sich vorher auch nur die Zähne zu putzen oder Hemd und Hose auszuziehen. Was ihn zurückhielt, war das Wissen, dass er nach zwei oder drei Stunden ohnehin wieder aufwachen würde, außer Atem und schweißgebadet, während überwältigende Dunkelheit seine Gedanken gefangen hielt. Schon bei der Vorstellung spürte er, wie Panik in ihm aufstieg.

Nein, beschloss er. Das war es einfach nicht wert. Er ging ins Wohnzimmer, schaltete die Lampe ein und steuerte auf die Hausbar zu. Er fischte eine teure Kristallflasche aus dem Regal und goss sich ein halbes Glas Bourbon ein. Nach kurzem Zögern füllte er das Glas bis an den Rand. Derart ausgestattet, trat er ans Fenster und spähte hinaus auf die dunkle Straße. Die Umrisse von drei schwarzen Autos mit getönten Scheiben in den Schatten waren ihm inzwischen wohlvertraut. Die Fahrzeuge mit Kalakias Soldaten waren vorgestern zu seiner Bewachung eingetroffen. Er nahm an, dass sie etwas mit den Angriffen auf die Liga zu tun hatten, von denen alle Nachrichtenprogramme berichteten. Die Medien spulten wieder ihre übliche Geschichte herunter: ein globaler Machtkampf zwischen rivalisierenden Mafia-Banden, in dem es zu einer Eskalation gekommen war. Die Regierungschefs der Welt meldeten erste Festnahmen und waren zuversichtlich, dass sich die Lage bald wieder beruhigen würde. Inselheim glaubte ihnen kein Wort. Das hier war das Werk der Liga. Sie steckte dahinter. Die Liga hatte irgendetwas vor. Die Nachrichtenmeldungen hatten ihn beunruhigt. Als dann auch noch die Wachen vor seinem Büro und seinem Privathaus verstärkt worden waren, hatte sich das Gefühl zu einer Panik gesteigert.

Wie schon so oft in den letzten Tagen redete er sich ein, dass die Turbulenzen lediglich in seinem Inneren tobten. Draußen auf der Straße war alles ruhig. Er nahm einen Schluck von seinem Bourbon und rieb sich die gereizten Augen. Sein Spiegelbild in der Scheibe starrte ihm vorwurfsvoll entgegen. Er hatte sich in letzter Zeit wirklich gehen lassen. Unter seinen Augen lagen dunkle Schatten. Sein Teint war geisterhaft weiß. Er sah zehn Jahre älter aus. Angewidert wandte er sich ab. Er wollte gerade in die Küche gehen, um sich einen Snack zu holen, als sein Handy summte. Er erstarrte. Vidrik! Nur Vidrik rief so spät noch an. Widerwillig nahm er ab.

„Ja", brachte er mit matter Stimme hervor.

„Michael!", schrie Brunswick.

Inselheim fuhr zusammen. Fast wäre ihm das Handy aus der Hand gefallen.

„Kimberley!", stieß er aus. „Wie hast ... wo bist du? Ist alles okay?"

„Es ... ja", hallte es blechern aus dem Handy. „Ich bin okay. Oh Gott. Es tut so gut, deine Stimme zu hören."

Inselheim packte sich an die Stirn. Seine Gedanken rasten. „Wie bist du an ein Telefon gekommen?", wollte er wissen. „Wo bist du überhaupt?"

„Im Notfallbereich", gab Brunswick zurück. „Im Tunnel. Wir sind durch den Tunnel entkommen."

„Entkommen?" Inselheim umklammerte sein Handy fester. „Das … das ist ja wunderbar! Sind alle aus dem Team in Sicherheit?"

Am anderen Ende wurde es still. Inselheim konnte sie noch immer atmen hören. Er fing an, im Raum auf und ab zu gehen. Sein Puls raste und seine Atemzüge gingen heftig.

„Kimberley?"

„Wir sind in Sicherheit", sagte sie leise. „Aber drei von uns haben es nicht geschafft. Aiko, Lena and Jonas. Sie sind auf der Flucht erschossen worden."

Inselheim erstarrte. Seine Finger ballten sich zur Faust. Ein seltsames Gefühl breitete sich in ihm aus. Zum ersten Mal seit Langem spürte er etwas anderes als Resignation.

„Wer?", fragte er mit krächzender Stimme. „Wer hat sie getötet?"

„Die Einrichtung ist angegriffen worden", sagte Brunswick. „Es war ein einziges Chaos. Ich … Michael. Es ist meine Schuld. Ich habe die Entscheidung getroffen, es mit der Flucht zum Tunnel zu versuchen. Wegen mir sind sie gestorben. Michael … es tut mir so leid." Tränen mischten sich in Brunswicks Stimme. „Es ist alles meine Schuld."

Inselheims gesamter Körper begann zu zittern. Sein Gesicht glühte.

„Nein, Kimberley", erklärte er mit gesenkter Stimme. Eine Vorstellung drängte sich ihm auf. Vidrik, der hilflos vor ihm in der Luft strampelte, während er ihm eine Handgranate in den

Rachen schob. „*Sie* waren es. Die Liga. Die Liga ist an allem schuld.“

Wieder wurde es still in der Verbindung. Inselheim fuhr sich über die Stirn. Was immer Kimberley durchgemacht hatte, musste schlimm gewesen sein. Er spürte es in ihrer Stimme. Schon dafür würde er die Liga büßen lassen. Was sie ihr angetan hatten, musste unvorstellbar sein. Kimberley Brunswick brach *niemals* zusammen. Sie war stets die Erste, die in brenzligen Situationen die Führung übernahm. Ihre Stille war ein Hilfeschrei. Zum ersten Mal, seit Vidrik ihn gefoltert hatte, gelangte Inselheim zu einem Augenblick der Klarheit.

„Halt durch“, sagte er. „Hilfe ist unterwegs, okay?“

Brunswick schniefte.

„Okay“, sagte sie. „Aber wie? Wie willst du …“

Ein plötzliches Rattern auf der Straße riss Inselheim aus dem Gespräch. Er stürzte zurück ans Fenster. Blitze zuckten über den feuchten Asphalt. Ein halbes Dutzend vermummter Männer feuerten mit Sturmgewehren in die Fahrzeuge mit Kalakias Soldaten. Die Front- und Seitenscheiben hatten dem konzentrierten Beschuss aus nächster Nähe nichts entgegenzusetzen. Drei schwarze Vans hielten mit quietschenden Reifen neben dem Bordstein. Die Schiebetüren der Fahrzeuge flogen auf. Mehr maskierte Männer mit Gewehren sprangen heraus. Das Geratter hielt noch immer an. Dann erklang ein lautes Krachen an der Haustür, gefolgt von einem dumpfen Schlag. Schritte donnerten durch den Flur. Maskierte Männer kamen ins Wohnzimmer gestürmt. Bevor er reagieren konnte, traf ihn ein harter Schlag am Kiefer. Er fiel zu Boden, auf die Seite, nur noch halb bei Bewusstsein. Sein Handy fiel klappernd neben ihm auf die Dielen.

„Michael?“, tönte es blechern aus dem Telefon. „Michael! Was ist da los?“

Zwei der Maskierten zerrten ihn empor und schleppten ihn durch den Flur. Die Schießerei auf der Straße hatte aufgehört. Inselheim hing zwischen seinen Bewachern, kraftlos und schwankend. Er vernahm die angestrengten Atemstöße der Vermummten. Durch die Haustür bugsierte man ihn auf die Straße, über den Bürgersteig und in einen wartenden Van. Nachdem auch die Schützen eingestiegen waren, rollte die Tür bollernd zu. Das Fahrzeug setzte sich mit einem Ruck in Bewegung. Inselheim wandte den Blick und versuchte seine Entführer zu erkennen, doch ein dunkler Sack wurde über seinen Kopf gezogen. Jemand zwang seine beiden Arme hinter seinen Rücken und zog Kabelbinder rund um die Gelenke fest, die schmerzhaft in sein Fleisch schnitten. Auch seine Beine wurden in der gleichen Art gefesselt. Dann wurde er von hinten mit dem Gesicht voran gegen die vibrierende Metallwand gedrückt und dort festgehalten, während das Fahrzeug davonraste.

Endlich zu Hause.
Frederich saß auf der Rückbank des Wagens und musterte die Straßen Berlins mit der neu erwachten Faszination von jemandem, der lange fort gewesen war. Nach seiner Zeit in der Ausbildungseinrichtung fühlte sich die Stadt zugleich vertraut und fremd an. In Anbetracht der Umstände würde ihm nicht viel Zeit bleiben, um sich in Ruhe einzuleben. Trotzdem erfreute ihn die Vorstellung, zumindest eine Nacht wieder in seinem eigenen Bett zu verbringen. Der letzte Zwischenaufenthalt war anstrengend gewesen. Jetzt, nachdem er seine erste Mission erfolgreich abgeschlossen hatte, spürte er, wie er sich allmählich entspannte.

Er hatte nicht vergessen, dass er von Glück reden konnte, überhaupt noch am Leben zu sein. Vidrik, das war ihm mehr und mehr bewusst geworden, hätte dort in Christiania leichtes Spiel mit ihm gehabt, wenn ihn nicht die Warnung des Liga-Nachrichtendienstes im letzten Augenblick gerettet hätte. Frederich hatte die zurückliegenden Stunden der Fahrt damit verbracht, den Einsatz zu analysieren, einschließlich der Dummheiten, die er sich dabei geleistet hatte. Er hatte es geschafft, Haargersen zu eliminieren und wertvolle Informationen für den bevorstehenden Krieg zu gewinnen, allerdings zu dem Preis, dass Vidrik ihm entkommen war. Auch hatte er sich nicht verkneifen können, Vidrik anzurufen, um ihn zu verhöhnen. Die Entscheidung war im Übermut gefallen und so befriedigend sie auch gewesen war, wusste er doch, dass Vidrik diese Demütigung niemals vergessen würde. Kalakia hatte recht gehabt, als er ihm Leichtsinn vorgeworfen hatte. Zweifellos würde Vidrik zurückkommen, um sich zu rächen. Nächstes Mal würde er vorsichtiger, besser vorbereitet und beherrschter sein müssen.

Sie passierten Kalakias Penthouse auf dem Grand Luxus Hotel. Kalakia, so hatte man ihm mitgeteilt, war die gesamte Woche über nicht erreichbar. Alles wirkte wie ein ganz normaler Abend. Gut gekleidete Touristen waren auf dem Weg zum Abendessen in den umliegenden Restaurants. Feixende Teenager hingen auf den Sitzbänken herum. Vereinzelt fielen ihm Männer auf, die nicht ganz ins friedliche Gesamtbild passten: breit gebaute Liga-Soldaten in Zivil, die ein aufmerksames Auge auf die Umgebung gerichtet hielten. Frederich richtete den Blick zurück nach vorn. War es zu viel verlangt, darauf zu hoffen, dass die Lage bis zum Montagmorgen friedlich blieb, damit er sich vor seinem nächsten Einsatz ausschlafen konnte?

Der Fahrer mit dem Pferdeschwanz lenkte den Wagen westwärts über die Kantstraße und bog an einer Kreuzung ab. Sie waren beinahe am Ziel. Frederich versicherte sich, dass er an alles gedacht hatte. Haargersens Sporttasche lag auf dem Beifahrersitz, bereit dazu, dem Nachrichtendienst der Liga übergeben zu werden. Er zog seinen Rucksack zu sich heran und bereitete sich auf den Ausstieg vor. Der Fahrer brachte den Wagen mit einem Schwenk neben dem Bordstein zum Stehen. Frederich hatte die Hand bereits am Türgriff, als der Mann sich mit seinem gesamten Körper zu ihm umwandte. Zu Frederichs Überraschung lag ein breites Grinsen auf seinem Gesicht und er streckte ihm die Hand entgegen. Frederich zögerte kurz, bevor er sie ergriff und schüttelte.

„Dann bis morgen, Abel", sagte der Fahrer mit dem Pferdeschwanz.

„Äh. Ja. Sicher", erwiderte Frederich. „Wie war noch gleich Ihr Name?"

„Erik", sagte der Mann mit dem Pferdeschwanz. „Mit einem K."

„Erik. Okay. Ich bin Frederich."

„Frederich. Okay."

Es folgte eine unangenehme Pause. Erik richtete den Blick zurück nach vorne auf die Straße. Frederich konnte sich ein Grinsen nicht verkneifen. Offenbar verbarg sich unter der harten, unnahbaren Fassade seines Fahrers eine geradlinige und freundliche Persönlichkeit. Ihm fiel die kleine Narbe über Eriks Auge auf, ebenso wie seine Haare, die allmählich ergrauten.

„Also. Erik", sagte Frederich. „Viel los in den letzten Tagen, hm? Was hältst du von der ganzen Sache?"

Erik zuckte mit den Schultern, ohne sich umzuwenden.

„Kalakia ist der Boss", sagte er. „Wir kümmern uns um die Straße, er sich um die Lage auf dem Schachbrett."

Frederich nickte und starrte nachdenklich aus dem Fenster. „Glaubst du, dass die meisten in der Liga ihm vertrauen?"

„Sicher." Erik wandte leicht den Kopf zur Seite. „Das hier ist nicht sein erster Kampf. Schon viele haben versucht, es mit ihm aufzunehmen. Er hat jedes Mal gewonnen. Er ist Kalakia. Es gibt nichts, was ihm entgeht. Niemanden, der ihm das Wasser reichen kann."

„Nein", sagte Frederich langsam. „Da hast du sicher recht."

„Für dich gilt übrigens das Gleiche." Erik wandte sich jetzt offen zu ihm um. „Alle wissen, was du da oben in den Bergen abgezogen hast. Richtig gute Arbeit, Mann. Manche der Männer sagen schon, wir haben einen neuen jungen Kalakia."

Erik grinste, als er Frederichs Gesichtsausdruck sah. „Nur ein bisschen durchgeknallter natürlich", fügte er hinzu.

Frederich verzog das Gesicht und wandte sich zur Tür.

„Danke fürs Mitnehmen, Erik", sagte er. „Wir sehen uns morgen."

Noch einmal schüttelte er Eriks vorgestreckte Hand. Dann stieg er aus dem Wagen, vorsichtig, um den Schmerz in seinem Rücken nicht noch weiter zu verschlimmern. Er trat vor, suchte in seinem Rucksack nach den Schlüsseln und erstarrte. Langsam hob er den Blick zur Eingangstür. Er kannte diese Beine.

„Hey, Frederich", sagte Ida.

Frederichs Blick wanderte an ihr empor. Er blinzelte. Dann noch ein zweites Mal. Passierte das hier gerade wirklich? *Einen Moment.* Was hatte sie hier überhaupt zu suchen?

„Hey", brachte er kraftlos hervor.

Ida trat vor, die Hände in den Taschen vergraben. Sie wirkte angespannt.

„Ich muss mit dir reden", sagte sie. „Die Liga … sie haben ihr Versprechen gebrochen."

32

„Warte hier", befahl Kalakia dem Fahrer, bevor er die Hintertür des SUV aufstieß und ausstieg.

Einen Augenblick lang stand er einfach nur da. Unter seinen Füßen lag ein unbefestigter Weg. Er genoss die frische Landluft und ließ den Blick über die Umgebung wandern. Kaum etwas hatte sich geändert in den letzten fünfunddreißig Jahren. Die Kühe grasten friedlich auf den Weiden. Der nahe Wald war so dicht und grün, wie er ihn in Erinnerung hatte. Er schloss die Augen und legte den Kopf zurück. Er hatte sich nicht geirrt. Genau diese Ruhe hatte er vermisst, um in dieser Zeit der Prüfung klar denken zu können. Wie lange war es her, seit er zuletzt Vogelgezwitscher bewusst wahrgenommen hatte?

Vor ihm erhob sich das Wohnhaus seiner Kindheit, zu dem die Zeit weniger gnädig gewesen war. Die Dachziegel mussten schon vor langer Zeit ersetzt worden sein. Auch die Veranda hatte man erweitert. Sie führte nun bis zur Rückseite des Gebäudes. Ansonsten fanden sich nur wenige Anzeichen von Reparaturen. Der Sonnenschein hatte einen großen Teil der Farbe abblättern lassen. Auch hatten sich Holzlatten von den Wänden und von der Veranda gelöst. Der Garten war verschwunden. An seiner Stelle hatten sich Gras und Unkraut ausgebreitet.

Das alte Auto in der Auffahrt sah sogar noch schlimmer aus. Es war komplett verrostet und verdreckt. Die Karosserie ruhte auf Ziegeltürmen und war umrankt von hohem Unkraut.

Wie es aussah, war niemand zu Hause. Er folgte dem kaum noch erkennbaren Pfad, den er als Kind Tausende von Malen hinabgelaufen war, und trat über die Stufen zur Eingangstür. Er zog an der Klinke und war nicht überrascht, die Tür offen vorzufinden. Er trat ins Innere. Die Dielenbretter knarzten unter seinen Schritten. Die Luft war schwer und muffig. Er warf einen Blick ins Wohnzimmer. Das alte Bücherregal stand noch da, wo es immer schon gewesen war. Vom Boden bis zur Decke war es angefüllt mit abgegriffenen Bänden. Die übrigen Möbel waren nicht mehr die, an die er sich erinnern konnte, und wirkten trotzdem bereits wieder alt. Sein Blick folgte dem Treppenaufgang zur Rechten und fand einige Bilderrahmen auf dem Flurtisch. Er trat vor und nahm einen davon in die Hand. Das Foto war ein altes Schwarz-Weiß-Porträt seines Vaters. Der stoische Gesichtsausdruck und die Tweedjacke entsprachen ganz der Zeit, in der die Aufnahme entstanden war. Nichts regte sich in ihm beim Anblick seines toten Vaters. Anders sah es mit dem nächsten Rahmen aus. Sofort erkannte er die Szene. Die Gefühle jenes endlos weit zurückliegenden Tages überfluteten ihn überraschend heftig. Trauer wallte in ihm auf und schnürte ihm die Kehle zu. Zugleich verspürte er brennende Wut. Der Augenblick, der in dem Foto eingefangen war, hatte sein Leben für immer verändert. In der Mitte stand sein Vater in perfekt aufrechter Pose in seinem Tweedanzug und mit den Händen an den Seiten. Zu seiner Linken starrte ein junger Kalakia mit finsterem Ausdruck und gesenktem Kopf in die Kamera. Zur Rechten seines Vaters stand, in Uniform und ebenfalls in tadelloser Haltung, Kraas. Nur zu gut konnte er sich an den Tag erinnern, an dem sich Kraas, gerade einmal zwanzig

Jahre alt, der Sowjetarmee angeschlossen hatte. Kalakia war außer sich gewesen, als er davon erfahren hatte. Er hatte geschrien und getobt, um sich getreten, gejammert, geheult und auf jede nur erdenkliche Weise protestiert. Er hatte sich geweigert zu akzeptieren, dass sein großer Bruder sie verließ. Für ihn war Kraas' Entscheidung ein Verrat gewesen. Er selbst war damals gerade fünfzehn Jahre alt.

Er hob den Blick zum Flurfenster und sah hinaus. Jemand bewegte sich an der Rückseite des Hauses. Die Hintertür schwang knarzend auf und jemand kam hereingestampft, begleitet von metallischem Geschepper. Kalakia kehrte zurück ins Erdgeschoss und hielt auf den Lärm zu. Als er den Durchgang zur Küche erreichte, hielt er inne. Dort stand sie in ihrem braunen Kleid. Anders als das Haus oder das Auto hatten die Jahre sie in Würde altern lassen. Sie hob den Blick und starrte ihm entgegen. Ihre Hände hielten einen Eimer voller Milch. Ein Glühen ging von ihrer runzeligen Haut und von ihren grauen Haaren aus, die sie in einem festen Knoten trug. Sie hatte immer noch die gleichen sanften grauen Augen.

„Hallo, Mutter", sagte er.

Der Eimer glitt ihr aus den Händen.